寻泷

傅亮 著

上海文艺出版社

目录

| 一 | 失踪 | 001
| 二 | 东关街 | 008
| 三 | 穿越 | 015
| 四 | 藏经阁 | 023
| 五 | 庙会 | 031
| 六 | 鬼市 | 038
| 七 | 工作 | 046
| 八 | 绑架 | 053
| 九 | 梅瓶 | 060
| 十 | 交易 | 067
| 十一 | 八怪 | 074
| 十二 | 叶稚柳 | 082
| 十三 | 下辈子 | 089
| 十四 | 苦瓜和尚 | 096
| 十五 | 江宁织造 | 103
| 十六 | 大树堂 | 110

| 十七 | 御码头　　117

| 十八 | 堂会　　124

| 十九 | 盐引　　131

| 二十 | 下沙盐场　　138

| 二十一 | 盐贱伤民　　144

| 二十二 | 再别叶稚柳　　150

| 二十三 | 文宗太和　　158

| 二十四 | 二十四桥　　165

| 二十五 | 火流星　　171

| 二十六 | 杜牧　　177

| 二十七 | 跟踪者　　184

| 二十八 | 吴焕之和余安之　　192

| 二十九 | 谋杀　　199

| 三十 | 合理怀疑　　206

| 三十一 | 侦探　　212

| 三十二 | 大理寺　219

| 三十三 | 买命　226

| 三十四 | 夜访　232

| 三十五 | 长乐舫　239

| 三十六 | 旭云舫 I　245

| 三十七 | 旭云舫 II　251

| 三十八 | 审问　258

| 三十九 | 真凶　265

| 四十 | 落葬　273

| 四十一 | 催人老　280

| 四十二 | 医病　286

| 四十三 | 色目人　292

| 四十四 | 补瓷人　299

| 四十五 | 清明祭　306

| 四十六 | 归乡路　312

| 四十七 | 马可·波罗　　　　319

| 四十八 | 深夜搜查　　　　325

| 四十九 | 桑种蚕种　　　　332

| 五十 | 玲珑夫人　　　　339

| 五十一 | 回家　　　　346

| 一 |
失踪

　　日子一到了五月中旬，扬州的天气就正式开始热起来了。之前倒也不是没热过，但总是热一阵冷一阵，原本看似就要入夏的气温，来一股寒流，温度就要打个对折，春秋季的薄棉被也没法安心地收纳起来。但这一连两个礼拜，夜里的气温都在二十度上下，薄棉被就有点盖不住了。这个周六，齐永定是被热醒的。阳光从朝南的窗户射进来，窗框上沿划出的明暗分界线不断上移，从床尾一直缓缓地移到床中央，热气一个劲儿地往被子里钻。最终齐永定被热醒时已经满身是汗，他猛地掀开被子，被子里积聚的热量一下子散发到空中，瞬间凉快下来的感觉令他精神一振，也驱走了缠绕他的梦魇——梦里，他感觉胸口发烫，但此时将手伸进睡衣下的胸口，那片古瓷片镶嵌成的吊坠触手温润，因为趴着睡的缘故，他的胸口湿漉漉的，睡衣也被汗水浸湿了一大片。

　　他翻了个身，拿手轻轻摩挲着那枚吊坠。刚才的梦他已经一点儿都想不起来了，但他的情绪低落。他凭自己低落的情绪推断，刚才的梦一定与失踪的成聆泷有关。他闭上眼，试图将刚才被燥热打断的梦继续做下去，但没成功，于是他干脆起床，去浴室洗澡，换下汗湿的睡衣裤。

　　齐永定从浴室换洗出来，在洗脸池旁站定，水汽已经覆盖了洗脸池上的整面镜子。他拿手草草地抹去水汽，一个看上去有点憔悴的男人面孔从镜子里冒了出来，胡茬已经从上唇和下巴上冒出来几天了,鬓角下腮帮上的胡子也长到开始打起卷来——他在下颌上撸了一把,决定不去管它,反正现在再没有人从背后、从侧面、从正面来摸他的下巴,检查胡子有没有刮干净,是不是扎人了。

  他刷牙,做早餐。外面阳光刺眼,他去把百叶窗降下来——在窗边,他站了很久。从他住的楼层可以远远望见东关街那一片,那是他小时候住的地方,也是他和成聆泷最爱逛的地方。东西走向的古运河支流在大王庙这里打了个弯,向南一直走,流经整个东关旅游区。以往,周末的天气这么好的话,他会开车带上成聆泷,先去扬州饭店吃午饭——照例点上一例大煮干丝、一例呛虎尾或是软兜,两人再分食一只蟹粉狮子头,会把狮子头里煮得入味的菜底和汤全喝光,然后去准提寺溜达溜达消消食。那一带有几家他相熟的店,他和老板是一起长起来的,看着"关伯伯"变成"老关","小关"子承父业变成"关老板"——其他几家相熟的铺子也都差不多。但齐永定的面子远没有他女朋友成聆泷来得大,几乎整条街的古玩店铺都认识成聆泷——她是一家拍卖行的瓷器鉴定师,有时也会给博物馆、会展公司提供顾问服务,她的好眼光在扬州古玩行里是出了名的。有女朋友在旁边镇场子,齐永定大可以放心挑些小玩意,丝毫不用担心被赝品、次品给坑了。

  齐永定下意识地回头望了一眼客厅,自从成聆泷失踪以后,他就把他们一起收回来的那些古色古香的小玩意都收起来了,怕看着难受。只有脖子上这根吊坠,他舍不得摘,吊坠是成聆泷亲手编的,金边银底,镶嵌了一块元代青花瓷的古瓷片,在与绳子的连结处串了颗玛瑙珠子,打了个相思结。

  齐永定又想起,成聆泷失踪的那个雷雨夜,他忽然没来由地心悸,接着,胸口像是被烫了一下似的,当他把坠子从脖子上扯出来再摸时,却又好像只是他的错觉——瓷片触手冰冰凉,没有一丝热度。在那之后,齐永定曾在无数个夜里把吊坠扯出胸口,盯着坠子上的天蓝色瓷片看,一盯就是半小时一小时地出神,仿佛那片蓝色的瓷片会忽然告诉他成聆泷的下落一样——他老是做一样的梦,醒来时却想不起梦里发生了什么。但他却无法说服自己相信,他感受到的瓷片的异常只是巧合而已,他无法将那些荒诞的念头驱逐出脑海。

再往西望,像今天这样万里无云的天气,可以勉强望见天宁寺景区。对齐永定来说,那是承载他记忆的地方。以往他和成聆泷约会的时候,会从东关街一路溜达到瘦西湖,然后再在那儿附近找间馆子吃晚饭,但这条路无论怎么走,都绕不过天宁寺,天宁寺实在是太大了——那不仅仅是一座寺庙,亦是康熙与乾隆下江南时下榻的行宫,同时也是康熙年曹寅主持雕版《全唐诗》之所在,《四库全书》也曾有一部收藏于天宁寺的文汇阁中。成聆泷说,她小时候很爱进去四处瞎逛,因为觉得皇帝的行宫总会在某个犄角旮旯藏着什么秘密,但长大后就不太爱逛了——比起传说,她对那些古人实实在在的造物更有兴趣。齐永定也是被她带着,开始喜欢买些牙雕的套球、银锁铜锁、铜片折叠灯笼,以及机关盒之类的古代民间小件的。

但如今,天宁寺留存的记忆就只有苦涩。那是成聆泷失踪的地方。

现在再回头去查当年的案件,互联网上就只剩下"国宝级文物白龙纹梅瓶于雷雨夜神秘失踪,警方仍在追查"之类零星的消息,距离现在最近的时间截至半年前。除了强调失踪的白龙纹梅瓶的价值之外,大多数消息都会轻描淡写地夹带一句"一位顾问人员也与文物一同下落不明",就好像与文物相比,成聆泷根本不值一提一样,同时又好像在暗示着什么,令齐永定感觉很不舒服。

齐永定至今都清晰地记得那个风雨交加的夜晚,气象台已经将台风预警升级到橙色。但晚上八点半,成聆泷还是被叫去加班,因为计划在天宁寺举办的国宝展已经进入倒计时冲刺阶段,第二天会有一个内部彩排,有很多大人物要来,必须将之前布展时用的仿制品全部换成真品。齐永定提出,这么晚了,外面风大雨大的,还是由他开车送女友去现场,成聆泷却说,别担心,展会的承办方会派车来接她,不用送。

"那可是三吨多的武装押运车耶,这点小风小雨的不算啥啦——况且你晚饭还喝了酒。"

那就是他记忆中成聆泷对他说的最后一句话,但他已经忘了自己是怎么回复的了,是"早去早回",还是"我等你回来"?他的那部分记忆已经模糊了。

那天夜里十一点刚过,雨势开始变大,齐永定有点儿担心地给成聆泷发了条微信消息:"亲爱的,忙得差不多了吗?"

几分钟后,他收到成聆泷发给他的一张照片,照片上是一个一米见方的木质避震箱,箱盖与箱身接缝处贴着封条,上面打印着当天日期,还有成聆泷的亲笔签名。避震箱所处的环境显然是厢式货车的后车厢里之类的地方。在照片后成聆泷还接了一句:"准备卸车啦,很快就好!"

那就是他与成聆泷最后的联络,之后,他仿佛被胸前的瓷片吊坠"烫到",心中发慌,再给成聆泷打电话时,对方号码已"不在服务区"。微信语音和视频他拨了无数次,也永远都是"对方手机可能不在身边,建议稍后再次尝试"。

成聆泷在这世界上的一切痕迹,就定格在那天夜里卸车的时刻。

在那之后的一个多月里,警方、展会承办方、媒体记者、关心这件事的好友,甚至没那么熟的朋友……各路人马都不厌其烦地登门拜访,或是通过电话、微信,一而再、再而三地求证当天晚上发生的事,具体到每一个钟点、每一个细节,将他过了二十九年的平常日子搅得天翻地覆。齐永定也不厌其烦地与每一个人核实细节,他希冀着有人能有所发现,即便是他并不愿看到的发现也好——但是并没有,白龙纹梅瓶与押车人成聆泷一起,就这么人间蒸发了一般。案子办了一个多月都难以寸进。一个月后,来找齐永定的人渐渐少了,三个月后,不再有人来联络他,反而是他放下手边的工作,去联络成聆泷的同事,去找负责这案子的刑侦支队的刑警,去找负责保安押运的公司，希望能再获得更多的细节，但是却一无所获。

说一无所获可能也有点不准确。准确来说，是获得的信息根本不足以让人哪怕猜测一下、想象一下，当天晚上到底发生了什么。

半年后，与他已经喝过三次酒的刑警高健翔打电话给他，告诉他，市局为这件案子成立的专案组已经解散，案卷已经转到区分局的刑侦科，这意味着，这件文物失踪案的最佳办案时间已经过去，接下去，将会被归为"悬案"处理——有没有破案的那一天，恐怕就只能看命了。

"别再追了，你也该翻篇了。"他在电话里说，语气听上去沮丧得都不像是在安慰人。

但也正因为案情保密不再那么严格，齐永定才得以从高健翔那里了解案发现场的一点细节：木质避震箱在押运车的后车厢中破成了三片，泡沫塑料的碎片溅得到处都是——警方做过实验，要产生那么大的破坏，瞬间释放的能量，威力要高于一个手榴弹。

虽然当时两人都已经喝了一点酒，但齐永定还记得高健翔的原话是这样说的："如果真是箱子炸了，那文物肯定毁了，在旁边的人也凶多吉少。"听到这里齐永定的心都提到嗓子眼儿了，但高健翔的话还有后半句："但是怪就怪在，现场没有一丁点儿的烧灼痕迹，我们一块瓶子碎片都没找着，人也没影儿了！"

"我没听见声！"那天夜里开押运车的司机对齐永定说，"没错，那天夜里雨下得是挺大的，但是还没大到我连后车厢有东西炸了都听不见吧？！"

在成聆泷连同白龙纹梅瓶一起神秘失踪的这快一年时间里齐永定几乎见了每一个与成聆泷、与梅瓶有关的人，他唯一不敢面对的是成聆泷的母亲。她母亲原先看上去比女儿老不了几岁，满头的头发还乌黑，烫着波浪卷。但一个月前，她母亲来他俩住的房子里收拾成聆泷的东西时，头发已经少了一大半，几乎覆盖不住头皮，剃得短短的，犹如枯黄的玉米穗。齐永定把成聆泷多年以来的收藏，一件一件都细细地包好了，装进一个纸箱子，但老人说："我只带聆泷的衣服鞋子这些回去就行，玩意儿都留给你吧，她和我说过，你不是也喜欢这些吗，也算是留个念想。"

"对了，警察那边怎么说？"老人继续追问。

"定的失踪，还在查呢。"齐永定撒了个小谎，他实在不忍心告诉老人，案子已经被归为悬案，而成聆泷依旧是"头号嫌疑人"。

齐永定放下百叶窗，照进厨房中的阳光没那么炽热了。他开始给自己煎蛋，他将平底锅放在灶台上，开小火。在热锅的当儿，他拿起手机看了看时间，屏幕上显示差两分钟十点——锁屏屏保依旧是成聆泷的照片，是她穿着白大褂、戴着手套和护目镜在拍卖行的恒温储藏室拍的，脸上一点儿妆都没化，看起来却依然那么恬静美丽。透过护目镜，仍能分辨出她虹膜上的那一抹绿色——那不是美瞳的效果，而是成聆泷眼睛天生的颜色。据她自己说，她祖上有突厥人的血统，但除此之外，她却并没有欧洲人的面相，看上去完全像一个东方女性。齐永定忍不住盯着屏幕多看了一会儿，直到屏幕自动熄灭，他才回过神来，赶忙将灶头关掉，平底锅已经热得快冒烟了。

手机忽然铃声大作，把齐永定吓了一跳，他顾不得锅子，连忙抓过手机——但来电显示是一个令人失望的名字：关德宁，是他在东关街一起长起来的发小。齐永定按下接听键，对面传来的是小关"假装有文化"的沉稳腔调："喂，齐哥，你多久没回来了呀，快一年了吧？把我忘了也不该把街坊都忘了吧！"

自从小关接手了他父亲的古玩店生意，齐永定就不太喜欢他，觉得他做生意不老实，一点儿破东西就敢几万十几万地往外卖。但成聆泷倒是很喜欢他，觉得他看物件有天赋，眼光独到——"再说他也从不拿假货坑人对不对？这一点已经比他大多数的同行都要强了。"

"小关啊。我今天没空，改天吧。下周画廊要做个展，我这个周末还得把策划案赶出来。"齐永定拿工作来搪塞。

"其实是我爸想看看你，你不给我面子总得给我爸面子吧。"

"和关伯伯说声对不起,改天我拎着好茶去见他。"

"别啊,好茶我这儿有的是,明前的、雨前的、古树的,过来聊两句,不耽误你事儿。"小关依然不依不饶。

"小关,你到底找我有什么事么?"齐永定语气变得严肃起来,"没事我挂了。"

"别挂别挂!"对方在电话那头犹豫了一下,说,"其实是——聆姐出事以后,老邻居们都快一年没见到你了,大家都挺担心的,想见见你。"

"我没事,放心吧。"

"我知道你没事,但是我这儿确实有事找你。过来一趟吧,顺便见见老街坊,大家都念叨你呢。"

"你有事找我?呵呵,除了吃饭喝酒你还能有什么事找我啊?"齐永定说,"说老实话,是不是没酒搭子了?"

"不是,唉……"小关的语气忽然变得吞吞吐吐的,"其实是……我这儿新到了几样东西,想让你看看。"

"你想让我帮你看货?"齐永定用不可思议的语气反问,"你不怕我帮你看呲了?"

"齐哥,你还在找聆姐吧?"

小关的这一句话,让齐永定沉默了下来。

"我这儿新到的货里,有一件可能和聆姐有关……"

"是梅瓶吗?"齐永定忽然厉声打断他。

"哎,不是,你想哪儿去了?"小关回答,"你还记得上次你买给聆姐当礼物的那个小机关盒吗?盒子上刻着聆姐姓氏的那个。"

"记得,怎么啦?"

"我这儿又到了一个一模一样的,铜的,四神兽的底,只不过刻的字不一样。这只盒子上刻的是聆姐名字里的那个'泷'字,"说到这里,小关咽了口口水,继续说,"三点水的'泷',而且右半边是简写的。"

| 二 |

东关街

齐永定的脑子一团乱。

任何有关成聆泷的消息,都理应让他振奋才对,但他没想到会是如此不着边际的"线索"。

他沿着古运河一路开车,路上不太顺,开开停停,拐上国庆路,更堵,他干脆找了个停车场把车停了,走路去东关街。

天气刚刚由凉转热几天,街上正是"乱穿衣"的时候,有贪凉的人已经穿上短袖短裤,但多数人还是一件单的加一件暖的,像是毛衣、卫衣,或是抓绒衫,也有在外面套一件外套的——齐永定甚至见到还将羽绒背心穿在身上的,他很惊讶,这样的太阳,这样的气温,羽绒服怎么穿得住?他举起手机偷偷拍下那个穿羽绒背心的女人,心头却一阵怅然,因为他忽然发现,除了成聆泷之外他并没有别的人可以转发。想到成聆泷,他心头越发空落落地——如果成聆泷在,他们大概没那么快出门,因为成聆泷大概会在穿裙子还是继续穿裤装出门之间纠结很久吧。

穿过东关街青灰色的城门楼子,进入步行街,走过一排一层两层的矮矮的老房子,就离关家的古玩店不远了。歇山顶的老房子还是齐永定小时候记忆中的样子,脚下青砖,头上黛瓦,只是各家都换上了花花绿绿的新招牌,天气好的时候总是游人如织,但是就像其他景区的步行街一样,这里已经吃不到"正宗"的扬州餐点了,小时候街边卖三丁包、油糕、蒸饺、烧卖的铺子现在改卖了烤鱿鱼、烤火腿肠、糖人和糖葫芦，修脚铺子也没了踪影，倒是多出了不少让齐永定打小就没听说过的"扬州特产"。说起来，关家的"云宝阁"倒可以算是街上不多见的坚守本业的老铺子了。

到了"云宝阁"门口，齐永定没从正门进去，而是轻车熟路地拐进一条店门边的小弄堂，进去几步路就是关家的边门。"老关"关海通已经在门口等着，见到齐永定笑着招了招手。齐永定紧走了两步，来到关海通面前，打招呼道："关伯伯。"

"老关"抓住齐永定的左臂摇了摇，然后又和小时候一样伸手推了推他的下巴，说："看看你，瘦了！"说着将齐永定拉进门，关上房门。

"关伯伯，今天来得仓促，也没来得及给您带什么。"说着拎起路上买的一袋龙眼和一袋荔枝，"就给您带点儿时令鲜果。"

老关也没和他客气，说："快进去吧，小关在屋里等着你呢！"

关家住的是两进的老房子，前面开铺面，后面住人。店和住家之间夹着一个十来平的小院儿，开了个边门方便进出。整个院子都用灰砖铺了地，没有露出泥地的地方，免得把泥踩进家里。院子一角除了一个养着鱼的大水缸，就是老关用来养花的架子，以及一辆老款的28寸自行车——东关街是步行街，还是骑车进出方便。

朝院子的门没锁，齐永定在里屋门口的脚垫上蹭了蹭鞋底，也没换鞋，就进了屋里。虽然有快一年没来，但这里他太熟了。一个双开间的屋子，大半做了客厅，另有一小半做了厨房，卧室和卫生间在更里面。他进屋的时候，关德宁正在他那一案子的茶具上忙活，抬头看见他到了，连忙招呼："齐哥，等你好久了。"

说着，他给齐永定沏上茶，嫩绿的叶子在杯子里旋转，可以隐约看见茶叶上的白毫，闻起来应当是品级不错的碧螺春。但齐永定已经顾不得分辨茶的好坏，举起杯子喝了一口，险些被烫到。把那一口热茶吐在地上的时候，他才意识到自己太失态了，连连道歉："唉，小关，不好意思，我太急了，对不起对不起！"

"齐哥,你先坐下,定定神。"小关起身去拿抹布,来抹地上的水渍。

等到小关把刚才的狼藉打扫干净,齐永定也一口热茶下肚,把气也喘匀了,这才开口问:"小关,你说的那个盒子……"

"我早给你准备好了。"说着他打开边上斗柜的抽屉,从里面拿出一个黑色的绒布袋子,扯开封口的松紧绳,从里面倒出一个几乎呈正方体的铜片制成的盒子,盒子不大,比齐永定的掌心小一圈,就和上次齐永定从关德宁这里买给成聆泷的机关盒一样,盒子的六个面上,有四个面分别刻着形似牛、雀、狮、鱼的纹样,余下的两面,一个面空着,看上去像个盖子,余下的一个面,就如小关在电话里说的,上面刻着一个楷体的"泷"字,但怪异的是,这个字是简写的。

齐永定从关德宁手中接过机关盒细细查看,盒子保存得很好,他轻轻晃动盒子,盒子内部发出轻微的"咔啦、咔啦"的响声,说明内部的机关并没有锈死。盒子的做工谈不上很精美,四瑞兽的纹样雕工很一般,一看就是民间小作坊的粗糙手艺,但那个"泷"字却刻得意外地娟秀。空白的那一面像是个盖子,从侧面可以看出上小下大的榫形结构,齐永定试着推了推,推不开——他知道需要将内部的卯榫滑动到特殊的位置才能将这盒子打开。

"齐哥,这盒子我和我爸都看过,锈和纹理看上去都对,工艺也不像现代的,而且照理说,现代的仿品不会用那么对的材料,却刻出那么粗糙的纹样,但就是这个字……看着太诡异!"

齐永定盯着手里的机关盒,沉思了片刻,问道:"我知道了,这个盒子你要多少钱,和上回的价格一样行吗?"

"唉,你这话说的,我怎么敢要你钱呢?我自己都没把握这盒子是不是真的,对了,上次你给聆姐买的那个机关盒,聆姐打开了吗?"

"她打开了,但是我不知道她是怎么开的。"齐永定回答,成聆泷得意地拿着机关盒在他面前炫耀的场面犹历历在目,他只后悔自己当时没有问她究竟是怎么打开的那个盒子。

"我给你包起来吧，你回去慢慢研究。"关德宁一边把盒子装回黑色丝绒布袋，一边说，"不过我印象中上次那个盒子上刻的四瑞兽，好像不是这几只……"

齐永定匆匆喝干了茶案上已经凉透的茶，抿着满口的苦涩，拜别了小关和老关，关家父子见他一副心事重重的样子，也没再留他吃饭。外面是宝石蓝的天，太阳高高地悬在空中，远处的云层薄到几乎看不见。走出关家的时候，齐永定一时被阳光刺得有些睁不开眼，闭上眼时，眼前浮现的却都是成聆泷消失的那个台风暴雨之夜，他就这么恍恍惚惚地回到家中。打开房门，家中清冷的气氛瞬间围住他，让他又重新清醒了过来。

他将收纳了所有他和成聆泷攒起来的小玩意儿的纸箱又重新从床底下拖出来，擦去上面落的厚厚一层灰，用小刀将纸箱上贴的封箱胶带划开，那些记忆又扑面而来。他呆呆地望着箱子里的收藏，几乎不忍触碰。良久，他才动手翻找，从箱子的底下的一个角落翻出他一年多以前买给成聆泷的那个机关盒——那是他最早放进箱子里的东西之一。

他将两个机关盒并排放在桌上，细细比较。两个盒子显然出自同一人之手，不但字体相同，纹样的雕刻风格也完全一样。两个盒子上分别刻着"成"字和"泷"字，字体娟秀，但纹样雕刻手法稚拙，小关的印象没错，另一个机关盒上刻的是牛、蛤蟆、乌龟和老虎。齐永定当初会从小关手里买下那个机关盒，完全是因为上面刻着成聆泷的姓氏，但如今又出现了一个几乎一模一样的机关盒，盒子上还刻着一个诡异的"泷"字——齐永定无法说服自己这只是巧合，就像他无法说服自己当初那个雷雨夜他的心悸只是巧合一样。

一定有些什么事在冥冥当中牵扯着他与失去踪迹的成聆泷，直至今天都还没有断开。

齐永定回想着成聆泷打开机关盒的那一天，究竟发生了什么——

他记得那是个工作日下班后,他刚做好晚饭,正端菜上桌,成聆泷兴冲冲地从书房跑出来,手里拿着那个打开的机关盒,里面藏的是一团字迹早已斑斑驳驳,几乎辨认不出的绢——但成聆泷那天到底说了什么,他早已记不得了。

但她是在晚饭时找到的打开机关盒的方法,这说明线索是在家里找到的,而不是在办公室。

齐永定打开电脑,将牛、雀、狮、虎、蛤蟆、鱼、乌龟等几种动物名称分别和"古代""纹样""雕刻"等关键词输入搜索引擎,没找到什么有用的线索,这几种动物纹样在古代都很常见,没什么特别。齐永定在关键词中加入一个"泷"字,也一无所获。他灵机一动,点开浏览器的历史记录,将浏览器的历史记录一直滑到一年前——他记得成聆泷打开机关盒的那天,天气还有点冷,夜里还要盖厚被子,但最冷的冬天已经过去,所以那不是二月底就是三月初。他展开二月的浏览记录,没有,但三月头几条就吸引了他的注意力,那是关于"龙生九子"的几个网页,他一一点开,看到网页上的图案,他马上就知道自己找对了路。两个盒子上雕刻的四瑞兽的纹样,之所以显得那么古怪、稚拙,是因为刻的根本不是牛、雀、狮、虎、蛤蟆、鱼、乌龟,而是龙分别与这几种动物生的"龙子",分别名为囚牛、嘲风、狻猊、狴犴、蒲牢、螭吻、霸下,而它们各自有着从一到九的排名。

如果每个瑞兽纹样代表一个数字,盒子该如何打开呢?

齐永定振奋起来,因为随着盒子的翻转摇动,内部零件滑动的声音,他已经猜到了答案。

他拿起那个刻有"成"字的机关盒,按"龙生九子"的先后顺序分别将每一个面朝上,依次翻转机关盒,每次翻转都能听见一声零件滑动声——他知道自己离答案已经越来越近——第四次翻转,是刻有"成"字的面朝上,最后是空白面,因为最后盒盖朝上,才符合逻辑。随后,他轻轻推动盒盖,一声酸涩的摩擦声,盒盖应声滑开。

有那么几秒钟，齐永定几乎无法原谅自己的愚蠢，那么简单的谜题，自己竟然就让它在家中沉睡了那么久——如果不是小关帮他找到那个刻有"泷"字的盒子，这个谜将在床底下继续沉睡下去。

他猛地将盒中的绢布扯出来，因为年代久远的缘故，绢布早已发脆，一下子就碎成三片。他小心地将绢布重新拼合起来，绢布触手的质感，必定是经历了漫长的岁月，或许有几百上千年了。他虽然不像成聆泷和关家父子那样是专业人士，但也看过摸过不少古玩，古丝绸的褪色发脆最难造假。

另一只机关盒，他也如法炮制，但取出其中的绢布时却小心翼翼。两块绢布都只有半个巴掌大小，一折二放进机关盒中，绢布原本应该是白色，但经年累月的氧化已经让绢布的底色变作灰黄色，虽然墨迹已经褪得七七八八，但仍可以辨认出上面写的几个蝇头小楷。

第一块绢布上，可以认出"元十一""小市桥""搭救"等几个字，其中"桥"字依然是简写。第二块绢布上的字就更离奇，竟然依稀可以认出"1276"几个阿拉伯数字，但最让齐永定震惊的是，在绢布的一角，竟赫然出现了"聆泷"二字。

齐永定呆坐在桌前，脑中各种念头乱撞，他做了几次深呼吸，试图让自己冷静下来，但就是无法办到。

几分钟后，他强行压下震惊的情绪，将机关盒的刻字面朝上，将机关盒与绢布上尚可辨认的字一个字一个字拍照，然后拨通了成聆泷的母亲的电话——他要证实自己心中最后的疑惑。

"伯母，抱歉打扰，我发给您一些照片，您看看这像不像聆泷的字？"

说完，他也等不及对方回复，将那几张字迹照片一股脑都发给了成聆泷的母亲。

几分钟后，他得到了答案："这的确像是聆泷写的，她最喜欢文徵明的小楷，但是她不会把'桥'字和'泷'字写成那个样子的，而且为什么……"成聆泷母亲的声音在电话中愈飘愈远,后面的话齐永定已经一个字都听不进去。

那个疯狂的念头在他脑中已经成型,并且再也挥之不去——如果这真是成聆泷亲笔所写,并且也真的是七百多年前就写下的呢?

齐永定想起成聆泷送他瓷片吊坠时说的:"这片瓷一看就是一件稀世珍品的碎片,只可惜散落得太彻底,再也拼不齐了。好的瓷器都是有灵性的,余下这块碎片能够被好好保存,也不枉存世这一遭了。"

他又想起自己那天晚上如同胸口被烫了一下的心悸感——那不是幻觉,也不是巧合——成聆泷失踪的时候,也是与一件稀世瓷器一起。

齐永定觉得自己的右眼皮开始跳,接着是右边太阳穴。他猛地站起身,去卫生间拿凉水洗了把脸,然后又站到了窗前。

时间不知不觉已近黄昏,日头西斜,变作巨大的橙色圆盘,但光线依然足以眺望到远处的天宁寺。

那晚,他与成聆泷的处境何其相似,但有什么力量带走了成聆泷,却没有一同带走他——想要得到答案,他只有让自己和爱人的境遇完全一样才行。

于是他又回到了电脑前,开始查阅每年扬州的台风季,浑没察觉到自己一整天什么东西都没吃,早已经饥肠辘辘。

| 三 |

穿越

齐永定醒过来的时候,天上一滴雨都没下。

片刻之前,他明明还身处一个风雨交加的台风之夜,闪电和闷雷交错,如同拙劣的舞台特效。雨大到让齐永定感觉如同置身水下,连呼吸都变得艰难起来。不知是因为喘不上气还是什么,他心悸的感觉愈加强烈。他身处天宁寺的山门前,雨幕中如同有一个漩涡,将他引向天宁寺的更深处——寺门明明紧锁着,但他却好像看到自己被那股力量裹挟着,穿过寺门、穿过大殿,不论是木包铁的大门还是砖砌的墙面,都阻挡不了他的肉身,他看到漩涡的中心,风雨雷电包裹住他,令他无暇分辨那究竟是哪里,接着他就失去了知觉。

醒来时,齐永定全身都湿嗒嗒地滴着水,地上却是干的。他可以认出眼前的建筑物是天宁寺,但四下里却透着一股子不对劲,似乎并不是他所熟识的那座天宁寺。天上太阳高悬着,却只觉得清冷,气温冻得他一哆嗦,也让他心里一紧,这可是五月的扬州城啊,怎么这么冷。

他走出天宁寺,一路上人们都穿着戏服,男人留着辫子,穿着长衫马褂,见不到几个女人,也大多都穿着短褂、短袄或是旗袍。路人纷纷向他侧目,绕着他走,没有人敢走进他身边两米范围之内。

又走出几百米,忽然两个差役打扮的人,冲上来不由分说将他摁倒在地,用木枷将他铐了。他使劲一挣,挣不脱,才知道这不是演戏——他已经不在他的时代,却也不在他想要去的时代,这难不成是……

"干吗抓我？"齐永定大声问。

"干吗抓你？你干吗不剃头？还奇装异服在大街上晃来晃去，是不是活腻了？"其中一个差役吼道。

"冤枉！我漂泊数十年，刚从东瀛海外回来，并不知道城里的规矩啊！"齐永定急中生智，撒了个谎。

那两个差役也不理他，一个问另一个："他说从海外回来，我看或许是真的，我从没见过打扮得这么怪的！怎么办？"

"什么怎么办？先抓回去再说，不然怪罪到咱头上，谁担着？"

"喂，你叫什么名字？"一个差役忽然回头问。

"齐永定！"齐永定脱口而出自己的名字，"永远的永，定理的定。"

"什么定理？"对方反问——齐永定这才忽然意识到，不能用现代的词，于是他又回："点水永，平定的定。"

一路上，两个差役没再问他什么。齐永定环顾四周，这里不再是他熟悉的扬州，除了远处的塔尖，目力所及处，就再没有高过四五层的建筑，尽是青色砖墙砌就的一二层矮房。过府衙时，他们停也没停，继续朝西南方走，没走几步路就被带进一个挂着"明察"匾额的平房，在厅堂中登记了个名字，便被丢进位于半地下的黑漆漆的牢房中。

齐永定便在这异味扑鼻，潮湿阴冷的牢房中过了一夜，蜷缩在砖砌的"床"上，他一分钟都没有睡着，只恨自己怎么那么冲动，什么都没有准备，就天真地以为可以穿越到古时候去救成聆泷——如今人没救到，只怕连自己的命也要搭进去了。

翌日，也不知过了多久，光线亮起来，又再暗下去的时候，才有人从木栅栏的缝隙中丢进来一盆饭。齐永定吃了一口就觉得味道不对，强忍着吃了第二口，就全呕了出来。

就在他又冷又饿，几近崩溃时，忽然有人打开牢门，一个狱卒装扮的人把他从床上拉起来,轻声在他耳边问:"齐永定?"

他有气无力地点头,答道:"是我!"

"别多嘴,跟我来!"

狱卒将齐永定带出牢房,也没再给他上木枷,而是带着他一路走过阴暗压抑的牢房走廊,一路无语。最后那四级台阶,齐永定是屏着呼吸走上去的,上面便是一片光明,来到监狱的厅堂中,虽然地方不宽阔,不过是四五步见方的一片青砖地,但与只差四级台阶的牢房犹如两个世界。

在厅堂的屏风背后,站着一个穿着宝蓝色缎子面袄子,戴着瓜皮帽,留着短须,身材微胖,脸红得发亮的男子,旁边站着一个穿皂色短袄的瘦子,瘦子头上倒有一根油亮的大辫子,脚边落着一副挑子。微胖的男人见狱卒带着齐永定出来,两眉一轩,向二人招招手。狱卒紧跑了两步,从那人手中接过两吊子钱。

"辛苦!"微胖男人向狱卒微一拱手,狱卒回了个礼,也不搭话,四下瞧瞧,便急匆匆地跑回了那道走廊中,如同栖息在阴暗处的夜行动物。

齐永定疑惑地望着狱卒的身影消失在暗处,又回头看那微胖男人。男人走上前,抓住他的手腕,拉他到瘦子的挑子边,瘦子从挑子中拎出个马扎,展开请他坐下。齐永定面朝瘦子坐下,瘦子笑起来,说:"这位爷,你是当真从没剃过头么?背过身去坐。"

齐永定依言背过身去,两眼上翻,只见那瘦子拿出把剃刀,在袖口上蹭了蹭,从前额开始,直至两边鬓角,如刨瓜皮一般,将齐永定一头短发刨了个干净,接下来又拿出一把稍小,形状略细长的剃刀,细细刮了一遍。剃头师傅拿鬃毛刷子掸去齐永定肩上和脖子里的头发,又取下搭在肩上的汗巾,在挑子里的小铁盆里沾了点水,帮齐永定抹干净头。齐永定只觉得头皮发凉,又觉得剃头师傅抹了点什么在他的头皮上,接着从挑子的另一边扯出一条差不多有一只小手臂那么长的辫子,粘在他的后脑上,弄得服服帖帖。

"成了！"剃头师傅说。

"有劳！"微胖的男子对师傅说，接着从怀里摸出一角银子递给剃头师傅。瘦津津的师傅笑得满脸皱纹，接过银子揣进怀里，说了句"谢谢爷"，手脚麻利地收拾好挑子，转身就消失在屏风后面。

齐永定疑惑地看着发生在他身上的一切，只感觉云里雾里，但那微胖的男子看上去又不像有恶意的样子。

"姓齐，上永下定，齐永定齐家少爷，没错吧？"那男子凑前一步低声说。

齐永定犹疑地点点头，之前还从来没人叫过他"少爷"："我是齐永定，您是？"

那男子从腰间解下个包袱，从里面扯出一件天鹅绒的大氅，给齐永定披上，将他那一身不合时宜的衣服遮得严严实实，只露出两只脚，随后说：

"别多问，先跟我走，这里是非之地，不宜久留。"

说着拉起齐永定转过屏风，一路小跑地穿过厅堂前的短巷，走出那道悬着"明察"二字的窄门，就到了街上。时间已经是傍晚，天空已呈深蓝色，但太阳还没彻底落下去。街面上起了风，吹得齐永定浑身一哆嗦，神智也清醒了不少。他紧跟着那微胖的男人，朝着背阳的方向，开始走街串巷。经过府衙的时候，那男人忽然慢下脚步，做出给齐永定引路的样子——齐永定心领神会，这是不能让衙门口的差役看出他们是刚从牢里出来啊。那差役扬手和微胖男子打招呼："呦，大总管这么晚了还没回呢，有贵客？"

"啊，是，家里有位重要客人，刚从码头上接回来。"

"这钟点掐得，再过个一时半刻，城门都关了，怎么挑这么个钟点靠岸哪？"

"客人在路上染了风寒，买药给耽误了。"说着那男人瞟了一眼齐永定，齐永定假装闷咳了一声，大氅下的身躯瑟瑟发抖，一脸的憔悴倒是不用伪装。

"那赶紧回吧,过会儿我们也得巡街去了。"

"待我安顿好客人,差人给几位爷送壶酒来。"微胖男子说着已经迈开步子,齐永定连忙跟上。

应付过府衙的差役,那男子又开始加紧步子。天色已经暗下来,马路两边都是收店招旗子和上门板的。

又约莫走了二十分钟半小时的光景,天几乎已经完全黑下来。那男子领着齐永定走进一片民房中,砖石铺就的路面也变成了夯实的土地。这一片街坊聚集的居住区,房子与房子间倒是修得横平竖直的,道路呈鱼骨状,一条主路贯穿整个坊间,岔道在日落时分看上去都黑黢黢的,不知通向哪里。男子从怀里摸出一个小盒子,齐永定只听见金属片的撞击声,清脆悦耳,只见前面引路的男子把金属盒子展开,却竟然是一个折叠式的小灯笼,男子又拿出小半截蜡,捻了捻灯芯,将灯笼点起来,灯笼四面都雕了花,看上去甚是精巧——齐永定想起自己也曾收过一个类似的,只是没引路男子手中那只那么小巧好看。男子的身份愈发引他好奇——听府衙差役的口气,他似乎是某个有头有脸的大户人家的总管,与府衙过从甚密,这随身的小灯笼和蜡烛,也都是普通人家用不起的物什。只是为何会有这样一个人来把他从牢狱中搭救出来?他不但知道他的名字,还在他回到这个时代的隔天就得知他被下狱的消息,齐永定一路疑窦丛生,心中却毫无头绪。

那位"大总管"尽力举高手里的小灯笼,说:"黑灯瞎火的,您可小心脚下,别绊了。"嘴里说着,脚下却丝毫不慢,显然对这里的路已经极熟了。齐永定原先心里还默算着过了牌坊,自己究竟走过了多少排屋子,每次拐弯是朝左还是朝右,但此刻只顾着盯着那一点引路的微光,也顾不得去记路。

又拐过两三个弯,男子把齐永定引到一户人家门口,那家门口也挂着盏灯笼。男子叩了叩门,门立即开了,里面的人显然等待已久,将引路男子与齐永定一起迎入门里,连灯笼也一起收了回去。

那是一间一进的小跨院，门进去就是院子，脚下用砖铺了条走道，两边泥土地里都种了菜。院子一角放着水缸和几个坛子。走进屋子，转过玄关屏风，迎他们进来的主人掌上两盏油灯，"总管"和主人才都吹熄了灯笼。昏黄的油灯下，齐永定四下打量，屋里进深也是不小，一个七八米深的门厅，左中右各两道门，都各自连着屋子——这种样式的古宅齐永定再熟悉不过，小时候他和另两家邻居就一起住在这样一幢宅子里，三家人家有一家能住两间房，其余两家各分一间，有各自的卫生间，门厅院子和灶台都是公用。与他从小长大的老宅子不同，这里显然只住了一户，想必是殷实人家，但不是读书人，门厅里既没挂画也没挂对联，花瓶之类的摆设一概没有，只摆了八仙桌、斗柜等朴实的木质家具。

主人是个胖大的中年男人，一身短褂、长裤和布鞋打扮，一个年纪比他轻些，但也已经有些年岁，穿着旗袍的女人站在他身后，不时瞟一眼这个穿着大氅、夜里造访的奇怪客人，眼神中透出狐疑。两人看上去像是一对普通的市井夫妻。

"老高，这位齐少爷可就托付给你了。"将齐永定带出牢房的微胖男子说。

"您就放心吧，刘总管，"那个被称为"老高"的胖大男人回答，"齐家少爷在我这儿绝不会有事，好吃好喝伺候着，您下回来，说不定还胖几斤。"

说着他差遣他的妻子："还不快去准备准备。"

那女人连忙走上前，帮齐永定脱去大氅，一打眼看见齐永定大氅内防水夹克、软壳运动裤和徒步鞋的一身穿着，大感好奇，不禁上上下下多看了几眼，问道："呦，这一身可是什么打扮呀？奇怪得来。"

"这是出海的装扮，还没来得及换。"齐永定搪塞道。

"少爷刚从海外回来？"

不等齐永定回答，"老高"呵斥道："婆娘家管那么些闲事干吗？"

还不赶紧带少爷去洗漱!"说着又向"刘总管"说:"我也去准备准备。"

齐永定跟着女人进了客房,只见房间用屏风隔了,屏风后地上放着一只不大不小的澡盆,澡盆边上搭着白色澡巾,盆里的水还冒着热气,旁边放着一张凳子,一个衣架,衣架上搭着几件衣服,衣架边搁着一双鞋。

"少爷,您把换下来的衣服挂在架子上就好,回头我会来收。"

齐永定点点头,说:"多谢你!"

那女人退出去,关上房门。齐永定连忙把单薄的衣服三下五除二脱了个干净,已经冻得浑身冰冷的他一步跨进澡盆,热气从脚下升腾而起,水温刚刚好,不烫不冷。他连忙坐进水中,澡盆不那么宽敞,也不够深,水刚过腰就全漫了出去,盆里有半只当勺子用的葫芦,可以将水泼在身上,齐永定用不惯,每次总有半勺水要洒到澡盆外面,但他也顾不了这些——虽然条件局促,但一个热水的快澡还是让齐永定仿佛一下子活了过来。

澡洗了约有半小时,齐永定才收拾停当,穿上"老高"媳妇给他预备的衣服,是和老高差不多的薄棉袄、夹裤和千层底的布鞋,这气温下足以御寒,只不过外套由短褂换成了长褂子。

齐永定从客房出来,早守在门口的高家媳妇连忙进去收拾。"刘总管"已经在八仙桌旁坐下,"老高"在厨房和厅堂间来回张罗着,口中说着:"少爷您先坐,先坐会儿。"

齐永定在桌旁坐下,"刘总管"却站了起来,端过一碗姜味扑鼻的褐色汤剂,说:"红枣桂圆熬的姜茶,先喝一碗,驱驱寒气。"

齐永定一口气将姜茶喝干净。"刘总管"将一只手搭在他的肩上,关切地问:

"怎么样,身子都暖了吗?牢里的馊饭你吃了吗?""牢饭我就吃了一口,剩下的全吐了。"齐永定答。

"好,明天我让药铺的伙计配一贴驱寒祛湿的方子,你先备着……"

"刘总管！"齐永定打断他，说，"我刚才洗澡时便搜肠刮肚，总觉得我俩之前从未见过，却不知刘兄为何要为了我……"

"刘总管"搭在他肩上的手掌拍了拍，说："齐家少爷，我也是受我家主人的嘱托，这几日天天去牢里候着，若是他们抓了个叫'齐永定'的人，我无论想什么法子，都要把他从牢里捞出来。说我还能有什么法子，自然是使钱。让你不用担心，先在这里安顿下来，吃穿用度，我一切都会安排妥帖。"

"不知刘兄……究竟在哪家人家高就？"

"刘总管"眉头微微皱了起来，说："你当真不知道？"

齐永定茫然摇头，"刘总管"接着说："这便怪了，我家主人知道你这几天便会被下狱，你却不知是搭救你的人是谁，嗯……怪不得，怪不得要我少说少问。"

"你说什么？"

"没什么，饭菜都来了，先吃点儿吧。"

只见"老高"端上来一碟香菇炒油菜，一碟干丝炒肉丝，一碟蒜泥凉拌黄瓜，以及一大盘蛋炒饭。一时间满桌的香气扑鼻。齐永定就好像被饭菜的香气夺了魂似的，充盈整个腹腔的饥饿感一下子冲破喉咙，心中有再多的疑惑，也都先放在一边，先吃饱了这一顿再说了。

| 四 |

藏经阁

一觉梦醒，齐永定从床上坐起身来，朝西的卧室一片昏暗，什么都看不清。他下意识地去摸床头柜上的台灯，却摸了个空。此刻，他的双眼已经适应了房间里的光线环境，但仍揉了揉眼睛。呈现在眼前的是他并不熟悉的摆设。灰砖地、青砖墙，屏风已经被收到墙角折叠了起来，木盆、衣架之类洗澡时候用的物什也都收走了，除了床边用来放衣服的竹凳，就是窗户下面叠了两层的木箱子，上面放了盏油灯，木箱子边上放了张椅子，此外就再没什么摆设。

齐永定穿上衣服走出房间，只见老高正在把墩子、菜刀、铜盆铁碗、小锡瓶子之类的物什码得整整齐齐，往一个包袱里收拾。老高见他出门，和他打招呼："呦，少爷，醒啦。先喝口水，我让婆娘给你热早饭去。"说着招呼他的媳妇，让她把屉上的包子热一热，连早点小菜一起端上来。

齐永定拿桌上的碗去缸里舀了碗水漱了漱口，水喝起来一点异味都没，他就大着胆子把一碗水全喝了下去。见老高把包袱收拾停当，他便开口问："敢问高师傅是做哪个行当？"

"少爷叫我老高就行。"老高提一提包袱，确认里面的东西都包紧实了，答道，"我是给人做厨子的，这些全是我吃饭的家伙什，用顺手了，到哪儿都带着。"

"可别叫我少爷了，听着别扭。"齐永定说。

"呦，那可不行，刘总管吩咐的，待您得客客气气，吃好喝好照顾好，到我这儿可不能打折扣。"

此时，老高的媳妇将一小屉包子，连同一碟烫干丝、一碟家常的咸菜丝，以及一碗热粥一起端上了桌。包子只比灌汤包略大些，却是齐永定久违了的三丁馅的，十分美味。他一口气将一桌子早点一扫而空，一边吃一边在心里犯嘀咕，这刘总管和他无亲无故，不知为何要待他这么好。但心念一转，现下可不是计较这些的时候，得先搞清楚自己到了什么年代。

老高笑眯眯地坐在一边等他吃完，才提起包袱告别，说是得出门干活去了。齐永定叫住他，问他今年究竟是哪一年，老高答今年是戊申年，刚过重阳，过几日就是寒露了。齐永定心想，怪不得那么冷。

"瞧瞧我，之前在船上漂得久了，日子也过糊涂了。"齐永定说。

"呵呵，我们日子倒是过得清楚，但哪像您那么有本事，年纪轻轻就走南闯北的，听刘总管说您连西域都去过了？了不起！"老高赞叹道。

齐永定心想，这刘总管倒挺会帮我圆话，又问："老高，再问你个事，当今坐紫禁城的，是哪一位皇上？"

老高面色变了变，凑过身来小声说："您出门可别冒冒失失地问这些，说不准就像上回一样叫人给拿了。您这回出海有多久了呀？"

"也有个……五六年了吧。"齐永定故意把时间说得长了些。

"那就对了，雍正爷在位，今年是第五年了。"

齐永定在心里盘算着，雍正五年，戊申年，可和成聆泷在绢布上记录的时间差着一个朝代呢！不禁心中惆怅。

老高提了包袱出门，齐永定与他一起走出院门，说："我四处逛逛没事吧？"

老高说："刘总管没吩咐不让您出门，我也不好关着您，您就近处走走，可记得回来吃饭。"

齐永定拍拍肚子，说，"早饭吃多了，消消食。"

"好,可别逛远了,咱这儿是东城,往北是观音寺,往南是涌泗门,要是寻不见道了,就着人问问厨子高胜家怎么走就行,或是吼一嗓子高大娘,我那婆娘听见了就会出来接您。我最早申时,最晚酉时回来。"

"行,放心吧,我一个二十好几的大男人,丢不了!"齐永定说着,四下辨了方向,向西北面走去。

短短几日,齐永定已经开始适应寄居在高家的生活。他从现代穿过来的那几件"古怪"的衣服,在他住下的第二天晌午就已经洗好晒干,叠得整整齐齐地放在他床上。高胜的媳妇向他赞叹:"这西域来的料子可真奇妙,也不沾水,和蓑衣似的,从盆里捞出来一抖,水就全抖落下去了!这汗衫料子也真滑,摸上去冰冰凉凉,却也不是丝织的,只晒一会儿就干了!"齐永定心里说,那就只是普通的冲锋衣和速干T恤而已,尼龙和几种纱线混纺的料子到了清代还没有么?随即意识到,那些全是化学纤维,没有石油工业的时代是不会有的。他将速干T恤当作内衣换上,又穿上了现代的内裤,走了几步路,体感顿觉舒适了许多,余下的外套裤子鞋子,他就都藏进了箱子里——如果能够重新穿越一次的话,他首先想到的就是要多带几套可以替换的内衣裤来——想到此处,他的情绪又重新振奋起来。

如果真的可以再穿越一次呢?

"下次我从西域回来,帮你和高大哥也带几套这样的衣服回来。"齐永定对高家媳妇说。

"哎呀,那怎么使得?"高家媳妇客气道,又说,"这衣服很贵吧?"

"不贵不贵!"齐永定说。

几日下来,他管厨子高胜叫"高大哥",也跟着邻里众人叫高胜的媳妇"高大娘",两人都还是叫他"少爷",不肯改口,他也由得他们去。几天里,他大致已经摸清了坊间的道路怎么走,西至城隍庙,东至木兰院,北至观音寺,南至涌泗门,这地块上弯弯绕绕的路他都走了个遍。虽然各家各户的房子都修得差不多,但认清楚了几个打眼的两三层的小楼,哪个是城隍庙哪个是禹王庙,和城门楼子一对照,立马就能知道自己的大致方位,也再不怕迷路了。于是他心里就动了再走远一点的念头。

这天夜里吃过晚饭,高胜在院里搭了张凳子当作酒桌,自己坐一把竹椅,一边看着天色暗下去,一边小酌几杯。齐永定从屋里也扯来一把竹凳,在高胜的右手边坐下。高胜见齐永定过来找他喝酒,连忙起身给齐永定也拿了个小酒碗。

酒是黄酒,温过,度数不高,入口柔和。一杯酒下肚,齐永定就开始和高胜攀谈起来。

"高大哥一个人坐院里喝酒,也没找个酒搭子?不觉得冷清?"齐永定问。

"唉,这么多年都习惯了。天气热的时候,也去和卖肉的张小五张小六兄弟俩喝,他俩总想从我这儿套几个方子去,想自己开个馆子,但是淮扬菜哪儿是那么好学的?我就说,让小五那个宝贝儿子上我这儿来学徒,学上个十年,保不准能有我五六成的手艺。"说到做菜,高胜难掩自豪,"不过过了八月十五,这天气就一天寒似一天的,进了九月,街坊邻居晚上也就不串门了。"

"怎么没见大哥和大娘的孩子?"齐永定又问。

说到孩子,高胜的神色就黯淡了下去,答:"唉,不瞒您说,有过一个小子,但死得早。我那婆娘前几年也怀过一个,但小产差点死了,养了小半年才缓过来,我便不让她再怀了。家里的族兄长辈都跟我说,我这年纪还可以再续个小的,婆娘也同意了。我这不正存钱呢吗?刘总管说了,照顾好少爷你,老太太定有赏赐,我纳妾的钱可都指着您了!"

齐永定心里多了几分警惕,这古代的医疗条件可不比现代,二十一世纪的小毛小病,在雍正年说不准就能要了命,自己可要多加锻炼,还瞅准机会多摄入些蛋白质——高家虽是厨子,也是殷实户,但也不是顿顿有荤,鸡蛋倒是常有,豆制品更是管饱。

"您刚才说的老太太,敢问是?"齐永定又追问道。

"叶家的老太太,您是真不知道?唉也是,蓝田叶家也是近十来年才成为城中翘楚的,若是您五六年才回来一次,不清楚叶家在扬州的名头倒也正常。"高胜说。

齐永定暗暗将"叶家老太太"这个名字记在心里,又继续问:

"高大哥,每天能见到刘总管吗?"高胜笑道:"刘总管这种大人物,我们做厨子的哪能天天见。"话锋一转,又说:"唉,若是齐家少爷要我传个话什么的,我一定给您带到!"

"倒也不是什么要紧事。"齐永定说,"这几天闲来无事,就想四处看看,倒也不敢走远了,就想先画个地图揣怀里,问路也方便,但家里没有笔墨,就……有些不方便。"

"我是粗人,家里没这些,少爷见谅,明天我就和刘总管说去。"

"哦,还有个事。高大哥知不知道从这儿去瘦西湖怎么走?"齐永定不愿直接说要去天宁寺,便假托了要去瘦西湖逛逛为名,向高胜打听。

高胜一愣,一脸摸不着头脑地问:"什么瘦西湖?"

齐永定起先也是一愣——作为扬州人,即便是再没见识,怎么会连瘦西湖都不知道?但随即便会过意来,瘦西湖的大规模疏浚,还是乾隆年间的事,这个年代,怕是还不叫这个名字。于是改口问道:"就是西北郊那一片水路,叫什么来着?"

高胜立时会过意来:"您说的是'保障湖'吧?"

齐永定立即想了起来,连连点头,恨自己怎么连"保障湖"这个古名都给忘了。

听到这儿,高胜的脸上露出促狭的笑容,只当是这公子哥免去牢狱之灾没几日,便思念起保障湖边的青楼画舫来,说:"呦,这保障湖可在城北面,从这儿过去路可不短,得坐车。再说,我看少爷也是身无长物，穿这一身去一趟保障湖可不方便。要不这事我也去和刘总管说道说道？"

齐永定心里有事，也没听出高胜话里有话，只回道："那就有劳了。"

天色已经黑透，齐永定和高胜将那一小壶酒都喝干净了，互相道了晚安，各自回屋。齐永定向高大娘讨了火，点上油灯。不多一会儿，外面打更的声音传来，提醒大家戌时已过。齐永定靠在床边，却睡不着，从脖颈里抽出成聆泷送他的吊坠——相思结、玛瑙扣、银底金边的坠子底座看上去都完好无损，唯独缺了底座上镶嵌的那片天青蓝的瓷片。在牢里的时候，齐永定就已经发现吊坠上的瓷片不见踪影，但究竟是掉在了天宁寺里，还是就这么"消失"了，就和成聆泷、和梅瓶一样，齐永定心里还是没底——在这个时代，是不是找到梅瓶，就可以再穿越一次，去和成聆泷团聚？究竟是再去天宁寺瞧瞧，还是先去寻梅瓶的下落，齐永定心里，还有些举棋不定。

翌日，刘总管亲自登门，不单送来了笔墨纸砚，更是带来了笔架、笔洗、墨缸等物什，连书桌都搬来了一张，拿屏风一隔，在齐永定的房间里隔了个书房出来。高胜也拎了一条几十斤的大花鲢回来，拿刀一劈二，一半让高大娘用盐暴腌了，吊在房梁上做咸鱼，另一半片了鱼片，炒了一大盘糟熘鱼片。至于鱼头，高胜也是头一回在齐永定面前露了露功夫，细细地拆了，又佐以香菇、火腿、笋片，就刻把钟工夫，一味"拆烩鱼头"就端上桌来，晚饭几人大快朵颐了一番。

临走，刘总管塞给齐永定一个小褡裢，说："你先用着，不够再找我拿。"

待送走了刘总管，齐永定打开褡裢，里面装了两个二十两的银锭子，以及一打银票，都是一两二两的小面额，还有几吊散钱——齐永定回想着清朝早年的物价，这么多钱，怕是置个一两亩地，或是一间小一点的宅子都够了，刘总管却让他"先用着，不够再拿"——

这刘总管,和高胜口中的"叶家老太太",究竟是何许人,与他到底有什么瓜葛,齐永定心里不免生出几分好奇来。

手里有了钱,齐永定就敢走得更远一些。再几日,城东头的这一片他就都摸熟了,也顺道吃了不少久违的小吃,什么蒸饺、烧卖,什么驴打滚、油馓子,觉得好吃的就带一些回高家,请高氏夫妇一起吃。高胜连连说,这些家里都能做,能做,何必花钱去买。齐永定就买些黄酒、白干,一些下酒菜,晚上和高胜小酌一杯。半个月下来,高家也不拿他当外人了。

这一天,齐永定终于下定决心,要去城西走走。他请坊间磨豆腐的石家帮忙,叫来了一辆两头驴驮的轿子,讲定了一分银子的路费,把他从这里驮到保障湖。一路上颠颠簸簸,过运河上的吊桥前,齐永定还不认识路,但过了河后,和他记忆中扬州老城区的路,已经有了五六分像,到了东关一带的琼花观、兴教寺,他可就彻底认识了。但他还是让驴车驮着他到了保障湖才下车,再一路往回走,在路边找了家馆子吃了碗虾仁竹笋煨面,吃得心满意足,连汤都喝得精光。

行至天宁寺,已经是晌午。齐永定一路溜达着绕到文汇阁,也没人拦他。这年代的文汇阁比他记忆中的江南第一藏书楼破旧了许多,正门上的匾额也还是"藏经阁",东北面的屋檐竟然缺了个角,看上去既沧桑又怪异——他心想,乾隆下江南时又改藏经阁为文汇阁,藏《四库全书》于此,粗算一下,也是四十多年之后的事了,雍正本就是个节俭到有些抠门的皇帝,即便是此处几番成为康熙下江南时的行宫,到了雍正年破败一些,倒也正常。他在自己醒来的地方,四下寻找着丢失的瓷片,自然是一无所获。在他抬步往楼里迈的时候,却被一个年轻僧人拦下。

"施主您找谁?"那年轻僧人问。

"哦,我刚从海外回来,久闻天宁寺的大名,闲来无事就来逛逛。"齐永定搪塞道。

"施主若是拜菩萨,请去大殿,此处是敝寺藏经阁,是不接待外人的。"僧人道。

"我也是慕名而来,听说天宁寺是扬州第一古刹,却不知为何藏经阁却缺了个角?"说着他拿手一指东北面的屋檐。

僧人笑起来,说:"施主有所不知,这缺角可缺了几百年啦!"

齐永定听到"几百年"几个字,心中一动,忙道:"说来听听?"

僧人道:"我听寺里的老人说,藏经阁几百年前曾被火流星击中,塌了半边,寺里一边四处化缘一边修复,但一直没修完全。康熙爷来的时候本是要重修的,不知为何耽搁了,到了当今圣上,说是不该花的银子一分都别花,礼佛之人犹该节俭,修藏经阁的事就又搁下了。"

齐永定心中愈发觉得诡异,虽然在大太阳下,那种心悸的感觉仿佛又回来了一般。他再度追问:"火流星毁楼之事可有记载?能否放我进去瞧瞧?"说着将手伸进褡裢里,想摸出些钱来贿赂这名僧人,放他进去翻翻书。

但那僧人答:"施主别开玩笑了,此处是藏经阁,放的全是经书。施主要想听故事,也该去修州府县志的衙门找个师爷才是。"

五

庙会

从天宁寺回来的当晚,齐永定心神不宁。

夜里和高胜师傅喝完酒,他带着微微的醉意回了西屋的客房,脱衣上床,扯过被子,可是翻来覆去半天也睡不着,心里总想着那颗撞毁藏经阁的火流星。自从到了雍正年,他就开始不相信任何巧合。过去的一年间发生在他身边的事——那些让成聆泷凭空消失,让他穿越回四百年前的事与物,梅瓶、瓷片、机关盒、天宁寺、雷雨夜……一切都像是在冥冥之中被一条线串在了一起。那么火流星呢?那颗砸毁了半边藏经阁的火流星是否也是这一连串的事物当中的一环,悄悄地扮演着它不可或缺,却又不为人知的角色呢?

他脑袋下枕的枕头越枕越是硌人。距离上一次打更的声音,不知已经过了多久。他干脆从床上爬起来,摸黑套上了袄子和长裤。屋子里只有极微弱的一点荧光,令他勉强可以分辨屋子里各件家具的轮廓。今天从天宁寺回来时,他发现高大娘在他床头放了个盆架,一个小铜盆里盛了清水,盆架下方的横杠上挂着白色的汗巾,显然是方便他早上起来洗脸。他站起身走到盆架旁,从盆里撩了点凉水泼在脸上,醉意已经褪得差不多了,脑子也变得清醒。引火的物什都在厨房,他不想惊动高氏夫妇,于是也没点油灯,摸黑出了屋子。

到了院子里,月光比屋子里亮了许多,但仍不是齐永定记忆中扬州城夜晚的样子——现代的城市夜里要明亮得多,而雍正年的扬州深夜,笼罩在城市上空的就只有月光而已。

夜色清冷。齐永定站在院子当中，望着天上的半满的月亮，想象着火流星落下的样子——火流星坠在藏经阁上的时候是在夜里吗？应该是吧，他想。空气很清爽，吸进肺里感觉有点凉。秋虫的鸣叫声很微弱。这是他从没见过的扬州——他也说不清此刻是更喜欢现代的那个扬州，还是现下的扬州。他将汇集在脑中的念头驱逐出脑海，开始绕着院子跑起圈来。院子不大，但十几圈跑下来，他后背上也开始热起来。他脱掉祆子，只穿着内衣，趁着身上的热气还没散，在院子当中铺砖的地面上做了五十个俯卧撑，这才觉得回到雍正年的这十几天体内淤积下的各种郁结消散了大半，心情平静了许多。

于是他又摸黑回了自己的屋子，躺在床上，心里开始整理接下去的计划——除了去编府志的衙门查一查火流星的记载，也要托人打听下白龙纹梅瓶的线索，元青花这种物什，高师傅想必是不懂的，刘总管那边或许还有些希望。东关街也无论如何要找机会回去看看……想着想着，睡意袭来。

寒露后的这几天，扬州的天气一直很好，气温也不冷不热。齐永定在高家闲不住，往往是吃过早饭便出门，一直要逛到午后的未时或是申时才回来，在床上休息会，或是将自己关在屋子里，不知忙些啥。只等天色一暗，高师傅回来开饭。一件夹祆齐永定穿了十几天，一直穿到袖口下摆都脏得变了颜色，连高大娘都看不下去了，才换上一件新的。高氏夫妇都觉得这"齐家少爷"没个少爷的样子，原以为他手里有了钱，便会去置办些体面的衣服，然后去江都县的青楼窑子，或是画舫上逛逛，但没想到这位少爷只爱穿着粗布衣服走街串巷，吃吃小吃，还时不时买些小玩意回来。两人都甚感奇怪，又一想，人家在海外待了那么多年，生活习惯和本地人不同，又有啥可奇怪的呢？

这几日，齐永定除了靠自己两条腿，也学会了在旅店驿站、酒馆饭店门口搭驴车、马车，终于把自己以往不熟悉的东城差不多逛遍了。清代的扬州虽然是古代江南一等一的繁华都市，但比起现代的扬州城，还是要小得多。大多数建筑都聚集在十座城门楼子圈定的范围内，东西城由一条运河隔开，河上有两座吊桥，每天放四个时辰供东城、西城通行，其余时间吊起，若是想在西城多跑几处，只怕很难在吊桥升起前赶回去。东城居住的大多是平民布衣，瓷器店卖的多是些饭碗、酒瓶之类的民窑粗瓷，大多根本听也没听过"梅瓶"这种物什。至于所谓的"古玩店"，也多半是拿民间仿制的工艺品糊弄人。一家还算不错的铺子的老板，在齐永定买了他一方青金石的印章，又买了一块玉佩之后，告诉齐永定，要找瓷器，还是得去西城两淮司运那一带看看，那边通水路，不论是北上要卖到京城去的瓷器，还是南下要运到广州府出海的瓷器，都在那儿汇集，说不准能碰到他想打听的器物。

在齐永定出门前，老板叫住他，又小声嘱咐了几句："小伙子，我看你初到扬州，之前又在海外漂泊那么多年，怕是不懂这里的规矩。这龙纹的器物，可是犯忌讳的，不是拿来祭天，就是皇亲国戚家里的物件，寻常的达官显贵，即使手里有，也没有敢拿出来显摆的，更别说咱们平头百姓了。我劝你还是少打听，免得惹祸上身啊。"

齐永定回了句"多谢先生点拨"，就离开了店铺。回去路上又找坊间的秀才打听了扬州城的府志在哪里可以查，那姓郭的秀才说，扬州府志倒是修了几次了，康熙爷时一位姓雷的知府大人，到扬州上任时，听说这府志足有六十年没修过，便上报朝廷，重修府志。之后便定了规矩，每十年一修，如今已修订了几十卷。但多半不是在臬台大人的书房，就是在知府衙门的卷读收贮处，没听说过可以供百姓查阅的。

过了九月半，北面来的西北风一吹，又落了一场雨，天气就一天冷似一天。齐永定在雨后那天照例出去探路，踩了一脚的黄泥汤，再加上梅瓶、府志两条线索如今都堵了，齐永定的心情难免郁闷，于是在家里歇了几天，每天只是在屋子里把玩他买回来的几件物什，或是展开纸砚写几个字。高大娘也看不明白,只知道他无聊,便对他说,霜降之前,还有入冬之前的最后一场庙会,问他要不要一起去瞧瞧。齐永定正苦于没地方可以去散散心,欣然同意。

九月廿二,天气又恢复了晴朗,地也都干透了。早饭后,高大娘给高胜和齐永定预备了新衣服新鞋,给高胜预备的是一件新袄子,给齐永定还多预备了一件新大褂,两人都戴起了暖帽。高大娘自己也穿了件新旗袍,将头发都细细地盘起来,用簪子扎好,与他们一同出门赶这趟城隍庙的庙会。

城隍庙从南到北也就一百步不到的街面,被各式小摊贩塞得满满当当,热闹劲丝毫不输现代商场里的节日促销活动。齐永定和高氏夫妇说了句"我自己逛逛",就急急忙忙地把庙会的摊子逛了个遍。随后他发觉,这里像他这么三步一赶的,除了他自己,也就只有追逐打闹的小孩子了。所有人都是迈着慢腾腾的步子,两步一驻足,这里看看糖人、烟袋、鸡毛掸子,那里瞧瞧打把势卖艺的。他这才意识到,他身处的是一个优哉游哉的清平时代,他举目所见,都是在这扬州城里居家过日子的百姓,虽没有什么"双休日",但也会在入冬前让自己闲下来,逛逛庙会。

回想起这大半月来,高氏夫妇那有条不紊的生活节奏,他不禁心生羡慕。但他慢不下来,他来到这个时代却不是来居家过日子的,他心里急,脚下难免就比普通人都快一步,看上去风风火火,急急匆匆。不过二十分钟的工夫,他已经把庙会跑了个遍。回头看,高氏夫妇才刚离开两个互相摔跤卖跌打膏药的摊子,走到一个唱清平调的摊子,准备停下来听一听。

齐永定强压下心中的急躁,又开始一个摊子一个摊子重新逛过来。倒重新发现了很多有意思的东西——在一个卖胭脂水粉的摊子前,他挑来挑去,竟然买齐了朱砂、朱磦、雌黄、铅白、花青、三青、胭脂等十几种颜料。摊主大姐笑他:"这位公子莫不是准备回去给媳妇涂花脸?"齐永定只是笑笑,也不回她,心里想的是,这古代又没有相机，要找什么物什，只怕都得画下来才行——但愿自己美院本科那几年的素描、水彩、油画技术，这么多年以后还能拾得起来。

他拎着一兜子彩色的水粉，找个小吃摊子买了张饼吃了，又喝了一杯茶，才又站起来继续逛。在走过了一排卖书的、卖假古董的、卖泥人的、算卦的摊子之后，他的注意力被一个卖铜铁小玩意的摊位吸引了过去。他站在摊位前，俯下身，在摊主的木格子里翻找着，这一格大多是些簪子、扣子、长命锁之类的玩意。摊主问："这位爷，您想找什么？我帮您找。"齐永定回："你顾你的，我自己找就行。"他翻到第二格，正说着，眼神却忽然紧紧地黏在了一个小物件上。

齐永定一把抓起那个泛着铜绿的六面体小物件，攥在手里的分量与在关家的"云宝阁"拿到的那两个分别刻着"成"字与"泷"字的机关盒一模一样，只是看这锈迹斑斑的样子，主人想必不太爱惜。齐永定又把盒子拿起来晃了晃，人声嘈杂，听不出里面究竟是不是锈死了，再细细端详，形制都对，四个面分别刻了四瑞兽，一个空白面是顶盖——只是另一个本该刻着字的面，却刻了不太圆的大半个圈——如果不是刻在这样一个显然是年代久远的老物件上，齐永定会觉得，那就像是个字母"C"，但眼前的这个"C"，现下看上去又是那样的违和。

摊主见齐永定对机关盒有兴趣，凑过来道：

"爷您眼光真好，我这一箱货里，就这个是个老物件。"

"你知道这是啥么？"齐永定问。

"是个机关盒吧，里面藏东西的。"

"你会开么？"

"哟，那我可不会，要是我会我早打开了。"

齐永定仍在上上下下细细地看，那摊主知道该趁热打铁，又道："这么跟您说吧，这盒子到我手里啥样，到您手里就啥样，我绝对没动过一分一毫。您买回去，还有个念想，保不准哪天找个高人帮您打开，里面是个值钱的宝贝呢！"

"这盒子你卖多少钱？"齐永定问。

那摊主眉毛一挑，齐永定就知道他要狮子大开口——"这个宝盒，只要您两分银子！"

齐永定知道这盒子绝不值两分银子，说不定他这一大格零零碎碎的东西加起来，都不值两分银子，但齐永定也懒得讨价还价，说："东西我要了，但是你得告诉我这东西你是哪儿来的。"

摊主一听这话，面露难色，道："您买东西就买东西，怎么还管是哪儿来的？反正我告诉您，不偷不抢，绝对是正大光明的道儿上来的。"

齐永定不依不饶地道："你这么糊弄我可不行，咱俩都知道，这破盒子根本不值两分银子，我摇了摇，里面没动静，多半是空的。我肯出两分银子，买的就是你这盒子的来路。"

摊主一脸的为难，眉毛鼻子都皱了起来，显然是极不情愿说出这盒子的来路，但又不愿丢掉这笔买卖，正左右为难。他纠结了半天，说："爷，您就别为难我了。我们这种小本生意，进货的档口可是我们吃饭的家伙，您看您这一开口，就要把我吃饭的家伙给砸了，您看这……"

齐永定笑笑，回道："你看我这样子像是和你抢生意的人吗？"

"那我可说不准！"摊主将信将疑地上下打量了一眼齐永定，说。

齐永定说："实话和你说，这盒子是我一个故人的物件，我也好久没见她了，现下里我赶庙会的时候看见这物件，你说我是不是该担心？我要知道这物件是怎么到的你手里，是为了找人。"

"一分银子，一分银子东西您拿走行吗？"现在是摊主反过来开始讨价还价。

齐永定闻言，将盒子放下，从袄子的夹层里摸出一角碎银子，在摊主面前晃了晃，说："银子我准备好了，你不说就算了，我就不信这偌大个庙会，我花钱还打听不出个拿货的档口来。"

摊主见状，连忙扯住齐永定的袖子，说："我带您去，我带您去还不行吗？不过您得等等我，我还得摆半天的摊，等吃过午饭了您来找我。"

"行！"齐永定说着，拿起机关盒揣进怀里，又从怀里摸出十文钱，塞进那摊主的手里，说："这就算是定钱，就算我不回来找你，你也不亏！"

| 六 |

鬼市

齐永定到家不久,高胜和高大娘也逛完庙会回来了。高胜给自己挑了块新的磨刀石,高大娘手里捧了几个坛坛碗碗,都是民窑的粗瓷制品,还拿了支新的掸子,腰里还掖了个小包袱,大概是一些女红之类的零碎。

齐永定把在庙会上找到的东西给高胜看了,对他说,这个机关盒和他的一位故人有着莫大的关联,他一定要找到是谁把这个盒子卖给了那个摆摊的小贩,他又是从哪里得来的这个盒子。

"多半是从'鬼市'来的。"高胜说。

"鬼市?"这词仿佛是传说中才有,齐永定听着新鲜。

高胜微微一笑,道:"少爷您做正行生意,便不知这其中的道道。所谓'鬼市',便是只在三更半夜里开市,鸡鸣破晓前收摊的市场。"

齐永定好奇道:"这个点还有人光顾?难不成真的卖给鬼?"

高胜摇头道:"不是卖给鬼,而是那些玩意儿是从鬼那儿得来的,也就是掘坟盗墓摸来的东西,来路不正,不敢在光天化日之下卖。"

见齐永定皱起眉头,还以为他嫌晦气,又道:"其实哪儿有那么多墓可挖,这方圆百里地,有玩意儿的墓早给挖得差不多了。现在的'鬼市'啊,就是一个行商聚集,卖各种假货的档口,大多都是从乡下收来的东西,糊弄城里人的,他们摸着黑卖,我看更多是怕人看出真假来,故弄玄虚。当然,倒也有些在明面上不方便卖的东西。"

"那摊主说他的东西都是光明正大得来的。"齐永定说。

"嗐,那种赶庙会摆摊的贩子的话,哪里信得过?"高胜说。

齐永定心念一动,又问:"在明面上不方便卖的东西?都是些啥东西啊?"

高胜答:"我见过不少去那儿的,是去找药,或是找药引子的,像什么鳄鱼眼睛、穿山甲鳞片、蝙蝠爪子什么的,有一些特别稀罕的物什,只要肯出钱,也能给你找来。"说到这里,他顿了顿,反问齐永定:"我说齐家少爷,您是不是在找什么东西呀?方便的话,不妨说给我听听,我也给你合计合计。"

齐永定犹豫了一下,答道:"高大哥,不瞒你说,我确实是在找一件瓷器。但是古玩铺的老板和我说,那瓷器上的花纹犯忌讳,让我别到处打听。"

"呦,瓷器我可不懂。不过这鬼市档口我也算去过几次,我陪您跑一趟吧。"

"不用不用,太麻烦你了。"齐永定推辞道。

但高胜坚持道:"您回来没多久,人生地不熟的,鬼市档口离东城可远着呢,关城门前也不一定能回得来,说不定要在外面住一宿,还是我和您一起去吧,心里踏实。"他又说,您在这儿等着,我去准备准备,说着进了里屋,不一会儿,拿出来两件深绿色印花的短褂,和两块镶了块绿色碧玉的头巾,自己穿了,让齐永定也穿上。

"穿上衣服戴上头巾,要有人问起来,就说是灶王口的!"高胜嘱咐。

"高大哥坚持要跟我一起去,是因为怕我有危险吗?"齐永定穿戴停当,心中不安,开口问道。

"嗐,你想哪儿去了,不会有事的。这是盐帮子弟穿的衣服,漕帮穿蓝,盐帮挂绿。不管鬼市白市,明面暗面,要在扬州的地界跑江湖,做生意,多少都会和盐帮搭点界,穿这身是为了办事方便,别人多少都会卖你个面子。"

齐永定心里琢磨，这高胜看上去只是个大户人家的厨子，一介平头百姓，忽然拿出这一套穿戴，看这碧玉头巾，想必在盐帮里的地位也不是那么简单。他又联想到那行事遮遮掩掩的刘总管，以及神神秘秘的"叶家老太太"，心中有更多疑惑，但此刻显然不是追究的时候。

钟点已经差不多是申时，二人上街各自叫了一头毛驴，赶到庙会时，庙会已散了七七八八，但那卖杂货的摊主倒是没有食言，早已收拾好挑子，挂上驴背，在原地等着。见到齐永定和高胜的装束，先是一愣，然后对二人恭敬地作了个揖，说："之前对不住，是小的有眼不识泰山了。"

高胜笑道："只是帮里苦哈哈的伙夫而已，你只管带我们去行商那里见见世面就是。"

那摊主连声称是，也不提那两分银子的事，倒是齐永定过意不去，上前把两分银子塞到他手里，那摊主又连声称谢。三个人这才上路。

他们赶在东西城吊桥升起之前过了吊桥，到了西城，路上开始变得繁忙，大街上各种交通工具交错，有牛马牲口拉的驮的，也有人力推的抬的。几人骑着驴走走停停，走了一个钟头才走到真武庙。原来这里有人骑马冲撞了抬女眷的轿子，双方冲突了起来，围观的人群将路面占了一半，造成了交通堵塞。好不容易过了真武庙，摊主抬头望望天色，说，可得加紧赶路，不然赶不及出城了。跟在后头的高胜说，这儿的路我不熟，你带路。于是摊主带着他们抄了条近路，在无人的小街上，齐永定也学着前面的二人，拿鞭子抽打驴的屁股，驴奔跑起来，速度不甚快，扬起的沙尘倒是不小。

他们总算赶在酉时前出了西南面的利津门，出城后又跑了约莫二十分钟，就已经是扬州城的乡下了，大路两边已经没什么建筑物，不是杨柳树就是农田。摊主在一条岔路前把驴拉停，抬起头往北面望望，确定路没错，才骑着驴子拐上了小路，又是好一阵跑。就在齐永定跑得灰头土脸之际，那摊主忽然停下驴，说："到了。"

彼时，太阳开始西斜，空气也开始带有一丝凉意。齐永定抬眼打量周遭的环境，发现一行三人已经来到了一个破旧的小镇上，前不着村后不着店的。但再破旧的小镇，也有客栈饭庄这样供路人歇息吃饭的地方。他们停下驴子，准备下脚的地方正是这样一家客栈样子的地方——没有招牌，只有一面绣有"客"字的旗子在风里飘荡着。

有个小厮帮他们把牲口牵去牲口房，三人走进店堂，摊主往柜台上一靠，掌柜的凑过身来，摊主小声道："带两个挂绿的朋友来赶个集。"

掌柜的翻起三白眼，扫了高胜和齐永定一眼，开口问："帮里哪个口的呀？"

"灶王口。"齐永定回答——日后他才知道，所谓"口"的意思，是"堂口"。盐帮漕帮这种大帮会，发展到了清代，已经远不止押运官盐漕运这一个营生，盐帮的"外八堂"按八卦卦象排列，管理着八方的帮众，而"内五堂"则奉五个神仙为尊，负责帮内不同业务的经营管理工作——"灶王口"就是其中之一。

掌柜点点头，那摊主就领着二人穿过店堂，往院里走，却被高胜拉住。厨子说："不着急赶集，先吃点东西，肚皮饿了。"说着将绿布褂子脱下来，连同头巾一起，卷了个卷，塞进随身的包袱里。齐永定也照他的样子做了，除下褂子头巾。三人各自叫了碗烩面，又要了一碟白切羊肉，一碟肴肉，一碟炒油菜。不一会儿饭菜都端了上来，味道之佳，与这个小镇的破旧与偏僻丝毫不相称——齐永定心里就知道，这个看起来破烂的客栈，里面一定有戏。

高胜凑过来，轻声在他耳边道："你不是帮中兄弟，是以在进鬼市之前，让你把褂子头巾都脱下来，里面人多眼杂，免得招惹是非。"

齐永定回道："高大哥真是帮了大忙了，感激不尽！"

吃过晚饭，齐永定抢着结了账，也没向客栈掌柜定房间，就与摊主和高胜一起，转入后院的鬼市市集。院子是前后两进两层楼的客房夹着的内院,长方形,大概有五个开间的宽度加起来那么长。摆摊的人都拿个小马扎或是竹凳子坐在靠客房的两边,面前摆着摊子,看上去就像是一个微缩版的庙会——但没人吆喝,所有进院子来逛的主顾也默不作声,有些人彼此显然是认识,但也只是互相点点头,或是轻声"哎"一声,就当是打招呼了。天色已经黑了下来,不少摆摊的人都开始在摊子上点上一盏灯,好几个奇装异服,显然不是汉人的摊主,在烛火的摇曳及清冷的气氛下,果然有几分鬼气森森的样子,让人不禁后脊梁发冷。齐永定与一个包着头巾,半边脸有文身的女人四目相接,忽然就不由自主地向那摊子走去,走出几步,却被高胜一把扯回来。

"你往那儿走干吗?"高胜轻声问,但语气严肃。

"我不知道……方才我的腿,就好像不是我的。"齐永定再回头看那女人,那女人对他一笑,将一尊诡异的小佛像摆到右手手心里把玩。

"那是请小鬼、下降头的巫婆,少瞧她两眼,多瞧了没啥好事!"高胜说。

齐永定心神不宁地点点头,转而紧跟着那旧货摊主,不再东看西看,没几步就走到一个面前摆着张案子,案子上摆着一个玉壶、一枚水晶杯的摊子前。摊主是个留着八字胡的男子,精瘦,身着长衫,正坐在一把竹椅子上自斟自饮。见旧货摊主来了,也不搭理。

"就是这儿,你自己问吧。"旧货摊主说罢,就头也不回地跑了开去。

齐永定从怀中摸出机关盒,放在这精瘦男人的案子上,说:"我在庙会上淘到了这件物什,卖予我的那人说,是从你这儿得来的,不知这位先生又是从哪儿得来的这机关盒,我若是想再多拿几件,不知是否能帮我寻到啊?"

那精瘦男人用两根手指夹起机关盒看看,又放下,一脸不屑地道:"这种垃圾货色,我每天要经手几百件,怎么记得牢是哪里来的,你想要也可以，碰运气吧。先付一两银子定钱，留个名字，等消息吧。不过我可说清楚，从我这儿拿货可从来不挑货，都是论包，一包货三斤，只多不少。"

齐永定收起机关盒，又从袖子的暗袋里摸出纸笔，拔去竹笔套，将已然沾了墨的狼毫小笔在舌尖润了润，在纸上写下名字和地址，连同一张一两的银票一起放在案子上，拿过玉壶压了——那玉壶在烛火的掩映下看着剔透，但拿过近看，齐永定立马认出只是岫玉做的，雕工粗糙，不是什么值钱东西，只能拿来唬唬人——不免看低了那精瘦男人几分。

"定金在这里，我就只要机关盒，其余的再多给我也是累赘。"

精瘦男人见齐永定如此爽快，心里难免狐疑，什么破机关盒子能值一两，莫不是自己看走了眼？连忙站起身，向齐永定伸出手心，说："你那盒子再拿来让我瞧瞧？"

齐永定又重新拿出机关盒，放在他手心里，精瘦男人左看右看，就是看不出什么机巧来。他思考了片刻，终于说："我不收你这一两的定金，你告诉我这机关盒为何值一两，可好？"

齐永定笑了笑，答道："无他，故人之物耳。"

看那精瘦男人听闻他的回答，一脸丧气的样子，齐永定心知，不给他点甜头，他大概是不会用心帮他搜罗机关盒的，于是又说："有一样东西，你若是能帮我找到，我可以付你这个。"说着从怀里摸出半只元宝，看上去五两足足的。

精瘦男子立马来了精神，问："什么宝贝，定金便要这么多？老余不知和你说过没，偷抢赃物我可是不碰的。"——原来那赶庙会的摊主叫"老余"。

"瓷器，不知你熟不熟？"齐永定说。

"瓷器玉器青铜器，没有我不熟的，不过你花那么大笔钱，想必也不是什么容易到手的货色，说说看吧，看我有没有本事赚这笔钱。"

"倒也不是什么特别稀罕的货色,一只梅瓶而已,只是……"

"只是什么?"

"只是纹样有点犯忌讳。"

"什么纹?"

"龙纹!你见过吗?"

"几爪的龙?"

"三爪,青花底白龙纹,上上个朝代,蒙古人入主中原时烧的物件。"

"三爪……三爪好,三爪还有希望,若是四爪五爪,可就彻底没戏了。"

"哦,敢问这几爪的龙,还有讲究?"

"当然!"精瘦男人得意地说,"五爪祭天,四爪祭庙,五爪四爪,那可都是摆在天坛太庙里的物件,就算见着我也不敢碰,掉脑袋的。就只有这三爪,是日常用的,搞它个一件两件,只要别拿出去炫耀,神不知鬼不觉,倒也不是什么大罪。不过……"

"不过什么?"

"不过你得画个纹样给我,不然我找到了,又怎知是不是你要的那件?"

"这个我早有准备。"齐永定说着,从怀中摸出一张纸,上面赫然画着这一切的肇始——那只元霁蓝釉白龙纹梅瓶。只是与国画画法不同的是,齐永定先用碳条打了底,再用现代水彩的技法,在莎草纸上画出了一只颇具立体感的梅瓶来,就仿佛是从梅瓶右上角打了一束光,明暗关系都表现得十分到位。这是齐永定在屋里连着画了好几天,画废了上百张稿子,才终于找到感觉,画出的这么一张让自己满意的——那方青金石印章,也全让他砸碎研磨成了蓝色颜料,消耗得差不多了。

精瘦男子从没见过如此栩栩如生的画法,连声赞叹:"好画,好画!"又说:"若是能有缘找到这只瓶子,兄台这幅画能否赠与我?"

言语间已经客气了不少。

齐永定答："你若是真能找到这只瓶子，让我再帮你画个十幅八幅都成啊！"

夜里，齐永定躺在客栈冰冷的床上，又再度陷入难以入睡的状态。那个倒腾便宜古玩的行商给了他一个地址，那里他逛过，在平山堂附近，去那里向掌柜的说要找孙净清，就能找到他，他说他会遍访扬州的行商，帮他找这只瓶子——他的原话是"这圈子很小，若是瓶子确实在扬州，断没有找不到的道理。"

那精瘦男人给他的印象不太好，自己是不是太轻信他了呢？齐永定想——虽然那五两银子他也根本不在乎。

他就像是在波涛中到处抓救命稻草的人，每一根稻草他都要紧抓不放，说不准哪一根就连着某个线索，令命运之绳又再度滑动起来。

| 七 |
工作

一大早，高胜把齐永定从床上叫起来，去后厨要了几个包子，就牵了毛驴往回赶，说是下午还有活要干。齐永定一晚上没怎么睡安稳，原本还迷迷糊糊，但出了院子让冷风一吹，就清醒了七八分。霜降时节的风一阵紧似一阵，尤其是没了四面城墙的遮挡，在城外郊区，风简直是尖的，刮在脸上都疼。齐永定紧了紧衣襟，后悔没戴个暖帽出来——他也意识到，这将是他在古时候的扬州度过的第一个冬天。

道路两边的农田中，农民穿着土布衣服，包着厚厚的头巾在劳作，一个个看上去灰扑扑的。那些已经收割得差不多的应该是水稻和春小麦，接着其中的一些田地应该会种上一季冬麦。油菜地，还有其他一些齐永定叫不出名字的绿叶菜地里还绿油油的，菜农们会等打了霜之后再去收，打了霜后第一茬叶菜会更甜，也更容易卖出价钱。齐永定不禁拉缰绳让毛驴跑慢一点，仔细看看那些农民——他忽然想到，自己竟然从未见过那么多人一起下地劳作的场面。自己这十几天来在扬州城中能活下来，能过得还不错，不过是凭借一点自己也不明白的幸运而已，如果没有这份幸运，即便不用去坐牢，但如果被迫去从事这样的重体力劳动，去做一个农民，自己能活下来吗？能如自己所期待的那样去搭救自己的爱人吗？古代平民的生活显然是更艰辛的，他不知道在元代的成聆泷遭遇如何。她会下地干活吗？会嫁作人妇吗？齐永定不再往下想，只能在心里祈祷她比自己更幸运一点。

接着,他往驴子的屁股上抽了一鞭子,让驴子紧走几步,赶上已经把他甩开一大截的高胜。

跑到大路上时,天色已然大亮。随着太阳升起来,风也变得没那么尖了。齐永定的心情也开始恢复,他不再像清晨时那么低落,也不像去时那样心事重重,他眼下能做的都已经做了,接下去就是等消息。两人从安江门进城,在仙鹤寺附近找了家小吃铺歇息。齐永定在方桌边的长凳上坐下,喝了口热茶,长长地松了一口气,才觉得十几日来,心情难得地放松下来,浑身的筋骨一松,疲惫就从身体里涌上来,恨不得就地躺下来睡一觉。

他强打着精神,四处张望着,在一个衣着光鲜,但沾了风尘的男人身上停了停——那男人坐在几张桌开外,戴着瓜皮暖帽,蓄着须。齐永定从一个男人习惯刮脸的时代回到一个男人蓄须的时代还不够久,还没练就通过一个男人的胡子判断他年纪的本事——他一开始只是觉得扎眼,以那男人的穿着,似乎不应该到这样的铺子里来吃饭。多看了几眼,又觉得那男人有些面善,似乎不仅仅是在路上赶路时见过,究竟是在哪儿见过呢,是在鬼市上吗?他不确定——如果他也是鬼市上的客人,与他们走同一条道回扬州城,又在同一家小吃铺吃了个早午饭,似乎有些巧,但想一想,好像也很合理,挑不出什么毛病。

高胜的话打断了他的思绪,把他的注意力从几张桌子外又拖回眼前:"少爷,等会儿吃完饭,您自己一个人先回去,我就不送您了,我得先去一回厨房,今天运到了一批材料,我得去看看成色。"

"行,高大哥你就别管我了,我自己逛逛。"

"唉,不好意思,您看您回扬州那么久了,我也没好好带您逛一回西城。"

"瞧您这话说的,我也不是小孩子了,不用人带,丢不了!"齐永定笑着说。

"行,那您逛累了就先回去歇着,这一趟赶得急,就怕把您累着了。晚上我多带点材料回来,咱们吃个丰富的。"

齐永定点头答应,转头再望向那面善的男人坐的桌子,那男人已经不见踪迹——吃得好快,他们叫的炒饭还没端上来呢!齐永定扬手招呼伙计:"伙计,这儿两碗炒饭,等好久了!"

伙计连忙跑过来帮他们把茶壶斟满,道:"二位爷,不好意思,您再喝口茶,马上给您上!"

等伙计跑开,高胜笑着说:"少爷,您以后再扬州下馆子可千万别说'等好久了'这种话,这淮扬菜可催不得,一催可就吃不到大师傅十分的手艺了!"

不一会儿,炒饭上桌,味道自然不能和高胜在家时做给齐永定吃的相比,但胜在料下得足。一大海碗炒饭下肚,齐永定的精神一下子恢复了七八分,心里面就盘算起吃完饭上哪儿逛逛的事情来。

饭后,高齐二人在仙鹤寺前分手,齐永定往北,高胜往西。吃饭时齐永定就已经盘算好,要去孙净清给他地址的那家古玩店瞧瞧,先打个样。平山堂离保障湖不远,是扬州府内的一处高地,登高可俯瞰整个扬州城。九月末的午后,气温变得十分惬意,穿一件薄薄的夹袄也不会觉得冷。齐永定先是登高望远,只觉风朗气清,身体一扫疲惫,心情也一扫阴霾。接着,他一路走一路问,终于在保障湖的东北面找到了那家古玩店,在一条东西向的小街上,一个宽约五米的小门面,门上挂了块旧旧的牌匾,上面写着"德信斋"三个字,夹在一排差不多的门面中,看上去不怎么起眼,但看门前的风雨痕迹,应该是在这儿经营多年的老店了。

齐永定推门进去,一个掌柜模样的中年人迎出来,对他唱了个喏,齐永定回了礼,四下瞧了瞧,店里没什么特别,就是普通古玩店该有的样子,店中央案头上摆着一块奇石镇店,但只是普通的雪浪石,博古架上也都是些并不值钱的摆件,其他便以盆景点缀,倒也有两个瓷瓶,但一看釉色就知道是民窑仿制的瓷器——齐永定知道值钱的东西也不会摆在外面。掌柜的跟着他走了一圈，开口问他，是心里早就有谱，还是想随便瞧瞧。齐永定说，是孙净清孙先生介绍他来的。一听孙净清这个名字，掌柜的表情变得十分微妙，一边推脱说，在这里没做几年生意，孙净清这个名字耳熟，但没打过什么交道，一边又请齐永定移步里屋，说是店面里的东西只是唬唬外行人，配得上齐永定身价的东西都在里屋摆着呢。

齐永定多留了个心眼，并没直接透露白龙纹梅瓶的事，而是拿出机关盒，问："掌柜的能不能帮我掌个眼，瞧瞧这东西是从哪儿来的？"

掌柜望了一眼机关盒，脸上难掩失望与鄙夷的神色，口中也明显怠慢："我也不敢骗您，不是我看不起它，这个盒子，做工可不像是有名的作坊里出来的。"

"我知道，我就是喜欢这些小玩意。"

齐永定说着，又在店里逛了一圈，想到自己早上赶路时冻得手冰冷，于是问掌柜有没有手炉。掌柜转到里屋，不一会拿了个托盘出来，盘子上摆了十几款暖手炉，从铜铁镂空雕花到掐丝珐琅彩，无不精美，齐永定把玩半天，挑了一款牡丹纹炉罩的铜炉，炉底有落款"明岐"。掌柜直夸他有眼光，这是名家的手艺。其实齐永定对手炉半分都不懂，但也不好说破，问掌柜价钱，掌柜要价六分银子，齐永定也不还价，又让掌柜拿了把掇只器型的紫砂壶，壶身有小桥流水的泥绘装饰，刻了"洗心"二字，连同其余茶具和碳块，一共一两银子。临走，齐永定让掌柜帮忙留意同款的机关盒，掌柜自然是满口答应。

回家路上，齐永定又买了一斤祁门红茶，想到高胜说晚上要吃得丰富点，又去打了两坛子酒，一坛子五琼浆白干，一坛子绍兴花雕，连同之前买的东西，打了两个包袱，让驴子驮着，回了高家。

日暮时分，刘总管也同高胜一起回了高家。高胜果然拎了许多材料回来，在厨房大展身手，清炖狮子头、炒软兜、火腿蒸鳜鱼、平桥豆腐羹等等,做了一大桌子菜,齐永定也把酒端上来。

酒过三巡菜过五味,齐永定借着几分醉意,向刘总管道:"刘兄,我来这儿也十天半月了,承蒙照顾,却不知何时能见见托刘兄救我性命的恩人。"

刘总管眯着眼睛,笑着说:"我家主人想见您的时候,自然会派我来请您,只是现在时机还未到,还请您在这儿多待几日。"

"那我有一事相求,不知刘兄可否应承我。"齐永定说。

"什么事?只要我力所能及之事,定当尽力。"刘总管说。

"刘兄,我能否向你讨个差事做做?"齐永定问。

"少爷您是缺钱花了?"刘总管说着,手就往怀里伸,却被齐永定一把按住。

"不是不是!"齐永定连声道,"是我住在高家,实在闲得紧,东西城也都快逛遍了。再说我也不能白拿你家主人的钱,这吃白食的日子,实在是过不惯。"

"也是,少爷一身的历练,也该找点事做,别荒废了。"刘总管拍了拍齐永定的手臂,说,"这件事明天我就去安排。"

三天后,晌午时分,齐永定吃完午饭,正坐在院里,沏了壶茶,晒晒太阳,忽然间听闻马蹄声由远及近,在院门口停下,接着有人敲门。高大娘去开了门,迎进来一个手里拿着鞭子,马夫模样的人,对齐永定作了个揖,说:"是刘总管遣小的来接少爷。"

齐永定说:"我收拾收拾。"

那马夫又说:"刘总管吩咐了,请您啥都不用带,那边都替您预备好了。"

齐永定上了车才问:"刘总管这是要送我去哪儿?"

马夫答:"到了您就知道了。"

马车跑起来,自然是比驴子要快得多,半小时的工夫就穿越东西城吊桥,来到西城的一处宅院前。有人早就在大门前等候,见齐永定下车,就把他引进宅子。这宅子虽然比高家宽敞得多,进门是一处雕了松竹梅的照壁，看着很气派，但转过照壁，铺了青砖与砂石的庭院空无一物，看上去一点儿也不像一个大盐商的宅邸。

走到屋子里，齐永定这才发现，这不是普通的宅子，整间屋子都摆满了木制书架，书架上一格格堆着书箱，挂着木牌，以年份和月份分门别类地摆放着。

那引路的把齐永定引到屋子的东南角，刘总管和另一个穿着藏青长衫的人已经在那边等着，两人身后摆着两张书桌、两把椅子，书桌呈直角摆放，桌上文房四宝齐全。

齐永定正心中奇怪——刘总管开口一介绍，齐永定就明白自己讨到了一份怎样的工作。

"齐家少爷，这位是我家的账房马先生。"

那姓马的账房先生向齐永定拱手道："听刘总管说，您术数十分了得，今后这里的活计还要多倚仗您！"

这份"工作"，直到做到第十天，齐永定依然觉得不可思议。他每三天去一次账房兼仓库，有马车接送。这里只是叶家的其中一个账房，负责采买些日常用的器物，以及丝绸布匹，没什么贵重东西，赊账的账期分十天、一个月、三个月，借出去的钱一律以月计息，再久的账期，齐永定没见过，或许没有，或许不归这家账房管。进出项有人记录，库存有人清点，他的工作就是把账目做平，只是些加减乘除的算术，再加上复利公式，并不复杂，他的数学水平应付这些还是绰绰有余。他在穿越来清代前，在画廊里，也需要亲自负责自己项目的一些记账会计的工作。账房的几个跑腿，几位徒弟也觉得这位新来的先生不可思议——怎么也不打算盘，总是在纸上写一些鬼画符的字，账倒算得清清楚楚，马先生对这位新来的帮手十分满意。他们并不知道齐永定打草稿时列的那些阿拉伯数字算式，这理所当然——但刘总管是怎么知道他会这些的呢？

这一晃又是一个月过去，齐永定从每天牵挂着那鬼市行商孙净清的消息，回到高家总要画一幅梅瓶，到心里已经不抱希望，专心给马先生算账。马车每三天跑一个来回，总在申时前将齐永定送回高家，路线也总是一样，从不跑岔。天气越来越冷，眼看就要冬至，接下去就要"数九"了。齐永定的心里也越来越冷，虽然他现在有了工作，生活稳定，吃得好睡得也好，说不定再过几天就会领到在这个时代的第一笔薪水，但他夜里上床前，早上醒来时，总是一阵恍惚——他费尽周折回到三百年前的扬州，过的不应该是这样的日子才对。但要过怎样的日子呢？他心里又没有答案。

直到他收到那张帖子。

"少爷，今天有你一封信。"这天齐永定"下班回家"时，高大娘做的第一件事不是倒水递汗巾，而是从怀里摸出一个信封，交到他手里。

那是一个空白信封，正面空无一字，反面用封泥封了，仔细看，封泥上印着一个小小的"德"字。齐永定盯着这个"德"字，怔了片刻，连忙撕开封口，取出里面的一张帖子。帖子封面也依然是空白的，展开，里面简单几笔画着一个瓶子，细口阔腹收腰，瓶口插着一枝梅花。

齐永定望着这幅敷衍稚拙的画，半晌挪不动脚步，说不出话，胸中如同掀起一场风暴。

| 八 |

绑架

齐永定收到德信斋的帖子，恨不得当时就雇一辆马车直奔西城去。但看时辰，已经快是打烊吃晚饭的时候，车不好叫，就算叫到了车，也未必能在收吊桥之前赶到城门口。他开始恨清代扬州的交通，怀念他生活过的那个扬州的地铁、公交车，虽然他还生活在那个城市的时候也不太乘，总是爱自己开车出门，乐得自由，不受束缚。但回到古代他才意识到公共交通的重要性——雍正朝，即使像扬州这样繁华的城市，人们到哪里去也大多都是走着，扬州水路发达，略远一些的地方，只要是靠水不远，百姓们还会乘船。若是旱地，就赶个骡车、驴车，但大概是不便宜的缘故，会坐车的极少。大户人家自备马车，家中有马厩，也雇有专门的马夫，但一匹马少说值个三五十两银子，一年养马的费用又是三五十两银子，养一匹马的费用足够养三五个丫鬟小厮，普通人自然是消受不起的。

他去不了西城，心中烦闷，就只有在院子里跑圈，又在屋檐口的梁上拉了几个引体向上，在院子中央做了两组六十个俯卧撑，出了一身汗，心情这才平复了些。高胜和高大娘也不和他搭话，只是笑着看他运动，一直等到他运动完毕，高大娘给他递上汗巾，让他把汗湿的衣服都换下来，擦擦身子，这天气穿着一身湿衣服上饭桌容易着凉。等他擦洗停当，天色都已经暗得需要点灯，他发觉两夫妻一直等着他开饭，心里过意不去，忙说道："对不住，唉，下回你们别等我，自己管自己开饭就行。"

高胜上前拍了拍他的肩膀,说:"那怎么行,您进了我们家的门,那就是一家人,哪有一家人分两回吃饭的?"

晚饭吃的是油饼,饼烤的脆脆的,起酥起得很到位,摊一个鸡蛋上去,夹几片五花肉,再卷上一绺韭菜,吃起来十分过瘾。齐永定吃了五卷,这才心满意足地停下来,只觉吃得有些撑,但又不好意思再去院子里运动,就想着先回屋里,却被高胜叫住。高胜就好像看穿了他的尴尬似的,问道:"少爷这么早就睡?不消消食?"

说着把齐永定拉进院子里,说:"我方才看少爷练功的法子,从来没见过,却不知是哪一路?"

齐永定笑道:"哪有什么路数,自己瞎练的。"

"您别看我是个厨子,我们在帮里,南来北往的,多多少少总要学点防身的本事。我文的不行,武的好歹也学过一点,我看少爷您在院子里耍了好几回,似乎对武行也有兴趣?要是不嫌弃,跟我一起每天打一套太祖长拳,简单得很,三十二路,一个月就会。"

齐永定心想,自己晚上睡不着时在院子里运动原来都被他看去了,又想,这厨子忽然要教他习武,不知是什么用意,但学点防身的本事,就算用不到,也可以强身健体,总没有坏处,自然就应允下来。两人在院子里,就着月光,齐永定学着高胜的样子,磕磕绊绊打完了一套三十二路太祖长拳,后背上又出了一层薄汗,这才回屋子里休息了。吃了一顿饱饭,又消耗了这许多体力,他一夜无梦,睡得踏踏实实。

第二天,齐永定起了个大早,吃完早饭,让高大娘又卷了两个饼当午饭,就租了匹骡子赶赴西城。一时三刻到了德信斋的门外,推门而入,店堂里掌柜正应付两个客人,见到齐永定,也不搭话,对他使了个眼色,示意他进内堂。齐永定走到屋子一角的窄门前,掀起布帘,走过一条不长不短的昏暗走廊,忽然眼前一亮。

内堂是一间方方正正的屋子,比外面的店堂还大一些,但装修家具都十分朴素,砖墙就裸露在外,没抹灰泥,除了屋子正当中放着一张齐腰高的书案，其余就是靠墙摆放的箱子和斗柜，看上去倒像是一间仓库，只是三面都开了窗，想必一天中大部分时间采光都很好——这快到中午的时候，阳光从南面窗户照进来，把整张书案都照得十分亮堂。

那个行商孙净清就站在书案边，见到齐永定，忙拉他进屋，将房门关上。

"是梅瓶有消息了么？"齐永定连忙问。

"消息是有，只是……不知公子是否还记得与在下的约定？"孙净清说。

"什么约定？"

孙净清不慌不忙地从袖子里拿出叠成一个小方块的莎草纸，在阳光下"啪"地一下展开，正是齐永定之前画给他的那幅梅瓶图，青金石磨制的蓝色颜料一点儿都没有褪色，反而在阳光下隐隐闪出蓝宝石般的奇妙光彩。

"是，我记得，只要你帮我找到梅瓶，这种画你让我画多少幅都行。"齐永定道。

"公子，"孙净清又道，"现下里，有人愿意出二十两的润格，求您这幅画，只是还得劳烦您抬抬手，给画题首诗，再盖个印章。"

齐永定惊讶地望着他，忽然从他手中夺过那幅水彩梅瓶，反问："你找我来就是为了卖这幅画？"说着作势要将画撕了。

"公子不可！"孙净清伸手想去抢那幅画，却又怕抢夺间将画撕坏了，双手就停在半空中，片刻后，才颓然长叹一声，"唉——公子不愿赐诗也就罢了，能否盖一方印给在下呢？"

"我不会写诗，我也没印！"齐永定答道。

孙净清惊讶地望着他，忽然笑道："公子画的这只梅瓶这般栩栩如生，一看就是浸淫书画多年，却说自己不会作诗，也没有印，叫在下如何相信啊？"

"我自十几岁起就在海外漂泊多年，鲜少回来，不会作诗，也没有印章岂不是很正常？"齐永定回答，"我绝非文人墨客，也不是附庸风雅之人，至于这画……"齐永定将画交还给孙净清，那行商连忙将画折好，小心地收进袖子管里。齐永定接着说道："我画这幅画用的乃是西洋技法，重写实不重写意，原本是让你在找梅瓶时有个参考，不是让你拿去卖的。"

孙净清又长叹一声，道："可惜可惜，公子这幅画，若是有诗有款，不说身价百倍，五倍十倍还是值的。公子不再考虑考虑吗？"

"考虑什么？人生在世这许多年，我连个表字都没有，先生只怕是看错人了！"齐永定答道。

"那由我来帮公子治一方印，不知公子意下如何？"孙净清依旧不依不饶地询问。

齐永定不耐烦地挥挥手，道："唉，随你吧。"

孙净清大喜，又问："不知高姓大名？"

"姓齐，上永下定，点水永，安定的定。"

"定，宅之正也，永，水之长也，好名字，好名字！"

齐永定听他文绉绉地吟咏自己的名字，不免觉得好笑——连给他起这个名字的父亲，大概也没想到这个普普通通的名字有一天会被这样解释吧。

"那梅瓶的消息呢？"他追问道，"现在能说了吧？"

说到梅瓶，孙净清就收起了脸上的喜色，望定齐永定，有些为难地说："我多方打探，确实得到了关于这只梅瓶的一条线索，只是……"

"只是什么？你有话就说！"齐永定简直恨死了这帮做古玩生意的人说话吞吞吐吐的样子，恨不得上去揪住他的衣领，用新学的太祖长拳将他掀翻在地，再在那副消耗他耐性的嘴脸上饱以老拳，方能解恨——但现在是他有求于这行商，不免要耐下性子来。

那行商脸上阴晴不定了片刻，才接下去说："这条消息，未必十足十准确，一旦事关这些犯忌讳的物件，就没有十足的消息。但话说回来，以我行走这一行多年的经验，也有个七八成的把握。只是……我的消息说，这瓶子原是和紫禁城有着莫大的关联，不知为何流落到江南，敢接手这皇家物件的主，也不是什么善茬。可不是我吓唬您，公子若是要跑这一趟，可比来咱们行商赶集凶险得多了。"

齐永定心想，又不是要你陪我去，你管我凶险还是安全，言语间语气加重了几分，说："孙先生，你只管告诉我去哪里找这梅瓶便是，至于凶险与否，我自然会掂酌。"

孙净清说："安危利弊我都已经讲给您听，既然您执意要去，我也拦不住。"说着打开一面斗柜的抽屉，从中扯出一张宣纸，又从袖子里拿出一支比齐永定那支更袖珍的小笔，舔开笔尖，在纸上画了幅扬州城的简图，在图的中央，画了条河，一看便知是城中贯穿南北的运河，孙净清又在运河南边的河湾处打了个小叉，说："公子走水路，由南面的拱辰门出城，沿着河往南走二十里地，那儿有个渡口，叫做'扬子津'，在这扬子津渡口下船，再往南走五里，运河拐个弯向西，你也拐个弯向西，直到河道有个大分岔，那边有个河湾边的村子，叫二别村，去村里找一个姓郭的，把这个给他，他会领你去找那瓶子的下落。"说完这些，孙净清又从怀里掏出一枚铜钱，看上去是枚平平无奇的康熙通宝。

齐永定将钱包在地图里，收进怀中。孙净清又说："公子若是平安回来，无论得了那梅瓶与否，请来小斋一聚，我备好小酒薄宴，等您好消息。"

齐永定见他说得真切，之前对他磨磨蹭蹭、吞吞吐吐的印象不免改观了几分，说："放心好了，我回来一定来找你，若是得了瓶子，那我还欠你十幅八幅的画，若是没找到，也还要请你继续帮我打听。"

离开德信斋，齐永定骑着骡子一路往回赶，过了吊桥后的第一个大十字路口，往东是回高家，往南则是往拱辰门。齐永定望望天，太阳高悬在天上，照得齐永定的双肩暖暖的。时辰大约是刚过午时——他犹豫了片刻，开始催动骡子南下，往拱辰门码头赶去。

一路上，他一边拿出随身带的那两张卷饼充饥，一边在心里盘算，如果孙净清路指得没错，从这里出发去二别村，大约是十几二十公里的距离，说远不远，说近不近。二十公里路，若是在现代扬州开车去，顶多也就是一个小时出头的车程，但雍正年的船加骡子可比不上二十一世纪二十年代搭载两百匹马力涡轮增压引擎的轿车，若是能一路保持十里地的时速，就已经是谢天谢地，所以即便是顺利，单程也需要两个时辰——想到这里，齐永定不免哑然失笑，自己已经开始将现代单位和古代单位混用，再在这里待上几个月，怕是想什么事都会不自觉地用古代的单位了——以及，即便是紧赶慢赶，他大概也很难在关城门之前赶回城里了。

但是他不在乎。他满脑子想的都是那只白龙纹梅瓶，以及成聆泷失踪那晚出门前对他说的最后一句话："这点小风小雨的不算啥啦——况且你晚饭还喝了酒。"

那种心悸的感觉又出现在他脑海中，他在晴天下打了个哆嗦，连忙从脖颈里扯出那条吊坠，将银底金边的吊坠捧在手心里，放到太阳底下看——那片青花瓷片依然杳无踪影。

齐永定先是坐船，又是搭驴车，最后不得不靠走的，足足走了六个小时，才终于找到二别村——事实证明，孙净清的地图画得太过粗糙，距离估算得也不太准，但好在方向指得没错，齐永定没跑什么冤枉路，就找到了"二别"这个建在运河河滩旁的村子。

其实把"二别"叫做村子也很勉强——这不过是一处不到十户人家的渔民聚居地而已，村里那条淌着黄泥汤的路两边，只有三间瓦房，余下的是七八间茅草与黄泥搭成的，看上去连一次大涨潮都未必经受得住的简陋屋子。在这样一个小村落里找人倒是很容易，齐永定的裤管都还没溅上多少泥浆，就已经问到了"郭家"的所在——在村西头的那件瓦房里。

孙净清口里那位"姓郭的"叫做郭九年——名字听上去虽然老气，但看上去只是个二十出头的青年。他从齐永定手里接过那枚"康熙通宝"制钱，在手里掂了掂，又拿后槽牙咬了咬，没说什么，只让齐永定在屋里等着，便跑了出去。

这单间的瓦房自然没有院子，朝南开的那扇小窗能照进来的光线也有限。齐永定在桌边的板凳上坐下，环顾四周，这屋里除了桌子板凳和一张床，以及靠墙角码着的一堆柴禾外，就再无长物，地上倒是干燥的——很难将如此简陋的一间屋子与白龙纹梅瓶那样的传世瓷器联系起来。

正疑惑间，齐永定忽然听见身后的开门声，他转过身，还没来得及细看，忽然眼前一黑，有什么东西套住了他的头，让他什么都看不见。接着有两只强有力的臂膀把他的上半身紧紧压在桌子上，他挣扎着，肋骨在桌上摩擦，但无济于事，双手还是被反剪过去，在身后被用绳子捆住，接着是一个低沉的声音在他耳边说："对不住，您受委屈！"

他还没来得及叫出声，就有一条手臂箍上他的脖子，猛地收紧，他只觉呼吸困难，天旋地转，片刻间就失去了知觉。

| 九 |

梅瓶

这是齐永定穿越回清代之后,第一次有了梅瓶的消息。他知道要找瓶子不会那么简单,但没想到会那么不简单。

刚刚苏醒的时候,他以为自己做了一个漫长而艰涩的梦,但很快他就发觉,自己并不是在做梦。他的双手还被反绑在身后,身体侧躺着,弓着背,双腿蜷起来靠近胸前,姿态就犹如一只烧熟的虾——他伸了一下双腿,没踢到任何地方,却差点硌着胯骨——身下是个宽敞而坚硬的平台,没有任何铺垫,虽然硌人,却并不像齐永定睡过一晚的监狱牢房那样,从石头床上透出的寒气可以一直钻到骨头里去,但感觉又不是木板那种略微有弹性的触感。齐永定伸长了被绑住的双手,在身下蹭了蹭——是泥土的触感。他要么被放在了一个土炕上,要么就是直接被丢在了地面上——扬州有土炕吗?他不确定。

他的嘴没有被塞住,双脚也没有被绑住,所以把他绑来这儿的人既不怕他叫,也不怕他跑。以他被放置的姿势推测,绑架他的这帮人想必是老手了——侧躺、蜷腿、不塞嘴,是防止他被自己的呕吐物呛到而窒息,这是他做胃镜的时候从医生那里学到的冷知识,却没想到会在此时此地体验了一回。

他眨了眨眼,眼前依旧一片黑暗,如果不是头上套的这个布袋遮光太好,就是关他的这个空间暗无天日,他吸了吸鼻子,透过套住头的布袋传进来的浑浊的空气中,混合着一丝难以言说的味道,初闻上去是泥土的腥气,又带着一丝古怪的焦糊味。齐永定猜,他们大概是把他关在了某个地窖里。

他又摆回了刚苏醒时双腿蜷曲的姿势,接着肩部和腰腹同时使力,试了两三次,终于坐了起来。接着他屏住呼吸,等了两三分钟,四周依旧没有动静,没有人来将他按倒。看来这房间里就只有他一个人。他伸开双腿,身体一点点往前挪动,探索这片泥土的边界。挪动了约有两米,脚还没有踩到边界,这已经超过了酒店大床房中双人床的宽度,即便清代的扬州有土炕,他也不相信会造得那么宽——这进一步证实了他的猜测,绑架他的那些人,很可能将他直接丢在了地上。

他试着将双腿蜷缩到极限,想像好莱坞电影中演的那样,将被反剪在背后的双手绕过脚底,放到身前来,这样就能拿掉头上的蒙布,用牙齿将手腕上的绳子咬开。但他费尽了力气,却连屁股都绕不过去。最终他确定了一件事——像他这种从来没有练过任何特技,不懂如何将关节松开的普通人,是不可能完成这样的动作的,强行拉扯自己的手臂只会把一边的肩膀拉脱臼,于是他放弃了这一计划。这次全身运动倒是让他了解了自己身体的状况——除了反剪到背后的双手让他腰酸背痛之外,似乎全身其他部位都正常,没有地方受伤。他将双腿侧向一边,用手肘撑地,腰腹间一用力,不费工夫地就站了起来。他就这么站了片刻,头套在下巴上套得很牢,他试着甩甩头,根本甩不掉,他试着向前、向左、向右各踏出一步,四周都是坚实的地面——但他又想了想,决定放弃在对周遭的状况一无所知的情况下,像个瞎子一样去冒险。他发觉在双手被反剪的情况下,别说摸着黑走路,连保持平衡都很难。

齐永定在心里盘算着,绑架他的人似乎并不想伤害他——如果要杀他,早就杀了,如今他早已经成了运河底或是泥土下的冤魂,即便接下去要在这里白白丢掉性命,他也认了,只是不知穿越回来的人死在这里,转世投胎是依旧在清朝,还是会回二十一世纪。

是索要赎金吗？也不太像，古代没有照片，也没有视频，绑架的话，总得拿些什么信物，他现在全须全尾地，也没被逼写什么亲笔信，难不成只是拿他的手指头按了个手印吗？再说了，去和谁要钱呢？刘总管？叶家老太太？知道叶家会出手保他的就只有刘总管和高氏夫妇，其余的人都只当他是个账房先生，虽然刘总管和高胜行事总让人感觉有些古怪，但若是这二人想绑他，之前有无数次动手的机会，却为何任他逍遥了那么久，再说这些日子里在他身上下的本，没有一百，也有八十两银子，现在忽然要绑他换赎金，实在是不合逻辑。至于孙净清——这条线索的确是那个行商引的路，但他可从来没在孙面前露过富，再说在他决定来这一趟之前，孙也曾一再警告他，走这一趟可不像赶鬼市的集，显然不想他以身犯险的样子。

难不成是为了梅瓶？

如果真是因为梅瓶而被绑，说明他找对了路——想到这里，齐永定心中不禁一阵激动。

他原地坐下，又细细琢磨了下，如今只能随机应变。这帮人把他蒙了头带到这里，又不加害他，必定是有什么打算。眼下要想的，不是如何逃出生天，而是怎样把那些绑他的人引出来，看他们说什么、问什么，若是真能从这些人口里套得梅瓶的消息，就是因祸得福了。

想至此，齐永定深吸了一口气，高声喊道："有人吗？放我出去！"

喊声在房间中激荡起回声——如果这里真是个地窖的话，也未免太大了点。

不一会儿，齐永定听见哗啦哗啦的开锁声，接着是一股灯油味随着人声一起飘进屋里。有人抓着齐永定的胳膊将他拉起来，拉着他向传来开锁声的方向走去。出人意料的是，一路上他走的都是平地，并没有如想象中那般跨上台阶，眼前一明一暗之间，他已经从原先的屋子被带出来，又被带进了另一间屋子，只在进门的时候，引路人提醒了他一下："小心门槛！"

他被带到一张椅子上坐下。一只手按住他的肩头，他只感觉手腕一凉，接着一松，绑缚他手腕的绳索被割断。他连忙活动了一下肩膀，除了酸胀之外并无大碍，紧接着他将套头的蒙布扯了下来。

齐永定眨了几下眼，就很快适应了屋内的光线，这屋子依旧很暗，但已经不似原先那间屋子那般不见天日。屋子五米见方，除了椅子之外空空荡荡，齐永定目力所及，屋里有五个人，或坐或站。其中四个都是魁梧大汉，一身粗布衣衫，或是将辫子缠在头顶上，或是包着头巾，都是一副下地干活的糙汉子的模样，只有当间面对面朝齐永定坐着的那个，穿一身灰色长衫，外面套一件绛红色缎子面马褂，颈口那粒扣子是翡翠的，脖颈往上生了一张紫膛脸，看上去十分气派，虽然朝齐永定摆出的是一张笑脸，但总让人感觉心里发毛。

"对不住，咱爷们干得不是什么光明正大的买卖，总得有些防范的手段，您见谅！"——"对不住"那三个字的声调，与齐永定被掐晕过去之前听到的最后那句话的声调一模一样，现在回想起来，就仿佛死过一次又活过来，心头打了个哆嗦。但齐永定表面还是不动声色，双手往怀里一摸，又往胸口一探，果然空空如也，被搜了个干净。

坐着的那人挥挥手，一个人拿起一个小包袱，扬手丢给齐永定，齐永定一把接住，打开一看，吊坠、银锭、碎银子、狼毫小笔、地图，连同十几个铜钱，全都包在里面，一样不少。他也不急着把东西都放回怀里，只是把包袱放在膝盖上，双眼望着那锦衣人，等着他问话——他已经拿定主意，采取以退为进的策略，让对方先开口，他们问什么，就想办法答什么。

问什么有时候比答什么包含更多信息。

见齐永定半晌不说话，锦衣人给那个始终按着齐永定肩膀的人使了个眼色，那人手上用力，拇指直抠进齐永定的肩窝里，齐永定只感到一股难以忍受的酸痛从肩膀直钻心窝子，不禁大声呻吟了一声。

齐永定身边那人厉声道："问什么，答什么，老老实实回答，就不用吃苦！"

齐永定不禁顶了句："您也没问哪，教我怎么答？"

那人眉头一紧，齐永定只道是又要再挨一下，连牙关都咬紧了，锦衣人却对齐永定身旁那人摆了下手，那人将按在齐永定肩膀上的手拿开，齐永定心里微微松了一口气。

"多有冒犯，阁下不会介意吧？"锦衣人假模假式地道歉。

齐永定本想再顶一句，但心念一转，顺着锦衣人的话头道："小心点应该的，小心驶得万年船！"

"我听九年说，您找他是为了——"锦衣人有意将最后一个字拖了个长音，齐永定会意，接道："是为了那白龙纹梅瓶。"

"哦——"锦衣人话锋一转，又问道："阁下是哪里人？"

"扬州本地人。"

"哦？听你的口音总有些……嗯，敢问是本地哪里呀？"

"东关。"齐永定答。

"东关，东关——东关我可没听过有姓齐的行家。敢问府上是哪一位？"

"我家里长辈不是做这行的，是我自己喜欢，从小拜了师傅，跑西域做些海外的买卖，四五年才回来一次，是以扬州话听起来或许有些生疏了。"说到这里，齐永定灵机一动，想起关家的家谱，以"风云日月，江潮沧海"循环往复，关德宁原本叫关风宁，和他的"永定"是一同起的名字，只是他自己长大后沉迷命理，硬把自己名字改了——于是他干脆借了关老爷子的名号："关海通你可听说过？"

锦衣人点点头，道："关家我倒是有所耳闻，只是这'海'字辈……"他的右手拇指在食指和中指间捻来捻去，半响才道："唉算不清楚了。"——齐永定刚松了口气，锦衣人又追问道："西域海外，具体是哪里？"

"意大利！"齐永定脱口而出。

虽然意大利这地方根本没听过，但锦衣人见他答得爽气，不似有假，话锋又一转，问："那阁下又是从哪里见过这只瓶子呢？若不是亲眼见过，恐是画不出那张绝世的梅瓶图吧？"

"在京城。"齐永定答。

"阁下不是通西域么，照理说回程应当是走海路进泉州府才是，怎地又去京城了？"锦衣人将信将疑地追问。

"兄台，不瞒你说，我上次见那瓶子，乃是在颐和园，给康熙爷进贡的时候。当时我与师傅得了一座铜胎的掐丝珐琅彩座钟，能够用鸟鸣声报时辰，康熙爷欢喜，便赐我们同游颐和园，还题了两句诗：'昼夜循环胜刻漏，绸缪婉转报时全。'"齐永定依稀记得成聆泷的笔记中有写，这白龙纹梅瓶原是一对，一只藏于颐和园中，后毁于事故，另一只完好的却不知怎的流落江南。

"那为何单单对这只梅瓶念念不忘？"锦衣人又问。

齐永定面露难色，锦衣人不等他回答，又再急急地追问："你是京城派来找瓶子的？"

齐永定只是望定他，不说是，也不说不是。

锦衣人脸色一沉，背后那只手又搭上了齐永定的肩膀，齐永定这才答道："不是！"

锦衣人用犀利的眼神紧紧地盯着他，仿佛要用眼神把他刺个对穿一般——齐永定知道，现在已经是一句话定生死的关头，一个不小心，恐怕就要把命丢在这儿。他感觉到假辫子下的后脑勺开始冒汗，一路凉到脊背上——他已经没法再编故事，只有把希望寄托在他在这个朝代唯一可以倚赖的名字身上。

"是叶家！"他答道，"我是帮叶家来寻梅瓶的。"

锦衣人又狠狠地盯了他一眼，忽然笑起来，眉毛一扬，杀气顿消，整张脸都放松了下来。

"只要不是给朝廷当差的，都好说！"说着，他拍了拍手，一个大汉从房间的暗处捧出一个黑色的包袱，递到他手上，他把包袱打开，里面结结实实地包着一层又一层的油纸，锦衣人又小心翼翼地一层层剥去油纸，直到那一抹天青色从中显露出来。

齐永定转眼间就已经忘却了刚才的凶险，视线被那只渐渐显露于昏暗光线之下的瓷瓶紧紧吸住。

锦衣人站起身，将梅瓶捧到齐永定身前，脸上露出得意的神色。齐永定伸手去抚那瓶子，只从上到下摸了一下，便给那人捉住他的手腕。

"你准备出什么价？"锦衣人问。

"你要什么价？"齐永定反问。

锦衣人捉住他手腕的那只手翘起两根手指，说："白银两万两！"

"两万？！"齐永定惊道。

"两万！不还价，不赊账！"对方回答得斩钉截铁。

齐永定看了看瓶子，又看了看他，垂下头长叹了一口气，片刻后才道："兄台，若是你能告知我，你是从哪里得见这瓶子上完整的龙纹，我愿出二百两把这瓶子买下来。"

十

交易

那紫膛脸的锦衣人的脸色阴沉得犹如脸上给洒了一把灰,齐永定身后那人已经把两只手都搭在齐永定的肩膀上,只等领头的一声令下,就可以下手把齐永定整得死去活来。

但齐永定心里,却不像刚被带进这屋子时那般紧张了。当那锦衣人拿出瓶子、开出价码的时候,他就知道,自己这条命多半是保住了。既然有货,又有价码,那就说明对方还是生意人,有生意可以谈,就代表对方不太会把事做绝——做生意的人,即便是没那么光明正大的生意,和绑架杀人劫财的,通常也都是两路人,极少搅和到一起去。齐永定虽然不是做这一行的,但从小在邻里间耳濡目染,又交了成聆泷这样一个女朋友,对古玩行的认识,比普通人深得多。他知道,古玩行里,稍微浸淫得久一些的老油条,都是收放自如、滑不溜手的个性,从来没听过有人为砍价砍得太狠而发脾气的。

即使发脾气,那也是假脾气。

果然,锦衣人那晦暗的脸色只维持了几十秒,忽然嘴角一扬,好似将满脸的灰都抖落了下来,又恢复了之前自如的神态,往椅背上一靠,说:"看你年纪轻轻,没想到还有点胆识。"

齐永定顺着他的话头,答道:"您是这一行的前辈了,不用我说您也知道,干这一行靠的就是胆大心细,赚钱靠胆子大,心细才能活下去,今天我要是拿两万两拿了这个瓶子,只怕行里明天就传开了,后天我就得要饭去。"心里不禁暗自庆幸,若不是跟着成聆泷摸过那么多古瓷真品，说不准今天就真栽在这件仿品上了。这件白龙纹梅瓶，胎形正，釉色匀，绝对是民窑仿品里一等一的好手工，只是还是在瓶底上露了破绽。齐永定上手一捋一摸，就知道不对。若是买回去，钱多钱少倒还是次要的，只怕到了第二年台风季，真到了派用场的时候，才发现是假的，就误了大事，届时只怕不但上当受骗，人也无处去寻，线索就此断了。

"胆大心细，说得好！"锦衣人道，"这玩意，连行家的一打眼、一伸手都过不了关，二百两是你给我面子，其实分文不值！"说着，便作势要将瓷瓶砸了，齐永定连忙伸手阻止！

"且慢动手！前辈，这瓶子做得虽不如官窑器物那般一板一眼，但也是个上好的做工，就这么砸了，实在可惜！"齐永定劝他。

"龙纹的东西，也不好拿到市面上去卖，不砸也是个累赘，说不定哪天变成我的催命符。"锦衣人答。

"前辈，这瓶子在你看来一文不值，在我看来却值二百两。"齐永定道。

锦衣人来了兴趣，说："哦？是何道理，说来听听？"

"凭我那半幅画，是绝仿不出这整条白龙的，您定然是见过真东西，我还是那句话，若是您能告知这真瓶子的去处，二百两我拱手奉上。"

锦衣人沉吟了半晌，终于应承道："阁下说得没错，我确实是见过真东西。只是见到的时候，瓶子早就毁了，到我手里的只是几片碎瓷片而已。"

齐永定一听，心中大喜过望——自己原本只是想从这帮做假古董的贩子口中打听梅瓶的线索而已，却没想到他们手里就有真货——但表面上，还是不动声色地问："前辈手里的梅瓶碎片，能拼出一条白龙？"

"只能拼出半条而已，龙头的形状，还是靠阁下的那幅画才补全了。"锦衣人道，"这几片碎瓷，混在一批破损的瓷器里，都是大户人家府里丢出来的东西,我一打眼就知道这几片瓷不一般,那苏麻离青料的色,我们烧来烧去,总还是差那么一点。只是可惜,我去拿货的时候,已经有好这一口的去挑过一波,到我手里的这几片,无论如何都拼不出一只完整的瓶子。"

齐永定听他说"苏麻离青",就知道此人是大行家,要烧出"苏麻离青",需要从德黑兰进口的特定产地的钴料,经陆上丝绸之路翻山越岭地运进来,价格不菲,这些仿制官窑瓷的小窑口,不会下这样的本钱,多半是拿新疆料、青海料仿制,发色自然是要差一点,但在这昏暗的环境下,以自己的眼力,绝看不出二者的差异。自己能够识破他的手艺,其实全凭侥幸——他大概只拿到了梅瓶上半部的碎片,不然断然不会在瓶底上露出那样的破绽。齐永定一念至此,后脖颈不免又冒出些冷汗来,但依旧强压着心中的波澜,继续追问:"好这一口的?是你我的同行?还是像孙净清那样的行商?前辈能否指点一二?"

锦衣人这次是真的笑出声来,一点不像是做作,他笑着说:"小子,你眼光虽然毒,但对扬州府市面上的行情却是半点不清楚,也不知叶家为何要托你来找这梅瓶的下落。"

又说:"你是当真愿花二百两买消息?"

齐永定感觉谈判的主动权已经渐渐回到了自己这一边,那种有人在冥冥之中牵引着他命运的感觉又一次在心中升起来,萦绕不去。他假装犹豫了片刻,吊了吊面前锦衣人的胃口,这才说:"您仿的这只瓶子,加碎瓷片,加余下碎片的消息,二百两我全包了,如何?"

"价格倒是公道,不过我有个条件。"锦衣人说。

"什么条件?"齐永定连忙问。

"你告诉我我的手艺到底哪里出了岔子,我告诉你余下瓷片的下落。"

齐永定答:"一言为定!"

"这本不是什么秘密,你在市面上也不难打听到,好碎瓷这一口的，可不止我们同行，还有在天宁寺里抄经，在平山堂吟哦的那些文人骚客。郑燮、金农、黄慎、汪士慎这几人的名号，阁下想必有所耳闻吧？这些不及第的文人，自己买不起官窑瓷，就去搜罗那些破损的，再找人修补。我手里的这几片碎瓷，想必是龙纹烫手，才落到我手里，不然早就被他们买走了。"锦衣人一口气说完，又道："到你了，我这瓶子，究竟是哪里做得不对，被你一眼看穿？这'苏麻离青'，我就算没仿到十足十，八九分总还是有，却竟然连第一眼都过不去？"

齐永定心想，既然他还不知道这"苏麻离青"的奥妙，那瓶底上的破绽告诉他也没什么大不了，于是开口道："这白龙纹梅瓶，原是元代皇家的窑口'浮梁瓷局'烧制，烧制之时，要上两道釉，一道无色透明的清釉，一道青花釉。要烧出'苏麻离青'，釉色配方和窑口温度，都有讲究，只是寻常难以一眼分辨——前辈的破绽，其实是出在那一层无色清釉上，元代时上这一层无色釉，是要上满整只瓶子的，而不会在瓶底上留那一道毛边。"

"原来如此！"锦衣人道，"我还道是我手艺退步了。唉，没亲手摸过真家伙，果然还是不行！"

说着，他站起身，走到齐永定身前，抓起他放在膝头的那一包随身的银子和零碎，道："这一包东西，就当是定钱，我以三天为期，三天之后，一手交钱，一手交货，过时不候！"

齐永定连忙道："那条坠子，乃是我家家传之物，也值不了几个钱，能否还我？"

锦衣人从包袱里挑出坠子，放在手里掂了掂，又拿到明处仔细瞧了瞧，讪笑一声，将坠子丢还给齐永定，道："什么家传之物，这大大一个相思扣，当我眼瞎么？是定情之物才对吧？"

齐永定脸上一热，也不答话，将坠子重新戴回胸口。只听锦衣人道："送客！"守在门口的那个男人三步并作两步，冲到齐永定身边，蒙头的布套就往齐永定头上套。齐永定急忙问："三天后怎么找你啊前辈？！"——眼前已然一片漆黑。

"找郭小九就好！"锦衣人答。

说话间，一条粗壮的手臂又环上他的脖颈，他两眼一闭，等着压迫颈动脉窦的那种昏死过去的感觉，只听那锦衣人又道："不必了，天色已暗，蒙着脑袋谅他也认不出道来，若是昏个一两日，耽误了买卖，反而不好办。"

只听身后那壮汉应道："是！"说着又将他双手反绑了，两个人将他抬出屋子，齐永定也不挣扎，只觉得自己被抛起来，掉落在了一处有缓冲的木板上，发出"砰"的一声，身体裸露之处，只感觉麻麻痒痒，刺得难受，拿手一摸就知道是稻草——接着身体开始随着地面起伏有节奏地颠簸起来，想必是被丢在了运送稻草饲料的板车中，离开了自己被关了一天的地方。

一路颠簸，即便是有稻草堆的缓冲，齐永定的肋骨和腰胯依旧被颠得快断了。一路上他听见车夫赶骡子的声音，大约走了一个小时，他才又被抬下车，放到冰冷坚硬的地面上。一个人在他耳边警告道："数一百个数，再摘头套，不然可别怪我们不客气！"说着拿刀割断他手腕上的绳子。

齐永定躺在地上，听关门声、脚步声、赶车声渐渐消失，乖乖数到一百——一秒钟一个数，不过是一分多钟的时间，没必要节外生枝。接着他坐起身，摘下头套，环顾四周——自己已经被送回了郭九年在二别村的那间屋子。他推开门，四下张望，天色已然黑透，河边带着腥味的风吹得他一哆嗦，西面的天空中升起一轮残月，整个二别村死黑死黑的，没有一丝光，看什么都模模糊糊。若不是门口的骡子叫了那一声，他甚至都没注意到他们还给他留下了骡子——看来那些做假瓷器买卖的，事情还没做得太绝。他只觉饥肠辘辘，又冷又饿，但却身无分文，要在这个光景赶路回去，也只能在城门外的野地里凑合一宿——倒不如在这里忍一晚，第二天天亮了再走。

齐永定关上门，活动了一下身子，右半边身子从肩到胯，都酸痛得像针在扎，除此之外倒没有什么大碍，头颈四肢都活动自如。他将身体活动热了，又紧了紧衣服，摸黑爬上屋子一角的板床，迷糊了起来。

第二天，齐永定忍着饥饿，一路走一路歇，过了晌午才回到高家。高大娘见他那一身落魄样，大惊失色，连声问发生什么事了，怎么这许久都不见人影。齐永定回，能不能先弄点吃的，高大娘连忙给他又是烙饼，又是炒鸡蛋，又找人去叫高胜回来。

刻把钟不到，门外马蹄声未落，高胜便推门冲了进来，一同回来的还有刘总管。两人将齐永定从头到脚细细打量了一遍，这才问，究竟去了哪儿，发生了什么事。齐永定一边填肚子，一边一五一十地将自己寻找梅瓶的线索却被掳走的事说了一遍，但心头又隐隐觉得，不该将与那紫膛脸锦衣汉子的交易说给二人听——自己在这里吃穿住用数月，如今开口又要讨二百两银子，话到嘴边却实在说不出口，于是又给硬生生吞了回去——只说对方拿一只假的梅瓶诓他，被他识破，那帮人便只抢了他随身的钱财，就放他走了。

高胜连声埋怨，说遇到这种事应该先回趟家知会他一声才对，这次能全须全尾地回来，是上辈子烧了高香，若是遇到穷凶极恶之辈，届时只怕追悔莫及。齐永定听着，心里觉得好笑——自己的上辈子，只怕要在几百年后才开始，又怎么保佑自己呢？刘总管倒是一贯地沉稳，没多说什么，只是让他好好休息，接下去几天都别再去账房了。

齐永定吃饱了饭，睡了半日，只觉恢复了元气，心中便开始盘算那二百两的事——刘总管给的钱，自己这数月大手大脚地花销，只剩了十两左右，就算加上那十几两的"订金"，依然有将近一百八十两的巨大缺口。思来想去，若是不再向刘总管开口，就只剩一条路可走。

翌日，齐永定依旧吃了早饭便出门，高大娘多了个心眼，先问清楚齐永定要去哪儿。

"保障湖那边的'德信斋'，去找那姓孙的算算账。"齐永定说。

"还是等我家男人回来，再多叫几个人一道去吧，也好有个照应。"高大娘劝道。

齐永定执意要去,高大娘见拦不住,只好又着人给高胜送了个信。

天气阴沉沉的,雨积在云层上,将落未落。齐永定一路顶着风,赶到德信斋的时候,脸都已经给吹麻了。

德信斋的掌柜一见齐永定,连忙把他让进内堂,端了把椅子,点上暖炉,又泡上了一壶热茶,让他且稍等片刻。不一会儿,孙净清急急忙忙地进了屋,还没等齐永定开口,先上前一步抓住齐永定的手,连声道:"哎呦您可回来了!我正有急事找您!"

齐永定挣脱他的双手,从随身的包袱里取出那件冲锋衣,在孙净清面前展开,说:"这是件西域的料子做的蓑衣,可在雨中走一个时辰滴水不沾,穿着也不憋闷,您看看能不能帮我尽快出手……"

孙净清打断他,说:"卖衣服的事待会儿再说,您听说了吗?您那张梅瓶图在扬州府可火了,现在好几家买主抢着要!"

齐永定心头一振,问:"哦?那现在能卖什么价?"

孙净清伸出一根手指,说:"只要您受累,再题个两句诗,一百两不在话下,您看怎么样?"

齐永定答:"一百八十两,若是能卖到一百八,我现在就动笔。"

孙净清双眼发亮,连忙去准备笔墨,又从怀中掏出一枚印章,说:"印我也给您预备好了!"看上去就算齐永定开价二百两,他也依然能大赚一笔——齐永定实在没想到,一幅小小的水彩写生,回到清代竟然能值几百两银子,心中不免好奇,出如此高的润格买这样一幅画的,究竟是何方神圣?

片刻间,文房四宝已在案头备齐。齐永定闭上眼睛,在自己背过的古诗中搜索着与梅花、瓶子有关的诗句,再加以变造,几分钟后,便在画的空白处以楷书写下四句诗:

窗外雪犹冻,瓶中梅不开。
秉烛催暖意,盼得早春来。

| 十一 |

八怪

当天下午，德信斋的掌柜找了个裱画的师傅上门，不到一个时辰，就将齐永定的水彩梅瓶图裱成了一幅立轴。师傅显然是这一行的老手，见到画，先是眼睛一亮，赞叹了一句"好画"，接着沉吟了片刻，从随身的箱子中扯了四尺青灰色的云纹绫布，用来衬托梅瓶上的龙纹，又给画搭配了白瓷轴头，最后给画配了个凤鸟纹的小白玉扣，说是用来压一压龙的煞气。经他这么一装裱，整幅画变得平整服帖，一丝折痕都没，看上去体面了好几个档次，在齐永定看来，说是"身价百倍"也不为过，水彩画风与题诗、盖印的不和谐感觉一下子也变得没那么明显——这些装裱，一共只收了一两银子。齐永定心中不免感慨，要是换了他的时代，就算他画几百张这样的水彩，只怕也换不来那枚小小的白玉扣吧，转念又想，自己总算是在这朝代找到了一门谋生的手艺，卖一幅画就可以置办一处宅子，大概从此可以衣食无忧了。但这念头一起来，就被他自己摁了下去——千万别忘了自己回到三百年前，是为了什么，他提醒自己。

齐永定回到高家，就开始了焦灼的等待。孙净清答应他，卖画的钱一到手就与他结账，但却没法说出个准点儿来，许是从来没经手过这种大买卖。雍正年既没有手机可以刷，也没有电影可以看，连本他看得进去的书都没有，要打发时间可真是太难了。他有心想出门逛逛，又怕孙净清来找他的时候他刚好不在，就只好绕着院子走方步，走了一圈又一圈。高大娘见他等得心焦，问他是想喝茶还是喝酒，若是想喝酒，她便去弄点花生毛豆作下酒菜。齐永定心里倒是想喝一杯，但又怕喝了酒耽误事，就问高大娘要了一壶香片。不一会儿，高大娘一手拿着茶壶杯子，一手端了把凳子，把茶给他摆在了凳子上。

"少爷，茶趁热喝。"高大娘提醒道。

茶初时烫口，齐永定吹了又吹，吹得心中烦闷，干脆脱了大褂，只穿了短衬衣，在院子里打起高胜教给他的太祖长拳来——这半月来他夜里闲来无事便打半套拳再去睡觉，今天是第一次在白天练拳。打完一整套太祖长拳，他的心情也平静下来，再端起茶壶，茶教冷风吹得早已经凉透了，苦涩中透着一丝腥味，齐永定也不好意思再麻烦高大娘，便披上长衫，将茶端回了自己屋里。

第二天，他换了一种打发时间的方式，泡上一壶茶，备好笔墨纸砚，将案子搬进厅堂里来，开始在纸上写几句自己小时候背过的关于扬州的诗句，什么"春风十里扬州路，卷上珠帘总不如。""天下三分明月夜，二分无赖是扬州。"写了几行，忽然想起古人是竖写、不加句读的，于是又重新写过。吃过午饭，干脆在纸上画起茶壶来——茶壶可比梅瓶好画得多，没练几张就已经画得惟妙惟肖。高大娘日常看见的画里，画的全是些神仙、花鸟，要不就是画来给媒婆说亲用的女子肖像，她完全没想到家里的粗瓷茶具也能被画进画里，忍不住多看了两眼，赞叹道："哎少爷你这茶壶画得——好像啊！"

齐永定又画了几张家里庸常的摆设，什么椅子油灯、脸盆水缸，越画越是放松，想起自己在欧洲看了百遍的那些高更、莫奈、雷诺阿、德加，便将所见的屋中陈设、光线变化，乃至高大娘也一同画了进去，设色也愈加大胆，不单画中庭院里的花草绿得青翠，黄得耀眼，青砖泛起了孔雀蓝，高大娘也变得红唇鹤发，明眸善睐起来。一时画得兴起，又画了一张被打碎的梅瓶，心下却又不免戚戚然起来。

过了申时，厅堂里的光线便不太适合写字画画了，齐永定一边往回搬桌案，一边想，喝茶、打拳、写字、画画，自己如今的生活越来越像个古人了。往日里这个钟点，大概是在办公室里一边喝咖啡一边在电脑前办公吧，要不就是在星巴克刷手机，等人谈公事，以往觉得无论如何也离不了的手机和电脑，如今已经从生活中彻底消失，拿铁是什么味道，也已经想不起来了。

一直等到吃晚饭，都不见孙净清的人影。齐永定思来想去，终于下定决心，不能再白白等上一天，第二天一早，就让高胜带他去找刘总管，先赊出二百两银子来再说。却没想到快要打更的钟点，有人来敲高家的门，高胜心中警觉，手里拿了根烧火棍去开门，只见门外站着的不是别人，正是行商孙净清。

齐永定听见动静，从屋里跑出来，一脸惊讶地望着门外的孙净清，质问道："这么晚，你怎么来的？"

孙净清一笑，说："山人自有妙计！"他望了一眼手握烧火棍，一脸想要找他晦气样子的高胜，转头望向齐永定："能不能先进屋再说？"

齐永定向高胜招呼道："没事，高大哥，是我请他帮忙找的东西有眉目了。"高胜这才脸色稍霁，将棍子丢回厨房，自己回屋里去了。

齐永定将孙净清领进屋子，掌上灯。孙净清一见齐永定下午画的几幅画，立即双眼放光，齐永定看出他的心思，将一只手按在那叠画上，问道："钱呢？"

孙净清得意地从怀中抽出两张银票，一张一百，一张八十，递给齐永定，说："不多不少，刚好一百八十两，您收好了！"

齐永定将银票折好，收进怀里，只听见孙净清又问道："齐兄，您看这余下的几幅画……"

齐永定凑够了钱，心中大定，也不准备多为难孙净清，便道："你先回答我，你这大半夜是怎么过来的，我就将这余下的几幅画都交予你去打理。"

孙净清不好意思地讪笑几声，说："也没什么特别，有钱能使鬼推磨而已。十五个大钱落一次吊桥，二十个大钱开一次城门，齐兄要是想夜里出去逛逛，下回我带你去和守城的卫兵打个照面好了，只要花个酒钱，日后就可通行无阻了。"

齐永定送走了孙净清，望望天。这一个月以来，他已经在看星空推断时辰上小有心得——这在光污染的现代都市是不可能的。他向北方的星空望去，轻易就在天空中找到了北极星和北斗斗魁上的天枢和天璇两颗指极星，由三颗星组成的星钟可以大致推断，现在是夜里九点多——依照齐永定以往的个性，他大概会披一件厚袄子，卷上两张饼，找一匹马直奔二别村，连夜找郭九年，带他去找那紫膛脸的锦衣人。开城门二十个铜钱——简直比高速公路的过路费还便宜。他迫不及待地想要拿到梅瓶的碎片——但想到下一次穿越的时间窗口是在明年的台风季，他还要在这里度过一个漫长的冬季，他就冷静下来，决定再等一天。

隔日，齐永定先到江都县府学那一带的闹市租了一匹马，租金不便宜，在关城门前还回来，要五十文铜钱，如果在外头过夜，价钱不但要翻倍，还要再给十文的饲料钱。马是中原的矮脚马，押金要十两，看上去不太威武，但跑起来好歹比骡子、驴子要快上不少。马在城里跑不快，出了城门，齐永定便一路打马，半个时辰的工夫，就到了二别村。

齐永定拴好马，推门走进郭九年的那间瓦房，与房间里那人打了个照面，双方都是一愣。

令齐永定意外的是，房中坐的不是郭九年，而是那紫膛脸的汉子，只是他没再穿那一身锦袍，而是换上了粗布的短褂，看上去就像是个普普通通的庄稼汉。而令那紫膛脸汉子没想到的是，齐永定不但来了，还是独自一人赴约。

那汉子走出门口，四下张望了下，问："你的帮手呢？"

"什么帮手？"齐永定答，"我一个人来的。"

紫膛脸汉子道："你胆子倒挺大，看来是上次的苦头没吃够。"

齐永定道："我有什么好怕的，你若是要对我下手，上次就不会放我回去。"又说:"钱我凑齐了,货呢?"

"好!有胆识!"紫膛脸汉子大笑起来,道,"跟我来吧。"

两人出了村子,紫膛脸汉子也骑上马,也不打马,不紧不慢地往西走,齐永定心里虽然着急,也只能跟在后面。两人两马一路走到仪征县城,那汉子没进县城,而是走上往西北面的岔路。又走了快五里地,凭着方位感与地形地貌,齐永定认出来,此地乃是白沙,他曾陪成聆泷来探访过这里的一处古窑口。

"怪不得他们能仿出几可乱真的官窑瓷器来。"齐永定心想,"这白沙的土质,确实是十分适合拿来烧瓷的!"

穿过一片榆树林,来到了一片由砖砌的围墙围起来的院子。院门没闩,紫膛脸汉子推门进院,齐永定跟进去,在拴马桩上拴了马,四下打量起院子来。院子里的布置很简单,中央用红砖围了一片晒泥打胚的场子,东面是一片灰扑扑的平房,西面则是一处颇具规模的窑口,烟囱搭得比一层楼还高半截,凑近了闻,那种过了火的陶土特有的焦煳味依然让齐永定记忆犹新——那日,他想必就是被关在了这个窑口里。

紫膛脸汉子带他走进那片平房中的一间——并不是当初他被从瓷窑里带出来时进的那件空荡荡的房子,而是另一间摆满了木制层架的大通间,地上有不少破碎的陶土碎片,层架上还遗留着许多尚未上釉烧制的土胚,但一件瓷器都看不见。

而且,自打他们进院子起齐永定就注意到了——整间院子冷冷清清,上次围住他的那些壮硕汉子,都不知去哪儿了。

这里除了他们两人一马外,一个人影都没。

齐永定正心下疑惑。那紫膛脸的汉子搬开一处层架,掀开地面上的木板,露出一个地窖的入口,他的身影消失在入口处,片刻,又回到地面上,手里捧着一只瓷瓶,递到齐永定面前,道:

"那日兄台走后,我又烧了一只,兄台看看这只仿得如何,钴料用的是青海料,我又把窑口的温度调高了些,看能否过一过行家的法眼？"

这只白龙纹梅瓶仿得几乎没有破绽，龙纹运笔简洁古朴，深得元青花的神韵，釉色、窑温都调得极好，那紫膛脸汉子只怕还在釉色中特意加了铁粉，连锈斑都仿得惟妙惟肖，若不是有真品两相对比，几乎分辨不出青海料与波斯来的"苏麻离青"的差别。但齐永定却丝毫没有兴趣，草草看了几眼，就将瓶子摆在手边的一处层架上，说："阁下莫要与我开玩笑了，你我三天前约定要来拿的货，可不是这一件！"

"我知道。"紫膛脸汉子说，"这只瓶子不要你钱，你拿回去，就当是留个念想。"

"留个念想是什么意思？"齐永定急忙问，"真瓶子的碎片呢？"

"卖了。"

"卖了？！"齐永定脑中犹如有闪电划过，一时间将他整个大脑照得一片空白，半晌，他才由牙缝中艰难地吐出几个字，"什么时候的事？"

"昨天这个时候。"紫膛脸汉子答道，"一个豪客找上门来，开口就是三千两银子，把我这里所有的物件，不论是真品还是仿品，一口气包圆了。"他又说："你别怪我不讲道义。兄弟们跟了我这么多年，做这见不得光的买卖，无非是求财，如今大财上门，我自然也不好再推出门去。"

"你们准备就此洗手不干了？"齐永定又问。

"昨日就散了。"那汉子道，"大家把钱一分，该回乡的回乡，该置地的置地，该娶媳妇的娶媳妇，就只剩我一个，去二别村等你，你若是不来，那再好不过，若是来了，把这只瓶子给你，我也就无牵无挂了。"

"那买走你所有物件的，究竟是什么人？"齐永定继续追问。

"我不知道，也不敢问，这种大买卖，多问一句说不定就黄了。"那汉子答道，"不过你也别灰心，这样大手笔的买家，全扬州城一个手就数得过来，那姓孙的行商路子活络，一定查得到，不会比搭上我这条线更难。"

齐永定用布包了那只仿的梅瓶，一路失魂落魄地回到扬州城，在江都县还了马，也没有回高家，而是就近找了间酒肆，上二楼包了间雅座，点了一壶五琼浆，一盏茶的工夫便喝干了，又点了一壶。喝到第三壶，酒意已有些上头，胃里也有些翻江倒海，这才叫了三个炒菜，一碟清炒莲花白，一碟虾子焖冬笋，一只红烧狮子头，再加一碗白米饭。

饭菜下肚，齐永定胃里舒服了些，也没那么六神无主了，才想起紫膛脸汉子最后那句——"这样大手笔的买家，全扬州城一个手就数得过来"。他走到窗边探出头去瞧了瞧天色，离打烊的时候还早，于是立即结了账，余下的饭菜也没胃口再吃，急急忙忙地赶往德信斋。

到了德信斋，齐永定一进门便高声问道："掌柜的，孙净清今日在不在你店里？"

掌柜抬头见是齐永定，脸上一下子堆满了笑，道："说曹操曹操到，齐公子，今天店里可有贵客找您！"

说着从内堂转出一个留三绺长须的中年人，长袍马褂，又高又瘦，却不是孙净清。

那人向齐永定长长一揖，道："这位想必就是齐兄，在下黄慎，昨日有幸见到齐兄那幅碎瓶图，惊为天人，今日特意来拜访。"

齐永定回了礼，兀自醉意未消，只觉得黄慎这名字耳熟。只听那黄慎继续道："既然你我都是同道中人，我也就直说了，齐兄那幅碎瓶图的润格，现下少说也要三百两，我等穷书生自然是高攀不起的，若是能求得一幅扇面、斗方，已经是天大的面子。虽然润格我付不起，但那碎瓶图上的瓶子，倒有一半在我一位挚友的手里，齐兄若不嫌弃我们穷酸，去我那朋友府上一叙可好？"

听了这话，齐永定的酒一下子彻底醒了，赶忙问："黄兄客气了，敢问黄兄那位挚友高姓大名？"

"板桥先生，齐兄可有耳闻？"

齐永定一时间愣在当场——黄慎、郑板桥这两个名字一下子从他的记忆中跳了出来。鼎鼎大名的"扬州八怪"，现如今竟在他面前说什么"高攀不起"，又请他到府上一叙，实在像是做梦一般。

| 十二 |

叶稚柳

齐永定一听说黄慎要带他去会一会郑板桥,便一刻也不想多等,更别说郑板桥手上还有一块他寻访已久的梅瓶碎片了。

"黄兄在这里等我片刻,我出去叫个驴车,这就回来。"齐永定说着就迈步出了店堂。

"不用,不用!"黄慎连忙跟出来,说,"克柔兄就借住在天宁寺南边的别院中,与李鱓同住,从这里走过去,一盏茶的工夫就到。"说着拉起齐永定的胳膊,便扎进一处向南的弄堂。

黄慎带着齐永定走街串巷,显然是对城西的这一片地界极为熟悉。时辰刚过了未时,太阳从云层里露了一下头,洒下片刻的阳光,将黄泥坯的土房子房晒得发白。和高胜住的那一片青砖房的街坊不同,这片小巷子的路极窄,只能过一匹骡子的宽度,房子挨着房子,每一间都很窄小,这个时间点,也是一点动静都没,如同冬眠了一般,令齐永定不禁怀疑,这是在以繁华著称的扬州府吗?但穿过了这片窄巷,一见到青砖绿瓦白墙的房子,那个繁华热闹的扬州就又回来了。前方,天宁寺已经遥遥在望。

齐永定之前从未想过,繁华与破败可以离得那么近,而黄慎似乎对这一切早已习以为常,一边走一边对齐永定说:"初来扬州时,我就借住在这片宋家村。克柔运气比我好,他十年前到扬州时,便有盐商马氏接济,落脚在枝上村,可比这片破地方好得多了。"

听了这话,齐永定心里禁不住打鼓——若不是遇到了刘总管、高胜、叶家的接济,凭自己一个人,能在古代的扬州活下来吗?一念至此,便又开始为成聆泷的遭遇担忧起来。

穿过天宁寺,到了郑板桥借住的别院,这院子是杂院,数家人家合住,远不如高胜家那般清净舒服。进了院门,只见一个身型矮胖,前额凸出,唇上留了薄薄两撇胡子的中年男人在院子中央摆了张矮桌板凳,在那里喝茶读书。一见到黄慎,那人连忙起身相迎,神态甚是亲热,彼此以"恭寿兄""宗扬兄"相称——齐永定对古人的表字不熟,但也知道郑板桥字"克柔",这位"宗扬"想必就是"扬州八怪"中的另一位大家李鱓了。

黄慎向李鱓引荐了齐永定,李鱓一听是碎瓶图的作者造访,忙着搬出椅子,又拿出一坛子酒,非要与齐永定喝一杯。齐永定推辞不过,与黄慎各要了一杯这"荷花淀"酒,酒是米酒,度数不高,入口却有一股荷花的香气。李鱓说,这酒是他们长塘村的特产,酿造时加了荷叶莲子,言语间不无得意。

几杯酒下肚,几人这才由寒暄迈入正题。黄慎问:"怎么不见克柔兄?"

李鱓望望天,答:"这辰光还没回来,准是又到平山堂去看碑文去了。"

黄慎笑道:"乡试在即,克柔兄整日价不是临摹碑帖,便是抄经,想必是胸有成竹了。"

李鱓答:"唉,你也知道他的脾气,他若是一早就把心思都放在乡试上,又怎会到现在都还没考取功名?"

齐永定心想,郑板桥终究是会考取功名,去山东做官,摆脱这种清苦的生活的,只是那是在他四十岁之后,也就是雍正十年之后的事了。转念又想,这里在座的、不在座的,命运唯一不确定的,就只有自己了,又怎么有心思去担心别人。思忖间,只听黄慎问:"齐兄,是否要随我一起去平山堂,将板桥先生找回来?"

齐永定连忙回答:"不急,我也闲来无事,再等等就好,何必去打扰板桥先生的雅兴。"

一直到天色将暗,郑板桥清瘦的身影才出现在院子里,眼睛深陷在眼窝中,显得不怎么有精神,显然是夜里读书读得晚了。他一进门,黄慎也不寒暄,便急急迎上去,问道:"克柔兄,你可回来了。你那只墨缸呢?"

郑板桥一脸茫然,问道:"哪只墨缸?"

"就是那半只青花瓶底,改的那只墨缸。"黄慎答,"我今日带了碎瓶图的主人,特意来看你那只墨缸的!"

"哦,那只,你怎么不早说?"郑板桥有些懊恼地道,"昨日价有人来求画,多加了十二银子,硬是要让我饶上那只墨缸,我便给他了。"

拜别了郑板桥、黄慎、李鱓三人,回高胜家的路上,齐永定一路垂头丧气,沮丧渐渐变作疑虑——在仪征白沙的瓷窑里,在郑板桥家,自己连续扑了两个空,虽说那白龙纹梅瓶不容易找,但这几日的遭遇,怎么看都不像是纯然的巧合。

回到高家的时候,已经过了戌时,月亮已从西面升了起来,寒意也从脚底板下的地面渐渐渗上来。齐永定远远就看见高家门口停了辆马车,心里打了个鼓。推门进院子,不见高胜和高大娘的人影,只见刘总管一个人坐在厅堂里的八仙桌旁,见齐永定回来,便抬手招呼他:"少爷回来啦,听说你今天去找了郑燮?"

这句话一问出口,齐永定心里便明白了几分。

"你找人跟踪我?"他脱口问道。

"若不是亲眼见到,我还不信,你果然是我爹口中的那个齐家少爷,什么人都敢去惹一惹。自打我把你从牢里捞出来那一天起,你便没一天闲得住的,若不是我着人跟着你,只怕你早已经性命不保,我也辜负了老太太的嘱托。"

"那你应该清楚我去找郑板桥所为何事咯?"齐永定追问,"等等,你爹又是谁?"

刘总管叹了口气，说："唉，你还是跟我来吧，老太太吩咐了，瞒不住的时候，就带你去见她。"

马车跑了半个多时辰，连过吊桥时都没有停，仿佛守城的兵卒特意为他们留了城门。齐永定下马车时匆匆望了一眼东面天穹，但云层遮了北斗，也不知有没有到亥时。两人到了一处森严的大宅门口，宅子的门面大到一眼望不到边，朱漆铁门钉的包铜边木门，一面大门上门钉纵五横五，显然是府上曾有爵位的豪族。大门边上的便门开了一条缝，一个丫鬟将二人迎进大宅中。转过一面龟鹤图的照壁，便是一座壮观的园林，亭台楼阁在烛影中显得影影绰绰，看得不甚分明，齐永定只知道那引路的丫鬟带着他们在一条游廊上走了好久，才终于到了一座雕梁画栋的宅子门前。丫鬟行了个礼，就隐身在黑暗中。刘总管轻轻敲门，道："老太太，齐家公子来了。"

门内传出一个苍老但沉稳的声音："辛苦你了子明，请他进来吧。"——齐永定这才知道刘总管叫"子明"，也不知是名还是字。

屋内炉火烧得很旺，一开门，暖意便扑面而来。齐永定跨步迈过门槛，只见紫檀木的八仙桌旁坐了一个老人，看上去没有七十也有六十，头发已然白了一大半，用一根翡翠簪子扎了起来，脸上气色还是很红润，穿着华贵的缎子面袄子，双手收在一个兽皮做的皮筒中。见到齐永定，老太太露出笑容，从皮筒子中抽出双手，对齐永定做了个"请"的手势，说："还没吃饭吧，先吃点。有什么话，吃过饭再说。"那语气，不像是长辈，倒像是妻子对晚归的丈夫在说话。

齐永定心中疑窦丛生，但看到那一桌子菜，才想起自己奔波了一天，除了早饭几乎什么都没吃，当下按捺不住胃里一股股饿意顺着食管直朝上冒，决定坐下先填饱肚子再说。

整顿饭，那老太太都一直瞧着齐永定，直把他瞧得浑身不自在。

"这位婆婆，不知该怎么称呼？"齐永定终于无法再忍受这样的注视，开口问道。

"叶稚柳，这个名字你可有印象？"老人问道。

齐永定茫然地摇摇头,说:"我只知道刘总管、高胜都叫你'老太太',名讳我今晚还是第一次听说。"

"是,我是叶家的'老太太',如今在这扬州府,乃至整个江南,没有人不知道我们蓝田叶家的。但这偌大的产业,说起来也有一半是你替我打下的,你当真什么都不记得了么?"老人再次问道。

齐永定只觉得莫名其妙,说:"今晚是我平生第一次来您这府里,为您打下一半的产业,又从何说起?"

老人的神色变得有些黯然,喃喃地说:"是了,你投胎转世,自然是忘得一干二净。你比我上一次见你的时候,变得更年轻,而我却老了。"

齐永定正待再开口问,却被老人抬手打断,只听她说:"来,我给你看几样东西。"说着站起身来,一双小脚踩着莲步,步履已然有些蹒跚。

齐永定跟着老人进到里屋,屋子很宽敞,是连着卧室的一间起居室,装点得古色古香,颇为雅致,绣花的帐幔与银镜子、玉香炉又让房间平添了几分女性的柔美。只有朝南的墙上挂着的一幅画十分打眼,画的显然是一处城楼边的运河码头,画面几乎是满的,极少留白,用色十分大胆,即便是在烛光下看,蓝绿黄都抢眼得很,竟有些印象派的风格,画上既没有题诗,也没有落款,只在边角处用蝇头小楷写了一行小字,摇曳的烛光下看得也不是十分真切。

老人打开衣橱,取出一个木匣子,放在案头上,旋开铜扣,从里面缎子面的衬布里拿出两件折得四四方方、整整齐齐的上衣,小心地展开。齐永定吃了一惊,那赫然就是自己的冲锋衣和速干T恤,齐永定还以为是高胜趁自己不在时偷了来,但忽然想起,自己前几天拿了冲锋衣想让孙净清帮他卖了,却不知为何和T恤一起到了叶家老太太手里。

那冲锋衣和T恤衫,齐永定越看越不对劲。他走上前去,拿起来放到灯下,又仔细瞧了瞧,摸了摸,才发现冲锋衣内侧的防水胶条早已发脆脱落，T恤衫也褪了色，似乎是经历过久远年代的物什，但触感却显然是现代才能制造的化学纤维。

"这……这的确是我的衣服，但怎么会……"齐永定一脸疑惑地问道。

"这是三十九年前你交给我的衣服，我藏了足足三十九年！"叶家老太太道，"给我这两件衣服的时候，你告诉我四皇子胤禛会继大位，年号'雍正'，雍正五年，也就是三十九年后，你会被下狱，请我一定要搭救你！"

"这些话，我原来也是一个字都不相信的，只道这些全是你用来回绝我的鬼话。但一件件事，都让你说中了，不由得我不信，就如你所说，你是从三百年后回来的。"老人继续道，"还有这个！"

说着，她又从衣橱的角落，取出一只瓶子，递给齐永定。

齐永定接过瓶子，在四盏烛光下，瓶身上的三爪白龙如同在蓝色的釉彩上游动一般，瓶底触感细腻，一丝毛糙都没有——梅瓶已经请锔瓷的工匠用金丝细细地锔了，但仍有残缺，残缺的部分在这个年代怕是永远也找不回来了，只能用白色陶土将缺损处都补齐——补好的白龙纹梅瓶，在烛光下有一种残缺的美。齐永定知道，在之后的三百年里，它还将再破碎一次，其中的一片瓷片，将被一个叫成聆泷的女孩寻到，最终变成一枚吊坠，挂在三百年后的自己的脖颈上。

"没错，是我着人抢在你前头，把瓶子的碎片都买了来。"老人解释道，"我知道你要靠这瓶子去找你的爱人，我不是想阻止你，我只是想你在这里，多过几年快活日子。你想干什么都行，要多少钱我都给你，若不是三十九年前你帮我那一回，也不会有今天的叶家。"

见到梅瓶时，齐永定已然想通其中的关窍。

"既然如此，你也应该明白……"齐永定道。

"我明白！"叶老太太忽然高声打断他，说，"你若是要走，随时都可以走,没人敢拦你。但我希望你留下,离台风季你真正要走的时节,还有一段日子呢!"

"我会留下的,我还有很多事要请教。"齐永定沉吟了片刻,答道,"瓶子我能带走吗?"

叶老太太笑起来,仿佛年轻了好几岁。她笑着说:"给了你就是你的,不然我干吗拿给你呢?"又说:"这两件衣服,我可收起来了。"

夜里,齐永定在客房辗转反侧。这里的床、被子、褥子,比高家都要舒服得多,暖炉也整夜都烧着,房间里温暖得如同春天。他奔波了一天,明明已经很累了,却无论如何都睡不着。

那只残缺的梅瓶会带他回到另一个时代,但不是成聆泷所在的时代——他注定要去一次康熙年,去会一会年轻时的叶稚柳,去拜托她搭救如今的自己。这一切都难以置信,却又不由得他不信。在那之后,他会离开叶稚柳的时代,但又会穿越到哪朝哪代呢?他不知道。

又翻了有半个时辰,齐永定干脆穿起衣服,推开门,穿过一段门廊,到一处碎石铺就的院子中。

月色如水,寒冷的空气笼罩着他,他开始笨拙地打那一套学会没多久的太祖长拳。渐渐地,他的呼吸变得粗重,呼出的每一口气都变作白雾飘散到夜空中。

直到一套拳打完,一边的一个人鼓起掌来,齐永定才发现,一人站在屋檐下已不知多久。那人走到月色中,却正是高胜。

高胜道:"少爷,明儿起就到府里来吃饭吧,我那婆娘做的菜吃得够久了,也来多尝尝我的手艺。"

十三

下辈子

齐永定了了一桩心事,忽然发现时间过得飞快,转眼间就腊月了。扬州下过一场小雪后,便一天冷过一天,高大娘又找裁缝给齐永定做了一身棉袍,一双高筒塞棉的靴子,帽子也买了顶毛皮的。齐永定虽然不喜欢自己穿得和个地主似的,但也没办法。他问过高胜和刘总管,扬州城里有没有卖那种棉袄的夹层里塞的不是棉花,是鹅毛的衣服,两人都一脸错愕地望着他,说从来没听说过这种衣服——他想想也是,发明羽绒服的是个美国人,怎么可能出现在这个时代的扬州呢?

腊八节齐永定是在叶家过的,看得出,老太太兴致很高,摆了丰盛的宴席,还请了戏班子。齐永定心里想,也不知成聆珑是否有自己这般的运气,又安慰自己,她比自己有本事,对中国古代的了解也多得多,理应过得不错才对。这几日,他除了继续给叶家做账房,其余时间,有空便去和老太太聊天。老太太告诉他,她第一次见他,是在天宁寺的码头上,当时他已是江宁织造的幕僚。但齐永定对自己是什么身份、做什么差事这些事并不在意,只想知道在康熙年,那只白龙纹梅瓶的下落——对此,老太太却始终讳莫如深,不愿多吐露一个字。但从他目前得知的很多事情里,齐永定不难推断出一个事实——那就是即便集齐了雷雨夜、天宁寺藏经阁、白龙纹梅瓶三个元素,要穿越到成聆珑的同一时代,也不是一件容易的事。而梅瓶的力量究竟来自何处,与天宁寺又有何瓜葛,齐永定始终查不出个所以然来。

齐永定在叶家大宅只住了一周，便想回高家住。这里生活虽然锦衣玉食，但一打开房门，就有人跟在他屁股后头，问他要去哪儿，要吃什么，要用什么，要帮他安排这安排那，远不如在高家时逛逛街、打打拳来得自在。这一日，齐永定在午饭后和叶老太太说，这几日承蒙她的款待，他想春节在高家过，等明年开春了再来拜会。老太太也不勉强他，找人备了马车送他回高家。回到高家的第二天，刘总管便送来了一车的食材，并让高胜在开春前都别去叶家了，只管在家中照顾好"齐家少爷"就行。之后的几日，齐永定上街时，只要稍加留意，就总能发现有张熟面孔缀在他后面，便是从"鬼市"回来的那天，与他在同一个小吃铺吃面的那人——虽然齐永定心里明白，叶老太太的这些安排都是为了他着想，但总感觉有些不自在。

腊月二十三，年前的最后一个市集，过了小年夜，第二天大部分开买卖的就都歇市了，大家都置办齐了东西，准备回家过年。这天天蒙蒙亮，齐永定和高胜、高大娘一起赶了个早集。虽然高家缺什么，叶家立马就会着人送来，但三人还是在集市上各自买了些年货。高胜买了祭祀用的瓜果和沉香蜡烛，又买了三串挂鞭；高大娘买了现磨现打的水磨年糕，买了窗花和写春联用的红纸，还买了几盆水仙；两人又让齐永定帮忙挑一幅年画，准备挂在厅堂里，齐永定给他们两夫妇挑了一幅松竹梅。临回家前，齐永定心念一动，又去卖水仙的摊子前买了几枝腊梅回去，一文钱一枝。

小年夜对于高胜来说，是与春节一般重要的节日——甚至比春节要更隆重些——清代的时候，还没有"春节"这一说，正月初一就是元旦，但对齐永定来说，把年初一叫作"元旦"总是别别扭扭的，是以心里还是农历归农历，不愿意把日子过糊涂了。也时时借一些重要的日子推算公历对应的时间。这天，所有的厨师伙头都要祭灶王。高胜下午就摆好了供桌香案，点上了沉香和红蜡，摆了三样果子和三样糕点，便去厨房忙活了。到了饭点，又给供桌上添了一盘扒猪脸，红彤彤的既喜庆又诱人。虽然桌上的菜也十分丰盛，但齐永定还是时不时往供桌上瞟上一眼。高胜见他魂不守舍的样子，笑道，只有叶家那样的大户人家才会从小年夜起一直到正月十五都不断供，他们这样的普通人家没那些穷讲究，过了子时，供桌上的供品便可以撤下来吃了。齐永定见自己的心思被看破，不免有些脸红，但对那整只的扒猪脸又有些期待——说起来，这扒猪脸也是扬州的一道名菜，自己做了三十多年的扬州人，却一次都没有吃过。

饭后，高胜开了一坛绍兴的女儿红，与齐永定对饮了几杯。待到打更的打过亥时的更，便去沐浴更衣，穿起绿缎子面的短褂头巾，开始给灶王爷磕头祭拜。齐永定在一边静静地等待，等到高胜祭完灶王，又在院子里放了一串挂鞭，时辰已经过了子时，高胜年年祭拜，钟点拿捏得刚刚好。子时敲过，高胜便招呼齐永定，一起撤了供桌，将扒猪脸摆上了八仙桌，拿刀分了，就着余下的女儿红，三人大快朵颐了一番，连高大娘都喝了些酒——那扒猪脸虽然凉了，但味道实在是不一般。

到了年三十当天，高大娘负责揉面擀面，高胜切了两斤猪肉、两斤牛肉、两斤羊肉，又准备了木耳、马蹄、韭菜，细细地剁了三色馅——齐永定则把年画挂了起来，又从屋里搬出那只仿的梅瓶，插上前几日买的腊梅。高大娘见状，连忙说："我们普通百姓家，可当不起这物件，怕折了福气。"

齐永定抱着瓶子，放下也不是，搬回屋去又觉得不妥，正踌躇间，高胜却看出了媳妇的心思，拿胳膊肘捅捅齐永定的腰眼，道："你这瓶子看上去可不便宜，怕是要几百上千两银子吧，万一有个什么闪失，我们家可赔不起。"

齐永定连忙说："哪里！高大哥，这是仿的，不是真品，打碎了便打碎了，半点不可惜，又哪里需要赔？"

高胜笑着对高大娘使个眼色，道："明儿是猴年，上蹿下跳地不安稳，拿龙来压一压泼猴也好。只要你不出去多嘴，便不会折了福气。"高大娘这才放下心来。

午饭吃得简单,高胜下了阳春面,上头洒了葱花,清清白白地十分漂亮,吃起来汤头也煞是鲜美,齐永定知道是猪皮、鸡脚、筒骨吊的高汤,一连吃了两碗才过瘾。午饭后,高胜又搬出了香案供桌,这次不是拜神仙,而是求平安,他对齐永定说,要是心里有什么想要保佑的人,也可以拜一拜。齐永定将那只机关盒放在香案上,向不知哪路菩萨上了一支香,心中默念着成聆泷的名字——机关盒的铜锈他已经让德信斋的掌柜找人溶了,也依着成聆泷的法子成功打开,但其中绢布上的字迹却已经模糊不可辨,只看得出"秋""扬州""余""寺"等零星几个字。齐永定问掌柜的能不能找人复原,掌柜的说没办法,也只能作罢。

晚饭准备吃饺子,齐永定也学着包,当然远不如高氏夫妇包得又快又漂亮,但一边包一边说笑,却也其乐融融,就如同一家人般。高大娘将一枚制钱包进饺子里,说:"吃到的走一年大运!"

下午还没到饭点,外面就开始传来零星的炮仗声,高胜打开院门,孩子在街坊里蹿来蹿去,一刻都不得停的,高胜看着高兴,时不时就赏那些半大小子一个铜钱。天色暗下去,雪又开始零零星星地飘起来,小院子里一派祥和气氛。齐永定穿起那身不太轻便的袄子、棉裤和高筒靴,站在院子中央,望着天空,心中只感觉回到雍正年间这半年来从未有过的宁静,却又有些伤感——这是自己在高家过的第一个春节,只怕也是最后一个春节。他在院子里走了几圈,活动活动腿脚,又不自觉地打起拳来。打完半套,高胜递给他一只酒壶,说:"晚饭还没吃呢,就开始消食啦?"

齐永定笑起来,说:"活动活动,一会儿胃口更好。"

高胜又炒了几个菜,高大娘端上饺子,三人便开席,从戌时一直断断续续地吃到午时,酒也喝了不止三巡,即便是高胜那样的好胃口,也实在是吃不动了。那只藏了制钱的饺子让齐永定吃到了,高氏夫妇一齐向他道贺,祝他来年心想事成——齐永定知道,是高大娘故意把那只饺子拨到他碗里的，但也不说破。

子时钟点刚过，门外鞭炮声大作。高胜也拿竹竿到院子里，放了一挂长鞭，直到地上铺了一层碎红纸，厅堂里满是硝烟味，这才过了瘾，拉了高大娘准备回屋睡觉去。齐永定叫住两人，从怀中摸出两锭元宝，一锭二十两，塞到两人手里，说："这些日子来承蒙照顾，一点小小心意，万望别嫌弃！"

高胜却死活也不肯收，连连推辞道："老太太已经给了许多赏赐，这钱不能要，不能要！"又说："我虚长你几岁，蒙你叫我一声大哥，你既然认我这个哥哥，便把银子收起来，哪有弟弟给哥哥送压岁钱的，不合规矩！"

几番推辞下，齐永定只能把银子收起来。高大娘怕折了他的兴致，便拿出两条春联用的红纸，说："少爷，劳烦您动笔帮我们写两条春联，我们便领您的情了。"

齐永定欣然答应，提起笔，脑子里却混混沌沌，想不到什么好词，只写了："爆竹声声辞旧岁，桃花朵朵迎新春。"

高大娘欢欢喜喜地去贴了。

这一夜，虽然爆竹声不停，齐永定却睡得十分踏实。

来年开春，齐永定依照约定，又住回了叶家。叶老太太这回顺了齐永定的脾气，让家里的佣人都少去打扰他。他在叶家住得烦了，便回高家看看，住上个一两日。每次他回去，高胜便要烧一大桌子菜，搞得他也不好意思经常回去了。虽然他的几幅画已经被几个富商炒到了数千两银子，但他却不再画画，只是整日研究瓷器，账也做得少了。老太太的府邸里，藏了一房间的青花瓷，齐永定经常一头扎在里面不出来。不知道的人只道他变作了一个纨绔子弟，只有叶老太太知道他的心思——他只是在等那个日子的到来。

三月，清明前后，下过了一波春雨，天气暖和了些，那些臃肿的衣服都脱了，齐永定出门也出得勤快了，不是上运河游船上漂一天，就是去找郑燮、黄慎、李鱓他们聊天，"八怪"教他格律，他也向几人演示怎么拿碳条画与水墨完全不同的"素描",几人一同作画时,他也画些"印象派"的写生。有次黄慎还特意请了"八怪"中年纪最长的高翔来看齐永定的画,一边看还一边说:"高翔兄,你看齐兄这着色可是有几分像你师傅?"

高翔沉吟了半天,微微颔首道:"确是有几分,但齐兄的画可明快多了,可不似我师傅苦瓜和尚那般萧瑟。"

齐永定听他们几人拿他与一代奇僧石涛相提并论,不免羞惭,日后也画得少了。八怪只道他是珍惜笔墨,是以从来不把他即兴画就的作品拿去卖,时常是他画完,黄慎就把画扔到炉灶里烧了,倒是盐商富贾登门求画的络绎不绝——有时他被人纠缠得烦了,就跑去天宁寺里和郑板桥一起抄经,一边练字,一边感叹造化弄人。

四月头上,扬州下了春天里第一场瓢泼大雨。齐永定站在保障湖边上,打着油纸伞,但半边身子还是被雨浇个透湿,但他毫不在意,心里想的完全是另一件事——眼见离那个重要的日子越来越近了!雨后第一个晴天,叶老太太不顾腿脚不灵便,硬要约他去天宁寺走一走,他也只有应允。两人在天宁寺山门口的"万福来朝"牌楼前下了马车,老太太便让刘总管和其他人不要再跟,自己则搭着齐永定的手肘,一路走向悬着"敕建天宁禅寺"匾额的大殿。

两人从东面穿过大殿,又走过藏经阁,一路没有停歇。齐永定几次想让老太太停下脚步,但只是脚步慢一点,老太太便不停催促,仿佛有什么物什要让齐永定赶紧去看,不看就错过了时辰似的。老太太拉着齐永定一路往西,到了天宁寺的别院,运河的边上。河对岸就是隔开东西城的城墙和城门楼子。齐永定搀扶着老太太,走下码头旁的几十级台阶,来到康熙下江南时游船停泊的御码头旁——那时,既没有凉亭,也没有刻着"御码头"三个字的石碑,那些东西,都要乾隆时候才立起来。

"这便是我第一次见你的地方。"老太太道,说着摇了摇齐永定的手臂,"你到了下辈子,可不能忘了我。"

很快就到了"一斗东风三斗雨"的季节，东南面海上吹来的季风一起，齐永定便开始数日子。直到一个雨后断虹之日，齐永定将身边的银子都换作了官铸的小颗银锭，回了一趟高家，那只仿制的白龙纹梅瓶一直摆在厅堂里，瓶子里的梅枝换了一茬又一茬。齐永定将银锭全塞进梅瓶里，足有几百两之多，高大娘换梅枝的时候绝不会错过的——他决定不把雍正年的官银和银票带回康熙年，这些朝代错乱的银子风险太高了，一不小心引来麻烦不说，只怕那些"雍正四年""雍正五年"的字样会让他把命都搭进去。但第一次穿越来得仓促，这次他却有所准备。

那一夜，他收拾了简单的行李——几角碎银子、吊坠、小笔、机关盒，这些都是随身物件。不知穿越回去时是什么季节，便将春衣与冬衣打了个包裹，官银不方便带，瓷器玉器怕碎了，就换了几只金镯子金戒指，包在衣服里，俗气归俗气，但是安全。此外，便只多了一块小小的羊脂玉牌，上面镂空雕了两株柳树，顶上打了个小孔，用细巧的金珠子串成链子，又加了一个玛瑙扣，让他挂在头颈上——这是那天在御码头上叶稚柳留给他的，让他在"下辈子"若是有事，便拿着玉牌去找她——他又穿起冲锋衣，望向镜中的自己。这一年来，他的头发已经留得足够长，不必再戴假发套，只需梳个辫子，胡子也蓄起来了，活脱脱一个清朝读书人的样子。但穿起冲锋衣，他又认出了镜中的自己。

齐永定提早了数日，在天宁寺边找了间小院子住下。在那个狂风大作、雷鸣电闪之夜，他捧着残缺不全的梅瓶走进雨幕中——一阵阵熟悉的心悸掠过胸口，这次，他没有让自己再晕过去。

| 十四 |

苦瓜和尚

康熙二十七年戊辰，十月二十，深秋，风朗气清。但寺庙别院小瓦房中的日子可不比城东高家，有些难熬。

齐永定在大明寺的别院中寄宿，已经是第三个月，和那个时常来平山堂登高南眺的和尚，已经很是熟稔。为了避"大明"的讳，这座寺庙在清初短暂改名为"栖灵寺"，香火也远没有雍正年那样旺，齐永定这才有机会在别院谋得一间房，与那些抄经的、赶考的、拜菩萨的，以及各类住不起扬州内城的旅客一起，暂时安定下来，有一处瓦片遮头。僧人们过午不食，只供应两餐清粥白饭，菜是寺院里自己种的，不给寄宿客吃，早餐若是起得晚了也吃不到，但房钱倒是便宜，一月只需二十文，齐永定还负担得起。

那中年和尚每次来到平山堂，都会来齐永定的房门前与他打声招呼。他搬出案头茶几，在院子里写写画画时，和尚也总喜欢站在他身旁瞧着，有时候一瞧就是一个时辰，也不说话。每每齐永定问他："苦瓜大师能否指点一二？"

他总是摆手推辞："谈不上指点，谈不上指点。"

但有时和尚也会笑眯眯地，如喃喃自语般地说："近景写实，远景写意，这运河两岸画得甚好！""这片青石着色还是谨慎了，不点几笔朱砂，何来秋意，不可拘泥于肉眼所见啊！"

闲聊时，和尚自称"苦瓜"，口音一听就不是扬州人——他说他是粤西人，儿时便到湘西出家，之前在南京的一座小庙，又辗转来到扬州，如今在天宁寺挂个单，但再问，就问不出什么了。和尚离开后，却总有人三天两头地打着"搜集僧人山水佳作"的名义，上寺里和别院来，东问西问，有几次就问到了齐永定这里，打听那个带着点湖南口音的和尚，有没有在这里动笔画过什么，离开前还会塞给齐永定几枚铜钱，叮嘱他若是见到和尚留下墨宝，无论如何帮他留下。至此，齐永定心里对和尚的身份已经猜到个八九不离十——自己的艺术史知识就算早已经忘得七七八八，但好歹做了那么久的扬州人，去了那么多次的大明寺，便是没见过他画画，也应该猜得到，这个和尚就是与"八大山人"朱耷齐名的前明遗族、清初名僧，"苦瓜和尚"石涛。

但齐永定与他结交，却从来没向他讨过一幅画，而是盼着他哪一天能够带自己重回扬州城内，即便是去天宁寺讨个扫地、抄经的活计，也好过一天天地困在这扬州城北郊，吃不饱穿不暖，寸步难行。

平山堂是扬州城北郊的高点，"远山来与此堂平"，指的就是从这里南眺扬州城，远处南边的山地高点恰好与视线齐平，是以得名"平山堂"。但说是"南边的山"，其实不过是一马平川的江南大平原上一处小小的隆起而已。齐永定只需登上栖灵塔，第四层往上已经可以将整个扬州城尽收眼底，四周再没有什么可以与视线齐平的山。登高望远，原是齐永定初到大明寺时最爱的消遣，秋风一起，西北风一阵紧过一阵，他登高也就登得少了。至于"苦瓜和尚"石涛，齐永定知道他最爱看山，以《搜尽奇峰图》名垂画史，但每次齐永定邀他一起登塔，他总是推辞"腰腿不好，不上了"，就只是站在平山堂上眺望远处。齐永定初时觉得他矫情，但转念一想，扬州的山，与他之前看过的山，以及日后北上时看的那些奇山险峰相比，自然是没什么可看的——至于他为何总是上平山堂望远，齐永定一直以为，那是他胸中自有丘壑，但是前日里听寺里的和尚说，那是他在给自己找坟地呢！

三天前，齐永定趁着天还没那么冷，在午饭后跑了一趟扬州城内城，为自己置办了一身粗布的棉袄棉裤，又吃了一回烫干丝和蒸饺烧卖，算是过了嘴瘾，开了洋荤。扬州城内倒是与雍正年时没太大的差别，只是原本以安江门为北门的内城，将镇淮门变作北门，将大明寺、平山堂、栖灵塔，与大半个保障湖，都划到了城外北郊，虽然紧挨着城门，但进出却没在雍正朝时么方便——只怕要到康熙二下江南后修筑新城时，才会把这一片划进来。

但与天宁寺的状况相比，这远算不上糟糕。

他穿越时间漩涡，来到藏经阁前时，恰是黄昏时分，夏季白天的暑气还未散尽，他脱下冲锋衣，一身长袍长裤与时节显得有些不搭，下半身又被淋得透湿，看上去就像失足踏进水沟里刚爬出来似的——但好在他有剃发，有辫子，看上去虽然狼狈，但还不至于像刚回雍正朝时，扎眼到会给自己惹来麻烦的地步。

他上下检查了一遍，身体各处都活动自如，没有受伤，但随身带的包袱却不见了，四下找都找不到，只怕已经落在了时间的漩涡中，但好在随身的物品一件都没有丢。

只是，从藏经阁向外走，一路上根本没人看他——准确地说，是连人影都没。

他还没出山门口便被卫兵拦住："什么人，胆敢夜里擅闯官家禁地！"

齐永定心中一惊，天宁寺又何时变作需要卫兵看守的官家禁地了？但脸上假装迷路的样子，四下望望，一脸茫然地道："抱歉啊军爷，您看我这一身……我，我这是掉水里了，爬上岸就不知自己到哪儿了，敢问我这是在？"

那戍卒将信将疑地上下打量了他一下，只见是个书生模样，下半身透湿，倒也不像是盗匪，但抽出来的刀，又怎可轻易便还鞘。他将刀虚虚架在齐永定的脖颈上，厉声喝道："守卫天宁宝刹，乃是我职责所在，怎容你这等宵小来去自如？随我去衙门验明正身再说！"

刀尖挑开他的领口，那串吊着玉牌的金珠项链在夕阳下闪了一下，那戍卒看他的眼神也变了。

齐永定心道一声"不妙"，情急之下，用左手隔着衣服暗暗扣住玉牌，右手往脖颈处一扯，将那条金珠项链扯了出来，金珠四下散落，玉牌则顺势掉进了齐永定的怀里。

"哎呀，对不住，您看我这笨手笨脚的！"齐永定将手中的几粒金珠塞给那戍卒，一边又假装手忙脚乱地去捡掉落的金珠，一边说，"军爷，我确实是在水里游得昏了头了，冒犯了宝刹，这点珠子，不成敬意，无论小的今天冲撞了谁，都是无心的，您就高抬贵手……"

那戍卒终于还刀入鞘，也弯下腰与齐永定一同去捡金珠子，齐永定心中这才松了口气。

戍卒一边趁着夕阳还未落尽，四处寻找还有没有散落的金珠，一边道："天宁宝刹乃是禁地，闲杂人等不得入内！赶紧走！"

"谢谢军爷，这就走，这就走。哎那南边的别院可怎么走啊？"齐永定装作脚下拌蒜的样子，三步一回头。

那戍卒在后面驱赶道："还不走快点，不要命了么？若是早几年，惊动了圣驾，我便是在这里当场劈了你也不冤！"

听到"惊了圣驾"四个字，齐永定心念电转，已然猜到了些什么。他快步跑开，到了拱辰门外，又隔着一条马路，远远地绕着天宁寺转了一圈——果然，每一个通往天宁寺的交通要道口，都有卫兵把守。他在原地呆了半晌，忽然拦住一个路人问："抱歉打扰，敢问今年是哪一年？"

一连问了三个人，在得到了"康熙二十七年"的确切回答后，齐永定证实了自己的猜测。

他千算万算，算漏了一点——天宁寺在这个年代，被辟作康熙下江南时在扬州的行宫，日夜都有卫兵把守，寻常人难以进入。其后，他又从"苦瓜和尚"石涛那里听说，连寺里的僧众，也只有日间能进寺，夜里则都被驱赶至西面、南面的厢房、别院居住，根本不会借房间给外人，自己若不是金陵长干寺介绍来挂单的僧人，只怕也难以在天宁寺落脚——齐永定心里留存的希望更是渺茫，但这是后话。

当夜，齐永定找了间客栈投宿，吃了顿热饭，又买了件应季的薄衣，将脏衣服换了下来，顺便清点了身上的物什。碎银子、坠子与玉牌都在，一身衣服也没什么破损，只有那只残破的梅瓶连同包袱一起已不知踪迹。他想早早歇息，再作打算，却又一次失眠——这次可不是因为床板太冷、太硬。

西城内的客栈都不便宜，住这么一晚，一钱银子便花了出去。齐永定原本已计划好，包袱里的黄金首饰少说也能让他在这个朝代衣食无忧好几年，但为今之计，大概只有学郑板桥那样在天宁寺的别院中借一间房安顿下来，一边卖画，一边寻访这个时代梅瓶的踪迹。他原本以为那很容易，起码不会比在雍正朝时更难，至不济，也可以拿着玉牌去投奔叶家——但现在看来，要在天宁寺借一间客房留宿，已经是千难万难，要一直住客栈怕是开销不起，算一算，叶稚柳此时正是二十上下的年纪，只怕刚刚出阁没多久，自己贸贸然去找她，难保不惹出什么事端来——想到这里，他已经在后悔没有将雍正年间挣得的金银锭子随身携带，能留得一些是一些，刮去官银上的铸文虽然惹人怀疑，但总比身无分文、流落街头来得好。若是实在找不到地方住，说不定也只能学学黄慎、李鱓，屈身去宋家庄、长塘村那种破败村落住下再说。

如今三个月过去，时节也从夏季到了深秋，已经是置办冬衣的时候，除了找了个差强人意的落脚之地，事情并没有什么进展。

他去过德信斋所在的那条小路，路还是那条青砖路，但路边的店家，却完全不是那么回事——这可是四十年前，德信斋还没开出来，自然也没什么奇怪，也就无处去找孙净清那样的行商；"鬼市"的所在地，齐永定的记忆已经模糊，又太远了，再说以齐永定现下的状况，就算他不怕危险，不怕白跑一趟，也负担不起租一头毛驴，再在外头住一宿的费用；至于高家所在的街坊，倒还是"原样"，青砖黛瓦的两进小跨院，只是三座牌坊只剩了一座——齐永定只看了一眼，便早早地往回走，他要在关城门、拉吊桥之前出城，二十文钱的开城门的钱，如今也成了一笔大开销——那可是他一个月的房钱。

他也曾向那些上门来收古玩字画的商人推销自己的炭笔写生和水彩画，此刻这些画，与雍正年受到热捧的状况完全是两副光景——收字画的商人中，有些人会觉得这些画"画得蛮有趣"，但一来没有名家的保荐，二来没有题诗，连一方印章都没有，没有人愿意出哪怕几十文钱来买这些画。一来二去，齐永定不免心灰意冷。

至于梅瓶的下落，更是无从说起。

这一日，齐永定买齐了冬衣，打成一个包袱，又买了两张烙饼，便往回走。出了镇淮门，他望了一眼往西面落下的太阳，辨了下方向，就开始迎着阳光赶路。太阳越落越快，眼看就赶不上了。齐永定心情也低落下去——再过三日，便是他回到康熙朝的第一百天。他不可能就这样一直等下去，等一年、两年还好，若是要等十年二十年呢？他已经决定了，去求石涛帮他引荐书画商人，赚些润格也好，带着玉牌去登叶家的门找叶稚柳也好，无非是放下自尊——自己会回来这里，原本就不是要来博取什么功名的，要自尊又有什么用呢？想到此，心情才轻松了一点。

回到大明寺别院中的住处时，太阳已经落下去大半，只有一丝余晖留在天边，染出一抹橘红。齐永定一进院子，便看到桌案还摆在房门口，案子后头一名清瘦僧人盘腿坐着，脚下没垫蒲团，也不怕脏，头上已经几日没刮，沿着发际线冒了一片青色的发茬出来，看上去没了往日的潇洒，倒显得有些邋遢。面前的案头上，也破天荒地摆了一幅画，用两块石头随便地压着。齐永定心中甚是奇怪，心想这和尚何时转了性子，连忙跑进来观瞧，只见那幅画与自己记忆中那近处怪石、远山氤氲的石涛多少有些出入，整幅画全是近景，两座奇峰之间夹着楼阁与密林，落笔苍劲，没有丝毫氤氲之气，倒像是郁结了些什么。画的右上角题了一首诗：

> 山南山北近痴憨，
> 买醉春风有甚堪。
> 无计送春春亦远，
> 尚凭消息勿轻谈。

落款是一个"济"字。

齐永定道："大师，这会儿还不回去，可就赶不及关城门了。"

石涛竖起一只腿，将右手搭在膝盖上，有些不好意思地答道："齐兄，今晚可否借贵宝地暂住一宿？"

齐永定愣了一下，答："当然可以，只是这城郊山上，夜里风可冷得很，我这里刚置办了冬衣，今晚刚好就用上了。"

石涛赧然一笑，道："不打紧，和尚身子骨还硬朗。"

齐永定又从怀中摸出个油纸包，打开，里面是两张烙饼。

"晚饭只有烙饼清水，大师可别嫌弃。"

石涛连忙站起身，道："和尚今日叨扰已是不得已，怎好再吃齐兄的干粮？"

说罢沉吟了片刻，像是有什么难言之隐似的，忽然走近两步，拉住齐永定的手。齐永定触手一片冰凉，张开手掌一看，石涛竟然塞了一枚小小的元宝到他手里。"这……"他惊愕之余，连忙想塞回去，石涛却握住他的手，沉声道："齐兄，一会儿不论来的是谁，与我说了些什么，你只当没看见、没听到，什么都别说，便是帮了我的大忙！"

| 十五 |

江宁织造

月色凉得如同有霜从天上洒下来，但月下的和尚却好像丝毫感觉不到似的。

苦瓜和尚坐在月下，静静地等待他的访客——听上去似乎很诗意，但对于他本人而言，却是一件很紧张的事，甚至到了煎熬的地步。

齐永定隐身在屋檐下的阴影中，望着在院子里闭着眼睛打坐的和尚，他看上去就像是睡着了似的。但没来由地，齐永定就是能够感觉到他宽大的僧袍掩盖下的紧张状态，就好像身上盘了一条蛇似的。

他等的人，快子时才现身，高高大大，穿了一身深色的长袍马褂，夜里看不出料子好坏，但那一双靴子一看就是好货，因为齐永定自己曾经也买过一双，最扎眼的是腰里面挂着的一把短刀，弯弯的刀身倒像是胡人的样式。那人生得一张圆脸，两条浓眉，唇上两撇黑髭，比眉毛还浓。一路赶来，显然是赶得急了，呼呼地喘着粗气，嘴边吐出一团团白汽，但身手依然轻捷，几个大步便来到石涛面前，弯腰在犹如坐化一般的苦瓜和尚面前轻声叫道："元济兄！"

石涛这才抬起头，望了来者一眼，伸出一只枯瘦的手往案子另一边的竹席上一比，道："子清兄来啦，因陋就简，子清兄将就将就。"

那人也不在乎竹席是干净是脏，撩起长袍的下摆就一屁股坐了下去，一吸气一吐气间已经调匀了呼吸，道："怎么约在这么个荒郊野外的地方？"

石涛笑道："是你说天宁寺人多眼杂，让我找一个清净的所在，我想来想去，就只有这里够清净，你却又来嫌这里荒郊野外——再说此处古刹清幽，山堂肃穆，离北门不过二里地，又哪里是什么荒郊野外了？"

那人摆摆手，道："唉——你懂我意思，夜里出门还要打点守城门的兵卒，麻烦！我还以为你会在城里找个地儿。"

石涛回应："城里找个地儿，是酒肆饭馆，还是青楼画舫？和尚只怕都不方便。"

那人笑着点头，说："是我欠考虑了。"又说："没想到元济兄在栖灵寺还有一处别院，那天宁寺这几年确是沾了太多世俗气，也就是元济兄涵养功夫好。"

石涛连忙比了个"噤声"的手势，小声道："这话可别让人听了去！"

那人有些紧张地道："此处还有外人？"

石涛答："不是外人，是我一个知交画友的住处，他画得一手好风物，却还没人识得，改天我引荐给子清兄认识认识。"

那人沉吟道："知人知面……"

石涛又笑起来，道："和尚若是连这点识人的本事都没有，早就死了八百回了！"

那人话锋一转，道："天色已晚，别说这些了，我这次来，元济兄可知道所为何事？"

"如果和尚猜得没错的话……"石涛顿了顿，答道，"是为了迎驾之事？"

"元济兄，我是旗人包衣，你是前朝遗族，我与你结交，原已是犯了忌讳，那些京官们颇多微词。家父已经过世五年，我还没能顶上他织造的缺，也不知与这些流言蜚语有关没关。元济兄便当是体谅我，听我句劝，这迎驾之事，多一事不如少一事。"

石涛正犹豫间，只听得屋檐下得阴影中传来"啪"的一声击掌声，在深夜里如同一声爆竹一样炸开，桌案前的两人齐齐望向击掌声的方向，只见齐永定从阴影中现身，开声道："曹大人，此言差矣。"

听到"曹大人"三个字，石涛一脸惊讶地望向齐永定，月光下脸上的表情仿佛在回想自己刚才是不是说错了话，那访客则是霍然站起身来，一脸阴沉，一只手已经搭在腰间短刀的刀柄上。

"你认得我？你究竟是什么人？"他的声调已变得沙哑，说出口的虽然是一句疑问，但夹枪带棒，弥漫着一股杀意。

齐永定知道，今天晚上，自己将面对在这个朝代最大的一个赌局，赌对了，无论是走到死胡同的自己的命运，还是寻访梅瓶的任务，都将再度出现一丝曙光——若是赌错了，只怕今夜性命就要断送在这里。眼前这位曹大人虽然是文官，但十六岁便进宫担任銮仪卫，手里的功夫，可远不是只练了几个月的太祖长拳的自己可以匹敌的。

"江宁织造曹寅曹大人，我猜得没错吧？"齐永定答——他虽然对"子清"这个字不甚熟悉，但当那访客与石涛谈及"迎驾"之事，又说自己是"旗人包衣"，心中已经有了些眉目，苏州、杭州、江宁三家织造，只能由旗人包衣担任，且要在内务府任过职才行，而且祖上要有军功，条件十分苛刻，此刻又联想到石涛是从江宁长干寺来天宁寺挂单，这访客若不是曹家长子，又会是谁呢？

曹寅瞟了一眼石涛，轻声埋怨："你交的好朋友！"又瞬间收回眼神，紧紧盯着齐永定，短刀已抽出刀鞘，刀柄朝下倒拿着，收在袖口里。

石涛倒是神色淡然，依旧坐在原处一动不动，只是抬起头望向齐永定，说："那齐兄想必也早已知道贫僧是谁了。"

"整个江南的风雅之士，又有谁没听过元济大师的名号？"齐永定答。

石涛摆摆手，道："齐兄也明白，和尚说的不是这个。"

"大师说的可是俗家时候的姓氏？"齐永定答，"大师出家前，原是姓朱。"

石涛淡淡一笑，脸色却黯淡了下去，说："那原本倒也不是什么秘密。"又说："我已关照齐兄，今夜莫管贫僧的闲事，只管蒙头大睡便好，齐兄这又是何苦来哉。"

曹寅向齐永定逼近一步，手中的短刀露出一角锋芒，声音更显沙哑，逼问道："你是天地会的人？"

齐永定一愣，笑道："曹大人想哪儿去了？"

说着踏前一步，道："能坐下说吗？"

曹寅见他靠近，略一含胸，手腕微抬，亮出短刀，脚下一前一后，摆出个不丁不八的姿势，看上去如同一只被惊扰到的猫，一副作势欲扑的样子。齐永定吓了一跳，连忙高举双手，张开五指，作出投降的姿势，也不知这姿势在康熙朝管不管用，但一时也想不到什么别的应对方式。

"曹大人，元济大师，在下齐永定，永定门的永定，今晚现身，绝不是来与二位为敌的。早就听闻曹大人在御前做銮仪卫十数年，功夫了得，我不是来找死的。事关重大，二位能否听在下把话说完？"

曹寅脸色稍霁，收了那"猫足立"的攻击姿态，但仍是一脸疑虑。

齐永定放下双手，问道："能不能坐下说？"

石涛在虚空中扬了扬手，对曹寅说："就听听齐兄有什么高见也无妨。"

齐永定绕过桌案，在席子的一角盘腿坐下，曹寅一言不发地坐在他身边，只是默默地将握着短刀的手放在案头上，大马士革钢的花纹在月光下反射出湛蓝与青紫相交的寒芒。

齐永定咽了口唾沫，勉强挤出一点笑容，道："好刀，波斯来的吧？"

曹寅冷笑一声，答道："你倒是有见识。"又紧接着道："天不早了，有话快说！"

"曹大人劝元济大师打消迎驾的念头，乃是顾忌到大师前朝遗族的身份，我说得没错吧？"

"天地会这几年也闹得凶！"曹寅回应道。

"那曹大人有否想过，皇上此番再下江南，所为何事？"齐永定又问。

"我们做臣子的，去考虑这些作甚？只需做好分内的事就好！"曹寅答。

齐永定知道曹寅说的只是官场上的套话，自己贸贸然冲出来相见，他对自己疑虑之心未消，自然要把话说得滴水不漏。他思考了片刻，决定还是自己把话说开了："曹大人，五年前你是接过一次驾的，那次办得滴水不漏，您应该了解万岁爷的脾气。万岁爷在江宁也见过元济大师一面，据说是龙颜大悦，此次理应让大师再去见一见万岁，曹大人又在怕什么呢？"

曹寅皱眉道："你知道的倒多，可是在京城里有什么眼线？"

齐永定笑道："曹大人说笑了，我若是能搭到京城里的线，又何必在这里以身犯险？"

曹寅回道："你继续说。"说话间已将刀子收了起来。

齐永定接着说道："当朝天子乃是明君圣主，五年前那一次下江南，爱民如子的名声已经在江南百姓中流传。皇上对前朝遗族的态度也一向宽厚，在江宁与元济大师的会面一度在民间被传为佳话。如今天子二下江南，恰逢天地会作乱，就更要有元济大师这样身份的人迎驾，才能显出天子的光明坦荡，盖过那些宵小，安抚民心。元济大师迎驾一事，乃是有百利而无一害之事。"

石涛挑起眉毛，望了他一眼，齐永定以坚定的眼神回应，一副胸有成竹的样子——大明寺中的石涛纪念馆中有记载，康熙二十八年，皇帝二下江南之时，石涛于平山堂再度迎驾，康熙帝不但记得这个和尚，还叫得出他的法号，石涛当即献画一幅、诗一首，龙颜大悦——这些事，全都是现代扬州人耳熟能详的事迹。

曹寅仍在犹豫，齐永定知道他在担心什么，于是把窗户纸又挑破一层："曹大人，在下还有一句话，不知当说不当说？"

曹寅有些着急地道："你们这些酸腐的读书人，说话怎么总是吞吞吐吐的，你今晚现身来见我，所为何事？直说便是！"

齐永定将身子凑近了些，低声道："上回万岁爷下江南，命曹大人奉旨协理江宁织造事务，如今已有五年之久，但大人一直未能顶乃父这个实缺，曹大人怀疑是京中有人进谗言，诬赖大人通天地会，结交前朝遗族，想要与大人抢江宁织造这个缺，是以大人才对元济大师去迎驾有所顾虑，在下说得没错吧？"

曹寅听他说得直白，忙问道："你可是听到了什么京里来的消息，快说来听听！"

齐永定微微一笑，道："我确是有消息，但不是京里来的……"

说到这里，用手指敲了敲脑壳，继续道："是这里想出来的。"

石涛在一旁说："齐兄，你就别卖关子了，你今晚若是能解开曹大人这个心结，我那一锭银子，也算是没有白花。"

齐永定摇头道："大师，我不是要贪图你那锭银子，这许多日子，你也应该知道，我不是那样的人。"又转过头对曹寅说："皇上对大人信任有加，这织造一职，绝不会落入旁人手中！"

曹寅一皱眉，问："此话怎讲？"

"大人想想，织造一职，最要紧的差事是什么？"

曹寅脱口而出："织造织造，自然是为宫里置办……"话到一半，却自己吞了话头，没再说下去。

齐永定接过话头，说："是了，曹大人也清楚，江宁与苏杭三处织造，最要紧的差事，必不是那些布匹绸缎的小事，而是……"他话锋一转，语调严肃地道："而是两淮盐政，我说得没错吧？"

曹寅点点头。齐永定接着话头往下说："大人总揽两淮盐政，从未出过差池，深得皇上的信任。大人想，这两淮盐政若是仍让大人全权负责，这织造一职，又怎会旁落呢？"

"是，先生所言非虚。"不知不觉间，曹寅已经完全收起了敌意，开始尊称齐永定为"先生"。

齐永定决定乘胜追击,又问:"这几年来织造府与宫里的书信密谏,可曾有过什么不寻常的地方?"

听了这话,曹寅霍然坐直身子,瞪圆了眼睛,盯着齐永定问道:"阁下究竟是谁?怎么连这等事都知道?!"

齐永定也不回答,而是自顾自地说下去:"既然这等机密要务从来没出过岔子,也足以猜到皇上的心思,织造一职,不作第二人想,曹大人又担心什么呢?"

| 十六 |

大树堂

那夜过后，又过了十多天，石涛才再次来到平山堂。齐永定要将那锭银子还给他，他也不收，反而让齐永定这几天收拾下行李，等消息。

"你不是总让我找机会带你回扬州城里住么？"石涛说，"等等吧，再过几日，说不准就能住到城里了。"

"多谢大师！"齐永定赶忙道谢。

"呵呵，谢我干吗？"石涛回道，"和尚这次说不定也要沾你的光呢！"

齐永定要再问他原委，他也不再多说，只是答时机一到，他自然会知道。

又过了几日，一日午后，齐永定刚吃过午饭，将被子铺盖都拿到院子里，正准备趁天气好都出来晒晒。一辆马车停在别院门口，马车上下来一名高大的少年，一脸书生气，远远望见齐永定，从怀中摸出一幅画像，与真人细细比对了，这才怯生生地问："敢问，可是齐永定齐先生？"

齐永定点头答应，应道："正是，这位小哥找我何事？"

那少年道："齐先生，我是元济师父的弟子，元济师父搬了新的草堂，吩咐我请齐先生过堂中一叙。"

齐永定笑道："那元济大师有没有对你说，让我带上行李？"

那少年不好意思地挠挠头，道："这个，大师倒是没说过，他只说您要是有什么东西要搬,让我帮帮您。"

不到半个时辰的工夫,齐永定与那少年一起将铺盖衣物、文房四宝,以及几样不值钱的物件都打包搬上车,齐永定见那少年虽然高大,却手脚笨拙,看上去并不像是很会照顾人生活起居的样子。穿的虽是粗布衣衫,但双手皮肤白皙,不像劳作之人——但寻常人家怎会养一个不学四书五经,不学徒,却来和石涛学诗词书画这些附庸风雅之事的儿子呢?

齐永定心中奇怪,但心念一转,石涛有好几个弟子,日后都成了扬州书画界名垂青史的人物,有几位更名列"扬州八怪",便开口问:"小哥,你可是姓高,是何时跟的元济大师?"

那有些羞涩的少年道:"回先生,学生姓程,名鸣,字友声,家中排行老幺,吴惊远是我同乡的叔伯,近来和元济师父有了些交情,今年吴伯伯将元济师父接到新草堂,也顺便引荐我过来,与师父学些笔墨丹青。"

齐永定心下恍然——石涛初来扬州时囊中羞涩他是知道,也见过的,如今忽然搬了新草堂,自然是与近来的盐商资助脱不开关系。就如史稿所记,歙县程家、吴家、姚家都是石涛重要的资助者,这程鸣在扬州画史上也是大大有名,只是自己的艺术史学得实在是不扎实。说起来,自己以为这少年书生便是"扬州八怪"中的高翔,显然是搞错了,高翔大郑板桥不多,在这个年代,想必还是婴儿呢!

只一刻钟,马车便从栖灵寺平山堂跑到了石涛的草堂,齐永定已经许久没有乘过马车,对马车的便捷一时间还有些不太适应。石涛一反他日常冷淡平和的态度,竟然在草堂外亲自迎接,将齐永定与少年迎进草堂中,显然也是刚搬来不久,正在兴头上。

草堂就建在运河边,离东关街倒是不远,但却不属于任何一片牌楼街坊,而是一片独立的庭院。和这个年代大多数的扬州建筑一样,是一幢砖木结构,一层的平房,由东西北三面厢房围起一个小院,青砖垒起的墙壁外面抹了石灰,又在院子四周栽种了许多常绿的灌木,青青白白的看上去颇有雅趣。石涛带齐永定穿过院门,院子里没有设玄关照壁,也没有铺石板,院子中央的那棵一人环抱不过来的大榆树显得十分惹眼,看上去栽下去足有三四十年了。到了坐北朝南的门厅中央,只见门梁上悬了一块木匾,只是将树干的两面刨平,其余不加修饰,木板上写着两个隶书——"大树",一看就知道是石涛自己的手笔。

石涛领着齐永定绕着整间房子转了一圈。院子不大,但也不小,东西两侧六间屋子,只住石涛、齐永定与程鸣三人可说是绰绰有余。屋内陈设十分古雅,一水儿的雕花硬木家具,每间房都设了文房四宝,到处都挂着石涛的书画。逛到齐永定居住的西厢房,也不知是否冥冥间自有天意,房间墙上挂的是一幅梅花图,画中的梅花粗犷写意,肆意盛开,显然画的是春天,在画的左半幅题诗道:

> 看花有底为花忙,
> 日与花枝较短长。
> 人尽爱花花易老,
> 花如爱我我何妨。
> 青山对酒春无恙,
> 白雪当风鸟不翔。
> 欲把奇思寄天上,
> 恍如仙子驾扶桑。

画旁的边几上竟摆了一只青花瓷的梅瓶,插了几枝梅花,只是并不是龙纹,而是缠枝莲纹。齐永定不禁在瓷瓶前愣了半晌,石涛见他看瓶子看得出神,不禁好奇道:"齐兄对瓷器还有研究?"

齐永定答:"大师,不瞒你说,我此番到扬州来,正是为了寻访一只梅瓶。"

石涛奇道:"不会正是眼前这只吧?那可是得来全不费工夫。"

齐永定摇头道："那倒没那么巧,我找的那只瓶子乃是……"说到这里,他忽然想到石涛落魄王孙的身份,又想到他与曹寅的交情,一时间不知该不该说给他听。

石涛见他说话吞吞吐吐,便道："齐兄若是不方便说,不说也无妨。"

齐永定答道："哪有什么不方便说,我要找的那只瓶子,乃是青花底白龙纹。"一边说一边在心里骂自己,原本寻到瓶子的希望已经十分渺茫,自然要抓住每一个可能的机会,又怎能有一点风险就畏首畏尾的。

听罢,石涛接道："白龙纹的瓷器,我小时家里倒有几件……"但话说到一半忽然收住话头,自知再说下去怕是要犯忌讳,将话锋一转,道："齐兄先在此处安顿下来,我让友声去弄些斋饭。瓷器的事,日后再细细说与我吧。"

齐永定在"大树堂"住了快一个月,已经适应了新的生活规律。每日里早起打一趟太祖长拳,把身子打热了,便与程鸣一起去买早饭,二人兴致好时,也会自己做些斋饭。这数十日来,斋饭虽然清淡,但比起寄居在大明寺别院的那几个月,饥一顿饱一顿,出门也不方便的日子,可是要好得多了。实在嘴里淡出个鸟来,齐永定便带着程鸣,去东关街或是天宁寺一带去下个馆子,吃一顿冬笋红烧肉或是清炖狮子头之类的开开荤,再要一碗高汤底的阳春面,便十分满足了。有一回齐永定逛到李鱓曾住过的长塘,买了一壶"荷花淀"酒回大树堂喝,邀了程鸣一起,两人喝得七八分醉才回房休息,第二天都睡过了头。石涛显然是为此不愉快了一阵,齐永定看得出,那之后就再也没有带酒回来喝。

其间,齐永定也曾向石涛打听,为何忽然接他来这里居住。石涛的回答语焉不详,只是说城里有盐商家里空出这一间院子,愿意资助他下榻此处,他便想起齐永定想住到城里来的事。齐永定心想我果然没猜错,石涛是有了盐商资助,当下也不再多打听,但心里又猜,石涛找他同住,只怕与那天夜里与曹寅的会面不无关系。

除了衣食住行、吃喝拉撒这些具体的生活,其余的时间,齐永定便与程鸣一起写字画画。天气好时便在运河旁摆一处桌案,画运河两岸的风景,遇到刮风下雨,便在屋子里点起灯来画些瓶瓶罐罐。石涛觉得齐永定的画"颇有闲趣",但却"太拘泥于形体",以他洒脱自在的个性自然不会太推崇,程鸣倒十分喜欢齐永定的画,时常偷闲来与齐永定探讨写生的技法。这一个月来,依旧不时有书画商人登门求画,石涛将所有索画的事务都交给程鸣处理,当石涛带着徒弟四处云游时,家里的事就交由齐永定接手——十日里,石涛倒是有七八日要出门的。随着"苦瓜和尚"搬家的消息日渐传开,齐永定要应付的上门求画之人开始多了起来,有时一天要来两拨,一来二去,齐永定也开始与那些画商中的熟面孔熟络起来,连自己的画也卖出去几幅——但梅瓶之事,在外人面前他却始终三缄其口,他知道,在迎驾之事尘埃落定之前,自己最好不要给石涛惹麻烦。

刚进腊月,扬州城里下了入冬以来的第一场雪,齐永定的猜测就被证实了——腊月初三下午酉时,小雪初晴,曹寅便来"大树堂"拜访,还送了一车的棉被棉褥,炭火暖炉之类的东西来。傍晚时分,曹寅遣随从去东关街上的陈记菜馆烧了一桌上好的素斋送来,几人吃得甚是欢畅,石涛兴致颇高,甚至破天荒地建议曹寅与齐永定"不妨喝上一壶",并随口吟道:

一士长独醉,
一夫终年醒。
醒醉还相笑,
发言各不领。

那天晚上,曹寅遣开了随从,石涛也让程鸣早些回屋去睡。三人在厅堂里喝了两壶酒,连石涛都小酌了一杯。天色越来越黑,厅堂里的油灯点了一盏又一盏，续了三四次油，一直吃吃喝喝到亥时，眼见曹寅是准备住下，不准备走了。外面打了二更，三人这才散了，各自回房。齐永定在屋里洗漱完毕，烧起暖炉，正准备睡下，忽然听得外面敲门声。

齐永定从床上爬起来，打开门，门外站的不是曹寅又是谁？

"曹大人，找我有事？"

"进去说，进去说。"

齐永定将曹寅让进屋里，关上房门，点上灯，二人在方桌边各自坐下。曹寅先是从怀中摸出一只十两的元宝，塞到齐永定的手中，说："齐先生，这是本月的月费，日后月月都有，若是不够，再找我拿。"

齐永定也不和他客气，收起银子，心中窃喜——这银子一收，意思就是曹寅已将自己辟为僚属了——只是他表面还不动声色，问道："曹大人，这么晚来找在下，应当不仅仅是为了给我这十两银子月钱吧？"

"是，那我就直说了！"曹寅道，"元济大师迎驾一事，我思来想去，只怕还须细细安排。若是请他与我一起去码头迎驾，总感觉太过刻意，不免给人留下话柄，到底该如何安排，才能不着痕迹，又能遂了圣上的心意，我想破头还是想不出个妥当的办法。今晚特地来请教先生。"

听了这话，齐永定胃里一阵恶寒，醉意立马醒了七八分——自己仗着通晓历史，给曹寅和石涛出了这个主意，但毕竟不通官场之道，若不是曹寅心思细密，思虑完熟，只怕到迎驾的那一天，让石涛出现在御码头上，事情便搞砸了。

"曹大人说得是！"齐永定答道，说着站起身，从床头的脸盆里舀了一捧凉水泼在脸上，拿袖口擦干了，让神智彻底清醒过来，才又坐回桌旁，继续道，"我倒是有个安排，曹大人听听合适不合适。"

之后，齐永定便将自己从史书上读到的，康熙第二下江南，驾临扬州时，石涛是如何迎驾的事迹，一五一十地都说给了曹寅听——

不要让石涛一开始就出现在码头上，而是在皇帝游览天宁寺时，言语间提上两句，将他引至栖灵寺平山堂，而石涛和尚"恰好"也在平山堂上，康熙驾临，向皇帝献画一幅，作诗一首，也是顺理成章之事，如此便不露痕迹。"苦瓜和尚"的画如此独具一格，若是皇帝真的念旧情，便不可能认不出——只要皇帝当场认出石涛，必然欢喜，那便功成圆满；即便是皇帝事后记起石涛，向曹寅打听，于曹寅、于石涛，也都是大功一件；若是皇帝自始至终都没认出向他献画的和尚是谁，那也不妨碍曹寅迎驾的大计，只是未能锦上添花而已，但也不会授人以柄。

烛影摇动，曹寅认真听罢，沉思片刻，又站起身来在房间中踱了几步，脸上终于露出笑容，小声嘟囔道："此计甚妙，甚妙！"

旋即又坐下，解下腰间的佩刀，放在桌上。齐永定心里一惊，只道他要杀人灭口，却见曹寅长揖到地，道："齐兄，日前子清多有冒犯，这把刀跟了我多年，如今若是兄台不嫌弃，就赠予兄台，就当是赔罪。等了了迎驾之事，子清另有厚礼相赠！"

齐永定连忙站起身，也回了个礼，口中念道："折煞，折煞！"

等曹寅拜别离开，齐永定重新栓上房门，吹熄了蜡烛，坐在黑暗的床头，这才长出了一口气，胸中一块大石落地，心想，打今晚起，总算可以睡个安稳觉了。

| 十七 |

御码头

康熙二十八年的冬天,齐永定寄宿在大树堂,过了一段半舒心不舒心的日子。舒心的是如今总算是有了稳定的收入,钱虽然依然要算着花,没法像雍正朝时花得那样阔绰,但已不用担心画卖不卖得出去,也不必担心会不会被寺庙赶出去,流落街头,虽然不知在这个时代存钱有什么用,但是他还是如普通人那样,存了一些银子。不舒心的是,白龙纹梅瓶至今杳无音讯,连个像样的线索都没找到。石涛倒是经常带他与程鸣一起去文人墨客齐聚的文会,但作诗本就不是他的长项,几场文会下来,倒也不能说一无所获,但也没结交到什么值得一交的朋友。更何况,像白龙纹梅瓶这样的官家物件,寻常人家只怕也鲜少有人敢沾手,齐永定还寄宿在石涛家里,也不敢做得太过招摇,免得给自己,也给石涛、程鸣惹上不必要的麻烦。

腊八的时候,齐永定和程鸣一起做了一回腊八粥,又手把手教程鸣做了烫干丝和荠菜冬笋炒年糕。那程鸣本是有人伺候的盐商少爷,却要穿粗布衣服来石涛这里学徒,齐永定只道是委屈了他,没想到他自己却干得兴味盎然,除了书画还爱上了学做菜,齐永定这个"师傅"的刀工、火候都没办法和酒楼茶馆里大师傅的相比,又因为顾及到石涛,他们连荤油都没敢放,味道自然只是差强人意。

齐永定心里懊恼,自己实在是高估了自己在康熙年一个人闯荡的本事,雍正年时,在高胜家住了快大半年,守着位那么好的淮扬菜师傅,竟然一点儿都没动过学一门烧菜手艺的念头,回想起来,竟是连卖肉的屠夫张小五张小六兄弟都不如——要在这个朝代生活下去,有一技傍身,可比只会写字画画有用得多了。

过了腊八,春节便遥遥在望。只是石涛的日子过得恬淡,也不怎么在意腊八、冬至这些日子,若不是齐永定记着日子,多半是浑浑噩噩便过去了。虽然程鸣也时不时地会去置办些生活常用的物资,但却从不参与逛庙会、赶集这些凑热闹的事,大树堂里自然也就没什么节日气氛。

就这样不咸不淡地过了个春节,也吃了两顿饺子,炸了糖年糕,但放炮仗、拜灶神、迎财神这些俗务自然是都免了,有石涛在,祭祖之事齐永定和程鸣更是提都不敢提。倒是在除夕之夜,石涛自己来了兴致,亲自裁了两张红纸,让程鸣写一副对联贴在门上,多少也算是沾了过年的喜气。程鸣想必之前从来没写过这个,提笔又放下,足足想了一个时辰,最后写了一副:"东聆古塔千钟寂,西近才子花满洲。"

这样一副一点过年的气氛也没有的对子贴出去,倒也不必担心有人会来偷偷揭了去。

齐永定看到一个"聆"字,又触动了心事,一夜都没睡好,临近天亮时爬起来,跑到院子里打拳。一套三十二路太祖长拳打下来,总感觉好像有人在看着他,只等他打完,就会有汗巾递过来一样,但站定了细看,宅第寂静,院落里空无一人,就只有自己在院中央吐着白气而已。

就这样,齐永定和石涛、程鸣一老一小,在运河旁的草堂雅宅中,过了一个没什么年味的春节。

次年开春,眼见着距离康熙二下江南的日子越来越近。曹寅接连来了两次,一次来见石涛及齐永定,一次是召集盐商们商议迎驾的路线图。与盐商们会面那次,齐永定问曹寅讨了个差使,问自己能不能一同跟去,曹寅问他原由,齐永定答,自己有个故人在叶家当差。曹寅又问,那位故人姓甚名谁,齐永定不想冒冒失失地提及叶家小姐的名字,便说自己那位故人姓刘,听家乡人说是在扬州盐商蓝田叶氏家里做管家。曹寅笑道,这次听召前来的可都是扬州各家盐商的掌门,要不便是话事的,叶家若是派一个管家来,除非是不想干了——但还是应允了齐永定一同前往。

在汪家的宅邸中,齐永定见到了晋西郑家、陕南吴家、棠樾鲍家、祁门马家、歙县汪家的掌柜们——这些盐商大家齐永定在雍正朝就有所耳闻。当曹寅叫到蓝田叶家的名号时,齐永定不禁多看了两眼,只见来参会的是一位白发参差的老者,比之雍正年齐永定见到的叶家老太太,看上去还老上几岁,一脸的不苟言笑——在场的掌门、掌柜全是男子,没有一个女流,齐永定不免心中奇怪,叶稚柳一个年轻小姐,究竟是怎么做到盐商的大掌门的。

接着他就想起叶稚柳对他说过的那句"这偌大的产业,说起来也有一半是你替我打下的"——但自己对经商可是一窍不通啊!

虽然自己只是个曾留学欧洲的艺术生,与经商的关系,顶多就只是在线上参与过艺术品竞拍,再有就是看过几部商战的电影和连续剧,但齐永定在这里,还是多留了个心眼。

会毕,齐永定倒也不急着去和叶家的大掌柜叶运达攀关系,先是向曹寅讨了一样进出天宁寺的通行证,说是想沿着这条迎驾的路线一路走走,曹寅给了他一面织造府的腰牌,一面又不咸不淡地补了一句:"齐先生,你可是真不怕被人误会啊!你这又是听路线,又是讨腰牌的,若不是我早已查明了你与天地会确是毫无瓜葛,可难免要怀疑你是不是另有所图啊!"

听了这话,齐永定心中一凛,勉勉强强地笑道:"曹大人若是不提,我还没想到这一茬。"

"好,君子坦荡!我自然是信你。但是你听我一句劝,拿了这面腰牌,走动是方便了,但这几日你可收收心,别四处闲逛,尤其别去那不该去的地方,待到迎驾之事了了,有的是用得到这面腰牌的地方。"又说,"万一事情要是出了什么差池,莫说我一个小小的监理江宁织造,怕是江南巡抚、两江总督,都保不了你!"

一番话,把齐永定听出了一身的白毛汗——可不仅是因为曹寅那半是劝告,半是威胁的话,而是自己明明早就知道,曹寅掌管的銮仪卫和织造府都是清代一等一的间谍机构,堪比明朝的锦衣卫,但是办起事来,却如此大意,将这其中的利害关系忘得一干二净。也不知这位曹寅曹大人是怎样查自己的底细的,又查出了些什么——此时只是庆幸自己确实是和天地会没一丝瓜葛,若是有,现在怕是已经死了十次有余。自己这几个月里在扬州城中东逛逛,西逛逛,却丝毫没意识到有人跟踪,但话说回来,曹寅若是想找个人来跟踪他,要做到神不知鬼不觉倒也不难,织造府训练出的眼线,日常跟踪监视的可都是天地会、白莲教这样的组织,用现代的话来说,干的都是"反恐"的活,自然不是自己在雍正朝时叶稚柳找来跟踪他的那些"私家侦探"所能比的。

齐永定回到大树堂,越想越后怕,甚至想,程鸣是否也是曹寅手下的间谍呢。想到心惊处,找出自己画的那几张白龙纹梅瓶的水彩,丢到灶头的炉膛里,点起火来,全烧成了灰烬。

此后数日,齐永定都没再出门。

一直到三月初八,一大早便有织造府的人来请石涛和齐永定,齐永定随那人来到天宁寺,之后便一直跟在曹寅身后。迎驾的队伍毕恭毕敬地在天宁寺御码头上等着,三月的扬州飘起小雨,但没人敢到码头上临时搭起的凉亭下避雨,甚至连打伞的人都没。一直等到午时三刻,众人身上淋得透湿,康熙的船队这才驾临。曹寅率领着众盐商,一边控制着自己在三月的风雨里别打哆嗦,一边恭迎圣驾入天宁寺行宫的大殿中休息。用过膳,便踏上早已规划好的路线——最后一站,便是压轴的平山堂。齐永定一路小心地观察着正值壮年的康熙,直到等到他那一句:"啊,朕记得你,你是元济和尚!"

齐永定就知道,这一趟稳了。再看曹寅,也不免喜形于色。

四月初,过了清明,天气已经暖和起来。雨一直下得淅淅沥沥的,难得有一天天晴，齐永定换上一袭薄衫，背起画架，从宅子附近沿熟悉的东关街一路走到琼花观，在这里拐上朝北的路，一路走到天宁寺。自从滴水不漏地办完了迎驾之事，齐永定就从大树堂中搬了出来，搬进了曹寅专为他置办的一处宅子，位于西城中最繁华的地段，离两淮运司衙门不过百来米。齐永定一个人住两进的院子，空荡荡的实在不习惯，曹寅便为他找了一个跑腿的小厮，一位于姓管家，一个照顾他起居的老妈子，又把他的名字编进两淮运司造册的师爷名录中，他的俸禄是最高的那一档，一个月可以从运司领五十两银子，与知府大人的俸禄相当，曹寅还特别嘱咐，若是不够花便向运司衙门的主簿赊账，几十上百两的不用找他批准，只管支取便是——一时间，雍正年阔绰优渥的生活又仿佛回来了。

凭着织造府的腰牌，齐永定进出天宁寺通行无阻。藏经阁的一处破损的檐角，在迎驾期间赶工了几日，一旦康熙起驾离开，便又停了下来，十天半月才磨洋工地开工一两天。齐永定悠闲地穿越天宁寺，来到寺西面的御码头。码头上，临时搭建的凉亭已经拆除，平常人也已经可以自由通行，自从康熙离开扬州后，圣驾所到之处，无不游人如织。

齐永定从背囊里取出马扎展开，又支起画架，将宣纸用铜夹子夹在木头画架上——他头一回来这里写生时，从来没人见过还有人这样画画，仿佛是将案几竖了起来。看他作画的人围了半圈。但半个月过去，见多识广的扬州城百姓们已经见怪不怪。

一个时辰后，一幅运河垂柳和城门楼子的写生便跃然纸上。这一日，齐永定心情大好，尽用些大胆奔放的颜色，就如同这季节一般，直到各种颜色填满了整块画布，连个题诗落款的地方都没有了。但齐永定自己看了，却得意起来，仿佛高更上了他的身一般。接着，他松开铜夹子，在铜夹子下的那一点点空白处，他仿周邦彦的诗句，用蝇头小楷给画题了两句诗：

水中云影落花飞，

楼外青空碧四垂。

但绞尽脑汁，后两句却无论如何都接不下去，齐永定兀自苦恼，干脆将大脑放空，眼前的这一景，这幅画，忽然让他生出些似曾相识的感觉，正想着，有人轻轻拍了拍他的肩头，齐永定抬头，只见是个胖胖的，丫鬟模样的年轻女子，对他说："你这画多少钱？"

齐永定有些惊讶地问："你要买画？"

那女子回道："我帮我们家小姐问。"

齐永定只觉得有趣，只题了半首诗的画，也没落款盖章，竟然有人来问价，便回道："一两银子一幅。"

那女子也不还价，从怀中摸出一块碎银，塞到齐永定手中，一边说："不必找钱了，余下的钱是买你这架子。"

齐永定掂了掂银子，足有二两余。一个下人打扮的年轻力壮的年轻男子便来搬他的画架。小厮将画架夹在腋下，一丫鬟一小厮转头便走，齐永定三步并作两步追上去，抓住那丫鬟肩膀，丫鬟转身，微微愠怒道："怎的？你想反悔加价么？"

"不是的姑娘。"齐永定笑道，"那画还没落款呢！"

丫鬟道："我和小姐看了几日，你的画不是从不落款的么？"

齐永定一怔，心想，你们观察的倒是仔细，于是问："总得让我知道你们家小姐是哪位吧？"

丫鬟回道："你这人怎么不懂礼数，哪有在街上截住人家姑娘家问娘家是谁的？若是想知道自己打听去呗！"说罢，便不再理会齐永定，转身走开。

与她这一番纠缠，那夹着画架的小厮也早就不知所踪，齐永定被那丫鬟言语间一番挤兑，也不好意思再留她，只能任由她走入熙熙攘攘的人流中，转眼间，便从视野中消失。

齐永定倒也不太沮丧，只是心中奇怪。那主仆三人显然是注意他好几天了,却怎的演这样没头没尾的一出。他一边心中犯嘀咕,一边收起马扎,沿原路返回,路上拐到冶春茶楼,喝了最后一茬明前的"三省茶",是拿浙江的龙井、安徽的猴魁和本地的龙珠调制,又叫了一桌子的菜,连带午饭也一起解决了,还剩下不少,便让伙计装盒子打包,留了地址,让他们送到府上——茶钱、菜钱、打包跑腿的钱,再加上给伙计的赏赐,将那二两银子花得干干净净。

回到家里,管家于方迎上来,见他只拎着个马扎,不禁奇怪:"您回来啦,呦,少爷您怎么……那画架子让人给偷啦?"

"连画一起卖啦!"齐永定笑道,"一共二两银子。"

管家于方也笑起来,道:"那买主可得了便宜啦!"

齐永定道:"老于,你可别取笑我了,我那画加个破木头架子,哪儿值二两银子?"

于方一边笑,一边递上一张帖子,说:"今天中午的时候送来的,来的是马家的下人。"

齐永定展开帖子,只见帖子上简单地写了几行字:"恭请,齐兄永定,四月十二,望驾高轩,俯临寒舍,薄具菲酌,候驾早临,幸勿他辞。"

落款是一个"马"字。

齐永定一扬眉,问道:"来人可有说,马家邀我何事?"

于方回道:"您初到此处,还不熟悉,每年的这个光景,府里的盐商都要办一个祭盐大典,今年是马家做东。"又问:"少爷要办些什么礼物?我着人去置办。"

齐永定答:"我也是头一回,你看着办吧,别太寒酸,但也别太招摇了。"

| 十八 |

堂会

这一日清晨,齐永定起了个大早,管家和老妈子都还没起,院子里静悄悄的,就他一个人。他自己泡了杯茶,将身子喝得热了,脱了夹袄,下院子打了套拳,从头到尾打了将近一个时辰,打得浑身舒泰,正准备拿上夹袄进屋擦擦身子,却见管家于方已经在厅堂门口等他,见他打完拳,忙迎上来,拿一件披风给他披上,刚才他挂在门廊栏杆上的夹袄已经不见,想必是给收了起来。只听得于方说:"少爷沐浴更衣吧,我让徐妈去给您准备热水了。"

齐永定不禁有点嫌这个一板一眼的管家麻烦,说:"这才大清老早的,只是出这么一点汗,不必沐浴更衣那么麻烦吧?我擦擦身子就好。"

于方笑笑,回道:"少爷忘了,今天要去马家参加堂会了?"

齐永定心中一惊,道:"哎呀,你不说还真是忘了!礼物准备好了吗?"

于方道:"少爷放心,早都准备停当了,账单您先过过眼。"

回到卧室里,一大盆热水、汗巾、衣架、干净内衣都已经准备好,齐永定匆匆洗了个热水澡,换了衣服,于方给他拿来了藏青色缎子面的长袍,厚底靴子,还请了个剃头师傅,专门给他刮了脑袋,重新编了辫子——刚才还在嫌这位管家一板一眼的齐永定,此刻不禁在心里开始赞叹他办事妥帖。

待到穿戴妥当,徐妈端上一碗阳春面和两块肴肉,不冷不烫,温度刚刚好。齐永定一边吃一边想,曹寅帮他找的这几位下人,都是得力之人,看样子都是下了工夫物色的。

吃完早饭到院子里,原本空荡的院子中央,小厮已经守着一个两层的箱子,在那里等着了。齐永定上去试了试,不轻不重,一手拎稍微要花些力气。他已经看过清单,两层箱子下层摆的是祭品,上层是文玩瓷器之类的礼物,加起来刚好一百两银子——齐永定知道出席一趟盐商的堂会,这已经是最基本的体面,但仍不免觉得有些肉痛,转念一想,这些财物本就是身外之物,离开这个时代时,本也是带不走的。

小厮将箱子装上马车,嘱咐车夫慢着点赶,堂会祭盐的礼物,若是跌坏了他可赔不起,车夫连声应承。齐永定登上马车,于方也一起跟了上来。

马车跑得很慢,倒不是因为车夫胆子小,而是因为路上全是人。祭盐对于扬州来说是个大日子,一般都会挑个风和日丽的日子,天气不冷不热,便于人们外出。官府也会放松开市的规矩,不再限定指定区域摆摊。于是那些摆摊做生意的就占满了路边,什么算卦的、捏泥人的、卖糖葫芦的、杂耍卖艺的,那些原本只能在庙会集市上才能看到的买卖,如今全摆到了路边上——当然,那些没事跑到马路上凑热闹的人还是占了大多数,把主路挤得满满当当。再加上各个阔绰人家,都有马车、轿子在路上跑,出了小街上了主路,也跑不快。一辆辆驴车马车排着队,一点点往前挪,就好像现代都市里塞车一样。每隔一个路口,就有当兵的、当差的在路上指挥交通,但也不管用。招呼声、叫骂声,再加上牲口的啼叫,街上乱成一团——与其说这天是什么全城祭祀的日子,不如说是扬州城的狂欢节。齐永定回想着,去年自己这一天在干什么呢?但是脑子里没什么印象,或许是错过了,又或许,根本就没出门。

走到半道,齐永定问身边的于方,马车这一路上跑这么慢,要是到得迟了,错过了时辰怎么办。于方有些奇怪地望着他,答道:"祭盐没有时辰,也无所谓什么早到迟到,只要到了,便不算迟。"又问:"少爷是不是许久没回扬州住了?"

齐永定只好又把出海去了西域那一套说辞拿出来搪塞,心里想,怪不得早上让我沐浴更衣,又吃了碗面,这才不紧不慢地出门——这样宽松的安排倒也舒心,虽然依然前途未卜,但齐永定的心情,几个月来第一次放松了下来。

原先一盏茶就能跑到的距离,马车足足跑了一个多时辰,从西城南面一路跑到北面。齐永定老早就看到马家府邸那和城门楼子差不多高的门头,两边的青砖墙也比普通人家的院子高上许多,朱红的大门上方挂满了六角的宫灯,彩色的穗子在风里飘着。大门的两边都围满了人,还有人人叠人地叠罗汉,爬上围墙墙头,扒着瓦片往里面瞧。门外守卫样子的家丁倒也不管,只是看着。

齐永定微微觉得奇怪,指着那些扒墙头的人问于方:"他们这是在干什么?"

"嘻,听戏呗!"于方答。

齐永定侧着耳朵听了听,什么都没听见,于是奇道:"门口能听见里面唱戏?我什么也没听见啊。"

于方笑道:"运气好的时候,许是能听见一嗓子吧。马家的宅子有七进院子,听说老太爷建这个园子花了二十多万两银子呢!"

齐永定心下粗略地算算,不禁咂舌。按照购买力平价计算,清代一两银子大约相当于现代三千元人民币,二十多万两银子,那就是价值六亿多的豪宅!

车夫在马宅门前停下马车,齐永定和于方下了马车,立即就有在门口迎客的知宾过来招呼,于方先齐永定一步,给知宾递了拜帖,又将车上装着礼物的箱子卸下来,交给知宾。哪知宾从怀里摸出个纸条,迅速写下齐永定的名字,贴在箱子上,着人拿了进去,又和齐永定、于方寒暄了两句,这才将两人迎进了院子。

第二进院子里,一进门就是一张长长的供桌,一溜摆满了供品,有意思的是，无一例外全都是用盐腌制的食品，有咸鸡风鹅，有火腿咸肉，有咸鱼鳗鲞，被放在供桌中央的，是一条长达数米的，拿盐腌制的鲟鱼，鱼身上系了一朵红花，煞是醒目。于方在桌边取了几支香，点燃插在香炉里，跪下给那条咸鱼磕了个头。齐永定也照他样子上香祭拜，但他不习惯给一条咸鱼磕头，只是弯腰作了个揖，也没人管他。在案头前行过礼，齐永定拉过于方，好奇地问："我们为何要拜一条咸鱼？"

于方愣了愣，忽然大笑起来，答道："少爷误会了。少爷你有所不知，天下盐制，源于春秋时期的管仲管子，您看到那条咸鱼后面，墙上挂的那幅画没？那便是管子像。天下贩盐之人，都尊管子为'盐宗'，我们拜的是他，可不是什么咸鱼。"

齐永定顺着他的手所指的方向望去，果然见到一幅不起眼画像，悬挂在供桌后的墙上，画纸已经发黄，画上所画的人物也已经模糊，一看就是传了数代人的物件，挂在那里，完全被那条壮观的腌鲟鱼抢了风头。

齐永定自己也笑起来，自嘲道："管子的事迹我是知道的，恕我眼拙，没认出那是管子他老人家，不仔细看还以为是马家老太爷的画像呢！"

两人穿过院子，登上几级台阶，进到第三进的正厅中。屋子的房门和格挡能拆的全给拆了下来，屋里摆了数十张八仙桌，看样子开的是流水席，桌边坐得满满的，于方和齐永定找不到位子，就只能在门外等。于方见齐永定一直跟在他身后，连忙道："少爷，您别再跟着我了，这可不是您坐的地方，我们这些下人就在这第二进院子里吃饭，您还得再往里走走，曹大人吩咐了，让您去里屋找他。"

"往里到哪儿啊？"齐永定问。

"那可得您自己找了，我就只能和您走到这儿，再往里我可进不去。"于方回答。

"辛苦你了，今天多亏你打点，不然我还不知该怎么办呢。"

齐永定说着，从怀里摸出一张二十两的银票，塞到管家的手里，道："这里一点散碎银子，你去破开了，和徐妈、小顾他们分一分，分寸你来拿捏就好，不必再报给我知道。"

于方连忙给齐永定作了个长揖，说："哪有什么辛苦，都是托您的福，沾您的光。"

齐永定暂时告别了管家，正厅通往第三进院子的门都关了，他从边上的回廊绕了点路，给守门的家丁递了拜帖，进到第三进的院子里。绕过一处假山，在一片池塘边的空地上，搭了个戏台，请了戏班子来唱戏。在这里搭台唱戏，在大门口只怕是一句都听不见的。齐永定对江南的戏曲不熟，只知道他们唱的是昆曲，但不知唱的是哪一出。"若是成聆泷在这里，一定听得出他们唱的是什么。"他心里想着，不禁有些怅然，脚下也走得慢了些。

隔了一片池塘的正厅中，黑压压坐了一片宾客，一边守着一处小桌嗑瓜子喝茶，一边听戏。东西两边厢房的帘子都落下了，想必里面坐的都是女眷。有几个辫子上系着红绸带的小厮在人群中穿梭，端茶递水，招待宾客。齐永定往厅堂里粗粗地扫了一眼，就知道曹寅绝不会与这些人坐在一起，于是继续往里走。

穿过第三进院子的正厅，齐永定的眼前陡然开阔。此处的园林，乃是整座宅邸的正中央，怕不是有几亩地那么广大。单是园林中的那一处水景，简直可以被称作一片湖泊，廊道七曲九回，直通往湖心的亭子。说是"湖心亭"，其实也是一处相当宽敞的院子。院里摆了三桌雅席，在座的有几张熟面孔，都是齐永定跟石涛去参加文会时见过的，扬州有名的文人雅士。众人推石涛坐了首座，相谈正欢。石涛见齐永定走过来，连忙站起来，扯过一张椅子，把齐永定拉到身边坐下。

齐永定见到石涛，倍感亲切，道："大师几日不见，貌似胖了。"

"齐兄莫要说笑了，今日齐兄要来祭盐，怎的也不遣人通知和尚，我们也好作一路。"石涛笑道，"今日一见，只怕要就此别过了。"

齐永定心中一动，他知道石涛今年便会动身去北京，但仍是假装不知，问道："大师这是要走？"

"乃是受辅国将军博尔都之邀，下月便要动身进京。"

齐永定知道，此时石涛心气已高，劝是劝不动的，只是他这一趟北京之行却未必如意，最终仍要回扬州来终老。但他也不好说破，只是出言提醒道："京城我待过几年，与扬州相比，那可完全是另一副光景，大师此番北上，所见的峰峦固然更壮美，但也更险峻了。"

石涛沉吟了片刻，举杯敬齐永定，道："齐兄提醒得是，贫僧记下了。"

再往里走，一直走到第六进院子，齐永定也没见到曹寅，更没见到马家主人。他正要折返，却有一个管家模样的中年人急匆匆地跑过来，问："可是齐永定齐先生？"

齐永定点头称是，那人低声道："曹大人有请，请跟我来。"

齐永定跟着那人走进一处偏院中，院中奇峰怪石，竹林掩映，便是在这样热闹的日子，也显得甚是幽静，仿佛将凡尘俗世都隔在了院门外。院子中央只摆了一桌宴席，齐永定扫了一眼，大多是迎驾前聚在一起开会的那几家盐商的掌柜，坐在首座的自然是曹寅。但吸引齐永定目光的，却是坐在叶运达下首的那个年轻姑娘，那姑娘自从齐永定现身便一直盯着他看，直到发现齐永定也在看她，这才移开视线。

齐永定回想在雍正年见到的叶稚柳年迈时的样子，一下子就将这两张脸对了起来。他心中暗想，叶家老太太曾特意领他去了一回御码头，说那是她第一次见他的地方，显然是糊涂了，第一次见面，明明是在马家的宅子里。

待到他走近，曹寅已经吩咐在他右手边添了一张椅子，一副碗筷。齐永定躬身行礼，曹寅摆手道："齐先生，你我都这么熟了，不必多礼。于管家刚才着人通知我，你往里面来了，我便找人带你过来，还是怠慢了。来，坐下先吃点。"

齐永定坐下，刚夹了一筷子松鼠鳜鱼送到嘴里，曹寅便凑上来，低声说："元济和尚要进京，先生听说了么？"

齐永定点头道："我劝了，劝不住。"

曹寅叹了口气，道："唉，我已经着人去吏部和礼部打点了，让他到了京城也有个照应。"话锋一转，又道："先生神机妙算，京里的人已经和我通了消息，不出一年，我便要去苏州上任。"

齐永定连忙道："恭喜大人！"

"现在说恭喜还太早，"曹寅皱起眉头，脸上并没有一丝喜色，反倒是愁云密布，"先生曾说有个朋友在叶家做账房？"

齐永定心中一凛，那人是他临时编出来应付曹寅的，现在他问起来，便只有硬着头皮继续编下去："是，那人曾与我一同在西域学过术数，大人要找他？"

"哦？先生也懂术数？那可再好不过！"曹寅说，"我刚才还向叶家打听这人，叶运达的孙女说似乎是听说过，但还要再去问问才能落实。"

齐永定望了一眼叶稚柳，心里明白她在帮他圆谎，连忙将话题岔开，问道："是账目有问题？"

曹寅微微颔首，道："我这几日调了苏州的账目来看，十分古怪。以往都是盐支得多了，税却交得少了，但这两年，税一分不少，反而是从盐场支的盐少了。我须找信得过的人去下沙盐场看一看，究竟是怎么回事。"又说："只有叶家运达号的账目没问题，似乎从去年起，叶运达的孙女不愿守寡，从汪家跑回娘家后，叶家便与他们所有人都不对付，我看这事上，也只有叶家能够把自己摘干净。事关重大，我原是想从叶家找个妥帖的人，与织造府的人一同查一查这事，在我去苏州前把账目理理清楚。既然齐先生自己就懂术数，那也不用找别人了，先生能否帮我这个忙，替我亲自去松江府下沙盐场跑一趟？"

齐永定点头答应道："在所不辞！"

| 十九 |

盐引

出发去下沙之前五天,齐永定去拜访了一次叶家,只是并不是记忆中北城的那座朱漆大门的豪宅,只不过是一座不大不小的三进的宅子,也没有什么亭台楼阁,园林水岸,只将第二进的大院子中用各色鹅卵石拼了出了个"一叶漂于江上"的"江叶图",也算是给"运达号"讨了个"顺风顺水""永不消沉"的好彩头,在院子中央,摆了座三尺长、五尺宽的盆景,盆景中堆了假山松柏,便算是一处景致——在扬州府的盐商中,这样的庭院只怕是最寒酸的了。

丫鬟在前头引路,一直将齐永定引至第三进的厢房。西侧是叶家小姐未出阁时的闺房,一个家丁打扮的长身少年守在门外,自打齐永定一进院门,就一直盯着他看,齐永定回看了两眼,总觉得有些眼熟。

他在闺房门外停下脚步,抬起手想敲门,一时间又觉得不妥。正在犹豫间,屋内传来一个年轻女人的声音:"齐先生,要是到了就进来吧。"

听到这声音,齐永定恍神了片刻——虽然那说话声显然是一个年轻女子,在齐永定眼前浮现的却是叶家老太太那张苍老的面孔,带着扬州口音的声音听起来软糯中带着一丝倔强。齐永定推开门,只见叶稚柳坐在房间中央的一张凳子上,上半身罩了一件剃头用的麻布披风,头发披散下来,剃头匠正在给她刮前额的头发,一直刮到两耳上方,露出青色的头皮。

齐永定望着那张苍老褪尽，尽显青春的脸。上次在马家见她时前额的刘海儿已经消失了，但两边的鬓发落下来，挂在脸庞的两侧，平添了几分妩媚。齐永定只感觉亲切，又觉得她倔强的样子有几分像成聆泷——穿越到古代的成聆泷，大概也会变成像她这样的女人吧——齐永定不禁多望了她几眼，但心下又觉得不妥，忙将直勾勾的视线移开。

他左顾右盼，在排满四壁的古玩瓷器中，忽然望见自己在御码头上画护城河对岸的城门楼子，只在边沿题了半首诗的那幅写生，已经被裱得整整齐齐，此刻就挂在南面的墙上——他忽然明白作画那日那些似曾相识的感觉是从何而来的了。这幅画挂在这里，一挂就是几十年，自己第一次见到，其实是在雍正年与叶家老太太初次相见时——只是那时，自己看得不甚真切，也根本无法想到，这幅画就是"未来"的自己画的。

守在门口那个少年那么眼熟，以及那个引路的丫鬟，他们就是那天在码头上买走他的画，连同画架也一起搬走的人。

他想起叶老太太在码头上搀着他的手说的那句话："这便是你我第一次相见的地方。"——她没有记错，虽然彼时她已经老了，但这种事她是不会记错的。

叶稚柳看着齐永定浑身不自在的样子，微微一笑，高声叫道："长生，还不快进来给先生端茶设座？！"

不一会儿，门口那少年一手端了一只盘子，一手拎了把椅子进来，盘子里是一只青花盖碗，碗里泡了"三江茶"，外加两碟小点心。他将椅子和茶盘放下，齐永定对他拱拱手，道了声谢，他什么也没说，无声地退了出去。只听得叶稚柳说："齐先生，你大可不必有什么顾忌，这里早已经不是什么小姐的闺房，不过是一间回娘家的寡妇下榻的屋子而已。"

齐永定心中微微吃了一惊，虽然他已经从旁人的闲言碎语中知道，叶家和汪家的联姻完全变成了一场悲剧，叶稚柳过门没三个月，丈夫便染病暴毙，没几个月，叶家小姐便受不了这刚过门便守寡的日子，没和婆家打招呼便自顾自回了娘家——叶运达心疼这个孙女，汪家人来闹也自然是回护着，如此一来，叶家便和徽州来的盐商家族们都有了芥蒂。叶家大爷嗜赌，在赌场里着了小人的算计，赔了十几万两银子进去才算把事情摆平，老太爷也不再允许他碰运达号的生意，二爷喜古玩，却在去收古玩的途中遇上了强盗，不但丢了东西，也丢了命——原本指望着与其他盐商联姻能挽救一下家族颓势，但屋漏偏逢连夜雨，如今七十多的老太爷也只能再度出山，拉扯着孙女一起当这个家。

但叶稚柳就这么轻描淡写地说了出来，既出乎齐永定地意料之外，又在情理之中——出乎意料的是，这毕竟还是封建王朝，离民国都还差着几百年，如此大胆，对于一个年轻寡妇来说实在难得；情理之中的是，叶稚柳若不是这样的性格，又怎会成为叶家的一家之主，带领叶家重回显赫家世呢？

齐永定环顾四周的物件摆设，道："没想到小姐还有此雅兴。"

叶稚柳回道："你是说这些古玩瓷器？全是我二伯的东西，我出阁之后家里人便全摆来我的房里，弄得乱七八糟的，我可是半点不懂，齐先生若是有兴趣，自己挑几件拿走就好。"

齐永定又看了一遍，确认自己并没有漏掉白龙纹梅瓶——不会那么巧，运气不会那么好——这是他来到康熙朝这半年多以来，心里第一次记挂起梅瓶的事。他心里想着，如今自己已是织造府的幕僚，盐商总商之一的座上宾，已不是无头苍蝇，解决了手头的麻烦，可不能被一时的功名利禄冲昏了头脑，反把寻梅瓶的正事抛在一边。于是他道："曹大人吩咐的事情要紧，等事情了了，在下确实是要麻烦小姐帮我找一件物什。"

叶稚柳道："只要先生开口，小女子自当竭尽全力。"

说话间，那剃头匠已经帮她将额发刮得干干净净，开始帮她把长发编成辫子。

"小姐这是……要扮男装吗？"齐永定问。

"是！"叶稚柳答，"曹大人吩咐了，让叶家派个人与你一同去松江府，老太爷的年纪受不得长途奔波，想来想去，也只有我与你同去比较妥当。但我毕竟是女儿身，又新寡没多久，扬州城里城外还好说，跑远了就好说不好听，改扮男装路上方便行事。"

说着扬起脚底，说："连缠的脚也放开了，上月已经请正骨医生掰过，这几日多走走路，多踩踩纺车，已经习惯了许多。"

齐永定心中升起一股敬意——古代女子便是出个远门也那么不方便，像叶稚柳这般能成大事的，更是万中无一。转念又想到成聆泷，即便到了古代，成聆泷也是不会缠足的吧，也是能成大事的吧——但心中思念的那个成聆泷的形象却已经模糊，甚至渐渐和眼前这个女人重合在了一起。

齐永定连忙收敛心神，问道："就你我二人……是不是要再找个随从保镖之类的？"

叶稚柳笑道："我早已经安排好长生与我们同去，你别看他年纪轻，可是在一位御前侍卫那里扎实地学过好几年功夫呢！"她又道："不过在出发之前，你要和我去一次引市。"

齐永定问道："引市？那是何处？"

叶稚柳微微皱眉，心中奇怪，这位年轻潇洒的齐姓公子，贵为织造府的座上宾，曹寅曹大人的心腹贵客，却怎的连"引市"都不知道？但她还是不动声色，耐心地解释道："便是我们这些盐商总商，把'盐引'卖给其他大大小小的盐商的市口，两淮的盐场产多少盐，我们便卖多少'盐引'，有了'盐引'，大小盐商才能去盐场支盐，没有'盐引'的盐便是私盐。"

"但如今是有盐商买了'盐引'却不去支盐？"

"是，怪就怪在这里。"

傍晚时分，齐永定与叶稚柳一前一后走在"引市街"的南面。这条南起扬州河的街巷狭窄异常，最窄处连两人交错，都要侧过身来，最宽处也无法走骡马。到了下午,酉时一过,阳光便无法照进街巷中,显得幽深曲折——若不是亲临现场,齐永定绝想不到,这短短几百米的小巷,决定着全国三分之一官盐价格的起伏。

经叶稚柳解释,齐永定现在明白,"盐引"就像是与食盐挂钩的有价证券,分销的盐商从总商那里买下"盐引",若是去盐场支盐之前,盐价涨了,便会来这里将"盐引"转手,若是盐价跌了,或是"盐引"到期,便像现代的现货交割一样,花一笔路费,去盐场支盐,运到两淮两湖、山东山西各省贩卖。为防止"盐引"被炒到太高,盐政手里总是会留一些"盐引",每到盐价离谱时便投放,以平抑官盐价格。

齐永定与叶稚柳从南市一路走到北市,眼看着天色一分分暗下去,各家盐市不是开始上门板,便是开始掌上灯笼,准备再做一段夜市。眼看引市街快要走完,叶稚柳忽然拉着齐永定,闪身进了一间已经上了半扇门板的盐市。那市商吃了一惊,连声说:"打烊了,打烊了,客官明日再来!"

叶稚柳抓住那人的胳膊,沉声道:"老陆,是我!"

那被叫做"老陆"的市商借着昏暗的光线,仔细观瞧,这才认出叶稚柳来,一脸惊讶地道:"原来是叶家小姐,您这一身打扮,我一打眼可真没认出来,恕罪恕罪!"

"无妨!"叶稚柳道,"我今日来访,是帮贵人来买几张盐引,你只需卖我,不可记在账上,也不可对人说起。"

说着,叶稚柳对齐永定使个眼色,齐永定亮出织造府的腰牌,那腰牌就如同是国安局特工的证件一样管用,老陆一见之下,立马闭嘴,连连点头,一脸紧张的样子。

"现在盐引多少银子一张了?"

老陆连忙从账房取了两张盐引,道:"大人只管拿去便是,小的怎敢收钱。"

"问你盐引多少钱一张,你便好好答!"叶稚柳催促。

"是，大小姐，眼下一包盐的引价是一钱三分银子，五十包一张盐引，便是……"

老陆还想去打算盘，齐永定脱口答道：

"六两五钱。"老陆算了算，答道：

"是六两五钱没错！""这么高！"叶稚柳低声惊呼，"以往这个时节，都只是一钱而已。"

"是，盐政那边说，本月的税，都按一钱五分交。"

叶稚柳接过两张盐引，拿出一张二十两银票，塞进老陆的手里。老陆连忙道："不敢拿，不敢拿！"齐永定道："让你拿就拿着，闭紧嘴就好！"说着做了个"噤声"的手势。

两人离开引市街，在河边找了家馆子，包了个雅座，叶稚柳点了三菜一汤，又叫了壶米酒。一炷香的工夫，菜都上齐了，齐永定让店小二把门关严实了，叶稚柳才开口道：

"盐引价一钱三分银子，眼下市价是一钱五分，入了夏，只怕盐价还要再跌跌，再加上从盐场支盐的运费，这根本是蚀本生意啊，哪家人家会做？"

这一顿饭吃得心事重重。吃罢饭，两人各自打道回府。齐永定连夜写了个折子，让于方找快马给曹寅递了去。第二天午时三刻，便收到织造府的回函，请他翌日去两淮运司一会。

再过一日，齐永定起了个大早，赶到两淮运司衙门。司运认得他是曹大人眼前的红人，待他甚是客气，在内堂给他请了座，端茶递水，直到午时三刻，曹寅才到，一进门，就拉着他出了运司衙门，问他刚才和司运说了什么没有。齐永定连忙答，什么都没说。曹寅又问，他觉得叶稚柳此人可靠否，是否会与其他总商沆瀣一气，这其中猫腻叶家是否有份？齐永定忙问："你怀疑盐税和支盐对不上的猫腻是总商相互勾结搞出来的？"

曹寅连忙制止他继续说下去，四下望望，做了个"隔墙有耳"的手势。

两人到了齐永定的住处，于方关上院门，齐永定这才一五一十地将引市街的事都说给曹寅听，又说叶家已经与徽州来的盐商家族闹翻，他去打听了一圈，汪家少掌门暴毙，叶稚柳不愿守寡一事，决计不会有假。

曹寅沉吟了片刻，道："只怕我前任的苏州织造，也卷入其中。这回只怕免不了要劳烦先生跑一趟了，那叶稚柳年纪轻轻，倒是熟悉盐务，你带上她一起，路上也有个照应。"又嘱咐道："此番去松江府下沙盐场，只有你知我知，不可让他人知晓，不可惊动当地盐政，切记！"

两日后，齐永定、叶稚柳与长生三人，午后动身，谁都没通知，先是坐马车到镇江，再转水路，沿长江往东，到江阴府也没下船歇歇，三天两夜，这才在夜里到达松江府码头。

| 二十 |

下沙盐场

齐永定、叶稚柳和长生到达松江府的时候，已经是深夜，他们没惊动当地盐政，只是让扬州会馆派人来接。康熙年间的马车，速度、舒适度和现代比，莫说是飞机高铁，便是绿皮火车、长途汽车也比不过。织造府为齐永定他们一行三人配了最宽敞的马车，车里加了双层的软垫，在路上颠了一天一夜才到镇江，一路走的都是官道，还是险些将齐永定颠得灵魂出窍。穿着青衫马裤，在车上小憩的叶稚柳，倒是一路泰然自若，如今叶家运达号的生意，一多半都要靠这个新寡的年轻姑娘在外面奔波打点，大约不是虚言。

从松江府码头到长人镇，倒是没那么远，松江府也算是鱼米之乡、富庶之地，下沙更是江南第一大盐场，为马车修的官道虽然比不上扬州府，但比之无锡、镇江这样的大城也丝毫不逊色。一路上，马车走得颇为平稳，只是走夜路的速度赶不上白天，一时半刻的路程，足足走了两个时辰才到。到达长人乡时，已是凌晨时分，月异星邪，寂静中，除了偶尔响起的打更声，就只有马蹄声踏在石板路上发出的有规律的"哒哒"声。齐永定还强打着精神，精神焦灼。他实在不明白为何叶稚柳一个女扮男装的女子，在外面跑江湖，却并不为任何事情担忧，无论身处任何状况，是白天还是夜里，是坐船还是坐车，是在旅途奔波还是下榻驿站，叶稚柳都坚定地维持着自己的生活节奏，在该睡觉的时候睡觉，在该吃饭的时候吃饭，在该上车的时候上车，在该下船的时候下船。

在船上，在被清代的水运折磨得没法睡一个安稳觉，几近神经衰弱的时候，齐永定也曾问过叶稚柳："你就不担心吗？"

叶稚柳的回答是："担心什么？"

"担心离开你熟悉的地界，担心路途上那些未知未遇的困厄，担心像你的大伯、二伯那样遇到歹人强盗、奸猾小人，担心路途染病，客死他乡，担心没办法完成曹大人的嘱托……"齐永定说着说着，自己又开始焦虑起来。

叶稚柳只是笑笑，回道："可是你口中说的那些事并没真的发生，不是吗？那只是你心中所想，心中所忧而已。我来问你，为何我们的旅途不会一帆风顺，水到渠成呢？我们并不知晓老天会有怎样的安排，担心又有何用？只是自寻烦恼而已。不如随机应变，兵来将挡，水来土掩就是。"接着她又说："再说我们还有长生。"

她似乎真的很信任这个据说是在某个被革职流放的御前侍卫那里学了一身本领的少年。又或许，她天生就不属于闺房、厨房、卧房，而是那种命中注定要四处闯荡的命格——齐永定想起年迈的她，又重新缠起三寸金莲，膝下子孙满堂，执掌叶家大业的样子，似乎很难与眼前这个为了家族事业奔波，对艰难旅途安之若素的女子重叠起来，但却与他记忆中成聆泷的样子又接近了几分。他望着她半躺在舱室中，垂下眼皮小憩的模样，虽然打扮是个年轻男人，唇上粘了胡子，初看看不出什么破绽，却能够从眉宇间看出一抹妩媚。船在江上上下摇动着，他一时间竟然也忘了晕船的不适和心中的不安，看得有些入迷。

此刻，拉车的马匹那紧密如鼓点的马蹄声终于稀疏了下来，马车颠簸的节奏也渐渐慢了下来。齐永定掀开车厢的窗帘，窗外黑暗静谧。片刻后，他的眼睛开始适应黑暗的环境，借着星光，可以分辨车道两旁密集的屋宇，就和扬州东城那一片片街坊差不多，都是一层两层的歇山顶平房，有些带着院子，有些不带，但已经不是一路上农家村落的景致，显然已经到了镇上。未几，他们从两辆马车并排的大路拐上一条小巷，巷子只堪堪供一匹马拉的马车通过，若是两匹马并排拉的宽幅马车，只怕就得在巷口下车步行进去。车夫小心地打着马，但仍走得磕磕碰碰，走出没多久，只听得长生的声音道："你歇歇，换我来。"

马车停下来，接着是一阵上上下下的动静，显然是换了人来驾车。长生赶车的手艺更为娴熟，再度动身后，马车不再磕磕碰碰，速度也较原先快了许多。只不过半盏茶的工夫，便到了扬州会馆的所在。长生勒缰绳停车，将驾车的位子重新交还给马车夫，下车给叶稚柳和齐永定开门，摆上落脚的梯子。两人走下车来，齐永定打了个哈欠，伸了个懒腰，活动了一下筋骨，但叶稚柳依旧只是整了整长衫，双眼在夜里睁得就和白天一样大，丝毫没有疲惫的样子。而长生的样子，也随他的主人，似乎是铁打的。

会馆的掌柜显然是半夜被从床上叫起来，衣衫不整，睡眼惺忪地走进柜台，为他们开了两间客房。齐永定皱眉道："我们三个人，怎么只给两间房？"

掌柜一脸不耐烦地道："下人也住一间？"

长生接道："先生少爷，我可以睡马房。"

齐永定不仅心中火起，大声喝道："我说要三间便三间，都睡客房，谁都不准睡马房！"

说着摸出一锭元宝，"啪"地一声重重拍在台面上。

那去码头接人的伙计，连忙绕进柜台里，在掌柜的耳边低声耳语了几句，那掌柜忽然困意尽消，神情忽然变得诚惶诚恐，连声道："得罪得罪，大人莫怪，这就给您安排房间去！"说着从柜台里摸出一串钥匙，挑出三把交给那伙计。

直到伙计领着齐永定叶稚柳长生三人走远，掌柜这才一抹手，把柜台上那锭元宝收起来。

进得房来，齐永定已经极其疲惫，只将长袍一脱，鞋子一蹬，便和衣而睡。一夜无梦，一直睡到日上三竿，这才算是养足了精神。

待到梳洗停当，打开窗，外面已是阳光明媚，从二楼望出去，天色一碧如洗，虽已近端午时节，但因为是临着海边的滩涂而建，内陆已经升腾起来的暑气，被海上吹来的风吹得干干净净。齐永定举目远眺，目力所能及的尽头亮得发白，不知是什么在反光，他深吸一口气，下沙镇的空气中还带着咸腥，也不知是盐场的味道，还是大海的味道——又或者二者皆有。

他一打开房门，门外一个瘦高的少年，向他深揖到地，倒是吓了他一跳。只听得那平日里沉默寡言的少年道："我家公子让我在先生门外候着，为昨晚多订个单间的事道个谢。"

"你家公子？"齐永定被长生说得一愣，但旋即明白过来，接过话茬道，"你家公子现在在哪儿，起了么？"

长生露出腼腆的笑容，道："我家公子早已经在楼下的茶楼里等候多时了！"

楼下茶楼雅座，叶稚柳早已经点了一大桌的茶点，都是地道的扬州点心，除了烫干丝、肴肉、千层油糕外，三丁包、翡翠烧卖、虾子馄饨也一应俱全，看这架势是要连午饭也一起打发了。齐永定一坐下，叶稚柳连忙招呼小二把茶单拿来，茶单上不单有扬州"本地"的"魁龙珠""绿杨春"，连龙井、毛峰、猴魁、瓜片、碧螺春这些名茶也一应俱全，小二也殷勤地介绍，说茶都是雨前的新鲜茶叶，一派扬州大茶楼的风范，扬州客人到了会馆，就恍如从未离开过扬州一般，也不知他们这里带不带澡堂子，有没有修脚、踩背，齐永定也不敢问——当着叶稚柳的面问这些，实在太过冒失了。

再看叶稚柳，显然已经吃过一波点心，喝过一泡茶，神气完足，两朵红云从两腮处升起，丝毫不像是刚赶了四百里水路加陆路，前一晚刚到的样子。

茶过三巡菜过五味，吃得浑身舒泰，齐永定这才觉得彻底缓过了劲，又变回了那个将历史进程攥在掌心里的穿越者。

只是此刻，他还并不知道，过度的自信既抚平了他的焦虑，也让他失去了警觉——一场意料之外的灾厄正在被珍珠般串起的命运项链上等着他——其中的一颗并不是珠子,而是生满毒刺、锋锐割人的珊瑚。

饭后,午时三刻,齐永定与叶稚柳商定,两人分头行事,叶稚柳带着长生,拿着盐引,去盐政的主簿那里支盐,而齐永定则去盐场瞧瞧。

白天里打量,扬州会馆的牌楼在这一片街面上显得颇为气派。走出牌楼,齐永定往东走了两条街,空气中的咸腥味愈加重,他便知道,离海边晒盐的卤水滩越来越近了。并非横平竖直,而是呈放射状排布的小巷中忽然出现了一条像是主路的道路。齐永定沿着主路走下去,前方是一条不宽的河,河上横着一座石桥——他在河上驻足停留,将头伸出栏杆向河中望去,河水清澈见底,但望了许久,都不见有鱼游过——这想必就是他出门前向掌柜问路时,掌柜提过的那条"咸水河"了。越过"咸水河",主路两旁的门面愈加稀疏,再走出半里,远处已经几乎可以望见海边的芦苇荡,而近处,目力所及都是被荒废的土地,地上仍可以看出在荒废前划出的晒盐场的痕迹,只是看上去已经有好一段时间没有人在这里引海水晒盐,地已经变成了盐碱地,也种不出任何庄稼来,就这么荒着。

齐永定不再往东走,而是折向北,走了差不多一里地,才有几片仍在经营的晒盐场。这是一天中阳光最好的时候,照道理说,也是引水翻盐的最佳时机。但几块盐田中,只有一人在散漫地翻着盐卤,余下的盐工,三五成群地在田间地头聚集着,若不是在棚子下乘凉,就是偷懒聊天,或是拿一支芦苇秆,在地上不知画些什么。盐田边晒好的盐,白晃晃的,已经堆了老高,却也不见有人装车运走。

齐永定也不顾没过脚面的卤水,向离他最近的那两个盐工走去。

"两位老哥,天气这么好,怎么不下地干活?"

齐永定向那两个盐工打招呼。其中一人上下多打量了他几眼,大概是穿着长袍,蹬着千层底布鞋的人很少出现在这样的地方,煞是稀罕，但他俩倒也不避他，那个举止大方的，用半生不熟的官话打趣地道："看你穿得像个官，若不是你一个人来，没带着那些兵丁，还以为你是来治我们的罪的呢？"

"老哥这话说到哪儿去了？"齐永定笑道，"看这盐堆得高高的，便知道你们没有贩私货。大清律可没有治'偷懒'的条目。"——其实他也不知道有没有治"偷懒"的条目，只是信口胡诌，但看那两人的肢体语言，显然是放松了下来，继续慵懒地将身子支在盐耙子上，大概是认定当官的没有像齐永定这么说话的。

"其实我是想向二位老哥打听个事。"齐永定继续道，"我从咸水河那里走过来，怎么一路上看见盐田都荒废了呢？我听说下沙可是江南第一大盐场呢！"

"你打听这个干吗？"仍是那大方的盐工说。

"扬州的盐价已经卖到了一钱五分，眼看着要入夏了，盐价不应该这么贵才对。我受人之托，来这里瞧瞧。"齐永定说。

那个拘谨的盐工已经警惕起来，开始拉扯那大方盐工的袖子，那大方盐工依旧不以为意，问："你是扬州来的？"

有钱使得鬼推磨，齐永定摸出两角银子，立即令两人安定了下来。齐永定继续问道："盐田为何荒废，二位老哥能否指点其中关窍？"

那拘谨的盐工小心地四下看看，这才小声道："盐贱伤民啊！"

扬州盐价已经比去年这个时节贵了五成，他却在这里说"盐贱伤民"，齐永定听得云里雾里，不禁凑近了再问："二位能否再说得明白些？"

那大方的盐工甩开那拘谨盐工不断拉扯的袖子，道："何不与他直说，有啥不能说的？"又转向齐永定，道："我们下沙确是江南第一大盐场，但第一大归第一大，别忘了'江南'二字。我们这儿，春天雨水多，冬天冷得刺骨，就只有夏秋两季适合晒盐，夏季还有一场梅雨，三四场台风——你想想，什么地方这些都没有，一年四季都是夏天？若是他们来抢我们下沙人的饭碗，我们还有的吃么？"

| 二十一 |

盐贱伤民

齐永定一边从海边的盐场往镇子里走,一边思考着那盐工对他说的"盐贱伤民"这四个字,"下沙春天雨水多,冬天冷得刺骨,就只有夏秋两季适合晒盐,夏季还有一场梅雨,三四场台风——你想想,什么地方这些都没有,一年四季都是夏天?"——他思来想去,两淮的盐场,北起连云港青口盐场,南至盐城射阳盐场,又有哪个不是这样的天气呢?

那盐工的意思,显然是有产盐成本比他们便宜得多的盐场,但究竟是哪里呢?虽然这是曹寅第一次派遣巡盐的差事给他,但在给曹寅做幕僚的这一年间,他耳濡目染,多多少少也了解了一些两淮盐政的皮毛。虽然对交易实务还是一窍不通,连"盐引"是什么都要叶稚柳来教他,但他还是了解到,虽然清朝全国分为九大盐区,奉天、长芦、山东、两淮、浙江、福建、广东,设立《纲盐法》,各盐区名义上严禁跨区贩盐,但各区盐政其实时有联络,除了联合打击私盐贩卖之外,也会在一些"特殊时期"默许官盐跨境,以平抑盐价。

今年春季多雨,淮盐价格一度飙升至一钱七八分,民怨四起。皇帝在密函中授意两淮盐政,务必平抑盐价,以安抚民怨。曹寅便与两广盐政商议,暗中在湖南给粤盐开了个口子。两广盐政也依照惯例给两淮还了个人情——粤盐运至湖南,也算是官盐,不算走私,淮盐运至云贵亦如是。因自贡的盐井产盐更便宜,且运输至广西、云贵等地更便利，两广盐政与四川盐政也有着这样的默契。在输入粤盐的当月，扬州盐价便降了五分，湖南盐价更降到了一钱。

两广的气候条件确实适宜晒盐，四季晴热，蒸发量大，产盐成本确是低于下沙盐场不少，但要说跨境贩卖，首当其冲的也应当是湖南浙江才对，为何会影响到松江府的下沙呢？再说，两淮、两广、浙江、四川这几地的盐政一向通力合作，素有默契，此番下沙盐场的"盐贱伤民"事件，其中总是透着蹊跷。

齐永定一路走一路想，走过咸水河，走过"石笋里"的牌坊，也没想出个所以然来。下午申时，日头正盛，他走到路边的茶馆要了一碗茶。茶是高沫，入口涩苦，一口气喝干了也只留下满嘴的苦味，一丝回甘都没有，比之扬州会馆那些叫得出名号的好茶自然是差得远了，开在这里，显然只是供那些放工的盐工和农民解渴。喝完一碗，齐永定又要了一碗，这次又叫了碟带壳花生，花生是刚从盐水里氽出来的，一丝油星子都没有，盐倒是管够，煮得入味，却不酥脆，味道和油炸的花生米也是差远了。这里还卖米酒，一文铜钱一碗，五文钱便可以打上一大壶，酒极为浑浊，发酵的味道闻起来也古怪，像是在酿造时除了大米还加了不少别的什么，齐永定没敢叫，喝完茶，花生米吃了一半，余下半碟，便起身离开。

临行前他不禁想，这下沙镇石笋里，乃是江南富庶之地，素有"小苏州"之称——而老百姓的日子却过得如此寒酸，想到此，便更坚定了要将"盐贱伤民"一事查个水落石出的决心。

但就在他内心波涛汹涌之时，却并没注意到，身后已经跟了一个"尾巴"。

齐永定在石笋里的两道牌楼间逛了一大圈，这里是下沙镇上最热闹的所在。但也许是午后的太阳开始毒辣起来，也许是盐业所带来的兴盛不再，主路上显得有些萧条，路上行人不多，驮人运货的骡马就更少，路两边的店家大约有一半在下午这个时候就已经上了门板，提早打烊。齐永定买了一斤丁蹄，半斤黄酒，又出于职业的好奇心，走进一家名为"淘沙居"的古玩店，说是古玩店，但店中既没有奇石镇店，又没有博古架展示那些骗骗外行人的"行货"，只有几个木架支起几张竹制的盘子，各种零碎的"古玩"就凌乱地堆在竹盘里。齐永定一边心不在焉地翻拣，一边问那老板："老板，在下沙这里开古玩店，真能赚到钱吗？"

老板答："这位客官，你是没见过我们镇子兴盛的时候，这一条路上，像我这样卖小物件的就有三四家，那些苏州、扬州、余杭来的豪客，来了便包下两层楼、三进院子的店面，开在最好的市口，不愁没有生意。"

"真的？"齐永定半信半疑地问，"这里的百姓这么有钱？"

那古玩商笑道："哪里是百姓有钱，离这里不远便是长江入海口，通江阴、镇江、南京，乃是盐运、漕运的起点。此外……"说到这里，他犹豫了一下。

齐永定不动声色地追问道："此外什么？"

那人老江湖似的笑了笑，道："客官，看你的样子，也不像是走南闯北的人，其中关窍，自然不知道。"

齐永定也笑道："你别看我这一身书生气的打扮，我可是从西域回来的。"

那老板凑近了问："西域？海路还是陆路？"

齐永定想了想，从上海飞弗洛伦萨，究竟算海路还是陆路呢？他随口敷衍道："陆路。"

"那怪不得小哥你不明白了。"那老板道，"走海路，南泉州北松江，没听过？盐运和漕运，我们这里是起点，要说起海路，松江府可是终点，每年东瀛、琉球、南洋，这几年再加上个台湾，可是能过来不少好东西呢！"

齐永定若有所思的点点头，心想康熙收复台湾便是六年之前，此时，心里隐隐有条线索浮现，齐永定想去扯那个线头，但手边的发现却打断了他的思路，让他的大脑一时间一片空白，连呼吸都暂停了几秒。

那是一枚铜制的机关盒,四个面刻着四瑞兽,朝上的一面,刻着一个楷体的"成"字。

"这个多少钱?"他用拇食二指捏住机关盒,亮给古玩店老板看。古玩店老板只是瞄了一眼,道:"那个不值钱,不是什么有名有姓的匠人造的,我这儿有精美得多的玩意,我拿给你看看。"

"不必劳烦了,我就要这个!"齐永定话一出口,就知道自己太心急了,不免被人抓住把柄,坐地起价,又假装不好意思地补了一句,"这个小玩意像儿时,家母做给我的玩物,想买回去作个纪念。"

那老板笑起来,却是一脸狐疑的神色,道:"你母亲还会做这个?倒也是心灵手巧。不是汉人?"

齐永定也不愿再接话茬,只是道:"您就开个价吧。"

"念你一片孝心,就算你六十文钱好了。"

当时银钱的汇率,一两银子可换八百文铜钱,六十文铜钱,便是七分银子有余——虽然不像孙净清那样黑心,但也是斩冤大头的价钱。齐永定一时间有些火起,便想将织造府御赐巡盐的腰牌掏出来,那古玩店老板怕不是要跪下磕头——但他终究是压抑住了自己的火气。他本是为了民生福祉跑这一趟,但到这里,却来仗势欺人,首先自己这关,便无论如何过不去。于是他只是象征式地还了个价,让自己不那么像个冤大头,最终以五十六文铜钱拿下了这个机关盒。

他手里攥着机关盒,走出店堂,又故意折回来,问道:"恕我多嘴,再多问一句,掌柜的是从哪里得来这个小玩意的?是扬州么?"

老板刚刚小赚了一笔,心情愉悦,笑着回答道:"扬州的货我哪里敢要,真的贵,便宜的又不真,前一阵从余杭来了批瓷器,说是景德镇的名窑烧的,我挑了几样,便饶上了这件小玩意。"

听到"景德镇"三个字,齐永定心中一下子定了不少。以成聆泷在瓷器上的知识造诣,若是能去到景德镇,自然是不必担心她的生计了。他将机关盒收入怀中,走出店堂,心下一片轻松,脑海中也清明起来，方才脑中的那条线索似乎又从一片混沌之海中浮出了一个头。他闭眼思考片刻，已想到要去哪里确认自己的怀疑。接着他迈开步子，向不远处的南山寺走去。

南山寺位于石笋里的东面，是一座有着大雄宝殿、圆通宝殿、天王殿三进院落的庙宇，再加上寺院后那数十亩的香积田，就算是在富庶的江南，这样规模的寺院也已经不算小。齐永定走进寺院，守山门的沙弥对他一揖，他也还礼。走进大雄宝殿，殿里供着如来、观音、弥勒，齐永定上了炷香，又往功德箱里投了几十文铜钱，听铜钱的撞击声，就可判断这里的香火还是很旺，功德箱仍是半满。

齐永定不是来这里求神拜佛，他穿过大雄宝殿、圆通宝殿，进了最后一进院子，院子的西北角种了两棵银杏树，说是明朝万历年就种下了，现在已有三四层楼那么高。齐永定望了望那两棵银杏——他要寻找的正在他放眼望去的方向，不是银杏，而是比银杏更高的所在。正所谓，有寺必有塔，南山寺的香火那么旺，连香积田都置了好几十亩，不修一座佛塔又怎么说得过去呢？齐永定望的，正是那座南山寺塔，造在寺院西北角的一座土丘上。他穿过寺院，拾级而上，半高的土丘上佛塔刚好是七级，不多不少。塔并没有人看守，齐永定沿着塔内旋转的楼梯一级级地爬上去，每爬一级便有不同的风景。一直爬到第七级，放眼望去，整个下沙镇都尽收眼底。风被塔尖撕开，发出"飔飔"的呼啸声，即便是夏初，刮在脸上还是毛毛的。齐永定迎着风向东望去，目力所及可以直达海上，亮闪闪的海面上浮动着片片帆影——确如那古玩店老板所说，松江府是座繁忙的码头。

但齐永定真正想看的却不是远方的海景，而是被荒废的盐田。仍在晒盐卤的盐田泛着青白色的光芒，而荒废的盐田则寸草不生，显露出一种泛着惨淡灰色的泥土色。齐永定大略数了一下，荒废的田占这一大片盐场的三分之一还多，但口说无凭——他恨不能有台数码相机，将所见所闻都拍下来，拿回去给曹织造看，但眼下却只有用手画。他从怀中抽出早已准备好的纸笺与浸了墨的狼毫小笔，将产盐与荒废的地按比例一一画在纸上。

当他匆匆下塔时，心里对下沙盐场荒废，"盐贱伤民"事件已经有了七八分的把握，只需再去一两个地方求证，便可回去复命了。但危险正在接近，他却浑然未觉。当他走出塔门的那一刹那，一根木棍就招呼上了他的后脑，一记闷棍登时让他失去了知觉。

当齐永定再度醒来时，后脑火辣辣地疼，可以感觉到咸湿的液体从脑后那道令人疼痛难忍的伤口流下来，流满了他的脖子——他被双手反剪绑在一张椅子上，头被麻袋套住，他们正在搜他的身。空气中有一股黄酒的味道，想必他打的那半斤黄酒已经被打破。他身上所有的东西都被掏出来——银子、银票、铜钱、机关盒、纸笺、墨笔……搜身的有两个人，一个在摸他的脖颈，一个在掏他的腰，很快，他脖子里的吊坠也被扯下来，接着是腰里的腰牌。

只听得一个人用官话说道："糟了！"

另一个人道："怎么回事？"

前一个掏他腰的人说："你看这个！"

"他妈的！"第二个人骂道，声音中明显带着慌张，"不是说他是叶家派来的探子，怎么会是官家的人？"

"他是巡盐御史，怎么办？"

"既然都已经做到这个地步，早晚也是个杀头的罪！"另一人像是咬着牙，声音从牙齿缝里蹦出来，"我看一不做二不休！"

| 二十二 |

再别叶稚柳

当听到"一不做二不休"这几个字时,齐永定心里一阵心悸——与穿越时空的心悸不同,那是恐惧导致的心悸。有那么一瞬间,他感觉身体脱离了他意志的控制,他不自觉地颤抖起来,无法呼吸,心脏疯狂跳动,这一状况只持续了一瞬间,但那一瞬间感觉却无比漫长,就像梦魇一般,身体不受控制、无法动弹。接着,他的理智克服了恐惧,又重新夺回了身体的控制权,但前胸后背都已经被冷汗浸透。他开始明白,为什么在执行死刑前,有人会被吓死,有人会站不起来,只能被拖着走,有人会大小便失禁——死到临头时,恐惧的力量如此强大。他咬紧牙关,依然无法停止颤抖,他等待着尖刀捅进他的身体,或是划开他的脖子,他希望别是用绳索勒住他的脖子,因为窒息而死很痛苦——但无论他们用什么方法,他都准备好了,虽然被麻布袋套着头,眼前一片漆黑,他还是闭上眼睛,在内心和成聆泷告别,希望她在她的时代生活得一切都好。

但他想的那些事情都没有发生。

没有尖刀捅进他的身体,也没有绳索套上他的脖颈,什么都没有。他等了很久——又或许只是片刻,他搞不清楚,此时他的时间感已经错乱。他只听见身边的两人忽然陷入混乱,开始叫喊起来:

"有人!"

"小心!"

"你到底是什么人?!"

"当心……哎呀!"

"你去死吧!"

紧接着一股大力撞在他右边的肩膀上,他连人带椅子向另一边倒去,他整个人被绑得结结实实的,不得已只有用左肩硬接整个身体撞击地面的力道,那一下几乎把他全身都撞散了,他整个左半边身体都失去了知觉,连痛都感觉不到——但与此同时,他听到他原先坐的地方利刃破风的声音——无论给他肩膀那一下的是谁,都是友非敌,那一下把他连人带椅掀翻在地,却免去了被一刀砍断脖子的命运。

紧接着,随着一声短促的惨叫,就像是被一刀砍断脖子的牲畜,四下都没了声息。然后绑缚他的绳索被割开,头套被扯掉,齐永定就看见了浑身浴血的长生。

齐永定扯出塞在嘴里的布,试图自己站起来。此刻,跌倒时摔到的左半边身子开始疼痛,让他打了个趔趄,疼得他呻吟出声。长生连忙扶住他。齐永定望了一眼躺在地上,看上去已经没了声息的两个偷袭者——显然有人不希望他查出真相。

两人身处寺院后山的一片小树林中,那把绑住齐永定的椅子多半是从庙里偷来的,一摔之下已经散了架。齐永定一只手搭在长生的肩膀上,一边一瘸一拐地随他快步走出树林,一边关切地问道:"我没事!你怎么样?"

长生冷哼了一声,道:"两个小喽啰而已,还不能把我怎样。"

又见齐永定拖着半边身子,干脆将他背在背上,道:"齐先生,还是我来背你吧,此处是非之地,不宜久留,只怕后头还有追兵,不想让我们活着离开这里。"

小树林外,早有两匹马候着。叶稚柳已经换了短衣襟的上装和马裤,撕去了假胡子,露出清秀端庄又不失威严的容貌。长生将齐永定扶上叶稚柳的马,自己翻身上了另一匹马,道:"先生小姐先走,我断后!"

叶稚柳回头对齐永定说了句"抱紧我",便调转缰绳,打马飞奔。紧要关头,齐永定也顾不了许多男女授受不亲之礼,双手紧紧环抱叶稚柳的腰,以免被甩下马去。叶稚柳骑术十分娴熟,显然是在年少时便时有操练。他们三人两马,跑出小树林后便一路向西快马加鞭,一盏茶的工夫便横穿了整个下沙镇,一路向西北方向奔去。齐永定惊觉,自己奔出小树林时,被搜走的东西一样都没拿,忽然又听得长生加了几鞭子,与他们二人的马并驾齐驱,只听长生在身边喊:"先生,接着包袱!"说着扔过来一包东西。又听得长生喊道:"先生您看看包袱里可缺了什么东西?后面还有些零碎的尾巴要料理,我去去就来。"

齐永定还来不及回他,长生已拨了马头,齐永定只见他抽刀在手,迎向身后紧追不舍的三人三马。他连忙打开长生扔过来的包袱,粗略地看了眼,腰牌、吊坠、盐场示意图等重要物什都在,齐永定又重新将包袱扎紧,系在腰间。就那么一会儿工夫,再回头看时,长生与那三个追兵已在视野之外,身后只剩下嘶奔的马蹄扬起的尘土。

叶稚柳挑的是一匹健马,但也架不住驮着两个人的重量,飞奔三四个时辰。他们从离开下沙镇,一路跑上官道起,片刻未停,直到前方苏州府已遥遥在望,叶稚柳才不再全速策马,降到来时一半的速度,但依旧没有停下等一等长生。一直跑进苏州府的城门,两人这才松了口气,再看那马,也已经满嘴的白沫,再跑下去只怕也撑不住了。两人找了家马厩,换了马,直奔苏州织造的衙门而去,齐永定凭借织造府的腰牌,通行无阻,再由织造府出面,向知府衙门借了兵丁,回头去迎长生。

一炷香的工夫,苏州府的兵丁已经护送着长生回来复命。那少年左手拎着长鞭,右手拎着一口雁翎刀,刀身的血槽上还带着血迹,身上衣衫又多了几处破损,每处都见了血。见到齐永定和叶稚柳,长生还刀入鞘,将鞭子在腰间缠了三圈,向二人行礼。叶稚柳关切地要查看他的伤口,他却一副满不在乎的笑容,道:"这点小伤,不打紧的！"

叶稚柳说："我已帮你叫了郎中，快快下去清洗、包扎伤口，敷上金创药，莫染了破伤风。"

长生应承了，正要转身离开，却被齐永定叫住："长生兄弟，你救我一命，我这辈子都会记着，这恩何时能报，就要看造化了。我虚长你几岁，你今后就别再叫我先生了，我们就兄弟相称可好？日后你的事，就是我的事。"

长生笑起来，拱手道："齐大哥！"这回不再是那种带着点儿倔强的笑容。

齐永定回礼道："还没请教贤弟贵姓。"

长生答："免贵，姓刘。"

齐永定怔了怔，忽然想到那刘总管，去掉胡子，眉宇间与他倒有几分相似——算起年纪，他应当可以做刘总管的父亲了。如果是这样，齐永定心想，自己穿越回清朝，两次遇险，都是多亏这刘家父子搭救，这笔"上辈子"欠下的情，只怕要"下辈子"才能还了。

从苏州回扬州，一路上有官府派人护送，就再没出过什么差池。曹寅在两淮盐运司光明正大地迎齐永定和叶稚柳回来，为他们接风洗尘，显然是已经清理过门户。齐永定摔伤了肩膀，但因为赶路赶得匆忙，一路忍着疼痛，到扬州城的第一件事便是找最好的跌打医生来瞧瞧——所幸只是伤及皮肉，并没伤筋动骨，医生说把胳膊吊上十天半月便可恢复。曹寅见他行动不便，家中就一个管家、一个跑腿的小厮，便要给他多找几个佣人、厨子和老妈子，齐永定不愿家里一下多出那么多人，便婉言谢绝。叶稚柳提议不如就住到叶家养伤，地方够大，下人也够多，曹寅连声称好，齐永定也不再好回绝第二次，便点头应允了，当天下午，让管家于方简单收拾了行李，便搬去了叶家大宅。

齐永定心里，一直吊着下沙盐场"盐贱伤民"的那件事，曹寅当天却只字未提。直到第二天吃过午饭，曹寅这才独自一人登门造访，在叶家的偏厅中，齐永定和叶稚柳将他们如何分头行事的事，一五一十地和曹寅讲了一遍。原来去下沙盐场支盐的一直都是七大总商的商号与门客，他们自行炒高盐引，将散商排除在外，再在官盐之外自行走私私盐，已有数年之久——是以叶稚柳拿着零散买来的盐引去支盐，一下子便露了痕迹。

曹寅道："我派去射阳的探子，比你们早一日回来，昨晚，新滩盐场的探子也回来了，这许多私盐究竟是哪里运来的，两边都没什么线索。齐先生，你这里如何？"

齐永定答道："我绘制的那张盐田分布图，大人可有看出什么端倪否？"

曹寅道："荒废的田地十之过三。"

齐永定接道："是，但不知大人是否注意到，荒废的盐田，都在南面，北面一片都没有。"

曹寅追问："你这么一说我也觉得奇怪，这是何道理？"

齐永定答道："因为南面乃是私盐码头！"

曹寅震惊道："还有这等事？你亲眼所见？"

齐永定答道："在下并非亲眼所见，但猜也猜得到。粤盐和川盐虽然比淮盐便宜，但两广盐政、四川盐政一向管理严谨，与两淮也素有默契。莺歌海盐场距离太远，不远万里贩私盐来两淮，得不偿失。余下的可能，便只有台湾府的布袋盐场，沿东海海岸北上便是松江府，风平浪静之时，两天便到了。"

曹寅一拍额头，道："先生不提，我确是忘了。自六年前那台湾的郑克塽搬去北京后，台湾府的盐政便无人巡查，如今竟发展到如此胆大妄为的地步。"又对叶稚柳道："看来我这次真是没看错人，这台湾府的盐运，就由你们叶家的运达号全权负责吧！"

叶稚柳忽然掀起袍子下摆，拜倒在曹寅身前，依齐永定教她的道："小女子代叶家拜谢曹大人！曹大人，叶家还有一事相求，万望大人应允。"

曹寅连忙扶起叶稚柳，应道："你与齐先生此番立下大功一件，应该我多谢你们才是。还有什么事，你但说无妨。"

叶稚柳瞥了一眼齐永定，见齐永定对她眨眨眼，以示鼓励，于是壮着胆子道："不知大人去过引市街否？经过这一趟下沙之行，小女认为，这盐引的交易制度，是该改一改了！"

没几日，在引市街的东头的闹市，一处茶馆便被清理得干干净净，戏台灶头柜台隔间都拆了，桌椅板凳也都给请了出去，被做成一间四面通透的大厅堂，朝东的大门正中高悬起一块黑底金字的牌匾，上书"引市"二字。厅堂正中央立起了四面刷了黑漆的木板，请了四位师爷。每块木板都以白漆画了格子，从卯时初刻起至酉时四刻止。每家总商派一位代表，穿红马褂，有意竞标盐引的散商穿绿马褂，每一刻便如市场中讨价还价般，双方各自出价，总商的盐引没人买，便报低几厘，散商若是想从别家手里多抢几张盐引，便报高几厘，每一刻到点时，便让师爷在黑板上以平日里划布料做衣服的白垩写下盐引的成交价。虽有守卫，却不似衙门般森严，只是维持秩序，也不避讳百姓围观，谁愿意来看热闹便看。但除非穿着马褂，闲人不可报价，也没有座位，违者便会被赶出"引市"。每日收市，便将当日盐价写一张安民告示，贴至各大城门的告示栏，连贴三十天，扬州民众每一人都可从告示栏得知一月以来盐价的趋势是涨是跌。

自此，那终日不见阳光，神神秘秘的"引市街"便被扫入了故纸堆中，"引市"向公众开放，成了百姓们凑热闹的地方，附近的摊子馆子也多了起来。如此运行了四五日，一开始还有些忙乱，但参与其中的无不是浸淫盐引交易这一行十数年的老江湖，很快"引市"大厅便变得井井有条起来。报价系统、撮合系统、信息公开系统俱全，俨然一个古早版的商品交易所。

齐永定陪着曹寅，身着便服，在"引市"的一角坐下瞧了半天，一壶狮峰龙井泡了三泡已然淡了。齐永定才凑近了轻声问道："这'引市'大人觉得改得如何？"

曹寅又抿了口茶，答道："盐引公开交易，如此便再不会有总商暗中操纵盐引价格之事，甚是高明。"

齐永定听他语气间颇有赞赏之意，忙接道："是叶家小姐操办得好！"

曹寅似笑非笑地望了齐永定一眼，道："叶稚柳虽然精明能干，但如此细致妥当的安排，却也不是她一个女流能想得出来的吧？"

齐永定讪笑两声，便不再搭话，每一两银子的盐引交易，"引市"都要抽一厘佣金的事，也不好再在曹寅面前提起。当晚他便嘱咐叶稚柳，凡盐价高的季节，佣金减半收取，织造局与盐政上下，多打点打点。另外叶家主持的"引市"，会为有意竞标盐引但资金不够的散商提供三分利的借贷一事，更要低调进行，不可大张旗鼓地宣传，等到这几年被打压的散商再度蓬勃起来，再去争取曹大人的首肯不迟。叶稚柳都一一应允。

齐永定在叶家住到半个月，已经住得烦了，再加上左臂已基本可活动自如，便向叶稚柳告别，想要回自己的府上去住。虽然从下沙捡了一条命回来，长生也帮忙拿回了腰牌和吊坠，但机关盒却丢在了下沙镇上。齐永定日日想念，心中烦躁，只有在纸上反复画那只白龙纹梅瓶聊以排遣。这十几日间，大的、小的、完整的、破碎的、插了梅枝的、没插梅枝的、题了诗的、没题诗的……这梅瓶怕是已经画了不下百张。叶稚柳就只是看着，既不说，也不问，只是帮他把一幅幅画都收起来，藏在一个木箱子里。

齐永定住回自己家中的第二日，为叶家小姐提亲的就上门了——既在意料之外，又在情理之中。他与叶稚柳相处这许多日，同乘一架马车，同住一间客栈，同坐一匹马出生入死，如今他又帮曹寅扫了从台湾来的私盐，帮叶家夺下了下沙、布袋两大盐场的盐运，更是主持建起公开的"引市"，俨然一副扬州盐商唯叶家马首是瞻的气象。此刻入赘叶家，执掌运达号的人选，除了他齐永定，已不作第二人想。

然而他又不得不拒绝——只有他自己知道理由，他不是属于这个时代的人。

当见到聘礼中的那一箱画，和那一只白龙纹梅瓶时，齐永定胸中一时间翻江倒海——有一个女人为他做到了这种地步，他真的舍得放弃这里的一切，离开这个时代吗？

但齐永定知道，他对叶稚柳的感情，不是爱——或许有疼惜，有怜悯，有钦佩，但那终究不是爱。

叶稚柳，永远无法代替成聆泷。

那一日，齐永定在叶家府上待了一个白天，瓷器在地上摔碎的声音传得三进屋子都听得到，最终，他只拿走了一块瓷片。那天夜里，叶稚柳哭了一整夜。第二天，她换回女装，拿白绫缠起双脚，吩咐长生将齐永定留下的一箱画，以及她费尽周折才得到，又亲手打碎的梅瓶碎片一起，有多远丢多远，自己这辈子都不想再见到这些东西。长生依言而行，那只梅瓶的碎片，从此散落扬州。

而齐永定也没回家，自那天之后，再没人在扬州城见过他。曹寅派人四处探访，遍寻不获。这位就要赴任苏州织造的显贵之人，绝不会想到他最信任的幕僚，会混到到扬州城里最破旧、最潦倒的长塘村里——彼时，李鱓还是襁褓中的婴儿，距曹雪芹出生更是尚有二十七年之久。

齐永定放下了一切，隐居于市井之中，等待着康熙二十八年，台风季的来临。

| 二十三 |
文宗太和

　　这一日，齐永定起了个大早，照例先打了一套太祖长拳，活动活动筋骨。他的太祖长拳已经打得愈加娴熟，三十二路拳法一路打下来，打得浑身舒泰，在这早春时节，背上、脖颈上隐隐冒出蒸气来。齐永定再拿过扫帚，清扫院子，等身体凉快下来，便回屋擦把身子。此时，若是寺里的和尚来叫他："齐先生，要与我们一起下地吗？"他便带上锄头，与僧人们一起下地劳作。

　　如果不用下地，他便给院子里的小菜园翻翻土，给菜浇水施肥。他在院子里种了苋菜、小白菜和萝卜，等收了萝卜，便可以种茄子和豌豆苗。运河两岸的草坡上还可以摘草头、荠菜、蘑菇和木耳，他时常随里坊的少年们去摘。

　　他的生活已经算是不错的了。唐人尚武，连寺庙里的僧人也大多会早晚练拳。但此处毕竟是江南，不是河南少林，僧人们大多只是练些五禽戏之类强身健体的拳术，至于那些活泼好动的青少年们，则是拿着家里的扁担、烧火棍，聚在一起玩些"打匈奴"的游戏。齐永定打的三十二路"太祖长拳"，是赵匡胤所创，原来拳路繁复，有上三十六式、下二十四式，再加上拳掌六路，传到清代时，把那些花架子与阴毒招式都去了，改良为三十二路，便是齐永定从盐帮执事高胜那里学到的这一套拳法了。现今齐永定所在的年代，据赵匡胤出生还差着一百年，自然是没人见过，宋太祖出身行伍，将带兵打仗时的枪法、棍法融入拳法之中，拳势刚猛，与人们日常所熟悉的五禽戏、八段锦大有不同。一开始是寺里的僧人跟着他学，后来名声在里坊里传开，四邻八舍都有人来学。学的人一多，齐永定便酌情收些学费，大人三十文，孩子二十文，包教不包会。

再加上他将天宁寺藏经阁的经书抄了个遍，已经练得一手好字，从石涛、郑板桥、李鱓、黄慎那里偷师学来的画技，也让他时不时能卖个一两幅画出去。只是唐代书画市场尚在启蒙，一帖字一幅画，都需有名家品第才能定价——齐永定哪里认识什么名家，他卖出去最多的品类，除了手抄的经文，便是给待字闺中的年轻女子画的肖像，用来给媒人说媒相亲的。

一来二去，在扬州罗城里，小市桥、广济桥、新桥那一代的里坊就传开了，说有个西域回来的胡人先生在天宁寺里抄经，初到扬州时剃光了额头，扎着辫子，却有个汉人的名字，叫齐永定，能文能武，能说一口地道的扬州官话。

几年下来，齐永定的日子虽算不上富裕，但比之普通百姓仍是要好上一些。若是能卖出一幅字画，他便去切一斤羊肉，沾着粗制的酱油，便算是改善生活了。在唐朝，即便过上小康的日子，嘴里也能淡出个鸟来。自唐肃宗立"榷盐法"始，盐价便扶摇直上，到文宗大和七年，盐价已由一斗二十文钱升至一斗三百文钱，糖价数倍于盐价，花椒胡椒的价钱更是堪比黄金。

每次去逛菜市时，他便要提醒自己，菜谱可不能太离谱，洋山芋、洋葱、番茄、番薯……凡是带"洋"字、"番"字的菜，这年头统统都还没传入中国。玉米卷心菜，以及苹果、西瓜、草莓、菠萝，此刻不是在西域便是在南美——托张骞通西域的福，市面倒是有葡萄售卖，但齐永定一问之下，价钱足以让他倒退三步，抽一口冷气：一串葡萄就算不能换一串珍珠，也差不太远了。

寺里的僧人和街坊，大多只会蒸煮，拿菜籽手工榨油也还十分稀罕，只有齐永定会拿鸡鸭和猪的脂肪来炼油，支起口锅来炒菜。有时也会做烫干丝、三丁包、烧卖这些扬州"传统"的点心菜肴——

当然,"淮扬菜"真正成为一大菜系,要到近千年后的明清,迁居扬州的大盐商的家厨,到了这江南锦绣之地,才做出与安徽、川陕截然不同的、别具一格的菜式。至于齐永定,则完全是小打小闹,凭着记忆做一些江南小菜。煮干丝、香菇炒油菜、菜底炖狮子头、响油鳝糊、清蒸鳜鱼,还时常炒个扬州炒饭。没有胡椒、辣椒,便多放些葱姜。豆蔻、八角、桂皮、陈皮这些倒是不贵,豆豉、酱油也都齐全。但牛肉金贵,便只能偶尔卤个猪脚、蹄髈、鸡脚、鸭翅之类的解馋。

其实有了头两次穿越的经验,在康熙年做织造府的座上宾时,齐永定已有所准备。他偷偷化了不少黄金首饰,做成金条,嵌在腰带中,又积攒了几十两没有打戳刻字,方便花用的碎银子,穿越时方便随身携带——再多带可就累赘了。不成想这一口气穿越了八百年,到了远在白龙纹梅瓶烧制之前的唐朝。

齐永定起初租住在天宁寺附近的街坊里,衣食无忧,却日日思前想后,如果不是梅瓶,究竟是何种力量带着他穿越时空的呢?研究了数年之久,也始终不得要领。心灰意冷之时,便会大手大脚地花用康熙年带来的财物,花上五钱金子二两银子,买齐糖、盐与各种调味料,只为烧一顿红烧肉来吃。

但自从有人在从他那里要走的老卤中吃到花椒,便接连有两回夜里有少年摸进他的房中想摸走些什么,都叫他打了出去。自那之后,他便给天宁寺布施了不大不小的一笔钱,求寺里的僧人们许他搬进寺庙居住。僧人们不愿荤腥进山门,但看他知书达理,下地干活卖力,烧菜又好吃,便帮他在寺院西面建了间平房。那时的僧侣,下地建房都与普通农民无异,准备好木料瓦片,请了个卯榫师傅,只六七天,便将平房建了起来,再有三天,便连院子的围墙都垒好了。

自此,他有意无意逢人便说,偏财易得不易守,西域带回来的钱财都已布施在寺里了,再加上住进寺庙旁简陋的平房中,日日不是抄经便是打拳,家里这才算是消停。

齐永定知道,这间简陋潦草的平房,日后将扩建为天宁寺的别院,不知有多少青史留名的人物,会在这里来来去去。而如今,就只有他在这里起个炉灶烧菜而已。那些大师傅们不许荤腥进山门,但唐代的和尚不忌鸡鸭禽类。打了一遭春雷,下了一波雨,正是吃雷笋的季节,齐永定将腌笃鲜中的鲜肉、咸肉换成母鸡、风鹅,煮出来也一样鲜美。

他的日子就是这样,打打拳,种种菜,烧烧饭,抄抄经,不知不觉中,已经活成了一个唐朝人。

这已经是他穿越至唐朝的第三年。

他的日子过得很"充实",因为似乎每天都有干不完的活。但他的日子过得又很"空虚",因为他不得不一遍又一遍地去干那些他不知有什么意义的活,才没有空闲去思考他在唐朝生活的意义。他有时会想,在之前穿越的那两个朝代的遭遇,又有什么意义?他没能从高胜那里学到更多的厨艺,他也没能从长生那里学到更多的功夫,一切都像是一场梦,那样的不真实——或许他本来就是个唐朝人,只是比别人的想象力更丰富一点而已。

每次他这样自我怀疑的时候,就从胸口贴身的位置掏出成聆泷送给他的那枚银底金边的吊坠,摩挲一阵,再去箱子里翻出那条抗菌速干的内裤——为了证明自己是"从四百年后来的人",速干T恤和冲锋衣已经被他送给了叶稚柳,但内裤他留下了,他实在做不出把自己的内裤送给别的女人那种事,即便他自己本身已经深陷一种巨大的荒谬之中,他也做不出那样荒唐的事。他恳请叶稚柳,五十年后再见时,能够尽释前嫌,再搭救他一次,届时他会有性命之忧。这个年轻有为的倔强女子有五十年的时间去原谅一个曾拒绝她提亲的男人,因为一个听上去很荒唐的理由。叶稚柳那充满怨恨与不信任的神情久久地停留在他的脑海中,几乎就和成聆泷的笑颜一样长久,但最终那个女人会想通,会原谅他,会救他,因为齐永定已经经历过结果,才又回来种下一个因——那时,齐永定想,他和叶稚柳就像是分别搭乘两列交错而过的列车的乘客，各自要去往不同的方向，只是在某个车站同时停留了片刻，打了个照面，这就是他们所有的缘分——但他无法将这个比喻告诉对方，叶稚柳不会理解的。

是夜，他又从放衣物的箱子里翻出那条经历了三个朝代的内裤。标签已经脱落过一次，他又给缝了回去，上面印着制造这条内裤的主要成分是"聚酯纤维"，那是不可能在这个时代出现的材料，甚至连这个词都不应该出现。这证明他不是精神错乱，也不是想象力太丰富——那些不可思议的经历，都真实地发生过。

他有时会想，他的决定是不是错了，他是不是应该留在康熙年，和叶稚柳结婚生子，成为叶家的掌门，看着叶家一天天壮大，看着石涛从北京落寞地回到扬州养老，看着他画出那些传世名作，到达一生中艺术成就的巅峰，说不定他还能见证曹雪芹的出生，成为他的长辈——如果他决定在康熙年度过一生，又会怎样呢？但他不告而别，辜负了叶稚柳，辜负了曹寅，而作为对他鲁莽决定的回答，命运——不，是带着叶稚柳怨恨的梅瓶碎片——和他开了一个巨大的玩笑。

当他再度穿越时，天宁寺变得更破败，男人们扎起发髻，留着长须，不论男人和女人，都穿着宽袍大袖的衣服。他也不顾自己"奇形怪状"的外表，去向路人打听，现今是哪一年。他得到的答案是"太和四年"——他甚至都没有听说过这个年号。于是他再问，当今是哪一位天子在朝。别人给他的回答是："太和年，在位的自然是太和皇帝。"——齐永定知道自己问错了问题，庙号是皇帝死后才会追认的，既然如今是"太和四年"，也就是说离前朝皇帝大行不远才对，正确的问法是："那前朝的是哪一位皇帝？"

路人用奇怪的眼神打量着他，但还是回答了他的问题："前朝的乃是敬宗，但只在位两年便被害死了，再往前，是穆宗，在位四年。唉，还是宪宗的时候好啊，元和年，世道太平。"

齐永定呆立在当场——即便他记不得"太和"这个年号，但也听过"元和中兴"，再加上"宪宗""穆宗""敬宗"这几个庙号，当下再无怀疑。

他踏出天宁寺的山门，景致和清朝时已大不相同，笔直的街道一眼就能望出好远去。扬州城还是一派繁华景象，行人骡马络绎不绝。时有几个打扮与中原汉人迥异的胡人经过，是以他虽然刮了头皮，结了辫子，穿着短褂和裤子，人们也不以为意，只当他是又一个来扬州讨生活的胡人而已。

他身处的年代，是唐朝无疑，太和四年，在位的是文宗李昂。

但为什么是唐朝？他不明白。

他之前在清朝一点点建立起来的穿越理论，一下子完全崩塌了。

齐永定浑浑噩噩地在街上走着，从天宁寺走到保障湖，那条他熟悉的路线如今已面目全非，保障湖在城外，还只是浅浅的沟渠般的水道而已，远称不上是"湖"。直到天色暗下来，巡街的成卒开始驱赶街上游荡的人，他才想起，唐朝的扬州是有宵禁制度的，入了夜便不允许随便出门。虽然执行得有多严格他并不清楚，但他也并不想冒险——若只是因为天黑了在街上游荡，就被抓进牢里定个罪，那也太不值得了。现在还没到自暴自弃的时候。

古代，当一个人无家可归的时候，寺庙总是对流浪者敞开大门。齐永定依旧用那个老掉牙的借口，对守山门的沙弥说，自己从海外归来，刚下船，在扬州举目无亲，人生地不熟的，能否在庙里借宿一晚。说这话时，他将手探进怀里，摸着里面的零碎——有笔墨和纸笺，有叶稚柳送他的玉牌，还有足以他住上几年的碎银子。但天宁寺的僧人却并没问他要钱，去向方丈法师通报了一声，便将他安置在西厢房，不一时，就有僧人敲门，送上清粥一碗，小菜一碟。

当初只说是"借住一晚"，却没想到后来竟是自己出钱建起了天宁寺的别院，这一住，就住了三年。

这一晚，就像他第一天住进天宁寺那晚一样，齐永定又失眠了。

这年头，灯油蜡烛都十分珍贵，他不愿再露富，便借着月光，在黑夜里从别院走进山门，一路走到藏经阁。守夜的沙弥早已与他相熟，也不拦他，任由他深夜里在寺里游荡。

时辰已过了亥时，他站在藏经阁那巨大的、残缺的阴影下，闭上眼，想感知来自时空的悸动，但却什么都感觉不到。

他原本以为，每一次穿越，都会离成聆泷所在的年代更近一步，就像拼拼图。但现在看来，他的理论完全错误——每次穿越的年代就像个钟摆，这次摆过了头。原本每次都是梅瓶的碎片帮助他穿越时空，随即碎片便消失不见。他一直把梅瓶当作穿越时空的关键道具，但如今，寻访白龙纹梅瓶也不再可能——那梅瓶是元代的物件，眼下根本还没被烧制出来，难不成要他自己去烧一个么？

又或者，穿越的关键道具原本就并非是梅瓶，而是别的什么。

他的脑中一团乱麻，理不出个头绪来。转身想回自己的别院，却正撞上一个和尚，深夜时分，也在寺里散步，定睛一看，却正是藏经阁的住持圆空大师。齐永定想打个招呼，寒暄几句，却又不知该说什么好。尴尬间，还是圆空先开了口："齐先生夜游本寺，想来是有心事。"

齐永定答："是，大师猜得没错。"

"先生明日若是有闲，便随我去一次大明寺吧。东瀛招提寺的法荣大师，如今正在大明寺呢。"

"大师是让我去找法荣大师解惑？"齐永定问。

"是跟我去讨点布施。"圆空道，"你看寺里这藏经阁，是不是也该修修了？"

| 二十四 |

二十四桥

虽然天宁寺位于唐代扬州城的罗城内，大明寺位于扬州城的西北郊，还要爬一段山路，但唐太和年间，大明寺的香火比天宁寺要旺得多。彼时，天宁寺虽有水路之利，但流经罗城的运河支流水道极窄，泊在离天宁寺不远处渡口的多是些画舫游船。真正南来北往的旅客，从北方南下的，多是停泊在邵伯镇渡口，从西面走长江水路来扬州镇江的，则是停泊在瓜洲渡口，然后再取道陆路，走上个一天时间。是以，有清一代以前，天宁禅寺的香火一直逊于北郊的大明寺。大明寺初建栖灵塔，迎来佛骨供奉时，香火最盛，据说金顶时有佛光闪现。要到日后武宗灭佛之祸时，栖灵塔被烧作一片焦土，毁于一旦，那佛骨才就此下落不明。此刻文宗年，大明寺虽然看上去古旧了，栖灵塔金顶剥落，但挟鉴真大师的余荫，又有佛骨供奉，香火自然是比天宁寺不知强到哪里去了。如今这位东瀛招提寺来的大和尚，据说就是为栖灵塔重塑金顶而来。据称他是鉴真第三代弟子，亲耳听过鉴真讲法——镇江、无锡、常州、苏州，乃至远至杭州的大和尚们，都想来见见这位鉴真弟子，坐下来与他论一论法。

大明寺的西边禅房中熙熙攘攘，从各处慕名而来的僧人络绎不绝。屋中实在坐不下了，便将论法的讲堂挪至院中，蒲团不够用了，那些大和尚小僧人便席地而坐。那东瀛招提寺来的法荣大师，是个极为矮小精瘦的僧人，皮肤黝黑，脸上千沟万壑，显然是在西渡大唐的途中，受了不少苦，看他行合十礼的双手，也是日夜劳作的样子，头顶却刮得干干净净，胡须也修剪得整整齐齐，一身褐色的麻布袈裟熨得服帖，洗得也是一尘不染，可见日常确实是一个严谨精进、苦修不辍的僧人。他的汉语语速很慢，但说得极好，只是齐永定在天宁寺抄了这许多经，大多是为了混口饭吃，在佛法上并无造诣。他坐在圆空大师身后，听大和尚们讲道论法，听得云里雾里，起初还耐着性子，等他们说到重修塔寺金顶，顺便也为重修天宁寺的藏经阁争取些预算。但法荣大师与大和尚们只是打机锋，闭口不提布施的事。齐永定暗暗扯了两次圆空的衣袖，圆空和尚也一副并不着急的样子，齐永定心中无聊，便自顾自地站起身，走出寺去。

站在大明寺坐落的山上，一目千里。此时距欧阳修修筑平山堂尚有几百年，但"坐此堂上，江南诸山，历历在目，似与堂平"的视野，却更胜于百年之后。山风一吹，齐永定脑子也清醒了不少，心中直骂自己糊涂——重修大明寺栖灵塔，乃是1980年迎回鉴真坐像时候的事，又怎可能在一千多年前就修成呢？

向东南望去，历历在目的可不仅是江南诸山，还有整个扬州城。唐代时的扬州，与明清时颇有不同，并无东城西城之分，乃是由一座北边的子城，和一座南边的罗城组成。子城在大明寺的北面，东西、南北跨度皆不过二里地，城内只有一横一竖两条大路，但城墙坚固、堡垒森严，一圈护城河虽与城内运河连通，但日常都是拉了水闸，不允许寻常船只进入的——这一片小小的子城，乃是督府衙门的所在，淮南节度使的府第，以及驻军，都在子城之中。

往南一墙、一河之隔，就是面积数倍于"子城"的"罗城"，东西阔七里有余，南北跨度更有十五里多，这便是扬州商人、百姓日常做买卖、讨生活的地方。罗城中央，自北至南有一条"官河"，官河以东为江阳县，以西为江都县。整个扬州城以里坊分之，东西分为五坊，南北分为十三坊，道路横平竖直，看上去颇为赏心悦目。官河之上，除了最北面贴着护城河的那一坊，其余每一坊便有一座桥，由北至南，计有洗马桥、驿桥、阿师桥、周家桥、小市桥、广济桥、新桥、开明桥、顾家桥、通泗桥、太平桥、利园桥。官河西面，一个里坊的距离，还有一条稍窄的河道，河上九座桥，并没有名字，只被称作"北三桥""中三桥""南三桥"。北面与子城相接的护城河上，由东往西，依次还有作坊桥、下马桥、九曲桥——再加上城中与官河相通的邗沟上的参佐桥，共计有桥二十五座。这三年间的日日夜夜，晴天雨天，残月满月，齐永定已经把这二十五座桥逛了个遍。瘦西湖彼时还是西城的护城河，名为"长春河"，成为扬州的一处胜景，那是千年后康乾年间的事，现在在河边走上一走，就算和齐永定在康熙年走过的保障湖相比，那也是差得远了，倒是九曲池边的九曲桥上夜色最美，但要留宿在池上的画舫上，才能欣赏，夜里擅自上桥，被城门上守夜的兵丁抓到，便治你个不守宵禁之罪——齐永定便因此被抓进去过，还是天宁寺的方丈圆融大师为他作保，又额外花了一百文钱，才将他保了出来。

自从逛遍了扬州城，齐永定心中就多了个疑问——罗城中明明有二十五座桥，那杜牧诗句《寄扬州韩绰判官》中的"二十四桥明月夜，玉人何处教吹箫"中的二十四桥，究竟是算漏了，还是如后人所考，"二十四桥"乃是特指某一座桥，甚至便是"阿师桥"谐音的误传？

想到此，齐永定心中一动，不禁又暗骂自己糊涂——那杜牧，不正是唐朝人吗？如今是文宗太和三年，正是朝中牛李党争如火如荼之时，杜家原与李德裕是世交，一向被看作是李党，但偏又受到牛僧孺的赏识，邀他去淮南节度使衙门做官，但他不愿卷入党争之中，便躲在扬州的烟花柳巷，流连青楼达十年之久，留下一首《遣怀》：

> 落魄江湖载酒行，
> 楚腰纤细掌中轻。
> 十年一觉扬州梦，
> 赢得青楼薄幸名。

这些名人轶事，每一个扬州人，中学背"小李杜"的诗时，便已经耳熟能详——如今自己竟然与杜牧身处同一时空、同一城市，不禁让齐永定浮想联翩起来——说不准此刻，杜牧就正在某位名妓的香闺软榻之上呢，若是能与他不期而遇，这"二十四桥"的一段悬案，便可尘埃落定了。但转念一想，且不说自己与杜牧的行动范围相差太大——那些烟花柳巷的风月场所，齐永定从不光顾，他日常的活动范围，乃是开明桥至太平桥一带的"大市""小市"，也便是现代的东关街、准提寺一带。虽然在唐朝，白龙纹梅瓶还没被烧制出来，也不可能凑巧淘到藏着成聆泷手书绢帛的机关盒，但淘些文玩物件的习惯却总也改不了，若是能在市集上卖出几幅字画，所得的银两，除了饱足口腹之欲，便全花在了漆器、瓷器、铜镜、三彩之类的物件上。

齐永定心想，传说牛僧孺对杜牧极为看重，暗中派人跟踪，名为保护，实为监视，见了什么人，做了什么事，一言一行，皆记录在案，每日向他上报实录。自己不过是天宁寺的一位抄经人，与这位传奇诗人，淮南节度使眼中的红人，只怕难有交集。

那些和尚，在禅房里一直聊到日头偏西，夕阳将丘陵地带的群山镶上一道金红色的边，僧人们才陆续从山门里出来，法荣大师一直将众僧人送至山门外，大家这才依依不舍地道别。有些远道而来的僧人，思前想后，又跟着法荣和大明寺的僧人回到寺里，干脆在大明寺里住下，要与法荣大师再讲几晚的佛法——反正已经开春，气候也暖和起来，打几夜的地铺也无妨，至于吃食，他们大多带了盘缠，扬州虽然物价高昂，但互相接济一下，吃几日的斋饭倒也是够的。令齐永定感到意外的是，竟然没有一人因为没有募集到重修金顶的银两而感到沮丧，仿佛他们远道而来，本就意不在此似的。

又等了片刻，天色已由靛蓝镶橙边变作绛紫色镶红边，齐永定心想，再不动身，只怕今晚就要赶不上关城门了。他心中着急，便想进寺去找圆空大师，刚迈开脚步，便见圆空大师那胖大的身影，晃晃悠悠地从山门中出来，不紧不慢地走向齐永定，手中还拎着一个包袱，包袱里扁扁长长，显然是一个方盒子。

齐永定心中讶异，心想，这大和尚究竟是有什么法力不成？难道连重修金顶的善款都没能筹集到，却被他讨到了修缮天宁寺藏经阁的钱？

圆空笑眯眯地迎上齐永定，将手里的包袱往他手里一塞，道："快走快走，再不走来不及了！"那语气，就好像是从大明寺偷了抢了什么东西似的。

齐永定一边随他快步下山，急匆匆地走过大明桥，往扬州城西门走去，一边举起手里那黄褐色的麻布包袱，问："大师，这修缮藏经阁的善款，你给我作甚？"

圆空走得急了，喘着粗气，摆手道："不是不是……唉，我们回城再说。"

好在从大明寺坐落的山上下来，离西门就三四百米的距离，两人紧赶慢赶，总算在天黑前进了城门。圆空长吁一口气，脚步也慢了下来。虽然关了城门，击了第一遍鼓，便意味着城内开始宵禁，但在中晚唐之时，城内商业已十分发达，扬州益州这样的繁华大城，宵禁实施得并不十分严格，有些坊内的繁华市口，会一直开门营业到子时，尤其是那些青楼画舫、花街柳巷，更是通宵达旦。而像圆空这样的和尚，要返回寺庙，那些巡夜的卫士自然是不会阻拦的。

是以圆空的脚步也就优哉游哉起来，齐永定快走两步，与他并排，侧过头问道："那招提寺的法荣和尚，只怕也没有重修栖灵塔金顶的钱，还是要靠江南各寺的僧众募集善款吧？"

圆空和尚"咦"了一声，侧目望向齐永定，笑着问："先生怎知道那东瀛和尚没钱？"

齐永定又不能说自己从千年后来，早知千年前的事，只好说："我看他穿得寒酸，双手老茧横生，满脸风刀霜剑的，也不像是养尊处优之人。"

圆空摇头道:"先生此言差矣,不可以貌取人。"又说:"法荣和尚此番从东瀛来扬州,也是历经坎坷,只可惜他没能随身带上一两件鉴真大师的信物,若是有鉴真大师的法身佛骨,抑或是舍利,要重修金顶又岂是难事?但他只身前来,身无长物,要筹集善款,重修宝塔,再造金顶,可就难了。"

说罢叹了口气,道:"这藏经阁缺了个角就缺了个角吧,此乃命中注定,随他去吧。若是为了修这个角而去做那些蝇营狗苟之事,才是佛祖所不喜的。"

齐永定见他脚步轻快起来,知道他是放下了要修那个角的执念,但心中对手里拎着的这个包袱愈加疑惑,但又不方便贸贸然打开查看,只好将包袱拎到半空,问那大和尚:"大师,既然藏经阁不修了,那这包袱里又是什么?"

圆空和尚双眉一挑,嘴角上扬,一脸的喜气,道:"那是法荣大师送给你的礼物。"

齐永定奇道:"我与法荣大师素昧平生,他为何要送礼物给我?"

圆空和尚答道:"你既随我同去大明寺,法荣大师送的伴手礼又恰好是你喜爱的物什,那便是与你有缘,我若是不送你,佛祖也不答应。"

齐永定也笑起来,说道:"大师,你就别再和我打机锋了,这里面究竟是什么?"

圆空仍是卖个关子,只说:"我一见这物什,便知道与你有缘,你回去拆开看了便知。"

| 二十五 |

火流星

回到天宁寺，已是月上柳梢头，这一片里坊倒是清净。齐永定拜别圆空，回到别院，点起油灯，洗漱一番，在榻上坐下，这才感觉饥肠辘辘。

齐永定本想随圆空和尚去大明寺讨个布施，没想到辩了一天的经，自早餐的几只馒头烧麦之后，便粒米未进。那些大和尚们的肠胃似乎是一种特殊的材料做的，似乎只要探讨起佛法来，就可以暂时停止工作。而那些寺中等级略低的僧人，也大多围到西禅房外，齐永定起身去山门外透口气时，禅房外和院子里已围了不少人，那场面，就如同盐商马家开堂会的那一日，围在门外，扒着墙头，等着听昆曲班子的名角儿们唱上一嗓子的百姓一般——也不知这其中有没有未来的高僧大德，因为这一场辩经的缘分而大彻大悟。

齐永定只知道，这一天下来，谁也没有想到要去给大家做点斋饭。

虽然天已黑了，但时辰还不算太晚，戌时都还未到。齐永定奋力站起身来，到柴房搬柴，支起个灶头，但一想到还要引火煮饭做菜，心中那一点烹饪的热情，便都消散了，油焖笋、蛋炒饭、荠菜豆腐羹……这些菜式大概只有在梦中品尝了。齐永定开始思念那些在现代扬州才能享受到的便利——面包、方便面、咖啡、外卖……他掐着手指算自己回到古代扬州已经多少年了，但是很难算清楚，在三个朝代跳来跳去的，又不是拿公元纪年。六年、七年，还是八年？他发觉自己已经越来越像一个古人，越来越少地想起现代的那些记忆——他还记得怎么开车吗？还记得怎么骑自行车吗？还记得怎么用智能手机在网上买东西吗？还记得电灯、自来水和抽水马桶吗？种种现代社会给他留下的痕迹都已经变得模糊，他开始越来越习惯用古人的腔调说话，开始习惯于用一盏茶、一炷香、一个时辰来测算时间，而非秒、分钟、小时；开始习惯于用寸、尺、丈、里来丈量距离，而非厘米、米、公里；开始习惯于用石、斗、斤、两、钱来计较重量，而非克、千克……虽然他依旧对之乎者也、经史子集没有兴趣，但是他的书法已经写得越来越出色，水墨画也越来越像清代扬州画派的那些"故交"们了。

  前几日，他在市集上买了一面铜镜——他惊叹于唐代的铜镜已经可以磨得如此之平整，除了照出来的画面颜色要暗淡些，大致并不逊色于后世那些镀银玻璃的镜子——怪不得自隋唐起，那些美女、名妓、狐妖的传说开始多了起来，原来是市井的普通女子们都开始了解自己的美貌，并开始对着镜子梳妆打扮。齐永定拿出铜镜，摆在桌上，将灯丝挑得亮了些，镜中之人头上扎了个发髻，用牛骨的发簪别住，额头绑着一根黑色缎带，以免发际线处的那些碎发垂下来，既不雅观，又会扫得人发痒；唇下与鬓角留了三绺长髯，两腮瘦削，颧骨凸出，俨然一个营养不良的唐朝书生。齐永定自嘲地笑笑——在康熙和雍正年过好日子的时候，自己应该吃得胖一些才对的。他开始想念那些丰富的食物，玉米、番薯、西红柿、辣椒、花椒、冰糖葫芦……口水就不禁涌了出来。

  他咽了口口水，强制自己不再去想这些食物。米缸里有米和蒜头，灶台旁有新挖的笋，还没削过，油菜已经吃完了，萝卜还有几根，十几天前与寺里的僧人们一起去摘的荠菜和蘑菇应该还剩一些，要找一找，即便没了，也可以去寺里问和尚接济一点。房梁上还吊着半只风鸡，以及腌制好的咸鱼鲞。

  但齐永定只想躺到榻上去，用睡眠来治愈饥饿。在下地和采摘的时候，与僧人们闲聊，那些僧人们说，差不多十年前，饥一顿饱一顿还是常态，他们一天时常只吃一餐，只有在需要下地劳作时才多吃一餐，至于晚餐，通常都是方丈以讲法代替了。直到宪宗元和年间，宇内繁盛，四海归一，光景才有了些改善。齐永定想，自己不过是饿了半天而已，便在这里自怨自艾，未免太矫情了。便捻熄了油灯，也懒得再换衣服，和衣躺到榻上去，扯过一床薄被，只想一觉睡到鸡鸣，再起来与僧人们一起吃些稀饭馒头。

当天是满月，天气又晴朗，院子里月光皎洁，透过窗户纸照进屋里，都不太像是在夜里。齐永定翻了个身，闭了一会儿眼，饿意略微消退了些，却还是睡不着。他只觉得一股若有若无的食物的香气，一阵阵地飘进屋中，他又翻了个身，揉了揉鼻子，只当是自己饿过头，出现幻觉了，却听得有人在屋外叩门。

齐永定心里有些不耐烦，但还是从榻上下来，也不管自己衣冠是不是整齐，便去院子里应了门。打开门，只见门外站的是圆空和尚，齐永定起初还有些不快，原本想说自己已经睡了，有事明日再说。但那圆空和尚一手拿着一个油纸包，一手拎着一个麻绳托着的坛子，坛口倒扣着一只粗瓷大碗，圆空将坛子拎到齐永定面前，一股油脂的香气扑面而来，齐永定这才知道，自己刚才闻到的味道，并不是幻觉。

"今日劳烦齐先生白跑一趟，小僧特来赔个不是。"那圆空和尚笑眯眯地道，"先生还没吃晚饭吧？我去许陈记拿了些胡饼来，又舀了些鸭汤，都是刚出炉的，还正热乎呢。他们家的汤饼面食，可是全城都有名的。"

齐永定嘴上客气着，却已经将桌子、凳子都从屋里搬了出来，这个天色，也不用点灯，在院里就着月色吃这一餐，别有一番风味。齐永定不爱作诗，若是换了李杜那样的人物，饥肠辘辘之时，在月下吃这一餐，怕是能吃出一肚子的诗句来。

圆空将鸭汤从坛子里倒到碗里，汤上面飘着一层鸭油，还有些烫口。胡饼上撒了芝麻，烤得焦黄，他将胡饼掰碎了，蘸鸭汤吃。

齐永定也依着他的样子，只觉得这过了汤的胡饼格外美味。圆空分给他一双筷子，说："汤里还有些汤饼，老许都一并给了我，别浪费了。"

唐朝时的"汤饼"，便是切得宽宽的面条，与用鸡汤或是羊汤下的细细的阳春面相比，是另一种的美味。齐永定一个胡饼下肚，连汤带面又喝了大半碗，额头与鼻尖都结了一层薄薄的汗珠，吃得心满意足，通体舒畅。见圆空和尚笑眯眯地看着他，不紧不慢地嚼着胡饼，这才发觉自己吃得太急了，心里有些过意不去，便开口问："那许陈记这么晚还开着？"

圆空答："自然是早就打烊了，但和尚我化缘化不到修藏经阁的善款，化一餐饭来，倒还是不难。"

齐永定笑道："我听寺里年轻的和尚说，他们如果不下地，便过午不食，听一堂晚课便饱了。"

圆空摆手道："他们这是悟性不够，着了痕迹。自四祖道信始，佛家禅农并举，便不再持过午不食的戒律。"又说："挨饿又哪里是什么修行，吃饱了方有精力读经。若是饿得四肢发软，神智昏沉，手不能抄，口不能诵，又哪里谈得上什么佛法精进了！哎，余下这些汤饼，你都吃了，别浪费了！"

看齐永定吃饱了，圆空和尚才问起来："先生，那东瀛和尚送给你的伴手礼，你打开来瞧上一眼没有？"

齐永定答道："圆空大师，你说得对，腹中饥肠辘辘，脑中便昏昏沉沉，我回到家里，就只想睡觉，哪里顾得上打开包袱瞧瞧。"

说着，他从里屋取出那只包袱，在月光下展开，只见一只镶着铜扣的木箱子，箱盖上右上角写着"唐物"二字，左下角则落款"唐招提寺"，都是仿王羲之的字，仿得十分漂亮，可见题字之人的功底也十分不俗。打开木头盒子，盒子里又套了两只锡制的金属盒子，外盒盒盖的内侧，对应两只内盒的位置，又分别题了"茶入"和"天目"四字。

齐永定对于日本古玩一窍不通，但看这木盒套锡盒的"二重箱"架势，十分隆重，也不知是什么珍贵的器物，下手就越发小心翼翼。他轻手轻脚地打开两只锡盒，从其中捧出一只带盖的小罐子和一只茶碗，两只瓷器器形简单，都没有绘制花纹，在月光下看，釉色也并不十分漂亮，那只天目盏，看上去也并没有什么特别的窑变。齐永定待要掌上灯细看，圆空拉住他袖子，摆手道："不必了，再细看也就是如此而已。"

说着，他将那茶罐与茶碗装回锡盒中，又将锡盒装回木盒，道："这些我们唐人所制的器物，据说在东瀛十分珍贵，法荣大师这次西渡，带了四件'宝物'，一件三彩舍利塔、一件铜镜，还有就是这两件茶具，据说都是他们的将军赐给他们的，每一件的价值，都能造一座寺庙。"

说着长叹一声，又道："可惜这些'宝贝'，到了我们这边，就都成了普通物件，建窑每年烧几百上千只，没那么珍贵了。"

一边说着，一边又从怀里摸出个布包，打开来，里面是几个茶壶茶盏，看上去比法荣带来的"唐物"要精美得多了。

圆空略有些得意地道："你来看看我这几样准备回礼的物件，这壶是越州窑的青瓷，这青灰色，是加了草木灰；这黄釉，是淮南寿州窑烧的，寿州窑在胎土中掺了铁矿，这黄褐色别具一格；最好还要数这两件邢窑的白瓷碗，前任方丈大师曾发愿追随鉴真大师东渡，但一生未能成行，引为憾事，便留下遗愿将骨灰抛入东海，如今我与师兄商量，将他的骨灰烧制于瓷器中，随招提寺的僧人东渡，也算是了了他一生的夙愿。"

齐永定笑道："若是招提寺的僧人也能如大师这般，将鉴真大师的骨灰烧进瓷器中带回来，或许就真的可以重塑栖灵塔金顶了。"

圆空和尚连连摇头，道："不妥不妥，高僧大德的佛骨舍利，是要藏入地宫供奉的，怎可拿来烧制瓷器，若是一个不小心摔破了，甚为不妥！"又说："齐先生，你不是我佛门中人，说出这样的话倒也罢了，礼佛之人，是万万不可如此亵渎圣物的。"

齐永定不依不饶地问:"万物有灵,一花一木,皆可烧入瓷中。难道千百年来,就从来没有将舍利子烧入瓷器中的?"

圆空思考了片刻,答道:"若是有这样的神物,在烧制成的那一刻,也必不存于这个世上了。"

齐永定心中一动,问道:"那要存在哪里?"

"只怕早已入了因果轮回之中,岂有存于凡尘俗世之理?"

齐永定心念一动,想到身在清代时,梅瓶带给他的那一轮因果轮回,不禁呆坐出神,在月光下如同木雕泥塑一般。直到圆空收拾东西告别,他也木知木觉。

第二日清晨,齐永定早早地来到天宁寺藏经阁,却并不像往常一样进屋抄经,而是在门外望着被火流星砸塌的那一角屋檐出神——既然铜灰铁土、草木舍利,皆可被烧入瓷器之中,那天外之物呢?自己穿越至唐朝,自觉与白龙纹梅瓶的因果链已断——但若是没断呢?若是在唐代尚有一物,能够将天宁寺、藏经阁和梅瓶串起来呢?

齐永定望了望脚下,地上早已没有陨星掉落的痕迹。

圆空从阁中出来迎他,他的第一句话却是:"大师,你可见过砸塌这藏经阁一角的火流星,到底是个什么样子?"

| 二十六 |

杜牧

齐永定决定去青楼画舫所在的里坊摆摊卖字画的第一天,就见到了杜牧。

齐永定曾向寺里的僧人、里坊里的邻居打听,天宁寺藏经阁被火流星撞毁一角,年代并不久远,是九年前穆宗长庆年间的事,年纪长一点的僧人和邻里,都还记得那场大火。好在天宁寺离城内的两条运河东河和西渠都不远,院后又置有几亩薄田,一向有储水的习惯,这才在当夜就控制了火势,藏经阁仅是被烧去了一个角,但经过一夜的折腾,火烧水泡,寺藏的经书损失过半,据圆空大师说,原先阁中还藏有褚遂良、怀素抄写的经文,但经此一难,也都毁去了,言语间甚为惋惜。

邻里间的传闻,则更为夸张,说那"天火"落下,砸出的坑深丈许,宽三丈多,第二天坑中积存的救火的水,跳一个成年人进去都足可没顶——这些传闻只怕是夸大了十倍有余,深丈许、宽三丈的弹坑,只怕需要近一吨 TNT 当量的爆炸才能炸得出来,以当时砖木结构房屋的坚固程度,方圆百米之内都不可能有房屋幸存。

但问到那枚火流星的残骸,却没有人说得清楚下落。大多数人不是说"不知道",便是说"火流星怎可能有什么残骸,定是在当天夜里就烧尽了"。只有掌管柴房里柴米油盐、清水肥料的济昌和尚,对齐永定说,哪有什么大坑,那枚火流星砸穿了屋顶、砸断了房梁一角后,便没入地基之中,全寺震动,用来打地基的青石,硬是被砸碎了一大块,那火流星没入土中便熄灭了,之后大家汲水救火,抢救经文,场面一度搞得一塌糊涂,也没人去关心那枚火流星的残骸,若是有人见过,那多半是寺里请来给藏经阁换地基石料的工匠中,有胆子大的,顺便就取走了。再问他,哪里去找那些工匠,他只是笑笑,道,吃这碗饭的,都是四海为家,哪里需要打地基造房子,便去哪里干活。平常人家,需要雇请木工梓人,都是去大小市现招,顶多问个姓,从哪里来,连名字都不留,现在再要去找年前为藏经阁重修地基的工匠,那可是千难万难了。

最后还是圆空大师告诉他,陨石陨铁这类"天灾"的余烬,普通人家是不敢放家里的,怕招灾引祸,那些西域的胡商倒是十分喜爱收集这类奇珍。齐永定心中奇怪,道:"大小市的那些胡商,不是经营胡服、胡食,便是杂耍卖药的,连葡萄酒都是我们汉人酿的更好喝些。至于买卖古玩宝器的,更是一个都没见过。"

圆空道:"做奇珍异宝买卖的胡商,又怎会去大小市?"

齐永定问:"那他们去哪里?"

圆空促狭地笑笑,道:"自然是去你不愿光顾的那些里坊咯。"说完这话,又自觉有些不正经,咳嗽了两声,正了正僧袍袈裟,用严肃的语气道:"你去子城边上的那一圈里坊打听打听吧。"

齐永定心领神会——下马桥边,九曲池畔,那不就是烟花柳巷吗?

初到唐朝的时候,齐永定并非没有试过靠书画出头,但很快他就了解到,在这个时代,没有家世背景,加之名家引荐,诗文书画这道门槛是迈不过去的。下马桥畔色艺双绝的妓女比比皆是,自己的诗文造诣未必及得上那些风尘女子,抄经抄了几十部,真正的大字楷书没抄几部,抄到后来也多是抄成了行草。圆空和尚劝他多临褚遂良、颜真卿,但他嫌大字楷书呆板无趣,圆空见他心思也不在抄经上,也就不再多说。至于画画,一个时代有一个时代的审美,明清的那一套自由洒脱的水墨画风,在唐代自然是行不通的,齐永定在东市支画摊支了一年,卖得最多的画,是工笔花鸟与仕女图,他知道自己做不了吴道子,在扬州的大小市画一辈子,也只是众多借此糊口的民间画工中的一个而已。

在这次去烟花柳巷帮人画仕女肖像之前,他已经几个月都没有卖出过一幅画,日常的写字画画,也大多是聊以自娱而已。

但此番要去西城的风尘聚集之地打探寻访,又不愿被误会为恩客,被那些老鸨缠上,思来想去,似乎也只有重操旧业,去支个画摊,才最合适不过。

打定主意之后,齐永定又重新整理了一番画箱,晚饭后,早早便睡了,第二天起了个大早,在五更天,敲过晨钟,宵禁刚刚解除之时,便提着画箱上路了。天刚蒙蒙亮,坊市的门板都还没除下来,也没地方买早饭,以齐永定在唐代的经济条件,自然也是雇不起骡马的,只有从东市走去西市。这一路,说远不远,说近也不近,齐永定提着画箱,足足走了半个多时辰才到,走到一半时,便已经口干舌燥、饥肠辘辘,待到走过驿桥,才有了第一个早点摊——唐朝人将早点叫做"小食",除了胡饼、汤饼,还有被称为"蒸饼"的馒头、包子,以及被称为"煎饼"的油炸杂粮杂菜团子。齐永定叫了一份芝麻胡饼和一碗面汤,竟然要十文铜钱,比东市足足贵上一倍——原来此处被称为扬州府的"销金窟",可不只是在那些打扮得花团锦簇的姑娘的闺房里。

齐永定吃完早餐,往里坊的中央又走了一段,在北里偏西,最花团锦簇的那座"宜春阁"旁的柳树下支起摊子,左边挂一幅行楷的《金刚经》,右边挂一幅仕女游园图。恰逢宜春阁守夜的昆仑奴与日间的龟公交班。那身材健硕,皮肤黝黑的昆仑奴一边喝着茶,吃着杂菜"煎饼",一边对着齐永定露出讥讽的神色。齐永定被他瞧得心头火起,问道:"你笑什么?"

那昆仑奴操着半生不熟的官话道:"一看你就是新来的,不懂规矩,我劝你还是回去睡个回笼觉,吃过午饭再来。"

齐永定奇道："是何道理？这北里平康，宵禁时辰还能和其余里坊有什么不一样不成？"

那昆仑奴笑道："这平康坊南街北里的青楼妓院，和你们东城的窑子瓦舍可是不同的，只有逛窑子的才一大清早地回家，在这里留宿的客人——"那昆仑奴喝了一大口茶，将口中的食物过了下去，指了指楼上，才继续说道："在西城姑娘这里留宿的客人，若是午时三刻能下楼，已经算是早的。"

齐永定心知是自己没搞清楚城西烟花之地的作息规律，便匆匆忙忙地动身，第一天便闹了笑话，但被那昆仑奴一番话呛得下不来台，不禁强词夺理道："买我画的是姑娘，与那些客人又有什么关系？"

昆仑奴已经吃完了早饭，起身道："我休息去了，不与你废话。"但走出几步，仍是回身呛声道："你这书生，怎么死脑筋，恩客若是不下楼，姑娘又怎会出门呢？"

这一天，果然就如那昆仑奴所说，一上午都冷冷清清，一直到过了巳时，市口才慢慢热闹起来，卖药的、卖绫罗首饰的、卖胭脂水粉的……都陆陆续续把摊子摆了出来。过了午时，各家院子的门口都停满了骡车马车与轿子，留宿的恩客们开始打道回府。据齐永定观察，商人、文人、纨绔少年，大约各占三分之一，更有直接上马从中书门进子城的，显然是在衙门里做事的——胡商确实不少，却不是来这儿摆摊开店做买卖，而是来寻欢作乐的。过了未时，人都走得差不多了，龟公杂役们这才抱着床单被褥、内衣外袍，下楼来去池塘边清洗晾晒——荒唐一夜后，弄脏的东西实在不少。这时间，也是姑娘们的饭点儿，丫鬟们伺候姑娘吃过饭，有些夜里被累着的姑娘就休息了，而另一些休息够了的，便打开窗吹吹风，看看风景，或是一身素妆下楼逛逛街市，买些东西。

直到杂役们要洗的东西都洗完了，姑娘们街市都逛得差不多了，九曲池中的画舫这才一一靠岸。为首的那条，在甲板之下一层，甲板之上有两层，船头绣旗招摇，翠绿底的旗子上，除了几枝桃花，还绣有"旭云"二字,这画舫虽不如运河上的楼船那般宏伟,但就如同水上的一座小别墅一般,别有一番风致。齐永定日后才知道,这样的画舫,一条船上只有一位姑娘,其余皆是照顾姑娘和客人的老鸨下人——要在这样的画舫上过一夜,没个四五千文钱,只怕是下不来船的,更常有豪客,以当时稀有的金银或香料结算。

从"旭云舫"上下来的那位恩客,穿一身玄色,比齐永定见过的大多数江南男子都要高一头,淡眉毛,眼角微微上吊,脸庞线条柔和却不失英俊,身材微胖但不失倜傥。他下得船来,同路上的几乎每一个人都点头招呼,似乎每一个人他都认识似的。姑娘老鸨们叫他"杜公子",店家商贩们叫他"杜推勾"——直到其余画舫上下来的客人称他为"牧之兄",齐永定这才百分百确定,这位年纪看上去已有三十挂零的"公子",正是与李商隐一齐被称为"小李杜",素有风流之名的杜牧。

杜牧从九曲池畔一路逛过来,在齐永定的画摊前停下——齐永定并不意外,看杜牧交游广阔的样子,有个以往没见过的新摊子,必是要来逛一逛的。

齐永定见他在画箱前站定,便从马扎上站起身,拱手施礼:"见过杜推勾。"

杜牧双眉一挑,道:"你认识我?"

齐永定笑着答:"在扬州府,就算没见过杜推勾,也听过'小杜'的名号。"

杜牧也笑起来,笑容竟让人感觉有些天真烂漫,丝毫不像是在官宦世家中打滚多年的样子。

"什么'小杜',杜工部若是知道与他相提并论的是我这样一个不肖子,怕不是气得要在棺材里翻个身!"他一边说笑,一边问,"哎,你这字画,要多少钱一幅?"

"经文二百文,仕女三百文。"齐永定答。

"你这仕女图画得甚是漂亮,不知是否肯画男子?"杜牧又问。

齐永定思考了片刻,道:"画男子倒也无不可,只是价钱要贵上一些。"

"多少钱?"

"男子像八百文。"

杜牧一惊,问道:"为何画男子要贵上那么多?"

齐永定微笑着答:"女子画像,或媒妁出嫁,或恩客争宠,虽是喜事,但只值三百文。但男子画像,不是升官便是发财,再多花五百文只怕也不会多计较吧。"

杜牧大笑,道:"哈哈哈,说得好!可惜我没这闲钱,不然便来你这里画个像。"

说着袍袖一挥,大踏步地向北走去。齐永定一路目送他走过下马桥,再入中书门,一路上依旧不断与人寒暄招呼,直到背影消失在子城厚重的城门背后。

身边卖首饰的商贩笑他:"问杜牧要八百文,你是不是疯了?"

齐永定也不生气,假装疑惑地问道:"八百文怎么了?我看在那'旭云舫'上留宿一夜花的钱,怎样也够画五六幅画像了吧?"

"哈哈,你来这里摆摊前也不打听打听,旭云姑娘是杜推勾的什么人。"

齐永定继续假装不懂地问:"什么人?"

"哎,你这人怎么爱打破沙锅问到底?"那商贩换了种语气,小声说,"杜牧上'旭云舫',莫说旭云姑娘不收他钱,便是倒贴也愿意啊!"

日头西斜,暮鼓敲响之时,齐永定又见到了杜牧。这次他不再是从中书门中大摇大摆地出子城,或许是觉得自己毕竟还是个推官,日日流连烟花柳巷,也不宜太过无拘无束——是以这次是取道子城西南角的迷楼,下九曲桥。下了桥,便远远望见齐永定的画摊还摆在原处。杜牧心中犯嘀咕,脚下三步并作两步,跑到画摊前,问道:"你夜里也能帮人画像么?"

齐永定答:"夜里半价。"

杜牧再度大笑,问:"送你一首诗,能否折抵一幅画的钱?"

也不等齐永定回答,便自顾自地吟诵道:

> 银烛秋光冷画屏,
> 轻罗小扇扑流萤。
> 天街夜色凉如水,
> 卧看牵牛织女星。

齐永定回道:"这秋日的诗句,怎可来折抵我春天的画?"

杜牧一时间心情似也凉如水、冷画屏起来,低声道:"是了,不合时宜。"说着,便挥袖离去。

齐永定再度望着他的身影消失在码头上,艄公推动画舫,向池中心漂去。

而那个白日里便远远缀在杜牧身后的身影,在池塘边柳树林中闪现了一下,也即消失不见。

|二十七|
跟踪者

齐永定很困,打哈欠这事就像是会传染似的,自从在"挽翠楼"门口守夜的昆仑奴打了第一个哈欠,他也开始打哈欠,然后一个接一个。他打开画箱底层的抽屉,从里面拿出小火炉、粗瓷茶碗,以及自己带来的柴禾——在九曲池边捡的树枝很湿,非常难点燃,烧起来烟很大,很呛人,所以他每次都自己带柴禾。他将那些柴禾折成小碎枝,塞进小火炉中,这些柴禾刚好能够煮沸三碗水,泡三泡茶,帮他一直撑到五更天,晨钟打响,解除宵禁的时候。

在烟花之地支了三个月的画摊,齐永定也学乖了,他不再一大早傻愣愣地从东城跑到西城,甚至到午时三刻,他都不会出现——直到暮鼓敲响,他才会拎着画箱姗姗来迟。那些风流成性的文人、纨绔子弟、存一个月钱才能来一次的小商人、守城的小吏……这些"中产阶级"会在宵禁前进里坊,寻好相好的姑娘。他则不紧不慢地找地方吃饭,然后在大多数人都收摊的时候,找个宽敞舒服的地方支起摊子——等待夜里三更天最精彩的时候。

到了夜深人静,接近子时,那些真正的"大人物"才会或孤身一人,或带着保镖随从,或坐轿子或坐马车,进得坊来——大多都是为了避人耳目,彼此之间似乎都有默契,进坊的时间大多也隔着半刻钟的工夫,免得遇着尴尬。这些人多半都是世家子弟、富商巨贾,要不就是在子城中供职的要员,总之各自有各自的理由,逛青楼妓院也不愿被人瞧见——毕竟像杜牧这样放浪形骸的世家子还是少数,这些扬州城的"头面人物",日常总还是要维持一个体面的样子,所以只在半夜里进平康,逛青楼。

至于宵禁,对这些人来说是不存在的,他们若不是每月都能搞到夜里在扬州城的里坊间通行无阻的腰牌,要么本身就是发腰牌的人。

齐永定专挑那些有胡人保镖或是昆仑奴守夜的青楼附近支摊子,因为胡人富商需要忠心耿耿的保镖,保他们往返西域与中原,他们通常都不请汉人,而是从家乡带武艺高强的族人通行,或是带体型壮硕的昆仑奴。

那昆仑奴一抬手,从"挽翠楼"的绿漆大门上摘下一边的灯笼,然后打着灯笼台阶上下来,蹲到齐永定的画摊边,笑着问:"先生今天煮的是什么茶?"

齐永定打开一个布包,道:"今天煮青城山的雀舌,你快去取些水来。"

昆仑奴应了一声,将灯笼插在草地上,回身走进楼里,片刻后,便拎着一桶冰凉的井水出来。齐永定从灯笼中取火,点燃小火炉中的柴禾,展开一把折扇,扇上片刻,火便旺了起来。此刻,将茶碗舀满一碗水,放在火上加热,直到碗底开始冒泡,将茶叶揉碎了投入茶碗中,片刻间,便茶香四溢。

水刚一煮沸,齐永定便用一个竹箅子将茶碗拿开,以免煮过头。那昆仑奴在一边早已心痒难耐——齐永定煮茶的功夫,在"值夜班"的保镖们口中早已传开,众人口耳相传,说那画师煮的茶有"涤烦疗渴,换骨轻身"之效,喝一碗下去,一夜都不会困倦。其实是唐朝时民间煮茶法太过粗糙,将一小撮晒干的茶叶捣成末,下到沸水里煮,还要加盐、葱姜、橘皮、大枣、薄荷、茱萸等调味料,将茶汤煮得如菜汤一般,自然是又难喝又不提神。只有富贵人家,才舍得多放茶,只加少许盐。那些蒸制、晒干、研磨后做成茶饼的"团饼茶",什么蒙顶甘露、湖州紫笋,齐永定自然是买不起的,但也实在喝不惯民间的"菜汤茶",于是便找浙江、安徽、福建等产茶地的茶商,问他们买些次一等的"散青茶",自己拿铁锅炒制,这才多少还原了一点当代的茶味——喝起来自然是比"菜汤茶"强上百倍了。

齐永定又取出两只建盏,递给那昆仑奴一只。用袖子在手上包了两层,这才拿起茶碗,给自己和昆仑奴各倒了一碗茶。那昆仑奴也不怕烫,将茶一口喝尽,赞道:"同样是雀舌,先生的茶,既不加盐,也不加料,却比这挽翠楼里的茶还香上百倍,到底是怎么做的?"

齐永定笑道:"这是我看家的本领,怎能轻易就告诉你?"说着又给他斟了一盏茶,才又问道:"苏苏,那日拜托你帮我问的事,有消息了吗?"

那昆仑奴的汉名叫穆苏儿,不过大家都叫他"苏苏",齐永定虽然觉得这花名对于一个身材魁梧、满脸虬髯的大男人来说有些娘娘腔,但大家都这么叫,他也就跟着叫。苏苏抓了抓满头的卷发,道:"我已经向老爷打听过,又帮你问过好几个兄弟,都没听说过在扬州城收过陨石陨铁的事。唉,改天若是跟我家老爷去长安,再帮你打听打听。"

齐永定口里称谢,但也知道希望渺茫,一想到自己只怕就要在唐朝的扬州这么蹉跎一辈子,心下黯然,也没心情煮第二泡茶。那昆仑奴苏苏见齐永定神色变幻不定,像是满腹心事的样子——这情形他可见得多了,以往多半是在那些学过些诗词歌赋的姑娘思念家乡或是情郎的时候,她们在吟诗之前便会露出这样的神情,但自从几月前识得了这位喜欢在深夜里摆画摊的画师,他才知道,这世上不只有会吟诗的妓女,也有擅歌赋的画师——不论何时,齐永定一想心事,便会哼上一曲,这样一来,苏苏学自波斯的曲颈琵琶的爱好也有了用武之地。他去房里将墙上的琴取下来,在"挽翠楼"前的马扎上坐定,问道:"先生今天是要唱哪一曲?还是《但愿人长久》吗？"

这首歌苏苏早已听齐永定唱过好几次，旋律都听得熟了，随手便可弹来。歌词取自苏轼的《水调歌头》，本应是百年之后的名篇，但因齐永定时不时哼唱，再加上扬州临大运河，源自隋炀帝的《水调》也听得多了，这首邓丽君演唱的《但愿人长久》竟然在扬州九曲池畔传唱一时。直到杜牧写就"谁家唱水调，明月满扬州"这样的句子，齐永定才发觉，自己在唐朝唱唱流行歌曲，竟然也是可以获得大诗人的关注的。自此，与苏苏二人一唱一和，便成了他夜间在平康坊招人侧目的保留节目。

今晚，苏苏刚弹了个前奏，齐永定便按住他的琴弦，道："今晚唱一首不一样的。"

说着，他从苏苏那里要过曲颈琵琶，自弹自唱起徐小凤的《别亦难》来——那曲颈琵琶与吉他的演奏方式颇有些相似之处，他本就会弹吉他，这数月来又跟着苏苏练习，此时齐永定已弹得有模有样。

> 相见时难别亦难，
> 东风无力百花残。
> 春蚕到死丝方尽，
> 蜡炬成灰泪始干。

这四句诗在齐永定的反复弹唱之下，连一向性格粗放的苏苏也变得惆怅起来。

一曲终了，齐永定的心情反而愈加低落。今夜唱这首《别亦难》，本是想唱给杜牧听的，这首歌取自与杜牧合称"小李杜"的李商隐的情诗，杜牧不可能没听过，以他对杜牧个性的了解，夜里听到这首歌，白天下了画舫便一定会来问，届时便方便搭讪。但"旭云舫"上的灯，自子时二刻熄灭后便再没亮起过，不知杜牧听没听到他唱李商隐，却反而让自己的情绪也陷了进去。

他站起身来,将琴还给苏苏,想趁着月色在里坊里逛逛,透口气——九曲池畔常有戍卒巡夜,齐永定已经吃过一次亏,但青楼画舫都已经缴足了银子,图的就是个清净。除非是出了人命,不然那些戍卒们可不会大胆到违反上司的命令,进到里坊里来打扰"大人物"们的春宵一刻。

齐永定一边对那昆仑奴道:"苏苏,你帮我看着摊子,我去坊里走走。"一边起身离开。

身后传来苏苏的声音,问道:"齐先生,若是有人来找你画像,我要说你去了哪里?"

齐永定不耐烦地答道:"若是有人此时光顾,那就是今夜与我无缘,让他改天再来吧。"

苏苏又问:"先生可是有相好的姑娘了?"

齐永定笑起来,回头啐了他一口,本想骂他两句,但不知怎的,这话又勾起了他对成聆泷的思念,心下不免又凄凄然起来。

夜色温柔,四下里一片寂静,还没到蝉鸣蛙噪的季节,只有风铃的叮咚声。齐永定沿着里坊内的道路,逆时针绕了半圈。这些青楼妓院,每一间、每一层都挂了或红或绿的灯笼,飞檐的檐角挂了铃铛。与民居不同,青楼的二层三层,四周都建了游廊,游廊上通宵点着灯。这个时刻,既不早也不算太晚,大多数姑娘的房里还烛影摇红,有些不避嫌的姑娘恩客,则干脆穿着罗袍,罩着轻纱,在游廊上喝酒赏月。

齐永定一路走来,几乎每一间青楼门口守夜的随从、保镖、昆仑奴都和他挥手打招呼——这个齐姓画师已经成了坊间的传奇人物,只在夜里画像,凭一盏灯笼、一支墨笔,就可在月下将人画得惟妙惟肖,自编自唱的曲目更是引领一时风骚。这三个月里,已经有不少姑娘常客找他画过像,也有不少守夜人喝过他泡的茶。

他一边走,一边感叹命运的奇妙——他还在欧洲留学的时候,所租住的阁楼对面,便是米兰著名的"无上装俱乐部",每夜都上演模仿"疯马秀"的香艳表演,看门人也多半是身材魁梧的黑人。只一个月,齐永定便已经和他们混熟,只需在半夜里请他们喝一杯,他们便会口无遮拦地向你大谈本地名人的桃色新闻,有时还会免费放你进去看一场秀。

如今的情形,虽然时间上差了一千多年,距离上隔着千山万水,但二者又是何等相似。

再走几步,转过"换春楼",距离池畔只是一步之遥,齐永定不再往前,而是走进那里唯一通宵营业的酒肆。这间酒肆没有招牌,也没有店小二,全是掌柜的一个人招呼客人。掌柜的是个不苟言笑的汉子,跛了一条腿,据说是三十多年前在西川节度使韦皋帐下大破吐蕃时受的伤,大字不识,也没成家,却在西域学得了一手酿制葡萄酒的手艺,全扬州城再没有比他家更香醇的佳酿。

齐永定挑了张空桌子坐下,向掌柜的招了招手。那掌柜的似是有些惊讶,道:"齐先生,今天倒来得早啊!"

齐永定苦笑一声,道:"你这里有什么好酒都端上来,今夜不做生意了,一醉方休。"

隔壁那张桌子,也坐着一个人,自顾自地喝酒,穿得十分奇怪,一身玄衣、短衣襟、箭袖,下身穿着裤装,蹬一双靴子,头上包着头巾,若不是在酒肆里遇见,倒像是个飞檐走壁的盗贼。那人仪容也与常人相异,胡子与鬓角剃得极短,看上去倒是比掌柜的年轻不少,但从鬓角夹杂的灰发来看,实际上二人年纪应是相差不远。

那人见齐永定多望了他几眼,皱眉道:"你看什么?"

齐永定答:"做我们画师这一行的习惯,看到与众不同之人,总忍不住多看两眼。"

那人笑笑,举杯遥敬齐永定,道:"我认识你,你就是那个只在夜里给人画像的画师,只在子时之前画,必须坐东朝西,在南面点一盏灯笼。传说将你画的像,挂在中庭里,能辟邪镇宅,是真的么?"

齐永定心想,什么子时之前,坐东朝西,南面点一盏灯笼——

自己用现代的画法画古人的肖像,这样布光,明暗关系最简单,自己画顺手了,便定了这样的套路,画起来最轻松,没想到竟意外造就了这样一个荒诞不经的传说,实在是出乎意料之事。

但他也不去点破,只是回道:"我也认识你,你不就是那个日日跟踪杜牧杜推勾,一会儿是书生公子,一会儿是贩夫走卒,夜里又变作飞天大盗,还以为自己扮得天衣无缝的人么?"

那人脸色大变,一抬眼,两道目光刀子般在齐永定身上扫了一圈。齐永定被他瞧得寒毛直竖,若是眼神能杀人,此刻齐永定身上早已多了好几道致命的伤口。

酒肆掌柜与那人似乎有默契般,那人变脸色的时候,掌柜的就已经开始上门板。片刻间,窄窄的酒肆,门板就已经上到最后一块,齐永定只觉眼前一花,根本没看清他有什么动作,如同瞬间移动般,那人就已经坐到他身边,反手一支匕首已经抵在他咽喉上最柔软的部位。

齐永定没机会见识到长生击退追兵的本事,还以为自己练了这许多年的太祖长拳,已经与在御前侍卫那里学了一身功夫的长生相去不远,但直到这天晚上,见过这玄衣人的身手,他才知道这世界上是真的有杀人于无形的功夫的。

但他也知道,这可能是他搭识杜牧最好的机会了——他在这里寻访了三个月的胡商,一无所获,只怕陨石残骸的下落,还是要借助官府世家的力量。结识了杜牧,便是与淮南节度使牛僧孺搭上了关系,火流星的下落,便有了一线希望——至不济,那"二十四桥"的公案总可以有个了断了吧。

于是齐永定壮着胆子继续道:"我对杜推勾从无恶意,牛大人命你暗中保护,可没让你随便杀人,你杀了我,牛大人那里,你要怎么交代?"

那人恶狠狠地道:"你知道那么多事,须留你不得,牛大人那里,不交代也罢!"

齐永定急忙道:"你跟了杜牧那么多年,可知何时是个头?"

那人一脸的杀气中竟然露出一丝迷茫的神色,齐永定便知道自己猜对了——史料有载,牛僧儒惜才,曾派暗卫暗中保护杜牧数年之久,日日上报行踪,修订成册,只怕就是这两人搭档,得了这个苦差事。

那人忽然手下一紧,齐永定只觉脖子一片冰凉,几乎连说话都困难了。只听那玄衣人道:"你把话说清楚,我便让你死得明白,不然……"

齐永定咽了口口水,那人手中匕首略松了一分,齐永定这才有余裕说话,他只觉喉头刺痛,只怕脖颈处的皮肉已经被匕首划破了。当下,他也不敢用手去探,只是缩了缩脖子,吐了口气,说:"我有办法让杜牧接掌节度使掌书记一职,如此一来,你们便可以去牛大人那里交差了。"

此时,连那酒肆掌柜都凑过身来,问道:"你真的有办法?"

玄衣人连忙对酒肆掌柜道:"大哥,不可受这小子蛊惑,他不知从哪里探听来……"

齐永定打断他:"不如这样——二位先听我说你们是如何露了行迹的,再决定是否要取我性命吧。"

这回,二人几乎是齐声问道:"到底是哪里出了岔子,你说!"

| 二十八 |

吴焕之和余安之

唐太和七年，春夏之交里最惬意的事，莫不是与知己在酒肆里交杯换盏，一直喝到酩酊，然后再至平康坊相好的姑娘那里睡下，一直睡到第二日的日上三竿才醒，喝上一碗冰镇酸梅汤醒醒酒，再吃上一屉笋丁包子、一盘白切羊肉，最后一碗热气腾腾的鲫鱼豆腐汤下肚，心满意足地打道回府。

齐永定醒来时便是如此。

丫鬟打开朝西朝北的窗，穿堂风吹起轻罗纱帐，阳光从西面照进来，把整间屋子照得暖洋洋的。也照得齐永定一个激灵。他猛地翻身坐起来，几乎从床上掉下来。他忙稳住身形，打量四周，牙床上轻罗纱帐，不是粉红便是翠绿，床边盆架上放着一盆水，梳妆台上胭脂水粉齐全，还摆着一面铜镜，东面的墙上挂着仕女图——这显然是一间姑娘的闺房。他下得床来，蹬上布鞋，整了整外袍，发觉自己衣冠倒是齐整，显然是在这姑娘的闺房里和衣睡了一觉——但自己究竟是怎么进来的，记忆已经有些模糊，总之不会是自己走进来的。太阳穴里面、眼球后面的某处，还一跳一跳地疼，显然是昨晚喝多了，还有些宿醉未醒。

那丫鬟端过一碗酸梅汤给他，道："玖姑娘吩咐了，先生若是醒了，便先醒醒酒，桌上有些吃食，先生用过饭，再下去吴督军的酒馆里找他们。"

齐永定接过酸梅汤，触手冰凉，显然是在井里或是池水中冰镇了一晚，他一口气喝干了整碗酸梅汤，神智一下子清醒了许多——看着那一桌子饭菜，他咽了咽口水，心想自己怎么就不知轻重地在这扬州的销金窟里睡了一晚，若是再吃了这一桌饭菜，他虽是还藏了些金银，只怕都不够付账的，于是道："这饭，我还是不吃了吧。"

又想到自己的那只画箱，里面放的都是他用顺手的器物，平日里都是随身携带的，此刻只怕还留在挽翠楼的门口，便又问："姑娘，和你们家玖姑娘说，我须先找回我的行李，才好结账。"

那丫鬟掩嘴一笑，指着房间一角道："看看那是不是您的？"

齐永定顺着她的手指望去，只见他的画箱摆在房间的西南角，他走过去打开，只见笔墨纸砚、火炉茶具都在，连余下的茶叶，与没烧完的柴禾，都归置得整整齐齐。

那丫鬟跟在他身后问："可少了些什么没有？"

齐永定连忙道："没有没有，东西都在，一样不少。只是……"

丫鬟道："您是要问是谁帮您拿上来的吧？"

齐永定点头道："正是！"

丫鬟答："是苏苏帮您拿上来的，连人都是苏苏抱上来的，您一点都不记得了吗？"

齐永定臊红了脸——其实他依稀记得是个高大的昆仑奴将喝得烂醉的他抱上二楼，但他宁愿不记得。

那丫鬟又笑道："这饭菜您还是吃了吧，您不吃，也没别人吃，可就浪费了。玖姑娘吩咐了，留宿加这一餐饭，不收您钱，都记在吴督军的账上。"

齐永定道："那怎么好意思！"

丫鬟道："玖姑娘是这么吩咐的，您若是没胃口，我去倒进池子里喂鱼便是。"

齐永定连忙阻止道："别别，大好饭菜，怎么好喂鱼呢？"

不消一刻，齐永定便将包子羊肉吃了个干净，一碗热汤下肚，宿醉便好了七八分，脑壳中央也不再一跳一跳地痛了。他拎起画箱，在桌上留下十文钱，是给收拾屋子的丫鬟下人的赏钱——虽然消费不起，但毕竟在坊里混迹了这些日子，规矩他还是懂。

他下得楼去，抬头望了一眼招牌，才知这里叫"腾云阁"，是坊间位于东边角落的没那么气派的一座小楼，再想到自己睡的是西北间——想来那"玖姑娘"，生意也不是太好。

坊里的道路虽然七拐八弯，但这几个月走下来，齐永定早就熟了。他抄了条贯穿半个里坊的小巷，一刻钟的工夫，就由腾云阁走到了吴焕之开的酒肆——那吴焕之，也就是丫鬟口中的"吴督军"，此时早已不是督军，自从长庆年唐蕃会盟之后，西川无战事已久，便不再需要这么多川军戍边，再加上吴焕之在前线受了伤，便萌生退意。他原是南方人，从西川的军中退伍之后，便与军中同袍余安之一同来到扬州讨生活。余安之有军功在身，原本来扬州是有个从八品的录事参军的官职可做的，但因吴焕之腿脚不便，耽搁了上任的行程，这缺便不知怎的，让人给顶了——时任剑南西川节度使偏偏是牛僧孺的对头李德裕，当时"牛李党争"正是如火如荼之时，于是他在川西的军功，到了淮南也不顶用了，余安之去告御史状，告了一年，如石沉大海，杳无音讯。但牛僧孺是个爱才之人，见余安之在军中练就了一身武艺，便给了他一面"夜市行走"的腰牌，请他暗中保护杜牧，只要杜牧升任节度使掌书记一职，牛僧孺便许给他一个正九品的县尉。

余安之虽然心有不甘，但人在屋檐下，哪有不低头。更何况如今再回西川，只怕也没有空闲的职缺给他了。思来想去，再与好友吴焕之一商议，便接下了这差事。他在军中原是斥候，乔装改扮，跟踪刺杀原是他的本行，在烟花柳巷跟踪保护一个放浪形骸的世家子，对他来说根本是小菜一碟。他原本想，杜牧做推官满三年，无论如何要升任掌书记，自己再熬个一年半载就可以出头。

但没想到，这一熬就是六年，杜牧对掌书记一职丝毫不感兴趣，每每牛僧孺提及此事，他不是岔开话题便是婉拒。倒是吴焕之，凭着酿酒的手艺,开了这间酒肆,而余安之,也在这里借酒浇愁了七年。

酒肆日间里不卖酒,改卖些酸梅汤、酪饮、麦茶、煎茶之类消暑的饮料。吴焕之不会做这些,自然都是"玖姑娘"做的。齐永定走进酒肆,找了张空桌坐下,吴焕之抬手朝他挥挥,算是打过招呼——齐永定回想自己昨夜为了保命,向两人许下的未来,也不知那吴焕之有几分相信。

玖姑娘倒是热情,笑着捧上一碗酪浆——其实便是将牛羊奶混合,加了调味料煮出的一种饮料,那玖姑娘想来是有些鲜卑的血统,煮酪浆最拿手,有些南方人喝不惯,但齐永定倒是很喜欢这味道。

他一边小口喝着酪浆,一边望着即便腿脚不便,也一刻不停在忙碌的吴焕之,以及日间闲暇时来帮衬的玖姑娘。那玖姑娘早已将夜里的轻罗绸缎换作了日常的衣服,连那复杂的发髻都拆了,绑上了头巾,只是穿得比寻常的女子仍要鲜艳些。脸上的岁月痕迹,远看不甚明显,夜里也可以拿胭脂水粉遮一遮,但在这午后的阳光下,眼角的鱼尾纹、鼻翼边的法令纹都无从遮掩,下巴上的皮肤也明显松弛了下来——她或许也曾有过被人捧作花魁,夜夜笙歌的日子,但韶华易逝,如今显然已经风光不再,在跛脚、笨拙的吴焕之身边忙碌时,与他倒像是夫妻一般。

齐永定喝下最后一口酪饮,提起画箱,走到柜台边,望望吴焕之,望望玖姑娘,又望望柜台后的那只蒸馏釜——那便是同样用马奶葡萄酿制,吴焕之的酒,比东市售卖的葡萄酒要香醇百倍的秘密所在。这蒸馏釜是他在西川与吐蕃人打仗时缴获的,那场仗,他付出了一条腿的代价,但也学得了将葡萄汁加曲蒸馏的技术,蒸出来的酒,换作"酒露",虽然看上去仍像是红葡萄酒,但却比普通红葡萄酒更清澈,酒精度数也要高数倍,虽然没有木桶陈酿,但齐永定喝来,却有一种白兰地的香气。

吴焕之仿佛是看透了他的心思,冷笑一声,道:"别看了,酒晚上才有!"

玖姑娘嫌他凶相，一把将他推开，笑着对齐永定说："怎么样，饭菜还合胃口吗？"

齐永定不好意思地答："多谢姑娘款待，这一餐可不便宜。"

玖姑娘摆手道："你既是老吴的朋友，便不必与我客气。"

吴焕之插话道："只盼你别忘了昨夜说过的话，那些话若不是糊弄我兄弟二人，你下半辈子夜夜来我这里喝酒都行，我分文不取。但若是那些话不尽不实……"他话锋一转，又露出一副凶相，沉声道："我兄弟也不会放过你！"

齐永定苦笑一下，回想起昨夜被余安之的匕首架在脖子上的情形，道："我怎么敢糊弄您二位，再说我也有要事，届时要拜托杜大人、余大人多费心才是。"

昨夜，是搏一搏生、搏一搏死的关头，齐永定反复在脑中确认，这才向吴、余二人承诺，杜牧在太和八年，也就是一年后，必定会接任牛僧孺的掌书记一职——因为在他的记忆中，太和九年，也就是两年后，杜牧便会被朝廷征为监察御史，离开扬州，赴长安任职。

这是杜牧在扬州的最后两年，两年后，无论如何，余、吴二人的任务都结束了。

此刻，昨夜的凶险时刻，在齐永定的脑中又变得鲜活了起来——"你如何能识破我的身份？"余安之逼问道。齐永定强作镇定地答："杜牧每每下楼下船，人人都争着与他打招呼，偏偏有一个人，每次都远远躲开，避免与他打照面，在人群中岂不是很显眼？多看几次，便知道你是有意跟踪了。"

余安之沉吟不语，片刻后，忽然道："不对，我每次跟踪，都乔装改扮过，不是粘了假胡子假眉毛，便是换了不同的衣着装束，你怎能认得出来跟着他的是同一人？""没错，你的易容技巧的确非同一般！只是……"齐永定故意卖个关子。"只是什么？"余安之逼问道。"只是你为了行动方便，从不换靴子，每每都是那两双牛皮的薄底快靴，换来换去——我来问你，这个季节，扬州城中，是着履的人多还是穿靴子的人多？"

余安之登时被问得没了脾气，垂下匕首，将手放在桌上，默不作声——跟踪侦察原是他的看家本领，在西川前线从未失手，却没想到在扬州城的一个画师面前栽了跟头。

但吴焕之依然没有放下警惕，沉声问道："我看你只是个普通画师，却比州府衙门的县尉、大理寺的司直还要观察入微，你到底是谁？"语气中透出一股森森的寒意，只怕齐永定回答一个不妥，仍是有性命之忧。

齐永定心想："什么县尉、司直、捕快、不良人，哪有现代推理小说、犯罪电影里的罪犯和侦探厉害，在我来的那个年代，什么侦察与反侦察技巧，书里电影里都说尽了——只是没法说给你们听。"

口里却说："我学画十余载，走遍中原西域，每一个师傅都教我，无论画人画物，每一个细处都不能漏过。再说，你们猜我在长安学画之余还学了什么？"

"什么？"吴焕之的语气已经不再那么咄咄逼人。

"看相！"齐永定答。

余安之摆摆手道："别说这些了，还是说正经事，你到底有何办法让杜牧心甘情愿地接掌节度使掌书记一职？"

"你们可知杜牧为何一再婉拒牛大人？"齐永定反问，但没等二人回答，他便自顾自地说下去，"乃是因为李德裕辟了他的胞兄作为僚属，牛李党争不停，他便要避嫌。"

"李家和杜家的关系，我早知道，那便如何？"余安之问，"你去宰相府说服当朝宰相把他胞兄赶出府里吗？还是有本事说服他胞兄请辞？"

齐永定摆出一副神秘兮兮的样子，小声道："我有确切消息，李德裕明年便会罢相！届时，杜推勾便不用避嫌，只做一个推官了！"听到这话时，吴焕之和余安之震惊的表情，至今仍在齐永定的脑海中，历历在目。

而眼前的吴焕之，早已褪去了军人的凶悍之色，与玖姑娘，就像是一个沉默寡言的酒肆老板，与一个风韵犹存的热情老板娘——齐永定不禁想将这一幕在画纸上定格下来。

他一边从画箱中拿出笔墨纸砚，一边向吴焕之道："吴督军，多谢你的好酒，也多谢玖姑娘的好饭好菜，我为你二人画个像可好？"

没等吴焕之回答，玖姑娘便凑过来，问："我怎么听说你只画男人？"

齐永定笑道："哪有只画男人的画师？我若是只画男人，只怕早就饿死了。"又问："画在一张上，还是分别画两张？"

"一张！"玖姑娘连忙答。

齐永定望向吴焕之，吴焕之也点点头，脸上难得地露出腼腆的神色，道："就一张吧。"

齐永定铺开画纸，蘸饱了墨，方才准备动笔，只见吴焕之望向店门外，神色有变。他一回头，便看见余安之从店门外冲进来，也不顾有他人在场，露了行迹，一把拎起齐永定的脖领子——齐永定手一抖，一大滴墨便滴在纸上。

"你说杜牧明年便会接掌掌书记？"余安之的声音压得很低，但却咬牙切齿，十分骇人。

齐永定吓了一跳，答道："是啊，怎么了？"

"只怕他等不到明年，明日便要下狱了！"余安之答。

二十九

谋杀

扬州的烟花柳巷,是整个扬州城消息传得最快的地方。

午时刚过,便由子城的水闸中驶出一艘快船,节制九曲池、东河、西渠及邗沟等各条水路中的画舫、游船,一律不许靠岸。半个时辰后,督府衙门便派出官兵不下百人,将九曲池团团围住,带兵的乃是行军司马崔构,此时人们便猜测,只怕是画舫上有"贵客"牵涉了大案子——那些"贵客"下船的时候,倒也没有当场被抓,崔构还是客客气气,将他们一一"请进"子城中,但不论是胡商大贾,还是公子侠少,抑或是在子城中有个一官半职的"大人"们,一个都没能走得了。接下去,姑娘、老鸨、龟公、丫鬟、厨子、保镖、杂役、艄公……从各条游船画舫上下来百十来号人,也由县尉府的县尉统领着衙役,一一带进子城中去。再接下去,便由头戴玄色方巾,身背挂着面麻布旗子的药箱的仵作上阵,人们这才知道,是出了命案了。

不一会儿,便由仵作带着两名助手,从"旭云舫"上抬下一人,用竹席裹得严严实实,远看看不出是男是女。但平康坊武侯铺有经验的武侯,看那两人抬尸下码头时,那浮桥码头晃动的程度就知道——死者是个姑娘。

再加上案子由节度使属下的行军司马带兵督办,由江都县的县尉府直接拿人,里坊中武侯铺的武侯们根本连插手的机会都没有——识趣的人便可以猜到,这案子,多半是牵扯到了子城里的某个敏感人物。

到了余安之从县尉张丞那里得来杜牧要被下狱的确切消息,跑来吴焕之的酒肆,向齐永定兴师问罪时,"杜牧杜推勾与人争风吃醋,杀了九曲池画舫中的头牌旭云姑娘"的流言,已经从城西的江都县传到了城东的江阳县——至于与他争风吃醋的是谁,有说是最近常上画舫过夜的那个老胡商查辛的,有说是某个洛阳来的世家子弟的,甚至有不要命的,信口开河说一月前在旭云姑娘的画舫上留宿的那位面生的公子爷姓李。

但杜牧被牵扯进旭云姑娘命案,即将被下狱的消息,似乎是已经坐实了。

齐永定面对余安之的质问,第一反应是:"不可能!"

"怎么不可能?"余安之急道,"江都县尉张丞亲口与我说,杜牧杀江旭云,证据确凿,连诉状都写好了,待明日过节度使大人的堂,若不能当庭辩驳,便要下狱。"

齐永定搜肠刮肚,杜牧生平在扬州的传说最多,但若说成为杀害青楼妓女疑凶,则是闻所未闻,莫说是正史未见有记载,便是在野史传说中都没听说过,但他在太和八年出任淮南节度使掌书记,太和九年赴长安任监察御史,则是确凿无疑的事——这就意味着,即便他被卷入案件,也会很快洗脱冤屈,让这件事成为他人生中的一个小小浪花。

但看余安之一副焦躁的样子,齐永定又不能说:我是一千多年后穿越时空回来的,我说杜牧没事,杜牧就一定没事。他只有先用言语稳住余安之:"牛大人授意你暗中保护杜牧,这是第几年了?"

"第六年。"余安之毫不犹豫地回答。

于是齐永定接着问:"依你对杜牧的了解,他可是会因为与人争风吃醋,杀害相好的姑娘的人?"

余安之思忖了片刻,答道:"他一向为人豁达,日常自然是不会为了这等事杀人。"但话锋一转,又道:"若是喝醉了酒,那可说不定。"

此时，玖姑娘也插口道："这事我也觉得有些古怪。旭云姑娘一向钟情杜相公，这是扬州城的姑娘们都知道的事，但杜相公相好的姑娘太多，对旭云姑娘也未必就动了真情。若是说旭云姑娘为杜相公自杀，我还相信几分，但说杜相公因为嫉妒旭云姑娘有了别的相好而动了杀心，我却不信。"

齐永定也顺势道："是了，玖姑娘说得在理，多半是那旭云姑娘殉情自杀。待明日过了堂，案子就清楚了。杜推勾自己日常在衙门里做的便是审状子、断案子的差事，到了牛大人的堂上，定可为自己辩驳个清白。"

听了齐永定的一番话，余安之情绪平复了些，吴焕之招呼自己的兄弟坐下，帮他端了一碗酪浆，他喝了半碗，脸上仍是愁云密布，终于道："那张丞的为人我最是清楚，虽然是他顶了我县尉的缺，但说到办案拿人，他一向最是认真，更何况这次要拿的人是同僚，理应更加谨慎，若他说证据确凿，那多半是证据确凿的。再说……"

齐永定心里不禁暗骂余安之天真，正是办同僚的案子，下手才更狠，不然朝中怎会有党争，但口中却接着他的话，问道："再说什么？"

"今日一早，我拿跟踪杜牧的实录去节度使府里，以往都是交予副使或是司马便结了，但今日是牛大人亲自来取，还问我：'这几日的实录都确实吗？'现在想来，实在奇怪。"他几乎像是自言自语地继续说道，"再说，行军司马崔构，和江都县尉张丞，都是牛大人的心腹，这案子由他们二人来办，只怕牛大人这次，也未必便会护着杜推勾了。"

齐永定不禁追问道："昨夜旭云舫上，确是平安无事吗？"

余安之斩钉截铁地道："那当然，这六年来我余某人一向不辱使命！"

"将匕首架在我脖子上的时候也是吗？"齐永定半开玩笑地道，"吴大哥的好酒，我看你也喝了不少！"

余安之冷笑一声，道："若是多喝几杯酒，多杀一个人便会让我分神，那你也太小看我西川军中第一斥候的名号了。"

齐永定沉吟了片刻，问："杜牧现下被关在哪儿？"

"自然是被关在子城的牢房里。"余安之有些紧张地说，"你要做什么？劫狱我可是不去的！"

齐永定不免失笑道："谁让你去劫狱了？眼下的情形，众说纷纭，但最要紧的，难道不是听听杜牧本人怎么说吗？"

余安之道："你说得有理。但我既不是县尉，也不是武侯，连个差役不良人都不是，又要怎么去问杜牧本人昨晚发生了什么事？"

齐永定心想，这余安之功夫虽然高强，但行事却如此迂腐，不懂变通，只怕当年牛僧孺让那个叫张丞的顶了他的缺，也未必全因为牛李党争的缘故——他口中道："余兄，你既然有腰牌可以进出节度使府第，不妨再去探探牛大人的口风，就说昨夜里在岸上听到些风吹草动，但要和杜牧之本人对质过，才能确定是否与夜里的杀人案有关。若是牛大人允许你与杜牧本人见一面，那就是他还想保一保杜牧，若是严令不许任何人见他，那便是没希望了，你和吴大哥也好早做打算。"

一番话听得余安之频频点头，他一口喝干余下的那半碗酪浆，说："我这就去。"

这一去，便去了一个多时辰。

齐永定心中对这桩不见于史籍记载的奇案充满了好奇，多少也挂念着杜牧这位久闻其名的大诗人的安危，便借着为吴焕之和玖姑娘画像，留在酒肆里等余安之回来。只是一幅像都画完了，余安之却迟迟不回。吴焕之和玖姑娘显然也惦念着这位朋友，显得心不在焉。看天色，都快接近酉时，倦鸟都已经开始投林，玖姑娘也与吴焕之作别，说自己要回腾云阁为晚上的生意作准备了。

玖姑娘离开后，酒肆中反而开始热闹起来，闲人们开始聚集在这里谈论昨夜离奇的谋杀。齐永定听着那些不着调的八卦，只觉得无聊，于是将那幅两人一起经营酒肆的画像交给吴焕之，道："吴大哥，天色不早，我也该走了。今日这幅画画得不尽如人意，改日再来画过。"

说着，便收起画箱，逆着聚集的人群，离开酒肆，但没走出几步，便远远看见余安之匆匆忙忙往回赶的身影。余安之也看见了他，远远便朝他招手，那意思多半是"请留步"，脚下的步子，也愈加紧了，片刻之间，便到了酒肆门口。

吴焕之见状也拖着一只跛脚，走出门来，问："怎么样？"

余安之答道："牛大人应允我，去和杜牧当面对质，且他也关照了张丞和崔构，案子延后几日再开堂，若是有人问起，便说杜牧杀江旭云一案尚有疑点，待一一查清，自然会给扬州府的百姓一个清楚明白的交代。"

听了这话，吴焕之明显是松了一口气，但齐永定看余安之的面色，依旧是愁云惨雾，不禁奇怪，问道："余兄，这是好消息啊！牛大人多半也不信杜推勾会为一个风尘女子争风吃醋而杀人，这才让你去和他当面对质的吧？此事真相大白，指日可待，你为何看起来还是心事重重的？"

余安之叹了口气道："唉，齐先生，吴大哥，我们还是换个地方细说。"

三人去关了酒肆，吴焕之对众人说今日不做生意，众闲人怏怏而散。随后，三人在玖姑娘的腾云阁上开了间雅座。经昨夜旭云姑娘惨死九曲池上，扬州风月场的名人杜牧被下狱这么一闹，平康坊的生意难免要惨淡几天。玖姑娘趁机央求老鸨，帮他们打了个大大的折扣，还能自带酒水。四人等酒菜上桌，关起门来，余安之这才说："既然牛大人开了口，县尉张丞就给我看了案卷，我看这个案子，可不容易翻！"

齐永定皱眉道："余兄此话怎讲？"

"江旭云绝不可能是自杀！"余安之伸出左手，五指并拢，在自己的左边脖子上比了比,说,"她是这里中了一刀!而且凶器正是杜牧随身的短刀,刀上还有他的血手印!"

齐永定见吴焕之的脸色立即就沉了下去,玖姑娘一听之下也发出一声惊呼,接着连忙捂住自己的嘴。

齐永定问:"那把刀确定是凶器吗?"

余安之答:"仵作帮旭云姑娘验过伤,伤口的深度宽度,和那把刀都对得上——那还是牛大人送予杜牧的短刀,绝对不会搞错。"

齐永定想了想,又问:"除了颈上这一刀,可有其他伤口?"

余安之道:"没有其他伤口,一刀毙命!"

齐永定心里已隐隐觉得有些不对,他虽然从来没遇到过真正的杀人案,但各种推理小说和犯罪影视却看了不少,也知道凶手拿刀攻击别人时,被攻击者本能地拿手抵挡,便很容易在双手前臂形成"防御性伤痕"——于是他接着道:"那就怪了,你想想,杜牧持刀要杀江旭云,两人推搡之间,刀子难免划到其他地方,怎可能一刀毙命?"

余安之显然并没想到这一节,怔了怔,道:"换了是我,便是十个江旭云,也是一刀毙命。杜牧若是有我一半的功夫,一刀毙命也不奇怪。"

齐永定反问:"你跟了他这么久,可看出来他会功夫?"

余安之摇了摇头,又道:"说不定他深藏不露。"

若不是屋子里气氛凝重,齐永定几乎要笑出来,这个余安之怎么那么死脑筋——他又道:"说不定是江旭云自己抹了脖子,杜牧替她把刀拔出来,这才溅了一手的血——如果是这样,两人便不会推搡,刀子也就不会割到别的地方,这样也说得通啊!"

吴焕之附和道:"齐先生说得也有道理。"

余安之再次摇头,叹道:"唉,不可能!旭云姑娘不可能是自杀!"

齐永定反问:"你在岸上又看不见画舫里的情形,你怎么知道江旭云不可能是自杀?"

余安之与齐永定四目相对,眼神凝重,他随后将眼神移开,看了一眼吴焕之,最后定格在玖姑娘脸上。玖姑娘被他瞧得心里发毛,问:

"是有我在不方便说吗?那我出去便是。"

她正要起身,却被吴焕之一把拉住,吴焕之沉声道:"安之贤弟,你有话说便是了,玖姑娘不是外人。"

余安之道:"不是见外,是怕吓着她。"

玖姑娘一听之下,反而坐定了身子,道:"你这么一说,我反而要听听,旭云姑娘就算是变了鬼,也不会来找我索命。"

"那我可说了。"余安之道,"是你自己要听,做起噩梦来可怪不得我。"

三人的眼神都盯着他,他喝了口酒,这才道:"官兵冲进画舫二楼时,房间门闩是闩上的,他们是砸了门才进的房间,里面就只有宿醉未醒的杜牧与已经变作尸体的旭云姑娘两人——这还不是最吓人的,我告诉们,仵作去验尸的时候,旭云姑娘的眼睛是睁着的,而且双目尽赤,当真是死不瞑目!"

| 三十 |

合理怀疑

齐永定记得他在国外读书的时候,教授曾引用过一个数据,说现代人读《纽约时报》一周获得的信息量,超过十八世纪欧洲人一生所接触到的信息总量——而那是报纸最后的辉煌年代,之后传统媒体就让位于信息时代,互联网将一个人能获得的信息量又提高了几个数量级。

他就是从这样一个时代穿越回了9世纪的唐朝的。

虽然余安之说得吓人,但齐永定一听他的描述,就觉得很不对劲——那些他从现代带回古代的记忆又开始在大脑的沟回中流动起来,他又重新拾起那些理性思考的训练,这让他得以从情绪和恐惧的支配中挣脱出来。

他抬头扫了一眼余下三人。听了余安之对旭云姑娘死状的描述,吴焕之与玖姑娘都没了胃口,余安之自己一个人喝着闷酒。齐永定夹了一口菜送到嘴里,忽然响起的咀嚼声在安静的屋子中显得有些突兀。其余的三人忽然都转过头来望着他。

看着余安之、吴焕之与玖姑娘张皇失措的神色,他忽然意识到,自己与眼前的三个人是截然不同的。作为现代人的部分觉醒的瞬间,让他寻回了自信——他有种强烈的预感,自己将是解决这个案件、将杜牧扯出泥潭的那个人,似乎有种冥冥中的力量在赋予他这样的使命感,引导着他去做这件事——就像是有种冥冥中的力量将他从现代带回清代,又带回唐代一样。此刻,他毫不怀疑,自己将成为杜牧的那个未见史籍记载的"命中贵人",就像是在游戏中他总是会扮演主角一样——虽然在他的生活还没给白龙纹梅瓶搅得天翻地覆之前,他还从来没解决过什么"案件",他只是一个读过很多推理小说,玩过很多"剧本杀",看过很多刑侦电视剧的平头百姓而已。

他又喝了一口酒,虽然被屋中余下的那三人盯得心里打鼓,还是强自镇定地道:"听余兄的描述,杜牧像是被陷害的,人不像是他杀的!"

那两个男人依旧沉默着,只有玖姑娘将酒杯重重地摔在桌上,发出"砰"的一声。"青楼的姑娘也是人!"玖姑娘冷笑一声,道,"旭云姑娘死得那么惨,你们还在维护那个杀人犯!"

"我与杜牧素不相识,维护他于我有何好处?"

"别装了,你们那点小心思,我还会不知道?!"玖姑娘道,"杜牧既是牛僧孺牛大人看重的人,维护杜牧就是维护牛大人的脸面。"

她为自己倒了一杯酒,一口喝干,两颊泛起两片红潮,忿忿道:"与牛大人的入幕之宾比起来,我们这些青楼女子贱命一条,自然是无法相提并论的。只要能为杜牧脱罪,我看你们多半也可以混个一官半职当当吧?"

余安之与吴焕之都被玖姑娘这一番话说得低下头去,显然是被戳中了心中痛处。齐永定也冷静了下来,那种弥漫心头的"使命感"渐渐从心头褪去,取而代之的是一丝羞愧——确实,在这样一个时代,一个青楼女子的性命,或许还比不上一个节度使幕僚的前途。但如此一来,齐永定想要为杜牧翻案,找出真凶的愿望却愈加坚定。如果他也撒手不管,或许杜牧仍能够像历史记载的那样,从这桩谋杀案中脱身,去做他的节度使掌书记,继而去长安做他的监察御史,但旭云姑娘的血案,或许就此冤沉池底,再也没有真相大白的一天了。他想着自己可以倚靠的力量——一个跟踪了杜牧六年、武功高强的暗卫;一个办案认真的县尉;一个看重杜牧的主官;以及远超这个时代的刑侦知识,所有这些加在一起,似乎也不是很差的组合。

想到此处,齐永定的思路也渐渐清明起来,之前的种种"不对劲"的感觉,也开始化作一条条"合理怀疑"。他没有受玖姑娘咄咄逼人的语气影响,反而笑起来,直视着玖姑娘的眼神,一副笃定的模样,说:"玖姑娘稍安勿躁,且听我一言可好?我说杜牧是被陷害,自然有我的道理。"

余安之听到这话,也被吊起了胃口,连忙凑过来问道:"齐先生,你此话当真?"

齐永定点头道:"当真!"又对着一脸狐疑的玖姑娘道:"我来平康北里做画师这几个月,夜里见的姑娘没有一百也有几十,又怎会不知姑娘们的辛苦?旭云姑娘惨死一案,我并非是有意维护杜牧,而是此案疑点颇多。我想旭云姑娘在天有灵,也希望能够将杀她的真凶绳之以法,若是草草结案,抓错了人,那旭云姑娘才真的是死也死得不值吧。"

玖姑娘又干了一杯酒,将酒杯推到一旁,冷淡地道:"哼,那些关于为何只有头颈一处致命伤,没有别的伤痕的鬼话,我们也都听过了,我看是站不住脚,杜牧就算不习武,也是身体壮健,更何况那佩刀也跟了他多年,用起来自然是顺手,丈夫一刀捅死家里婆娘的案子,我也听过好几起了,旭云姑娘一个弱女子,被一个常年佩刀的壮年男子一刀戳死,我看也算不上什么疑点。还有什么疑点,你且说来听听。"

齐永定望了玖姑娘一眼,将目光移开,转向余安之——这个如同一枚移动的摄像头一般,盯了杜牧足足六年的男人,只怕才是案子的关键!他面朝余安之问道:"余兄,那晚你就如往常一样,从杜牧上船起就盯着画舫,一直到天亮,可有片刻松懈?"

余安之答道:"当然没有!"

齐永定问:"那你可有听到任何争执打斗之声?"

余安之回忆了片刻,道:"没有。"

齐永定问:"那日杜牧上船之时,他和旭云姑娘的感情看上去可有任何不妥？"

余安之答："没有，就像往常一样，旭云姑娘下船迎他，两人看上去如胶似漆。"

齐永定说："这就怪了，傍晚上船时，两人感情尚好，夜里又无争执打斗，旭云姑娘却被一刀毙命，你们不觉得奇怪么？"

玖姑娘有些迟疑地道："或许是杜牧趁旭云睡着时……"

齐永定没理她，又再问余安之："仵作可有说，旭云姑娘是何时被杀的？"

余安之答道："根据仵作的记录，他上画舫验尸时，血迹都已经干透，他的徒弟把旭云姑娘的尸身抬下船时，她的全身都还是僵硬的，看样子起码是死了四五个时辰了。"

齐永定道："是了，仵作上船验尸时是午时，四五个时辰之前，那就不是天亮时，而是夜深人静之时。你们还记不记得杜牧下船时，脚步有些踉跄？似乎是宿醉未醒的样子。"

三人点点头，齐永定问："杀了人的人，还会喝那么多酒，一直醉到晌午？"

他望向余安之，问："你会么？"

又望向吴焕之，问："换了你，会么？"

没等两人回答，他自己先道："反正我不会，我只会想着，要如何处理凶器，要如何逃离凶案现场，又怎会在我杀人的地方喝酒喝到醉死？"

看到三人都皱起眉头，齐永定接着道："那把佩刀，看似铁证如山，但其实是最奇怪的地方！"

余安之问道："此话怎讲？"

齐永定答："旭云姑娘被害时，恰是夜深人静之时，凶手一刀毙命，窗外便是九曲池的中央，若是将刀子往九曲池中一抛，凶器便销声匿迹，神不知鬼不觉，却又为何将沾有自己血手印的凶刀留在屋中？"

余安之显然是没想到这一节，愣了半晌，沉吟道："经你这么一提醒,这案子……确是疑点重重。"

玖姑娘就机灵得多,又或许是她一心想找齐永定的破绽,思忖了片刻,便反驳道:"又或许是那杜牧一时失手杀了旭云姑娘,但事后追悔莫及,这才大醉一场,将凶刀留在房中,说不定是他自己不想脱罪,只想等着官府来抓。"

齐永定反问:"既然他自己不想脱罪,却又为何不在杀了旭云姑娘的当时,便让老鸨报官自首,而要等到第二天晌午?闹出那么大一场动静,是怕自己在扬州城还不够出名吗?"又道:"别忘了,二人并无争执打斗,就更不像是失手杀人。除了那把凶刀太过明显,这案子做得如此无声无息,干净利落,我们离画舫那么近却什么都没听到,倒像是早有预谋。"

说到这里,齐永定不禁顿了顿,换了种语调道:"若非失手,而是谋杀——又何来追悔莫及一说呢?"

此时,一直沉默不语,只是盯着齐永定看的吴焕之终于开口道:"齐先生言之有理,我也觉得此案另有隐情。"

玖姑娘瞪了他一眼,但又找不出什么话可再反驳齐永定,于是乎悻悻然地道:"既然你们都觉得另有隐情,那就另有隐情吧。"

齐永定道:"玖姑娘稍安勿躁,这案子要查个水落石出,只怕还需听听那杜牧本人的说法。"又转向余安之,问道:"余兄,你明日进子城,能否带我一同进去,我想见见杜牧,听听他自己怎么说。还有,仵作那里,我也有些事想要问个清楚。"

余安之面露难色,道:"带你进子城倒是无妨,见仵作也不难,但要进江都县大牢面见杜牧本人就……"

齐永定见他为难,凑过身去,轻声道:"你跟踪杜牧这么多年,没有功劳也有苦劳,眼看功亏一篑,能否求一求节度使大人,请他行个方便?"又道:"若是你我二人搭档,能将这案子破了,查出真凶,还杜推勾一个清白,对你日后问牛大人讨监察司或是县尉府的职位也大有裨益啊。"

余安之神色稍霁,眼神又亮了起来,点头道:"齐先生,你明日同我一同进子城,在节度使府外等我片刻,待我先禀明牛大人,再作计较。"

齐永定点头道:"如此甚好!"

吴焕之跛着脚走过来,拍拍正在小声秘议的二人的背,道:"别再为这案子费脑子了,今日时辰也不早了,散了吧。"

是夜,腾云阁中一个客人都没,玖姑娘为三人各自安排了房间,三人分食了余下的酒菜,各自回房。齐永定梳洗了一番,正要上床睡觉,却听见敲门声。他心中奇怪,坊间的这个角落他从来没来摆过摊,除了刚才那三人,自己在腾云阁中再没有别的熟人,既不认得龟奴,也不认得保镖守卫。那敲门声又响了一遍,齐永定这才从床上下来,跑去开门。门只开了一半,齐永定眼前一花,来人已闪进屋内,一只手反手将门在身后带上,另一只手在齐永定眼前一晃,一把长刀已架在他的咽喉上。

顺着窗外月亮照进来的微光,齐永定已可以认出来人,正是吴焕之,只是这时的吴焕之,身手矫健,竟是丝毫不受他那条跛腿拖累的样子。齐永定心中一沉,心想,这吴焕之既未蒙面,又显露武功,显然是一副没准备留他活口的样子。再看那把刀,又细又长,有几分像东洋武士刀,只是刀身笔直,又在近刀背处开了血槽——齐永定认得出,那是唐军中武官军刀的样式。

齐永定心中认定吴焕之是来杀人灭口,双眼一闭,已准备引颈就勠,却没想到那吴焕之沉声问道:"你一个画师,为何懂那么多探案之事?为何会有李相明年要被罢相的消息?你到底是谁?"

齐永定睁开双眼,惊讶地望着吴焕之:"你不是来杀人灭口的?"

这回轮到吴焕之惊讶:"杀什么人?灭什么口?"

两人互相一试探,就知道,自己都猜错了。

| 三十一 |

侦探

一刻钟以前,吴焕之还将军刀架在齐永定的脖子上,准备除掉这个域外之国派来刺杀牛相的间谍,管他是吐蕃还是大食,龟兹还是楼兰,总之这个画师给他的感觉实在不对劲。但当齐永定问他:"你不是来杀人灭口的?"他忽然搞明白了两件事——

第一,齐永定错将他当作了杀害江旭云,嫁祸给杜牧的凶手。

第二,眼前这个画师,竟然是真心想破江旭云被杀的案子,为杜牧洗脱冤屈。

虽然这个画师身上还有很多说不通的诡异之处,但一个意在对牛僧孺不利的西域探子,面对他的刀时,不会是这样的反应。这个姓齐的画师,在长安的消息如此灵通,连朝廷准备罢李德裕,拜牛僧孺之事都知道,又怎会不明白,即便那个妓女真的是杜牧所杀,他也不会真的被治罪,至多只是被罢官雪藏一阵,待风头过去,便会复出——届时牛僧孺得势,杜牧的官位只怕还会升得更高。

虽然和玖姑娘相好了那么多年,但这个时代的人,自然是不会理解齐永定想为一位妓女将案子查到底的决心的。但他还是决定先放下刀,听听这画师有什么话说——他原本也不是滥杀无辜之人,虽然在西川时,不知有多少吐蕃的间谍探子死在了他的刀下。说起来,做"暗卫"这差事,他还是余安之的前辈,只是余安之始终都以为吴焕之这位军中同袍只是个在前线伤了腿的同乡。对于耽搁了余安之上任一事,过去了那么多年,他还是心怀愧疚——但毕竟他不能为了一个九品县尉的缺，冒揭破自己的身份的危险。他来扬州，有着更重要的任务。

那便是保护牛僧孺。

自从李德裕由西川节度使进京拜相之后，他的任务就变成了保护并监视牛僧孺——派他来扬州的人，是不希望牛李二人中的任何一人坐大到足以压制另一人的，唯有"制衡"，朝廷才能居中节制各方诸侯，以保证大唐不再出另一个安禄山。

他的职衔，虽不如金吾卫那么风光，但论重要程度，只怕犹有过之——他对自己看人的本事也一直引以为傲。

但在齐永定身上，他却看走了眼。当他将刀架在齐永定的脖子上，逼问他："你究竟是谁？为何要帮杜牧翻案？是不是想借结交杜牧接近牛大人？"齐永定眼神中的惊讶更胜于恐惧。

抓了这么多年间谍刺客，吴焕之知道，有些眼神是不会骗人的，即便是在昏暗的月光下，他也可以分辨真正惊讶的眼神与想掩饰什么而假装惊讶的眼神之间的区别——如果他连这都看走了眼，那齐永定一定是他见过最高明的探子。但事关牛相的安危，他不会冒一丝一毫的风险——他右手持刀，左手扣住齐永定的手腕，将他的右手举到月光下查看，接着是左手。齐永定被他抓得直抽冷气，但也没有讨饶，在书生里，算是条汉子了。如果齐永定练过功夫，他的双手也是不会骗人的——这双手掌腕力量虽然不错，但皮肤白净，丝毫没有练过功夫的痕迹。

"我没你和余安之那样的功夫，也不是刺客，现在相信了？"齐永定道。

这个男人身上有着间谍般的聪慧，却没有探子那样的狡黠，也缺乏刺客的狠辣手段。他究竟何许人也？真的如他自己所说，只是一个从遥远的西域回乡的画师吗？他口中的"西域"，是一个比楼兰更北，比波斯更西的，叫做"意大利"的遥远国度。在那里学画，为了将人画得更惟妙惟肖，他们还要学习一种叫做"人体解剖学"

的学问,那是一种如同庖丁解牛般研究人的身体的学问——听上去像是仵作才会去研究的东西。在"意大利",画师们也兼任仵作吗?虽然听上去这一切都那样不可思议,但齐永定说得一板一眼,又不由得他不信。

吴焕之暂且收刀入鞘——不妨先听听这个让他这个老江湖都看不透的画师还知道些什么吧。

于是一刻钟后,两人各自搬了一张凳子,在窗边坐下,也没有掌灯。时值春夏之交,半轮残月低低挂在天穹上,月色清冷,在云中时隐时现。往日里半夜也会挂出五光十色的灯笼的烟花柳巷,今夜也失了颜色,平康北里的夜色比以往要暗淡上许多。画舫停泊在池边,风从九曲池上掠过,吹皱一池春水,也给烦闷的夜带来一丝凉意。

齐永定此刻已镇定下来,向吴焕之道:"吴兄,你还想问些什么?不妨直说。"

吴焕之是审惯了人犯的,但收起咄咄逼人的架势,与人面对面坐着说话,还是头一遭。他想了想,问道:"齐先生为何将我当作是来杀人灭口的凶手?"

齐永定答道:"因为我大约可以确定,旭云姑娘并非死于杜牧的佩刀之下。"

吴焕之双眼一亮,问道:"此话怎讲?"

齐永定道:"吴兄的刀下,想必是了断过不少敌人性命的,反而是余安之余兄,大约是没怎么杀过人吧?"

吴焕之阴沉地道:"那又如何?"

齐永定答道:"吴兄的刀若是抹过人脖子的,那就该知道,被人割断喉咙,不该是那样的死法。余安之说旭云姑娘双目泣血,但人的喉咙中有一条大血管,若是喉咙断了,血片刻间就会从那里被放尽,又哪里会流到双目中?双目泣血,那是另一种死法才会有的样子。"

吴焕之道:"你懂得倒多。"

齐永定笑了笑,答:"吴兄忘了?我在意大利学过解剖学。"

吴焕之也笑了笑,道:"是了,你这青楼画师,乃是西域仵作。"又问道:"所以你要让余安之带你去见杜牧本人,以及帮江旭云验尸的仵作。"

齐永定点头道:"是,旭云姑娘脖子上中的那一刀,太过不合理,只怕是为了嫁祸给杜牧使的障眼法。但那天夜里画舫中究竟发生了什么,旭云姑娘究竟是怎么死的,我现下还不能十分确定,只有与杜牧当面对质过,再与仵作那里的验尸记录两厢验证,才能证实我的猜测。"

其实余安之描述江旭云的死状时,齐永定就隐隐觉得江旭云的死状与死因对不上,如今吴焕之的问题正好帮他理清了思路。颈动脉被切断,失血速度极快,最多三十秒便会失去意识,虽然动脉血会喷到很远,场面会十分恐怖,但其实是一种痛苦较少的死法。但据余安之的描述,江旭云口舌大张、双眼泣血,似乎是死得很慢、很痛苦,与杜牧酒后佩刀行凶的猜测完全对不上——倒是让齐永定想到了一种推理小说中常见的栽赃手段。但亲身遇到这种事,毕竟太有戏剧性,他虽然心里已有七八分怀疑,但仍要见过杜牧和仵作之后,才能确定。

吴焕之道:"齐先生见多识广,心思细密,在这里做个画师,实在是屈才了。"

齐永定也不知他说的是正话还是反话,只得讪笑两声,答道:"我这些雕虫小技,怎能和吴兄这样的栋梁之才相比?"

吴焕之道:"你不必谦虚。我那余安之兄弟,别看与我一样,是干跟踪杀人,刀口舔血的营生,但他并不是一个十分细致之人,明日你与他一同进子城查案,还请你多关照他,别捅出什么篓子才是。"

齐永定道:"吴兄多虑了,以余兄的本事,哪里需要我来关照?"

吴焕之笑笑,道:"时候不早了,齐先生早些歇息,我就先告退了。"

见终于打发了这个煞星,齐永定心中大大地松了口气,拱手道:"那小弟不送了。"

吴焕之开门出了房间,又转过身,沉声道:"只盼你与安之兄弟,能够顺利抓到真凶,帮那杜牧洗刷冤屈。"顿了片刻,又接着道:"也帮旭云姑娘讨个公道,这片青楼里的姑娘,都会感念你的。"

齐永定见他说得认真,大概是想到了玖姑娘,于是坚定地答道:"定不负所托!"

翌日一大早,四人又聚在玖姑娘房中,齐永定暗中观察吴焕之,他依旧跛着个脚,行动不便的样子,就如往常一样,表情温厚地同其余三人打招呼,丝毫不露痕迹,就像昨夜闯入他房中的完全是另一个人一样。

四人吃过早点,齐永定与余安之又各自卷了张胡饼当午饭,便从腾云阁出发。腾云阁虽然在里坊的东南角,但这片里坊是罗城中离子城最近的一片里坊,是以齐永定和余安之也没费什么工夫,半刻钟便到了护城河的吊桥下。余安之向守城的戍卒挥了挥腰牌,那戍卒二话不说便将吊桥降了下来。余安之对齐永定一摆手,示意他跟在自己身后,二人毫无阻碍地进了子城,那戍卒并没多问一句。

子城中一片寂静,衙门都没那么早升堂,路上走的,只有巡逻的戍卒。那些戍卒显然是认得余安之,见到他都笑着点头招呼,对紧跟在余安之身后的齐永定视而不见——齐永定心想,这余安之在牛僧孺那里看来走动得勤快,虽然没什么具体职权,大家也都对他客气几分。二人在节度使府邸外等候最久,足足等了一个时辰,牛僧孺才召见余安之。齐永定又在府外等了半个时辰有余,立得双腿发酸,才等到余安之出来——只见余安之面露喜色,齐永定便知道事情多半是成了。

"走,同我一道去见杜牧。"余安之招呼道。

齐永定心中想,吴焕之说得没错,单是喜怒不形于色的功夫,余安之与他相比就差得远了，又想到余安之的所谓"伪装"被自己一眼看破，不禁有些担忧余安之会打草惊蛇，自己也确实应该如吴焕之所关照的，适时提点他一下。他又想，这吴焕之看上去心狠手辣，对兄弟倒是忠义，也算是个好人，只怕不单是在扬州，以往在军中，也全靠他照顾，余安之才能平安走到现在吧。

二人来到县尉府衙门，早有人与县尉张丞通了消息，张丞已领着各曹衙役在府外等他。余安之对张丞亮了亮牛僧孺写给他的"便宜处置"的木牌，张丞望了余安之身后的齐永定一眼，问道："这位是？"

余安之答道："这位是从西域回来的齐先生，于凶杀验尸方面十分有经验，我已禀明节度使大人，大人特许他与我一同办杜推勾的案子。"

齐永定恭恭敬敬地向张丞作了个揖，张丞见他一副书生模样，与普通的仵作大有不同，不禁上下多打量了他两眼，又问："你是西域回来的？"

齐永定答道："回大人，是，今年是回中原第三年。"

张丞又问："在西域，你们这样的人也叫仵作吗？"

齐永定不禁想与他开个玩笑，答道："回大人，在西域，我们这种人不叫仵作，而叫作'侦探'！"

张丞点了点头，也不再问别的，而是示意身后一个典狱带二人进去。

杀人疑犯，原本应当被下狱才对，但杜牧显然是被特别优待，仅仅是在县尉衙门的后院，用木栅栏围了个简易的牢房，也不上锁，除了派一人看守外，便再无什么管制的手段。那简易牢房中，床铺桌椅板凳一应俱全，杜牧也不戴枷锁，便似是来这里暂住几日一般。齐永定一见这情形，便知牛僧孺根本不想治杜牧的罪，不禁心中感叹，人若真是他杀的，旭云姑娘只怕要冤沉池底了。

此时已近巳时，但杜牧依旧睡在床上。典狱拍了拍"牢房"的木栅栏,道:"杜推勾,有人来见你。"

杜牧这才从床上下来,一副衣衫不整、精神不振的样子,走到"牢门"边,问道:"你们是何人?找我何事?"

余安之亮出"便宜处置"的令牌,齐永定此时心中已大为不快,只说了三个字:"问案子!"

| 三十二 |

大理寺

昨日来访时,余安之就已经翻过案卷笔录,在"疑犯口供"那一页,就只有"醉酒,不省人事"几个字。

齐永定再次问起时,张丞答,他已讯问过杜牧两次,两次杜牧都说自己那晚醉得不省人事,什么都不记得了。余安之问,为何没换个提牢,上些手段。张丞面露难色,道:"牛大人吩咐了,对杜推勾,要以礼相待。"

齐永定一看县尉的脸色便明白,他心中早已认定杜牧就是杀死旭云姑娘的凶手,只当他"醉酒"的供词是推脱之词,自然不会再多加审问。主官既吩咐他"以礼相待",他也不好上刑求,但一时也摸不透牛僧儒想要如何处理这桩案子,处理一个杜牧事小,得罪了主官事大。对杜牧,关也不是放也不是,于是便干脆在自己的县尉府后院空地上临时围一个简易的"牢房"出来,假模假式地"关押"一下,施一个"拖"字诀,以拖待变。

终于等来了齐永定和余安之,拿着牛僧儒发的"便宜处置"的令牌,要来查杜牧的案子——张丞自然是乐得将这个烫手山芋扔出去。

典狱领着杜牧走在前头,齐永定与余安之并肩走在后头。四人穿过县尉衙门的那一排临时牢房,牢房只拿二指粗的木条绑成牢笼,看上去成年人一脚就能踢断,一排牢房中只关了两个人,外貌粗鄙,无精打采,似乎只是两个偷鸡摸狗的宵小之徒。四人走过时,牢房中旱厕发出的臭味让杜牧掩鼻，齐永定心中嘀咕了一句："这样的牢房根本起不到震慑人心的作用嘛！"但转念一想，既然已认定杜牧并非真凶，那是否还要用真正的大牢来杀一杀他的锐气，似乎也没那么重要了。

齐永定原本是想借扬州府府衙大牢的戒律房来讯问杜牧关于旭云姑娘惨死那晚的情形，但被县尉张丞一口回绝，借口还是节度使牛大人的吩咐，对杜牧要"以礼相待"。府衙大牢的审讯室名为"戒律房"，实为对人犯用刑的"刑房"，对于杜牧来说，显然是太刺激了。齐永定退而求其次，请张丞无论如何让出一间空牢房给他们作为临时的审讯室来用，但张丞竟建议，府衙中原本分给杜牧处理狱讼官司的那间房空着，不妨就暂时作讯问之用。齐永定心中暗骂："真是官官相护！"借一间空牢房，原本就是想给疑犯以心理压力，让他更易吐露实情。若是去杜牧日常办公的衙门问话，不但丝毫起不到给杜牧施压的目的，只怕还会起到反作用。那还不如干脆去青楼里开间房，叫一桌酒菜，把他灌醉了，说不定他吐露实情还更快些。

最后，还是余安之想起，县府衙门的后门有个门房，既避人耳目，又干净整齐，只是坐三个人未免有些狭窄，但一时也想不出更合适的地方了。齐永定心说，对于一个杀人嫌犯来说，既不施枷戴锁，又不在大牢中提审，已经算是给足优待了，张丞若是还不答应，未免有些过分。那张丞倒也并非不识趣之人，半推半就也就应承下来。

三人进入那间门房，齐永定关上房门，引路的典狱在门外守着。这是间只有一个小窗，在白天都需要点灯的狭小门房，一下子挤进了三个人，屋内的气氛瞬间就压抑起来。余安之点上一盏油灯，他坐的地方恰好遮住了那扇进光的小窗，在昏黄的灯光下，杜牧显得有些不自在，但这正中齐永定的下怀——他正是想要模拟夜里的环境，越接近越好。

齐永定对余安之使个眼色，余安之先开口道："疑犯杜牧，我二人奉淮南节度使牛僧儒牛大人之命，特来调查五月初四晚江旭云于画舫上被刺死一案。我现在问你，你之前对县尉张大人交代的供词，是你能记起的当晚全部情形吗？可有遗漏？"

杜牧摇头道："并无遗漏。"

齐永定以温和的语调道："杜推勾，这次讯问，没有师爷抄供词，你说错了也没关系。关于那晚的情形，你慢慢想，看还能想起些什么吗？"

杜牧闭上眼，沉默了片刻，脸上露出痛苦之色，答道："那晚我醉得很厉害，什么都想不起来了。"

齐永定依旧不紧不慢地道："关于那一晚发生的事，我倒有几处疑问，要一一向杜推勾请教。"

杜牧叹了口气，道："你问吧。"

齐永定问道："那晚，你是几时上的画舫？"

余安之瞟了他一眼，脸上有诧异之色——他负责跟踪监视杜牧，杜牧上船的时辰，是他们早已知道的事，不知齐永定为何要再问一遍。但齐永定不为所动，依旧双眼盯着杜牧。

杜牧答道："那晚我衙门有事被耽搁了，约是亥时才上的船。"

齐永定微微点头，杜牧那晚亥时才上船，这事他早已心知肚明，只是看他是否说谎——若是说谎，那便是有事对他们隐瞒。他又问："旭云姑娘那一晚，与平常可有什么不同？"

说到旭云姑娘，杜牧的神情立马转为悲痛，眼中也噙满了泪水，只见他抹抹双眼，道："她一切都一如往常，并无什么不同。"流露出的悲伤，倒不像是装的。

齐永定继续问："那一晚你们可有起争执？"

杜牧脱口而出道："当然没有，旭云与我情谊甚笃，哪里会起什么争执？"

齐永定并没有马上买账，而是继续追问："听说旭云姑娘近日来另结新欢，你可知道？"

杜牧答道："旭云与我说过，有个波斯胡商要为她赎身，此乃天大的好事,我为她欢喜才是,又怎会为此争执?"说着,长叹一声,又抹抹眼睛,道:"只可惜……"

齐永定与余安之对望了一眼,余安之点点头,齐永定也觉得杜牧的坦率与悲伤不像是装的。于是继续问道:"杜推勾,能否将第二日你醒来时的情形,与我们说一遍?"

杜牧闭上双眼,摇摇头,表情痛苦,似是不愿意回忆当时的情形。但片刻后,还是睁开眼,道:"我是被一声尖叫声惊醒的,醒来也迷迷糊糊的,头很重,一醒来,便见手里握着刀,刀上沾着血,我心中一惊,便将刀子丢开,检查身上可有地方被刺到,但随即就发现,旭云在我身边……"说到一半,语调哽咽,竟是说不下去了。

余安之连忙问:"你袍子上可有沾到血?"这也正是齐永定想问的问题。

杜牧点点头,用左手拍了一下右肩,答道:"身下这里,沾了一片。"

余安之再度与齐永定对望一眼,齐永定看出,迟钝如余安之,都已经察觉不对劲——若真是杜牧刺杀了江旭云,又怎会只在身后沾一片血迹,身前却没沾到呢?

齐永定又问道:"杜推勾,你前一晚喝了多少酒?你可记得旭云姑娘是何时伺候你上的床?"

杜牧回忆道:"我与旭云前一晚喝的是酒露,那酒露十分烈,我才喝了半瓶,便已经不胜酒力了。"

说到这里,他停顿了片刻,皱起眉头,道:"诶?说来倒也奇怪……"

余安之与齐永定齐声追问:"什么奇怪?"

杜牧抓了抓后颈的头发,望着面前的两人,道:"那一晚,并不是旭云伺候我上的床,而是她先醉倒在我身上,我先将她抱上的床,随后也睡在了她身边。说起来,旭云的酒量,应该胜过我许多才对,但那一晚,我记忆中,她并未比我多喝多少,怎的醉得如此之快?怕是有心事吧。"

齐永定轻轻拍了拍余安之的背,余安之咳嗽一声,道:"疑犯杜牧,今日讯问就到此为止。"

齐永定打开身后的房门,光线照进来,照得杜牧一时间睁不开眼睛。那典狱走进屋子,将杜牧领出门房,杜牧一脸狐疑地回望一眼二人,问道:"你们还没问我,人是不是我杀的,这便结了?"

齐永定答:"今日就问这些,如果案情有新的变化,我们自然会再来请教。"又语调严肃地道:"至于人是不是你杀的,我们自有计较,既不会冤枉你,也不会因为你一句'不是我杀的'便信了你!"

杜牧似是头一次见到这样办案的狱官,怔了片刻,竟然在嘴角露出一丝笑容,双眼也是头一次透出希望来。他像是想说些什么,但最终还是欲言又止,转头跟着典狱走回县尉府的临时牢房中。

二人拜别了县尉张丞,动身去找忤作。

路上,齐永定问余安之:"余兄,可觉得有些不对劲的地方?"

余安之道:"杜牧的袍子沾血的地方,绝对有问题,哪有身前不沾,反而沾到身后的道理?我看倒像是旭云姑娘的血流到他身下时沾到的。"又道:"还有,那壶酒,多半也有问题。"

齐永定点头道:"画舫上的老鸨、龟公、丫鬟、杂役、厨子、艄公……凡是能接触到那一壶酒的,只怕都有嫌疑,只怕免不了还要上画舫查问一番。还有,那胡商要为旭云姑娘赎身一事,我看多半与旭云姑娘的死也有牵连,回头还要劳烦玖姑娘和吴大哥,在坊间打听打听,那名要为旭云姑娘赎身的胡商,究竟是谁。"

子城甚小,须臾间,二人便到了忤作办公的府衙。有唐一代,忤作虽然吃的是公门饭,但只能算是衙门中的杂役,自然是不配有自己的办公场所的,但日常工作倒是清闲。齐永定与余安之找上门时,那忤作在府衙中找了个角落,正在午睡,直到兵丁将他叫醒,余安之亮出令牌,他这才睡眼惺忪地起身,带他们二人去存档案的库房调取为江旭云验尸的档案。

齐永定一边翻看他的验尸记录,一边和他确认,杜牧外袍和内衣沾血的位置，一如杜牧所说，只有后背沾了血。

看到验尸记录中的"口舌微张，双目泣血"时，齐永定指着这一列字，问仵作道："依你所见，这'口舌微张，双目泣血'，和颈部中刀，咽喉的血管被割断，对得起来吗？"

那仵作微微一愣，皱眉道："大人这一说，的确是有些奇怪。若是没有脖子上这一刀，这'口舌微张，双目泣血'，倒像是被扼死的。"

齐永定又问："那可有被扼死的痕迹？"

仵作摇了摇头，道："小人验过，并无被扼死的痕迹。"

齐永定再问："除了床上这一摊血，帐子上，以及房里其他地方，可有发现血迹？"

仵作又摇了摇头，回道："便只有床上这一摊，其余地方，没有血迹。"

齐永定再度确认："你确定没漏掉？连床底下都没有血迹吗？"

仵作憨厚地笑笑，道："回大人，小人还特意将褥子和床板都掀开检查，那一摊血并没浸透褥子，床底下只有灰，没有血。"

齐永定点点头，将验尸档案交给仵作，让他放回去——他已经得到了他所需要的全部信息，眼下只需兵分两路，他与余安之上画舫查问，吴焕之与玖姑娘将那欲为旭云姑娘赎身的胡商找出来，真相便呼之欲出。

但两人一出扬州府衙，便遇上节度使府第的兵丁，请余安之过府，节度使大人有急事召见。

二人连忙赶去节度使那里，齐永定心头掠过一丝不良的预感。

这次牛僧孺的召见，倒是没耽搁多久，一盏茶的工夫，余安之便从节度使府里出来，一副愁眉紧锁的样子。还没等齐永定问，余安之便开口道："齐先生，你一定要帮帮我，我在节度使大人那里已经许下军令状，要在三日之内破这案子。"

齐永定急忙问："怎么回事？"

余安之摇头道："长安大理寺来了人，要治杜牧的死罪，已经将杜牧提到府衙大牢啦！"

齐永定变色道："牛大人也拦不住么？"

余安之答道："大理寺来了一位少卿，带了两位司直，还带了刑部的文书。牛大人与他们约定，以三日为限，届时若是不能证明杜牧的清白，他们便要将杜牧提去长安，治他的死罪。"

| 三十三 |

买命

齐永定与余安之急匆匆地从子城赶回罗城的里坊里。二人一进酒肆中,吴焕之与玖姑娘就看出他们二人神色不安。此时饭点已过,茶点未到,酒肆中没几个客人,吴焕之给玖姑娘使了个眼色,玖姑娘连忙从柜台中走出来,劝走了余下的几位客人,吴焕之也一瘸一拐地走出来,一言不发,开始给酒肆上门板。坊间路过的客人还觉得奇怪,不免有些好事之人探进半个身子来打听:"吴老板,这才几时,今日怎么这么早就打烊了?"

"唉别提了。"玖姑娘答道,"天气太热,酸梅汤和酪浆里一个不小心,混进了脏东西,都腐臭了,老吴已经做了新的,各位明日再来,明日再来啊!"

余安之与齐永定也帮忙一起上门板,片刻间,便彻底将酒肆关了起来。吴焕之打开半扇窗,对玖姑娘道:"你去窗口看着,免得隔墙有耳。"

玖姑娘点点头,搬了把椅子,在窗边坐了下来。

三人这才围坐在桌旁,吴焕之问道:"怎么样?"

余安之眉头紧锁,摇头叹道:"长安来的那几人拜见牛大人的时候,我就在边上,牛大人没把我遣出门外,想来就是想让我在边上听着。"说着又叹了口气,继续道:"这次大理寺派了人来亲自过问杜牧的案子,只怕牛大人也拦不住了。"

吴焕之抿了抿嘴唇,一副欲言又止的样子。齐永定急忙问:"大理寺不是只管京师的案子吗？要派人来扬州，也该是刑部才对，怎么会是大理寺来过问？"

余安之道："齐先生，你查案子虽然厉害，但毕竟没从过军、当过官，对大唐律可就没那么熟了。除了长安洛阳当地的案子，朝中百官若是犯了案子，也都归大理寺管。"

齐永定皱眉道："推勾狱讼，并非衙门中的正式官职，乃是府衙长史的助手，既没有品级，又不领俸禄，又怎能算是朝中百官？"

余安之答道："唉，节度使大人也是这样说，牛大人对那大理寺少卿说：'杜牧乃是我征辟的僚属，又不拿朝廷的俸禄，就算他犯了案子，也是归扬州府管，与大理寺何干？'你猜那少卿怎么说？"

没待吴、齐二人追问，他便自顾自地说下去："那人说：'杜牧虽然现在没有官职，但却出身进士及第，大理寺便管得。'牛大人也不好阻拦。"

在一旁沉默许久的吴焕之忽然问道："那大理寺少卿长得什么样子？我在大理寺也算有几个旧识，说不定也可去聊上几句，通融通融。"

余安之道："那人长了张娃娃脸，淡眉毛、吊眼角，只有唇上留了两撇胡子，说话语气尖刻，似是连牛大人也不放在眼里。"

吴焕之"啊"了一声，余安之忙道："吴大哥认识他？"

吴焕之叹了口气，摇摇头，道："这案子交到裴衡手里，是有人成心要杜牧的命啊！"

齐永定问："此话怎讲？"

吴焕之道："裴家在京师树大根深，自太宗年，便掌管兵部、大理寺多年，这裴衡一向以心狠手辣，不好说话著称，若不是有过硬的证据，杜推勾此番只怕是凶多吉少了！"

余安之似是想到了什么，插口道："哦对了，说到飞扬跋扈，那裴衡到县尉府去抓人之前，曾对牛大人说：'这案子乃是王守澄王大人交代下来的，不办是万万交代不过去的，还望牛大人不要为难本官,再说为了小小一个杜牧得罪王大人,对于牛大人这样外放的官,可是殊为不智啊!"

齐永定惊道:"他小小一个大理寺少卿,竟敢对节度使这样说话?"

又是吴焕之道:"齐先生有所不知,这王守澄王大人乃是神策军右军中尉,统管整个京师禁军,权倾朝野,对天子有册立之功。只怕李德裕李相都要让他三分,那裴衡既是受王守澄之命来扬州,节度使牛大人,只怕他真的未必放在眼里。"

齐永定心想,什么权倾朝野,那大太监恐怕还不知道,他的亲信郑注、李训,本就对他不忠,皇帝更是早已对他动了杀心,不出两年,便要赐他毒酒一杯。还要借他的葬礼来诛杀整个宦官党羽,只是"甘露之变"功败垂成,不但酿成宦官专权,朝中忠良为之一空的惨祸,连自己也被宦官挟制,郁郁而终——但这些都是后话,远水救不了近火,为今之计,还是要尽快想办法为杜牧翻案才行。

余安之丧气地道:"既然是王守澄想要办杜牧,我们还救得了他吗?可别翻案没翻成,却连牛大人也牵连进去了。"

吴焕之斩钉截铁地道:"杜牧的案子,一定要翻!"

齐永定与余安之齐声问:"为何?"

吴焕之道:"贤弟,你可还记得当初你我为何要回扬州?"

余安之叹了口气,道:"这些年李德裕急于向吐蕃用兵,我们西川军中同袍死的死,残的残。难得长庆会盟,有了几年安生日子,只恨那吐蕃不守信用,又来偷袭,若不是牛大人极力劝谏皇上,只怕战端又要再启。这日子我是过怕了,若不是趁着这几年不打仗,告老还乡,只怕这把骨头就要埋在边塞了。"

吴焕之道:"是,牛大人也正是因为不愿对吐蕃用兵,才受到李相排挤,外放至扬州。如今李德裕与朝中宦官一党不和,若如齐先生所言,李德裕明年便会罢相,此乃牛僧儒大人与李宗闵大人难得的机会。若是牛大人、李大人此番能重回朝中,西川便又会有几年的安生日子。西川的同袍提心吊胆了那么些年,也该过些太平日子了。若是杜牧的案子在长安闹开了,即使没人追究牛大人'包庇僚属杀人'的罪名,也难免要落下个"结交孟浪,征辟嫌犯"的话柄,要再回京师拜相,只怕就难了。"

这番话,吴焕之说得半是真心,半是假意。他原是受命来扬州保护牛僧儒周全的,但感念西川同袍,不愿与吐蕃再启战端的心思,却也是真的。

一番话听得余安之频频点头,也坚定了要将此案办到底的心思。

齐永定没想到的是,远在长安千里之外的扬州,区区一桩妓女谋杀案,背后却牵扯出如此多波谲云诡的政治斗争,这是远远超出他意料之外的——但他也打定了心思,这桩案子,明明是一桩冤案,自己阴差阳错地卷入得如此之深,已经绝无可能撒手不管。这已经不单是为杜牧翻案的事,更是为含冤而死的旭云姑娘讨回个公道。

此时,只听余安之接话道:"唉,只是不知为何王守澄非要置杜牧于死地,没听说过杜推勾以往与朝中宦官有何恩怨啊,难道是……"

齐永定道:"哼,那些宦官的品行,我最清楚,一个个都是利在义先。要一个人死,未必是因为什么恩怨,而多半是因为,钱!"

余安之惊到:"你是说,有人想买杜牧的命?"

齐永定道:"对大理寺下令的,不是李党而是王守澄,你不觉得奇怪吗?我听说宦官被断了色根,在贪财上,便更是变本加厉。"

一直在旁边听他们说话的玖姑娘,此刻忽然支支吾吾地插口道:"唉,有一事,我也不知当说不当说?"

三人齐齐望着她,齐永定道:"姑娘但说无妨!"

玖姑娘期艾艾了半天,终于道:"自从旭云姑娘遇害以后,我们坊间的姑娘、龟公,就开始传一个消息,说是有人要为旭云姑娘报仇,让凶手抵命,即便花费重金也在所不惜。"

余安之急问:"你们可有传是谁要花钱为旭云姑娘报仇?"

玖姑娘摇头道:"这我可不知道,我只知道,坊间传,那人的赏格已经开到五万两白银、十万匹绢了！"

齐永定心中一动，道："事不宜迟，我们兵分二路，吴大哥，玖姑娘，你们去坊间再探探消息，我和余兄要再去见一见杜牧。"

余安之疑惑地问："为何要去见杜牧？"

齐永定答道："如果我猜得没错，杜牧知道是谁要置他于死地。"

齐永定再次见到杜牧，已是在扬州府衙的大牢中，这也是齐永定第一次见识唐代真正的大牢，与县尉府的临时牢房可说是天差地别。

大牢在子城的西北方，连着一片城墙根建造，建造方式也如城墙般坚固。齐永定见过那些民夫加固城墙，乃是在高出护城河水位的地方挖一条沟槽，用夯土填实，用混以鹅卵石的泥浆垒一道基墙，再在两面垒起一道砖墙加固。眼前大牢的砖墙，看上去、摸上去都与城墙别无二致，而且连门都没有，乃是在屋顶开了个洞口，将犯人放下去，若是刮风下雨，雨水便会从顶上灌进去。牢房朝西的一面，开了个两尺见方的洞口，用铁栅栏而非木栅栏封住，这边的墙最薄，但也有两尺厚，从这里望进去，牢房里幽暗潮湿，令人掩鼻而走的，已经不是便溺的臭气，而是一股死亡的气息。

杜牧哪里受过这种苦，只关了一夜，便似被关了一年一般。借着傍晚的一抹夕阳，从那二尺见方的"窗口"望进去，只见他须发蓬乱，双目已经凹陷下去，眼圈发黑，显然是一夜没睡，快六月的天气，杜牧却嘴唇青紫，就好像是被冻到了一般。

见到余安之和齐永定又来见他，他倒是出乎意料地镇定。只见他从牢房深处走到窗边，双手抓住铁栏，也没有为自己鸣冤，而是有气无力地道："你们二人还来找我作甚？"

余安之道："人既然不是你杀的，你为何不向牛大人鸣冤？"

杜牧叹了口气，道："旭云虽不是我亲手所杀，但也是因我而死，将我这条命拿去赔她，也是不冤。"又说："二位替我转告牛大人，这些年来，杜牧承蒙他赏识，只是我天性放浪，辜负了他的一番栽培，杜某人无以为报，只有来生再报效了。"

齐永定道："杜推勾，你为何以为旭云姑娘是因你而死？"

杜牧道："唉，那大理寺少卿裴衡，我又不是不认得，既然出动他特意来扬州提我，多半是朝中有人想要我死，只盼别连累了牛大人才好。"又哽咽道："只可惜害了旭云，大好佳人，就此香消玉殒，怪我！怪我！"说着，深陷的双目中落下两行泪来。

齐永定又问道："那你可知是朝中何人设下这个局，想要你的性命？"

杜牧想了想，答道："李德裕李相当年就嫌我孟浪，不愿举荐我入朝做官，白居易也向来与我有罅……"

齐永定忽然打断他，道："牧之兄，我且问你，你觉得李德裕人品如何？"

杜牧愣了愣，答道："呃……李德裕虽看不起我，但论人品，倒可算是个刚直之人。"

齐永定又问："那白居易呢？与你有罅便想设局治你的罪？"

杜牧答："那倒也不至于，他自号乐天，又长我那么多岁，自然是不会做出这等事……等等，你是说，我被陷害下狱，并非是因为朝中党争？"

齐永定道："如果我告诉你，想要你的命的，是神策军中尉王守澄，你作何感想？"

杜牧皱眉道："这……我与那些宦官远日无冤，近日无仇，他王守澄为何要……？"

齐永定道："牧之兄，若是我告诉你，乃是有人花五万两银子、十万匹绢，打通了王守澄那里的关节，指名道姓要你的命，为的乃是给旭云姑娘报仇，你可能想到，是谁出了这笔赏格？"

杜牧张大了口，半响才道："这么大笔钱财，即便是宠幸旭云的恩客，也鲜少有人能拿得出。我想来想去，便只有……"

齐永定接着他的话道："便只有那个胡商，对不对？"

杜牧点了点头，神色凝重起来。

| 三十四 |

夜访

四人关起门来一合计，很快就订出了计划。

玖姑娘在青楼里坊里人脉最广，齐永定在坊里摆了几个月的画摊，也认识了不少龟公、老鸨和昆仑奴，他们二人便分头去打探那要为旭云姑娘赎身，又设下巨额赏格要为她报仇的神秘胡商恩客的身份。余安之则去子城中求见那大理寺少卿裴衡，禀明案子的诸多疑点，只望能够说动他，放杜牧一条生路——至不济，起码也求他将破案的时间再宽限几日。吴焕之行动不便，又不善言辞，仍是留下看店，等他们回来。

齐永定怕余安之的口才难以说服裴衡，其余三人又都不擅笔墨功夫，想来想去，便只有动笔将杜牧涉嫌杀害江旭云一案中的疑点一一列出，写成了长长一幅折子。其实齐永定穿越回唐朝这几年，除了抄经之外并没读什么书，对文言文的遣词造句也并不十分熟悉，但好在不是要他去作诗，便硬着头皮写将下来，写得半文不白。写完交与玖姑娘读了一遍，玖姑娘说，读起来顺畅明白，还夸他的字好，齐永定才长吁了一口气，心想要将这"案情分析"写得唐朝人也能读得懂，自己已经是竭尽全力，不知避开了多少现代才有的词汇，可简直比作首诗还费脑子。余安之将折子揣进怀里，三人在酒肆门口分手，各奔东西。

最先回来的是齐永定。他从里坊的东南角走到西北角，去问了每一个他认识的人，竟然没有一个人听说过那胡商的身份。连最老资格，喝过他最多茶的昆仑奴苏苏，也摇头道爱莫能助。

不过苏苏毕竟在这里混得久了，也和他熟稔了，多少还是告诉了他一些有用的消息。"你在这儿打听是打听不出什么的。"苏苏说，"池中与岸上，乃是两个人间，那些出得起在画舫上过夜的钱的恩客老爷，又怎么会看得上我们岸上的姑娘？"他接着又问，"你在这里摆了那么久的画摊，可有注意到旭云舫的客人中，有个让你过目不忘的胡商？"

齐永定摇摇头，道："倒是有几次，旭云舫靠岸靠得特别早，天还没亮便靠岸了，下来的客人面目看不清楚，不过我记得穿得的不是胡服，是汉服。"

苏苏笑了笑，道："来这里的客人，早来晚走、晚来早走、乔装改扮，不愿让别人认出来的，可多了去了，有些熟客，你日常见到，只怕也未必认识。"他又接着说："先生，你也别费劲心思查那胡商的身份了，我看要急着嫁祸给杜牧的，多半是那老鸨。"

齐永定忙问："此话怎讲？"

"这些天来，你可见过旭云舫有哪一晚是空着的？"也不等齐永定回答，苏苏便叹道，"像江旭云这样的姑娘，便是棵会走路的摇钱树，老鸨又怎会轻易放她走？多半是她自己存够了钱要赎身，老鸨不肯，二人起了争执，老鸨便动手将姑娘杀了，又顺手嫁祸给杜牧。"

齐永定问："那赏格……"

苏苏道："唉，那多半也是老鸨放出的掩人耳目的假消息，你想，即便是有这样一个要为旭云姑娘赎身的胡商，又怎可能开出五万两银子、十万匹绢的赏格？这么多钱，足可以开十艘画舫都有富余了，怎可能花在为一个青楼歌妓寻仇上？"

他话锋一转，又道："除非……"

齐永定忙追问道："除非什么？"

苏苏答道："除非旭云姑娘怀了那胡商的孩子。我倒是听说，那些西域蛮子，倒是不讲究什么嫡出庶出，只要是亲生的，便都一视同仁。"

齐永定笑道："你不也是西域来的，怎么这样说别人？"

苏苏急道："你可别瞎说，我可是正宗唐人，定居扬州已有三代人，只是看上去皮肤比你们黑一点而已。"

齐永定笑笑，心想，若不是有人请动了大理寺少卿来扬州亲自督办杜牧的案子，他多半也会当那笔数额大到荒唐的赏格是不可信的坊间传说吧。但如今这案子连淮南节度使都保不下、拦不住，如若不是有神秘人在背后做推手，仅凭一个画舫的老鸨，能请得动裴衡这样的人物？

但昆仑奴的"推理"虽然粗糙单纯，却也不是一无是处——他点出了齐永定心中的另一个疑虑。

说到旭云姑娘是不是怀了胡商的孩子，齐永定也想到了一件奇怪的事，那就是在县尉府第一次提审杜牧时，杜牧就提到，旭云姑娘曾在她面前多次说过有个胡商要为她赎身，虽然杜牧口上说为她高兴，但后来却也承认，第一次听说时，也颇惆怅了一阵。齐永定当时就觉得不对劲。

以旭云姑娘的资历，再加上她与杜牧多年的感情，又怎会在杜牧面前提其他的恩客呢？

他又想起杜牧在大牢里对他说的："她说起那胡商要为她赎身时，总好像……有些怨恨在。唉，总之不像是承了他的恩情，倒像是她自己不情不愿离开这烟花之地一般。"如此看来，那胡商与江旭云的关系，又好似并不是妓女与恩客那样单纯。

但在苏苏这里，就再打听不出什么了。齐永定只好作罢。

酉时刚过，天凉快了一些，趁着坊里还没热闹起来，玖姑娘从腾云阁偷偷溜了出来，未施脂粉，还是一身便装。但看她走进店里的表情，就知道她也没什么收获。吴焕之体贴地为她倒了碗酸梅汤，她一口喝了半碗下去，接着望了望二人，道："抱歉，我什么也没问到。"

齐永定道："那胡商行踪颇为神秘，我也没问到什么。"

玖姑娘摇摇头，道："坊里的姐妹，莫说是接过这样的客人，便是见也没见过。"说着，将余下的酸梅汤一口喝干，又道："难不成他就只光顾过旭云舫？我可是从没听说过来烟花柳巷拈花惹草，却只宠幸一位姑娘的，怪了，我就不信天底下还有这样的男人。"

齐永定忽道："对了，玖姑娘，有一事还要请教。"

"哎，还说什么请教？"玖姑娘道，"有什么事您直说就行。"

齐永定问出了心中的疑惑，青楼的姑娘们会不会在相好的恩客面前提到其他客人的好处呢？

玖姑娘答："绝不会，这种让客人互相妒嫉的话，在我们这儿可是大忌！"

齐永定点点头，沉吟片刻道："我想也是。"

天色已暗下来，傍晚池上的风一吹，气候也不似下午艳阳高照时那般燥热，水边蝉鸣蛙噪之声已开始响起来，但很快又被越来越热闹的人声给压了下去。玖姑娘站起身，向两人告别："夜里楼里还有生意，我先走一步，还得回去先准备准备。"

齐永定向玖姑娘道过谢，看着她走出店门，一路小跑着向东南方向离开，身影很快便从视野中消失。但余安之却还没回来。他去子城中求见裴衡，已有近两个时辰。

距离旭云姑娘被杀的那一夜，已过去了好几日，平康北里夜间的热闹劲，也恢复了七八分。天色一暗，各家青楼画舫便早早地挂起了各色灯笼，以期能招徕更多的客人。吴焕之的酒肆，也渐渐热闹起来。

齐永定已在酒肆里吃过饭，却仍没有回他的天宁寺别院，而是留在店里等余安之的消息。吴焕之见他时不时抬头望向店门外，有时还走出店门，朝子城的方向张望，知道他心中焦躁，于是在他面前的桌子上放了一壶酒，一只酒盏。

齐永定摇摇头，道："多谢焕之兄，今晚就不喝了吧，喝酒误事。"

吴焕之道："你喝喝看,这并非酒露,是没蒸之前的葡萄酒,没那么上头,不碍事的。"

齐永定将酒壶中的酒倒在盏中,只见酒体红润,微微浑浊,闻起来却是清香扑鼻,喝起来十分清甜,又有一股酒曲的香味,与齐永定在现代喝过的葡萄酒颇为不同。几杯酒下肚,虽然度数并不高,但齐永定也感觉脸上微微发热,胸中烦躁不安的情绪也稍稍消散了些。就在此时,齐永定远远看见余安之的身影出现在下马桥上。

下马桥离九曲池不过一个街坊,百十来尺的距离,余安之却走得很慢。待他走进酒肆里,一屁股在凳子上坐下,长呼一口气,脸上尽显疲态。

齐永定虽然已微微有不祥的预感,但还是凑上去问道："怎样?"

吴焕之则是默默地在他面前放了一只酒盏,拿起齐永定面前的酒壶,给他倒了一杯酒。余安之一仰头喝干,这才说："那大理寺少卿,架子大得很!"

齐永定问："没见到人?"

余安之摇摇头,道："我过了未时去求见,在那裴衡下榻的府邸外候了一个时辰,叩了三次门,也没有人来招呼我。后来,我是去求了节度使大人通融,牛大人遣行军司马崔构去打了招呼,才有裴衡手下的一个司直出来招呼我。"

齐永定问："你将折子给他了?"

余安之点点头,道："我原本坚持要亲自交给裴大人,但那司直说,裴大人夜里有个应酬,早已出门去了,今天夜里是不会回来了。我追问他,裴大人去了哪里应酬,我再跑一趟求见便是,眼下确实是有急事,人命关天,但他就是不肯说。"

齐永定察言观色,见他眉眼中露出得意之色,便笑道："但还是被你打听出来了?"

余安之答道："也不难,只是使了点银子。"

又道:"那司直对我说,裴大人今晚出门时在靴子外套了'油膀靴'，多半是要涉水，应当是与人约在游船画舫上，但哪一座画舫，他也不知。我问他，裴大人走了有多久了，怎的没带随扈，也没见有人来迎啊。那司直说，裴大人是与故人相见，不愿搞这些排场，乃是一个人便服出巡，走了已有半个时辰了。"

齐永定皱起眉头，忽然一拍桌子，将余安之吓了一跳。"什么故人，多半就是与那胡商相约密谈！"齐永定兴奋地道，"你想，能让堂堂一个大理寺少卿便服出巡，低调行事，还有谁能有这本事？自然只有那花了大把银子疏通关系的神秘胡商。那胡商要将案子办成铁案，自然是迫不及待要与来办案的裴衡见上一面。"

余安之点头道："先生所言极是，依先生推断，他们会在哪一艘画舫上见面？是旭云舫么？还是我们要一艘艘去查问？"

齐永定道："不会是旭云舫，裴衡要换便服去见那胡商，原本就是要避嫌，绝不会选在凶案发生的旭云舫见面。"

吴焕之忽然插口道："是长乐舫。"

余安之问："大哥为何如此确定？"

吴焕之道："你们还记不记得，杜牧若是要避人耳目，是如何上的画舫？"

齐永定双眼一亮，道："是了，他都是走子城西南角的迷楼，那里有一道楼梯，有守城的戍卒看守，只有子城中的官员能走，下了楼梯便是码头，可以直接上船，与他人无涉。"

吴焕之点头道："今晚接近过迷楼下码头的画舫，便只有长乐舫一艘而已。"

齐永定连忙道："好，我这就再写一道折子……"

话没说完，余安之一把拉起他，冲出店门外，快步朝九曲池的西北角赶去，一边走一边道："还写什么折子，我直接带你上船面见裴衡，把案子说清楚便是。"

二人到了西北角的池畔。九曲池畔每隔丈许，便有一个摇小船摆渡的艄公，余安之找了离长乐舫最近的那条摆渡船，登上船去，让艄公摇去池中心的长乐舫。艄公问他们二人要舫上发的请柬,余安之塞了二十枚铜钱给他,他依旧一脸为难的神色,道:"二位相公,这,这可不合规矩啊!"

余安之双目一横,掏出通行令牌,喝问道:"那这合不合规矩?"

那艄公就算不识得"淮南节度使衙门"几个字,也认识令牌上的虎头,当下不再多说一个字,解开缆绳,向池心荡去。

| 三十五 |

长乐舫

眼下，是戌时已过，亥时未到的辰光，刚才夜间的晚风就吹得人懒洋洋的，此时，风已彻底停了。池上平静无波，被客人包了的画舫也早已停在池心，各自无涉，就如同一幅平静的图画。当齐永定和余安之搭乘的那一叶摆渡船划破水面，荡起涟漪时就显得格外显眼。艄公划得越近，画舫上守夜的龟公的脸上惊讶的表情就越盛，他显然是没想到这么晚了还会有人造访。摆渡船很轻便，艄公摇得很快，只是一眨眼的工夫，摆渡船离画舫已经足够近，那四五尺的水面要一跃而过，对于齐永定来说或许还有点难，但他知道余安之一定没问题，他见识过这位做过多年斥候的军士的功夫。但从一条船跳到另一条船，毕竟不比岸上那样稳当，任何一边的艄公只要多摇一下橹，片刻间就又会差出几尺，所以当对面的龟公扬声问"来者何人"时，齐永定在余安之身后轻声道："别答他，先跳上去再说。"

余安之点点头，沉肩，脚下发力，摆渡船船头只是微微一晃，他人已跃将出去，掠过水面，稳稳落在画舫的甲板上。那龟公被吓了一跳，后退一步，惊问："你是谁？"

余安之略一拱手，道："烦请通报一声……"

话还没说完，只见画舫的船舱中冲出一人，一身皂色的便装，没戴帽子，但余安之仍是一眼认出，那正是大理寺少卿裴衡。裴衡脸色阴沉，厉声喝问道："大胆！何人竟敢夜里擅闯……"话说到一半，忽然意识到此处并非衙门，而是在扬州烟花之地的画舫之上，后半句话便吞回喉咙里,再也接不下去。

此时,齐永定也已经上了画舫。那龟公已逃入船舱之中,甲板上只剩余安之与裴衡对峙,只见余安之躬身作揖,解释道:"裴大人,小人乃是为杜牧的案子而来,此案另有内情……"

裴衡一见对方认出自己身份,脸色更是难看,眉宇间竟似有一丝煞气。齐永定见状不妙,忙发声警告:"余兄小心!"

话音未落,裴衡已从腰间卸下一条软鞭,手一抖就向余安之卷了过去。余安之正躬身行礼,被打了个措手不及,连忙一低头,顺势趴下。饶是他动作快,仍是险险被鞭梢扫中头顶,连发髻都打散了。

裴衡占了先机,下手愈加凌厉,手腕翻动,手底下的软鞭在月光下闪出毒蛇般的光芒,如水银泻地般卷向余安之。余安之躲过一轮鞭雨,正待再开口解释,那裴衡似是根本不容他开口说话,鞭子舞动一轮紧似一轮。余安之气息节奏一乱,腿上胳膊上顿时挨了几鞭,多出了几道血痕。余安之一边狼狈地闪避一边叫:"裴大人,裴大人,我……"但裴衡充耳不闻。

齐永定心中明白,裴衡与胡商的画舫密会被自己和余安之撞破,心中自然老大的不痛快,吴焕之说他一向心狠手辣,不由分说就动手,倒也不算太意外。但眼见留给这案子的时日已经无多,虽然明知道鲁莽,也不得不冒这个险,闯一闯画舫。

这是他穿越到古代这么多年,第一次遇到练过上乘功夫的人彼此间动手过招,一时间看得眼花缭乱,只恨自己会的那几路拳太粗浅,根本插不上手,只有干着急的份。余安之吃了几鞭子,也被打出了火气,当下也就不再解释,沉住气应付裴衡的鞭雨。他与裴衡的功夫本就在伯仲之间,但若论与人动手见真章,裴衡在长安养尊处优已久,自然是远不及余安之在西川前线累积起来的对敌经验多,几次被余安之欺近身去,若不是余安之手下留情,只怕已经被放翻了。余安之则是吃亏在没有兵器,且裴衡是他的上官,他硬挺着吃几鞭子打出来的破绽,又不敢真的下重手伤了裴衡,但若要夺下鞭子制服这位大理寺少卿，却还力有未逮。

一转眼，两人已经交手上百回合，都是愈打愈焦躁。余安之虽然每次都能躲过卷向他的要害与关节的软鞭，但仍免不了被鞭梢扫中，身上的小伤越来越多，而裴衡显然没想到闯画舫的竟然是个这样的硬茬子，打了百来回合，自己的气越喘越急，连变了几种套路，都始终拿不下对手，已打得满头大汗，手中的鞭子也慢了下来。

齐永定眼见裴衡渐渐体力不支，余安之就要占到上风，却只见船舱口忽然冒出一个胡人样貌的男子，方才逃进船舱中的龟公，此刻举着一盏小巧的灯笼，为那胡人照明，灯中幽幽发着寒光的竟然不是烛火，而是一颗大号的夜明珠。惨白的光芒将那胡人的轮廓勾勒得清清楚楚，从眼角的皱纹来看，他年纪已然不小，眼窝并不像许多波斯人陷得那样深，鼻梁也并不很高，但依旧十分挺拔，从轮廓的柔和程度看，他似乎是有着一些中原人的血统。这人几乎没有蓄须，只有短短的胡茬，显然是多年来来往于大唐与波斯，穿越风沙之地时为了方便在脸上裹围巾遮挡风沙而形成的习惯，他两片嘴唇十分薄，就如同是刀子在脸上割开了一个口子一般。

齐永定留学时学的本就是讲究明暗光影的西方绘画，又在平康坊给人画了那么久的肖像，对人的脸部轮廓早已养成了一种自己的观察方法。这几个月来，旭云姑娘上船下船，那侧影他看了没有百次也有几十次，当看到那胡商的轮廓时，他立即明白了那胡商为什么要给她赎身，为什么要出那么高的赏格置杜牧于死地。

他与旭云姑娘的关系果然并非恩客与姑娘那么简单而已。有些遗传学的烙印既不会骗人，也无法被掩藏。

但眼下最让齐永定震惊的，却并非是他的样貌、他的身份，而是他手里端的那支弩机。齐永定眼见着他端起弩机，瞄准余安之——两人已经不再像刚才一样缠斗在一起，而是在画舫甲板上打着圈游走。齐永定不知那胡商的箭法如何，他可能会误伤裴衡，但看他沉着脸一副阴狠的神色，似乎也并不在乎裴衡的安危，看起来他与裴衡并无交情,就只是纯粹的金钱关系而已——而他显然认为,自己出的价码足可以赔得过这一箭。

齐永定正要出声警示,忽然空中传来一个沙哑粗粝的声音,高声喊道:"都住手!"

说话间,一枚石子打在那胡商手中端着的弩机上,弩机被打得一歪,一枝箭"嗖"地一声射入池中,不知飞到哪里去了。

那个射出石子的人半空中一个鹞子翻身,恰好落在了裴衡与余安之两人当中,两人原本攻向对方的招式都向这个人身上招呼过去,但他却同时接下两人的招式,硬生生将两人分开。

裴衡喘着粗气,一脸气急败坏,但却有自知之明,知道来者的武功比自己高出一筹,自己的体力又已到强弩之末,再动手决计讨不了好,只好后退半步,摆了个架势,喝道:"来者何人?"

余安之也停下手来,惊讶地望着拦在自己面前的人,道:"吴大哥,怎么是你,你的脚……"

裴衡一听,厉声喝道:"你们两个大胆狂徒,竟敢为一个杀人嫌犯行刺大理寺的钦差?!"但语气中已有了几分色厉内荏的味道。

吴焕之先是沉声道:"居鲁士先生,你若是再在那边搞小动作,我可就不客气了。"

那波斯胡商操一口纯正的官话,问道:"你认识我?我看你眼熟,你是谁?"

吴焕之道:"你可真是贵人多忘事,你在旭云舫上喝的葡萄酒露,可都是我家酒坊里酿的。"说罢,又回头看了余安之一眼,齐永定从他的眼神就看得出,他今夜怕是要在这位"兄弟"面前揭破自己的身份了。果然,他上前半步,裴衡紧张得全身紧绷,但又不愿示弱,只见吴焕之从胸口扯出块令牌,道:"放心吧裴大人,都是自己人。"

裴衡一见那令牌,登时放松了下来,鞭子也垂到了地上。但又有些狐疑地打量着面前这个穿着粗布衣衫,一脸沧桑的跛脚汉子,问道:"阁下是枢密院来的?"

吴焕之显然是不愿多谈自己的身份，微微点头，将令牌收了起来。

余安之凑近了吴焕之身后，道："吴大哥，你瞒我瞒得好苦！唉，我早该猜到，无忧城一战，那么多老兄弟都丢了性命，唯有你活了下来，你若不是武功这么高，又怎能从乱军中逃得性命？！"

吴焕之语气有些无奈地答道："抱歉了兄弟，我也是食君之禄，忠君之事。"

余安之又问道："在西川时，你对我说的那些话……"

吴焕之正色道："在西川时，我除了身有密令，不便公开身份之外，自问没对你讲过违心的话，我这条伤腿你也是见过的，可有半分能够做作？"

余安之摆摆手，道："你就是讲了我也分辨不出，唉，罢了，过去的事莫要再提。"

齐永定心想，如今神策军、大理寺、枢密院统统都卷入了这桩案子，一时间压力骤增，若是不能将案子查个水落石出，只怕谁都落不到好，连忙道："余兄，吴兄，二位有什么话都回去再说，眼下说动裴衡与那胡商，莫要将杀人的罪名安在杜牧头上了事，这案子要重新查过，才最是要紧。"

吴焕之点点头，抬手向身后一指，对裴衡道："裴大人，据我所知，你来扬州是为了杜牧杀江旭云一案来的吧？你可知这两位是节度使牛大人特意指派来办杜牧一案的人？两边既然为的是同一桩案子，又何必伤了和气？我看便由我做个和事佬，大家一起听听这位善于断案的'侦探'齐先生有何高见可好？"

裴衡不情不愿地道："既是枢密院特使作保，那我就听听你们怎样为杜牧开脱吧。"

那龟公又已经不知缩到哪里去，余下齐永定、余安之、吴焕之、裴衡，与那叫作居鲁士的胡商五人，在清冷的月光下，站在长乐舫的甲板上。谁都没有进船舱的意思，气氛有些尴尬。齐永定想，有什么话干脆就在这儿说吧。

"居鲁士先生，你与江旭云的关系不简单吧？"齐永定问道，"我听人说江旭云有波斯血统，和你可有关系？"

那胡商一惊，显然是被说破了心事。他沉吟不语了一会儿，接着叹了口气，道："不瞒你说，江旭云确是我的女儿。"

四人中只有余安之吃了一惊，余下几人仿佛早已对此事心中有数，只听那胡商居鲁士接着说："二十五年前，我与她妈妈也是在这样一艘画舫上相识，虽然只短短几日，但却是我永生难忘的一段日子。我当时便许下誓言，要为她妈妈赎身，若不是为了她妈妈，我也不会往来波斯与大唐那么多年。但那时本钱还远远不够，待到数年后攒够了钱再来扬州时，她妈妈已经病死了，我也根本不知道有这样一个女儿。"说着，胡商居鲁士忽然老泪纵横，哭道："此番能寻到旭云，于我而言，乃是天大的喜事，却没想到，还没等到替她赎身，她却……"

齐永定触景伤情，脑海中成聆泷的影子仿佛与江旭云重合在了一起，他一激灵，连忙将这个不吉利的念头逐出脑海，接着道："居鲁士先生，听我一言，杀你女儿的凶手并非杜牧。我想你女儿的在天之灵，也希望你能够替她抓住真凶，而不是让她所爱之人冤死在狱中吧？"

说着，他将江旭云被杀一案的诸多疑点一五一十地讲给了居鲁士与裴衡听。

三十六

旭云舫 I

居鲁士与裴衡瞪大了眼睛,听得面面相觑,显然是没想到这看似简单的案子竟然还有这诸多隐情。裴衡看了一眼居鲁士,脸拉得老长,显然是心中埋怨他险些害自己办了一桩冤案。他虽然生性狠辣,却也不是草菅人命之人,此番来扬州本就是看在王守澄的面子上,结果不单白白与人打了一架,居鲁士许下的赏格只怕也不便拿了,想想走这一趟大大地蚀本,心中怨恨,却又不便发作。

那居鲁士显然是看出了裴衡的心思,咳嗽了两声,道:"小女的冤屈全仰仗四位伸张,若是能抓到真凶,我必有重谢!"

裴衡神色稍霁,顺水推舟地道:"杜牧既然是冤枉的,那自然要还他一个清白,真凶也非要查他个水落石出不可!"

余安之虽然带着一身的伤,但心情也好了起来,道:"我明日便禀明牛大人,与旭云舫有关的人,一个都不能走脱。"

唯有齐永定凑近了胡商居鲁士小声道:"居鲁士先生,若是能查出真凶,我不想要什么银钱绢帛,但有一事相求。"

居鲁士有三分警觉地问道:"什么事?"那语调仿佛是怕齐永定要拿破案一事要挟他一般。

齐永定也听出他语气不善,微微一笑,道:"先生请放心,人命关天,即便先生不答应我,在查案一事上,我也定当尽心竭力,不会打折扣的。"

居鲁士被看穿了心事,有些尴尬,连忙道:"我不是这个意思……

究竟是什么事,先生请说。"

齐永定道:"听说居鲁士先生对奇珍异宝颇有涉猎,有一稀罕物件,倒也不是什么值钱的宝贝,只是与我有莫大关联,我已寻找了多年,但杳无音讯,不知先生能否帮我打听一下。"

那居鲁士也被勾起了兴致,问道:"究竟是什么稀罕物什,先生但说无妨,若不是先生,我已犯下大错。这个忙若是我力所能及,我一定帮!"

齐永定道:"大约是八九年前,穆宗长庆年间,曾有一颗火流星落在扬州,砸毁了天宁寺藏经阁的一个角,居鲁士先生可曾有所耳闻?"

居鲁士点头道:"确有此事!"

齐永定道:"那颗火流星还余下一颗陨核,当时深埋入土,在天宁寺修复藏经阁地基时,被打地基夯土的工匠挖了出来,之后便下落不明。若是居鲁士先生能帮忙打听一下,在下感激不尽。"

居鲁士道:"我们行里确是有人买卖收藏陨石陨铁这一类的东西,这倒是不难,我帮你问问。齐先生可有关于那块陨核更多的消息,比如陨核的形状、质地,以及,可曾过过什么人的手?"

齐永定摇摇头,但转念一想,白龙纹梅瓶乃是白底青釉,没有一丝杂质,含铁量应该极低才对,含铁量高的陶土烧出的瓷器,一般都会发黄发暗,那陨石应当不是铁质,于是道:"据我所知,那块陨核应当并非陨铁,就只是一块陨石。"又道:"这块石头与我失踪的妻子有莫大的关系,还望居鲁士先生……"

居鲁士听他说得含糊,心中已猜到这块陨石于齐永定只怕有难言之隐,当下不再多问,只是抬手拍拍他的肩膀道:"我明白了。"

五人就这么在甲板上说完了关于杜牧杀江旭云案的事儿,虽然双方已不是敌对状态,但也各怀心事。搭齐永定与余安之来长乐舫的摆渡船早已没了踪影,载吴焕之来的船夫倒还在画舫边一直等着,想来是吴焕之许给他不少钱。当下齐、余、吴三人便下了画舫,登上小舢板，居鲁士也没再挽留，与裴衡一同进了船舱中。

到了岸上，余安之走在前面，也没回头，忽然道："抱歉，吴大哥，方才我不应该对你说那些话，在西川的时候，要不是有你，我只怕早已是一捧黄土了……"又道："今夜也多亏有你！"

齐永定与吴焕之并排，第一次见到喜怒不形于色的吴焕之脸上动了颜色，也不知是感伤还是愧疚，只见他跛着脚还是紧赶了两步，追上余安之，又走出几十步，才道："兄弟，是我这做哥哥的对不住你在先，今夜之事莫要再提了……待这案子了了，做哥哥的便着人帮你好好说一房媳妇！"

这一晚，齐永定依旧没回天宁寺他寄宿的别院，在吴焕之酒肆后的住处留宿了一夜，三人将酒肆中余下的酒露喝了个干净，余安之与吴焕之说了许多往事，一会儿扬州话一会儿四川话，齐永定便只是听着，余安之问他他妻子是怎么回事，他也只是苦笑着摇摇头，吴焕之拍了一下余安之的后脑勺，他便知道问错了话，便一口喝干了杯中的酒，道："睡了睡了，明日还要去节度使大人那里复命。"

翌日，齐永定忍着宿醉带来的头痛，起了个大早——他已经学到在古代早起的窍门，那就是给打更的一点儿钱，只要三五个铜板，更夫就可以在他打完五更天的鼓之后特意跑一趟，把你叫起来。他将余安之也一同拖起来，早早便赶去节度使府邸复命。一经门口的守卫通报，不到半盏茶的工夫，牛僧孺便传出话来，让行军司马崔构带着官兵去将旭云舫拖至岸边，团团围住，将舫上的人都带进县尉府衙门，让县尉张丞着人看管起来，一个都不许走脱，但也不要用刑审问。让仵作与齐永定跑一趟，重新查验现场，重写案卷。将杜牧暂时从府衙大牢中提出来，至于如何安置，这个难题交给裴衡就是。齐永定多提了一句，让崔构留一个最老的龟奴在船上……总之诸般请求，牛僧孺都一一应允。

见到崔构带着兵出发，余安之仿佛也精神了，齐永定头也不痛了。虽然牛僧孺下了令，但于情于理，他们仍是要去向裴衡通报一声。

到了裴衡下榻的驿站，果不其然，裴衡可没像他们二人一样起了个大早，而是还在歇息。两人一商议，便由齐永定带仵作先去旭云舫勘验现场，余安之留在这里等裴衡起床，之后去牢中提杜牧。

不一刻，齐永定便与仵作来到九曲池旁。此时，旭云舫已被拖至岸边，上头的人也都已被清空，只留下一艘空空荡荡的画舫。所有看热闹的人群都已经被兵丁隔在一丈开外的地方，看得出崔构在地方上颇有威望，围观的人虽多，却没有一个敢越线的。

齐永定与崔构打过招呼，崔构在节度使府邸见过他两次，却全然不知这位临时办案的"侦探"究竟是什么来路，为何牛大人要派他而不是张丞来办这案子。但崔构是老江湖，知道什么该问什么不该问，他也不是没见过有人前夜进了节度使府，后几天便成了他需要巴结的上司——况且他是来保杜牧的，这一点他十分清楚，牛大人对杜牧的偏爱，他心里自然是有分数的，这个小小的推官在朝中能量之强，他也一直都看在眼里，有心结交，但自己一介武夫，与杜牧那样的文人墨客，实在说不到一块去。但眼下杜牧落难，是否会被大理寺提走下狱，仍是五五之数，却是结交的好机会。是以，他一见齐永定，便面带笑容，客气有加，立即让士卒让出一条路来。

齐永定在岸上，望了一眼旭云舫。画舫甲板旗杆上的桃花旗已经收了起来，五色的灯笼也都摘了，窗棂上薄纱做的帘子都已经束了起来，已经全然不是出事前花团锦簇的样子，倒是显露出在水上漂了多年，日晒雨淋，木头上一道道的裂纹，就如同一个卸了妆的老妓，露出眼角的皱纹一般。

崔构就如同齐永定要求的那样，留了一个最老的龟奴，在上下客的跳板前守着。见齐永定和仵作走近了，连忙一揖到地，口中唤道："两位大人里边儿请！"就好似是在迎客一般。

齐永定定睛看那龟公，头发都花白了，腆起一个圆圆的肚子，五官都堆在一起，一个酒糟鼻，显然是不愁吃喝，且长年嗜酒。他心想，在画舫上做龟公，待遇倒是好，但却不急着进画舫，而是抚了抚那画舫的船身,问道:"这旭云舫在九曲池上,开了几年了?"

"呦,您让我想想!"那老龟公扳着手指头,算了半天,回道,"算起来也有八年了!"

齐永定又问:"那旭云姑娘上船有几年了?"

那龟公这次倒答得快:"您这话说的,这画舫挂的是旭云姑娘的名字,自然是一下水,旭云姑娘就上船了。"

齐永定微微叹了口气,心想,人生有几个八年可以蹉跎啊。当下不再多问,迈步走上那浮桥做的跳板,身后件作与龟公依次跟了上来。

进得画舫,空空荡荡,齐永定让龟公走在前头指路。画舫是甲板下一层,甲板上两层的结构,一进船舱,便是一个用来宴客的宽敞的大厅,四梁八柱,三面透风,当中摆着一张大八仙桌,靠船尾那一面,接着一个小厨房,摆着砧板餐具,以及一套刀具,却没有灶头。

齐永定问起,老龟公答道:"我们船上是不开火的,您看这四下里全是木头绢帛的,怕给点着了。前些年池子上还烧了一艘,叫'丹桂舫'的,不知您听说了没有。"

齐永定没回他,一边检查着那些刀具、酒局、餐具,一边说:"既然不开火,那雇个厨子干吗?在船上要吃酒菜怎么做?"

龟公赔着笑答:"回大人,热的酒菜都是岸上做好了由艄公送上来,厨子在船上切些冷盘,做些糕饼点心,客人每日的早餐,都是这儿做好了送上去。"

齐永定拿着那把厚背菜刀,放下,又拿起那把剔骨的尖刀,反复查验,接着道:"这几把刀磨得都挺锋利。"

话锋一转,道:"旭云姑娘出事的那晚,厨子在船上吗?他日常和江旭云可有什么过节?"

龟公脸上变色,连忙又是作揖又是赔笑,道:"大人,这您可不能听别人瞎说,咱们舫上的厨子刘半升,那可是出了名的好脾气,坊间楼里，都是知道的。刘半升伺候客人、伺候姑娘，从来都是守规矩的，待人也都客客气气的，从来没听说和谁红过脸。"

齐永定忽然转过身盯着他，道："那你呢？你和江旭云有什么过节没有？"

那龟公耷拉着脸，眼见都快要哭出来了，分辩道："大人您明鉴，明鉴啊！我就更没有啦！旭云姑娘我可是看着她上船的，这么多年来，谁不知道我老桂对旭云舫忠心耿耿……"

齐永定决定不再吓他，于是正色道："节度使大人既然把案子交给我，自然是信我能明辨是非，不会冤枉一个好人，也不会放过一个坏人，这你放心。"又问："除了江旭云和老鸨，你是在这旭云舫上待得最久的，依你看，这旭云舫上谁和旭云姑娘不对付？"

龟公松了口气，但仍露出为难的神色，回答道："回大人，旭云姑娘就是咱们的衣食父母，船上的人，从上到下，都把旭云姑娘当心肝宝贝一样地疼，哪儿会有什么过节啊？"

齐永定道："不对，我可是听说最近有人要替旭云姑娘赎身呢。遇上这事老鸨子能开心吗？你们就不担心旭云姑娘赎了身，你们也丢了饭碗吗？"

龟公神色尴尬，回道："大人，您就别为难小的了。老鸨子怎么想我可不知道，但我看她还是一天到晚笑眯眯的，没和姑娘为这事吵过架。别人我也没注意，但我这老头子可是盘算好了，若是旭云舫散了，我便回乡养老去，这些年也存了点儿钱，够在乡下盖个房子了。唉，都这把年纪了，老骨头还是得埋回家乡去啊！"

齐永定点点头，做了个手势，还是让他走在前面："咱们到下面去看看，你还是前边引路。"

| 三十七 |

旭云舫 Ⅱ

齐永定让仵作在甲板上等他,自己随龟公下船舱看看。

画舫甲板下的舱室需要掀开船尾的一处盖板,从一处狭窄的、仅供一人上下的楼梯走下去。两人从墙上摘下油灯,老龟奴摸出引火的火折子点上,两人小心翼翼地下了楼梯。甲板下与甲板上完全是两个世界,虽然每间舱室都设有两个通风孔,但还是潮潮的,弥漫着一股霉味,且下来便非要点灯才行——此时,齐永定又想起在长乐舫见到的那只夜明珠做成的灯笼,在这样一个阴暗、潮湿、缺氧,且四周不是织物就是木头的环境中,一个永远不会熄灭的冷光源无论如何都比既危险又忽明忽灭的烛火或是油灯宝贵得多。整个甲板下的空间还算宽敞,但若要隔成四间舱室加两间储物的货舱,便没那么宽裕了,厨子、杂役、龟公和丫鬟就住在这下边。齐永定仔细查看了四间舱室,或许是女孩子的缘故,除了丫鬟的房间布置得还算像样,其余三个舱室都是既杂乱又简陋。齐永定皱起眉,虽然坊间传说,画舫上的薪酬比岸上的青楼要高一倍,想上船的人挤破头,却极少有位子空出来,但他实在无法想象有人能在这样的船舱中住上八年之久。

"你们一年四季就住在这种地方?"

龟公答道:"回大人,倒也不是一年四季,若是外面不怎么冷,我们多数日子都是睡在一层,尤其是夏天,只要客人上了二楼卧房,我们便可以在一层的厅里打个地铺,第二天贵客下楼之前收拾干净便是了。"

齐永定又问:"你们四人便这样在这船上睡了八年?"

龟公笑着答道:"哦,大人是问这个。不瞒大人您说,我们在船上干活的,多半在岸上也有房子,我们四个除了丫鬟小鸥,其余都是成家的人,这船上也没法过日子啊不是?"

齐永定一副恍然的样子,道:"哦,那旭云姑娘出事的那一晚,船上是忙是闲?你们都睡在哪儿?"

龟公回忆了一下,答:"杜牧杜大人来船上,那自然是闲的了,不怎么需要咱们伺候。我和杂役老徐睡一楼,小鸥不愿和我们大男人一起打地铺,送完了夜里的酒菜就回楼下自己的房间了。不瞒您说,我之前为刘半升担保他绝不会是杀姑娘的凶手,是因为刘半升那晚其实是偷偷溜号了,做完给客人的点心餐食,留在厨房,便偷偷上岸回自己房子陪婆娘去了。"

齐永定奇道:"这么说,你们夜里清闲的时候还能下船回家?"

那龟公怕自己答漏了嘴,忙道:"瞧您说的,那不是因为那晚上船的是杜推勾才这么清闲吗,普通的客人哪能呢?刘半升也是开船前偷偷溜号的,船离开了码头,再要下船,除非自己跳水里游回去。"

齐永定点点头,道:"那这样看来,还是丫鬟小鸥过得最辛苦。"

"辛苦?只怕她是船上这几人中,过得最轻松的一个。"龟公笑得愈发放肆,道,"大人有所不知,小鸥年纪最小,最受姑娘宠爱,时常送她些衣裳首饰。客人点的酒菜,也多有吃不完的时候,姑娘便邀她一起吃,伙食可比我们这几个老伙计好多了。若是夜里没有客人的时候,姑娘便要小鸥陪她谈心,也常常睡作一房。丫鬟的活儿本就轻松,去年冬天,小鸥洗衣服伤了手,姑娘要老鸨子多请了个杂役,便连她洗衣晾晒的活也都接了去,那就更没什么活干了。我看她的日子过得比姑娘还惬意呢,还不用接客。"

齐永定从他的语气中听出一丝酸溜溜的意味来,但也难怪,他在扬州的青楼画舫间混了一辈子,一直混到告老还乡,也还只能睡在甲板下那阴暗逼仄的舱室中,还不如一个十几二十岁的丫鬟受重视,换了谁心中都有怨气。

于是,齐永定不再在甲板下的舱室逗留,自己拎着油灯走在前头,登上楼梯,掀开舱板,正午的光线照在脸上的那一刻,他就如同再度穿越一般,生出些恍如隔世的感觉。他踩上甲板,回头看那老龟奴,正一手拎着油灯,一手攀着扶梯,蹒蹒跚跚地爬那道狭窄的楼梯,上来比下去时看起来更费劲。齐永定在扶梯口拉了他一把,让他歇了口气,再指指画舫的二楼道:"是时候上去瞧瞧了。"

齐永定与龟公将熄灭的油灯挂回原处。三人鱼贯而行,依旧是那龟公引路,他愚胖的身躯爬楼梯爬得极慢,显然是累了,手脚一重,便摇得这画舫直晃荡。齐永定也不催他,跟在后面一副很有耐心的样子,心下暗忖,若是那晚凶手是他,要上下爬两趟这道楼梯,杀人栽赃,且不说他有没有这体力,闹出的动静,怕是在岸上盯梢的余安之绝不会漏过的。

上了二楼,乃是一间主卧加一间偏房的大小结构。齐永定明知故问地道:"这偏房是谁住?"

龟公答:"那是老鸨子自己住的房间。"

齐永定让仵作先进主卧等他,自己却推门进了那间偏房,招呼也不打。那龟公作势想拦一拦,显然是下船前老鸨曾关照他,别让人随便进她的房间,但他哪里拦得住齐永定,只好一起跟了进去,一边说:"大人,老鸨子说她那天晚上睡得死,什么都没听到。"

齐永定回头瞥了他一眼,道:"我还没开口,你倒是先开口为老鸨开脱了。"

龟公连忙道:"小人可没这意思,我只是为她传个话,做不得准。那晚上她究竟听到啥没有,您还得自个问她去,才能问个准话出来。"

齐永定"哼"了一声,道:"我自然会去问。"又在屋里扬声道:"老杨,能听到我说话吗?"

那杨仵作在主卧中也大声道:"回大人,听得清楚着呢!"

齐永定心想，不出所料，画舫再怎么雕梁画栋，装饰奢华，隔音上终究无法与岸上砖木结构的瓦房相比，这主卧与偏房，仅以一块薄薄的木头墙板隔开，隔音着实不怎么样。若是如那龟公所说，老鸨在出事当晚什么都没听到，她真的能睡得这般死吗？

齐永定感觉，事有蹊跷。

他走出偏房，步入主卧——终于要进行最后、也是最重要的查验了。他表面不动声色，但心中却紧张得很，几乎可以听见心脏在胸腔中的跳动声。仵作与龟公都望着他这个"主官"，等待着他下一步的"行动"。齐永定整整衣冠，轻咳一声，大步走向主卧中的那张大床。

那是一张六尺的大床，相形之下，床边那两尺半的方桌就显得很"迷你"。桌上还摆着一碟四样的点心。齐永定问龟公："桌上的点心，没人的时候也这样放着吗？"

龟公答："是，我们这些漂在水上的画舫，比不得岸上的那些青楼，就算有相熟的酒楼馆子，可以将酒菜送上来，但客人要想在船上吃到一桌上好的酒菜，常常要等上很久。老鸨子就要厨子刘半升留心着，时时都要让房里有些吃的喝的，客人等得不耐烦了，也好垫垫肚子。"又道："其实多数时候客人也不吃，最后都是我们这些下人给分了。"

齐永定又问："出事那天，是丫鬟小鸥上来送点心，不凑巧撞上了凶案，送的便是这样一碟四样的点心吗？"

龟公道："是，其实原本并不是那时候送，而是要等到客人醒来招呼，或是下楼准备动身离开之时，才让杂役和丫鬟上去撤了前夜的席，再摆上点心。我听小鸥说，是杜大人和姑娘迟迟不下来，老鸨子也不来招呼，她才自作主张端了餐食点心上去瞧瞧。"

齐永定沉吟片刻，道："还真是不巧。"

说着，他绕到床头，握住床柱，摇了摇床，木床纹丝不动。看来这张四柱的大床，老鸨还是下了本钱的，是拿上好的沉木请高明工匠卯榫得严丝合缝，在床上闹出再大的动静，床也不会发出那种吱吱呀呀的恼人的声响。齐永定又摸了摸铺在床上的凉席褥子,铺得都很妥帖,也有意选了睡起来不会发出什么声响的牛皮凉席,而非普通人家用的竹席、藤席、篾席。牛皮凉席上用粗针眼扎了龙凤的图案,既美观又透气,价钱自然也是要贵上许多的。但仔细看来,牛皮凉席的中央,仍是隐约能看出一片暗沉沉的痕迹,看来老鸨并不舍得为了这一块血迹而将整张牛皮凉席都换掉。

齐永定招呼仵作来到床前,问:"将那日你来验尸时看到的情形再和我说一遍。"

仵作道:"回大人,那日小的进这间房时,桌上的残席还没收拾,靠门这一边的地上有一只碟子的碎片,还有几样吃的,靠床那一边,有一只酒壶也摔碎了,屋子里还有一股子酒气。小人小心翼翼地绕过所有碎片,走到床边,发现旭云姑娘已然气绝。"

齐永定略过那些已在案卷上读过的,继续问:"江旭云在床的什么位置,又是什么姿势?"

仵作答:"回大人,江旭云睡在里侧,是个仰面朝天的姿势。"

齐永定忽然脱去鞋子,躺到床的里侧,对仵作道:"是这个位置吗?姿势可对?"

仵作吃了一惊,第一次见到有上官这样查案,他一时间有些不知该怎么回应。齐永定躺在床上,又细细查问了当时江旭云四肢的姿态、角度、躯干的位置,确定无误,只是江旭云身材比他要矮小许多,导致位置略有不同,此外当时她与杜牧盖的那床薄薄的锦被——仵作进来时,杜牧那边被掀了一半起来,但仍有一半盖在江旭云的下半身。齐永定坐起身来,在床上又思考了片刻,案子的疑点又多了一条——听上去就像是杜牧行凶后又钻进被子里睡了一觉,这实在不合情理。

齐永定翻身下床,绕着整间屋子又查看了一圈。过去了那么多天,当时的一片狼藉现下自然都已被清理干净,齐永定又向仵作一一核验当时发现血迹的位置,再向龟公证实。但即便是二人同时回忆,也只能记个大概——不过已经足够。血迹的范围非常局限，丝毫不像是动脉血喷溅的痕迹，这再度证实了他的猜测——江旭云是死于窒息，之后，凶手为了栽赃杜牧，这才偷了杜牧的佩刀，在她脖子上补了那一刀。

齐永定望着床尾那一对绣着鸳鸯的蒲团出神。此刻他才意识到，现代刑侦技术在古代没那么万能，即便他已猜到凶手是用其中一只蒲团闷死了江旭云，但这个朝代既没有DNA，也没有微物证据检验技术，他从书和银幕上看来的所谓"刑侦技术"，至此也就没了用武之地。仍是没有指向真凶的线索。

仵作与龟公见他呆立在原地一筹莫展，也都不敢来打扰。齐永定干脆闭上双眼，回想自己从上了这艘画舫后询问、查验的每一处细节，也不知过了多久，他脑中忽然灵光一现，问仵作："你上来验尸时，窗户是开是关？窗上的帘子呢？"

仵作连忙答道："回大人，当时窗户只开了朝西的两扇透气，帘子也都拉着，我先把窗帘拉开，又开了朝东的两扇窗户，室内这才足够亮堂。"

齐永定眼神一亮，道："也就是说，你上来时房间是暗的。"他又转向龟公问道："直到大天亮房间还暗着，你们也没人觉得不对劲？"

龟公道："回大人，客人在船上睡到晌午是常有的事，是以白天关窗拉窗帘，倒也没什么不寻常。"

齐永定点了点头，思忖了片刻，吩咐龟公道："你替我拿半瓶酒上来，与出事那晚一样的。"

片刻，酒便送了上来，齐永定关上门窗，拉上帘子，只开朝西的两扇，又在房门口的角落点起一支香，随后将那半瓶酒砸在地上。在场的另两人又吓了一跳，看他们脸上的表情，心里必是在抱怨这"主官"查案怎么那么麻烦，闹得鸡飞狗跳的，但又不敢说出口。

齐永定问仵作："那日你进屋，酒气可有这样浓烈？"

仵作抽了抽鼻子，答道："那日要略淡些。"

齐永定道："无妨，你出门去，等那炷香烧完，再进来闻闻，屋中的酒气与你那天进屋时相比如何。"

仵作依言照做，一炷香后再进屋，这回他答："哎，这回，又好像是那天进屋时略浓些了。"

齐永定点点头，心中已有了计较。

| 三十八 |

审问

齐永定与仵作下画舫时，天已经半黑，那龟公想留他们在画舫上吃过饭再走，但被齐永定婉言谢绝了，在案子尘埃落定之前，他不愿给人留下任何口实，说他和哪一方有利益纠葛。但仵作显然有些不快，齐永定不知以往他跑这么一趟，大概能拿到多少好处，但他们一早出来时拿的那几张胡饼显然是不够的。

从九曲池到中书门，这一路齐永定都在脑中演练，回子城后要如何审问出事那天夜里留在画舫上的几人，仍是与余安之二人搭档么，还是自己单枪匹马。又要如何向牛僧孺与裴衡两位主官，以及那胡商居鲁士揭破案件的真相，指认杀江旭云的真凶，让他们心服口服。虽然在齐永定心里，案情已有眉目，但这些事依然还是难题。

两人走回城门时，余安之已在下马桥迎他，背后站着一人，却正是杜牧。此刻的杜牧已不再是囚犯装扮，换上了一身平民衣衫，但这张面孔在扬州城太过惹眼，怕是整个子城无人不识。杜牧见到齐永定与杨仵作，也不说话，仅作了个短揖，权当是打过了招呼，已经全然没了被卷入谋杀案之前的潇洒。齐永定本想埋怨余安之两句，此刻带杜牧在子城中走一圈，与宣告他无罪释放也差不太多，今日又派人围了旭云舫，又是抓人又是重新派人上船查验，只怕难免要引来些非议。但转念一想，如此一来，对真凶也会造成莫大的心理压力，对自己查案子不会有什么坏处——那些非议，暂时让牛僧孺、裴衡这些主事之人担着就是。

当晚，余安之本要在子城的官家驿站帮齐永定开个单间，让他安顿下来，齐永定也婉拒了。他在平康北里的烟花柳巷盘桓了几日，领略了夜晚扬州城的另一面，心中却开始怀念在天宁寺藏经阁外的那间简陋的小屋子，圆空大师的茶碗，以及许陈记的鸭汤胡饼了。

回天宁寺别院之前，齐永定向余安之吩咐了几件事，让他跟吴焕之打声招呼，明日之前，务必要办好。余安之应承了，齐永定这才放心离开。

趁着还没宵禁，齐永定背着画箱，从罗城西北面的九曲池畔一路赶回了天宁寺前，一路经过大大小小三四座桥，这才想起忘了向杜牧求证"二十四桥"的来历——但仔细一想，又觉得不对，这首《寄扬州韩绰判官》是杜牧在离开扬州后的诗作，此时怕是还没写出来呢。

齐永定先是去许陈记买了汤饼，回到自己家中。院子里被打扫得干干净净，小菜园子里种的菜也都活得好好的，看来自己不在的这几天，天宁寺的和尚们都有来帮忙浇水打扫。他放下行李，从闷热的房间中将凳子和茶几都搬进院子里，将汤饼倒入一个碗中，又起了个小火炉煮了一壶茶，一口汤饼，一杯清茶。过了几天灯红酒绿、惊心动魄的生活的齐永定，终于可以略微清闲上片刻，但却也没到彻底放松的时候。在子城及腾云阁，有余安之、吴焕之两兄弟在场时，一想到余安之的匕首和吴焕之的长刀，他心中就难以安定——他知道自己在做的是在刀刃上跳舞的事，杜牧之事若能善了，那自然是皆大欢喜，若是哪里出了差池，不单节度使的暗卫与枢密院的密使会变作难以善与之人，只怕连牛僧孺与裴衡，都会觉得，一个给妓女画像的画师，不自量力要为杜牧翻案，让他来背这个黑锅再合适不过。

每每想到此处，齐永定的背上都会起一层细汗——是以他不能再留在西北角的坊里或是子城中，而是要回到自己的住处，换换脑子，将接下去的计划想想清楚。

但他却可以确定,即便再选一次,他仍是会选被卷入到这波谲云诡的案子中,想办法为杜牧翻案——他被困在这里已经三年,他并没有认命,这案子或许是他离开这个朝代的唯一机会。

此时,院门口响起敲门声,齐永定暂时放下纷乱的心绪去开门,门口果然是藏经阁的圆空和尚,齐永定猜到他一定会来拜访。圆空一见院子里有饼有茶,便笑得眯起了眼,道:"哈哈,你一回来,我便知道你会去许陈记买汤饼,再泡上一壶好茶。和尚来叨扰了,你不会介意吧?"

齐永定笑着道:"怎么会,我还没多谢大师赠予我茶盏、茶壶和茶罐呢,我一直用着,十分好用!"

齐永定添了张凳子,两人在茶几边坐下,圆空吃了口汤饼,喝了盏茶,十分受用地吁了口气,开口道:"这几日没你带他们打拳,寺里的沙弥,坊里的小子,可都没什么精神呢!听说你在西北的那片里坊里有了个相好的?"

齐永定连忙辩解:"怎么会?即便我心里想,也是有心无力啊。坊里那些人,真是什么离谱便传什么。"

圆空笑道:"与你说笑而已!我知道你心有所属,而且你心里牵挂的那人,只怕与我们这天宁寺也脱不了干系吧?不然以你的才智,三年来又何必委屈自己在这别院里画画抄经?"

齐永定被说破了心事,有些尴尬,既不愿承认又不好否认,只好说:"大师说笑了,我一介平民,连个科举都没考过,哪里有什么才智?"

圆空道:"你不必谦虚,我知道你胸中有大智慧。"话锋一转,又道:"火流星一事,我帮你打听过了,那日是木匠张士铨带人来修的地基,一个山东来的小伙子不怕忌讳,捡了那颗火流星的陨核。说来也巧,我寺中有一僧人出家前恰好是他的族兄,曾听他提起过此事。他在离开扬州北上去讨生活之前,将那枚陨石出手给了一个叫阿奇朵的胡商,我又着人去问了,那阿奇朵只说,那块陨石仍在扬州，但他具体是卖给了谁，转了几手，他却不肯说。也罢，做他们这一行，小心谨慎一点总是没错的。"

他拍拍齐永定的肩膀，道："和尚能打听到的，就只有这些了，接下去就靠你自己了。"说着，站起身来便要告辞。

齐永定知道圆空是真的关心自己，不禁鼻头发酸，也知道有大智慧的不是自己，而是这和尚才对。他也连忙起身，拉住和尚的衣袖，道："大师请留步！这几日我在西北坊间遇到些麻烦，还要请大师给出出主意。"

两人在茶几边重又坐下。齐永定重新泡上了一壶茶，扯过一张纸，一边整理自己纷乱的思绪，一边将杜牧涉嫌杀江旭云一案的案情一五一十地写在纸上，同时也说给圆空听。

和尚听后，沉吟了半晌，道："和尚我是愚钝之人，要说破案子，那是不行的。我只觉得先生说得都有道理，唯有一点，是和尚方才听先生说案子时的一点感觉，也不知对不对。"

齐永定忙道："大师请指教。"

圆空道："其实爱恨本在一念之间，由爱生恨，或是由恨生爱，皆是寻常人难以超脱之因果循环。所谓欢喜冤家，大抵就是如此。以先生之才智，细枝末节都想到了，唯有人性之变，不可不察。"

齐永定默默品味着圆空和尚给他的忠告——与其说是忠告，不如说是指引。他又左思右想了一番，但这并没有让他动摇，反而让他对自己的判断更坚定。

第二天，齐永定早早便来到子城，但余安之与吴焕之比他来得更早，他到达时，两人已在中书门口等他。

齐永定先是问吴焕之道："如何？"

吴焕之回道："昨夜我给县尉府的人都送了酒露，不出所料，杜牧就那么半壶的量，半壶下去，不一会儿便听他吟诗，可惜我没念过书，不知他都吟了些什么，再有一时半会儿，便睡死了。我早上去收时，壶中酒露还余得小半。"

齐永定又问："那其余那几位呢？"

吴焕之道："龟公贪杯，他喝了半壶，但他酒量可比杜牧强得多了，半壶下去丝毫没事。余下的半壶，基本都是那厨子喝的，老鸨和小鸥滴酒未沾，我趁着收酒瓶和典狱聊了几句，昨天夜里厨子睡得最死，其余三人都各怀心事，老鸨子几乎一夜没睡，龟公和丫鬟也只是快天亮时才靠在墙上眯了一会儿。"

齐永定眯起眼睛，微微点了点头。余安之昨日问那仵作，也问不出个所以然，心中焦急，见齐永定一副成竹在胸的样子，忙问："齐先生可是知道凶手是谁了？"

齐永定道："倒是已经有了眉目，但还是要问张县尉借那间门房，那天夜里留在画舫上那几人，要分别问他们几个问题，记下他们各自的反应，我们分头行事。"接着，又在余安之耳边轻声耳语了几句。

齐永定在逼仄的门房里点上一盏灯，不一会儿，典狱将惊魂未定的老鸨推了进来，反手锁住了房门。老鸨战战兢兢地坐下，齐永定"啪"地一声重重地拍了一下墙板，将老鸨惊得一哆嗦，但齐永定接下去问出来的话，却让她吓得跳了起来。

"何书仪，你为何要杀江旭云？"

她霍地起身，尖声道："我没有！不是我杀的！"

接着又凑过身来，恶狠狠地道："我知道你们想保杜牧，另外找个凶手，但别想把罪名安在我头上！那天晚上有人在酒里下了药，我一整晚睡死了过去，什么都没听到。"

齐永定不为所动，继续问："你怎么知道酒里被人下了药？"

老鸨坐回原位，侧过身子将双手拢在胸口，道："不然我怎可能只喝了一杯，就睡得那么死？"又道："昨晚的酒里，不知你们又下了什么鬼东西，是能让人招供的药吗？告诉你，我可一滴都没碰，不然死得不明不白。"

齐永定忽然厉声喝问道："之前这些事你为什么不说？对办案

之人隐瞒案情，与案犯同罪，我看人即使不是你亲自杀的，也是你指使人杀的吧？"

老鸨一脸紧张地道："我有什么理由杀旭云姑娘？"

齐永定道："有人要为江旭云赎身，失去了这棵摇钱树，你下半辈子便没有着落，心里自然是大大地不情愿，便借刀杀人，借他人之手杀了江旭云！"

老鸨惊讶道："你知道为她赎身的人，愿意为她出多少钱吗？"她接着道："五万两银子，足足五万两！这么多钱，我活几辈子都够花了。钱还没到手，我为何要将我的财神爷杀了？"

齐永定又问道："为江旭云赎身之人有没有对你提过其他附带的条件？"

老鸨一脸轻蔑地道："倒也是有，那胡人说要将画舫整个买过去，让小鸥当老鸨子。也不知旭云姑娘中了那丫头什么邪，要对她那么好！"

齐永定又问道："那胡商究竟是什么人，要出那么多钱为江旭云赎身？"

老鸨迟疑了片刻，有些不情愿地答道："那胡商，乃是旭云姑娘的亲生父亲！"

齐永定假装惊讶，紧接着便沉下脸，问道："如此重要之事，你也敢对官差隐瞒，我看你是共犯无疑了！"

老鸨急道："这事全画舫的人，除了舫公，都知道得清清楚楚，他们还不是一个字都没说？凭什么要拿我问罪？"

齐永定再度用严厉的语气喝问道："那就是你们全画舫的人，从一开始就知道人不是杜牧杀的，却一个字都不说？你们与杜牧何仇何怨，要如此陷害于他？"

老鸨在那张逼仄的凳子上不安地扭动着身躯，终于道："事情是有些蹊跷，但我怎知道人不是杜牧杀的？办案子的又不是我，我去管那闲事作甚？我们烟花之地，本就不是太平的地方，要管闲事，又怎么管得过来？那就多一事不如少一事咯。"

齐永定拍案而起，老鸨再度被吓得一哆嗦，但齐永定没再说什么，而是径直走出门房，带上了房门，吩咐门口的典狱："让她在里面再待上一个时辰，反省反省！"

| 三十九 |

真凶

　　齐永定来到县尉府，吴焕之与余安之又是早已在门口等他。齐永定再次问道："如何？"

　　余安之道："我问他们，你们为何要向官差隐瞒有人为旭云姑娘赎身之事？为何要与人合谋害死旭云姑娘？为何要嫁祸杜牧杜推勾？那龟公跪在地上连声叫'饶命'，说他只是偷喝了一杯酒露而已，其他一概不知；厨子说他那晚压根不在船上，不信可以问他老婆去；艄公听得目瞪口呆；丫鬟就只一直哭。"

　　齐永定点点头，道："明日真相便可大白。"又转向吴焕之问道："节度使大人和裴大人可同意了？"

　　吴焕之点点头，道："放心吧，都安排好了，明日他们都会来画舫之上。"

　　是夜，齐永定没回天宁寺，也没去腾云阁，而是在吴焕之酒肆的柜台后垫着画箱写了一封密报，详详细细地列明了自己明日的计划，塞进信封，用火漆封了，交予余安之，请他无论如何都想办法连夜送到节度使牛僧孺的手中。但写完密报，他心中还是不安，在柜台前要了杯浊酒，一口气喝干，对吴焕之道："吴大哥，若我明日有个什么差池，没能让真凶伏法……"

　　吴焕之连忙道："哎，齐先生怎么说这种丧气话！"

　　齐永定道："这案子我原本也没有十足十的把握，若是明日成不了事，只怕牛大人和裴衡都不会放过我，我去坐几年牢倒没什么要紧,但我托居鲁士找陨石的那件事,却要紧十倍,吴大哥能否……"

吴焕之接过话头,道:"你放心吧,早些休息!"

齐永定怀揣心事,一夜无眠。天蒙蒙亮时,才稍微闭了会儿眼睛,辰时便醒了,给自己煮了杯浓茶,又吃了个胡饼,便惴惴不安地往旭云舫停靠的码头走去。

登上画舫,齐永定在上二楼的楼梯前驻足踟蹰。虽然在这几日他已经成功扮演了那么久的"侦探",但到了最后关头,他仍觉得胃在抽紧,紧张得简直要反胃。楼上等着他的是镇守一方的节度使、复审断案的大理寺少卿、谋议军务的行军司马、缉捕盗匪的县尉,以及节度使的暗卫和枢密院的密使,最次也有杜牧那样的聪慧——他们中的任意一个人都不是好糊弄的人,而齐永定,一个对刑侦一无所知,穿越回唐代的平民百姓,只凭借多看了几部推理小说和影视剧,便要在这些唐朝的"大人物"面前,为一桩谋杀案翻案,从嫌疑人中找出真凶,他自己都觉得不可思议,觉得自己未免有些不自量力。但命运已经安排他走上这道阶梯,他已经没有退路,只有继续往前!他扶着楼梯的扶手,调匀呼吸,右脚迈出了第一步。

画舫二楼已经如他所要求的,被布置成那天早上官差与忤作进屋前,江旭云的尸体刚被发现时的样子。桌上余下的饭菜、跌到地上翻了一地的点心,也都一一复原。床上杜牧与江旭云睡着的位置,由两个草扎的假人代替,草人上蒙了一床锦被,平日里收在床尾的蒲团,此时则放在床边上,方便床上的人上下床时穿脱鞋袜之用。

朝西开了两扇窗户,但所有的窗帘都被拉上,屋内一片幽暗,仅在方桌上点了一支蜡烛照明。齐永定推门进屋,屋内之人齐刷刷地望向他,他朝大家作了个揖,表面不动声色,但胸腔中的心脏几乎要跳出喉咙口了。

只见屋内只有节度使牛僧孺和大理寺少卿裴衡坐着,牛僧孺身后站着崔构和一名齐永定不熟悉的官员,杨忤作站在更后面的角落,裴衡这次也带了两名司直一同前来,那胡商居鲁士则站在他右手边。

另一侧的角落，是张丞与余安之守着旭云舫上的一众"嫌疑人"，吴焕之则在床尾守着杜牧。

齐永定将两次查验现场的案卷放在方桌上，深吸一口气，道："诸位大人，齐某不才，今日便斗胆为大家重演旭云姑娘被杀当晚，及第二日被发现死在床上时的情形，相信各位大人看过之后，对凶手是谁心中自然会有个分寸。"

牛僧孺与裴衡对望一眼，牛僧孺点点头，裴衡抬手示意道："不要耽搁，快快开始吧！"

齐永定又对崔构、张丞和杨仵作抱拳道："在下的重演要有什么不对的地方，还望那日在场的几位不吝赐教。"说着，他绕至床头，道："根据那日上楼来送点心，发现旭云姑娘尸体的丫鬟小鸥所供述的，那日旭云姑娘的尸体被发现时，杜牧仍在被中酣睡。各位试想一下，若是我杀了人，尸体就在我身旁，身下的席子与被褥都已经被血浸透，我还能蒙头酣睡，岂不怪哉？"

裴衡插嘴道："也有可能是喝醉了。"

齐永定道："裴大人所言极是，若是喝醉了，失了理智，做出这等疯狂的事也并非不可能。但这只是其中一个疑点，裴大人听我将另一个疑点讲完。"说着，他从腰间抽出一把短刀，众人吃了一惊，但没人上来阻止他。齐永定举起短刀，用右手正手握住，亮给在场的众人看，一边道："这是一柄与当日在床边找到的佩刀长短、形制都相似的短刀，根据刀柄上血手印的形状可知，杜牧在刀上留下血手印时，是右手正手持刀。"

"但是，旭云姑娘脖子上的刀伤在右侧！"齐永定忽然跳上床，侧卧在杜牧的一侧，侧对代表"江旭云"的草人，用刀尖示意——众人又是一阵骚动，显然谁也没见过这样的"案件重现"场面，永定接着道，"从这个角度，要用右手正手持刀，刺中旭云姑娘右边脖颈，姿势十分别扭。"

他忽然又翻身坐到代表"江旭云"的草人身上，再次以右手的刀尖示意："从上面，要以右手正手持刀，刺杀旭云姑娘，也一样十分别扭。"

说话间，他将刀丢在床边的地上，随后翻身下床，向牛僧孺、裴衡、居鲁士，及他们身后的众人拱手道："各位大人，你们也瞧见了，即便杜牧喝醉了酒，也要以十分别扭的姿势刺杀旭云姑娘，然后将沾有自己血手印的佩刀就这么丢在地上，钻进沾满血的被子里，一直呼呼大睡，睡到第二天天亮，这一切才能成立。不知各位对如此刻意的所谓证据作何感想，总之我是不信杜大人能做出这等不合常理之事来的。"

他再度以加重的语调道："此乃拿杜大人随身之佩刀栽赃嫁祸，我看已经再明显不过了！"

裴衡和居鲁士的神色都沉了下去，牛僧孺仍不动声色，他身后那位齐永定不认得的幕僚忽然开口问道："齐先生，据我所知，那日官差接报赶到旭云舫上时，二楼卧房的门乃是从屋内被闩上的，官差乃是破门而入，此刻在屋内便只有杜推勾与旭云姑娘两个人，且并无人见到有人从旭云舫上跳湖，若不是在屋内的杜推勾惊惶间将门闩上，还能有谁？不知先生对此要作何解释？"

齐永定行了个礼，问道："还没请教这位大人高姓大名？"

那人答道："我乃是节度使判官韩绰，今日听闻有人要为牧之兄翻案，便央牛大人带我一同来见识见识。"

齐永定心中暗喜，此人"牧之兄"叫得那么亲热，想必与杜牧私交不错。且牛僧孺此番将左膀右臂都搬了出来，完全是一副志在必得的样子，想必是对自己的密报十分满意。想到这里，不禁又平添了几分信心。

"韩大人，各位大人，"齐永定从袖中抽出一根绳子，道："接下去我就要向大家演示栽赃者是如何人在屋外，闩上屋内的门闩的。"说罢，他走到房门边，用绳子在门闩上系了个活结。此时，那老鸨何书仪忽然不咸不淡地插话道："齐先生，咱们旭云舫上的木门可都是用上好的沉木请扬州最好的木门师傅订制，这八年来一年四季都严丝合缝，不会有门缝让您把绳子引出去，在门外拉上门闩的，我看您也别费心找门缝了。"

齐永定将门合上，四下打量了一圈，果然如何书仪所说，两扇木门嵌在门框里，中间严丝合缝，连张纸都插不进去。上下的门楣、门槛，以及左右塞板的尺寸也都刚刚好，除非把门上糊的纸捅破，不然的确没有缝隙可以在门关紧的情况下引一根绳子出去。

齐永定拿着绳头，对大家笑笑，道："如老鸨所说，这门的确造得严丝合缝，但我也没说要从门缝里把绳子引出去。"

说着，他打开门边的窗户，将绳头抛出窗外，那根绳子的长度足以顺到画舫的一楼。接着，他迈出门去，轻手轻脚地关上房门，众人只听得一阵下楼梯之声，接着窗口的绳子抽动，门闩便随之嵌入门闩槽中。再接下来，那绳子一抽紧，活结松开，"嗖"地一声，整根绳子都消失在窗外。

眼看着这一幕，屋内众人的表情都开始变得复杂起来。

随着一阵上楼梯的声响，门外敲门声响起。这回，是韩绰亲自去为齐永定开门，回到屋中的齐永定道："我询问了那日来拿人的官差，他们破门而入时，杜推勾还躺在床上，宿醉未醒。试问哪个凶手能在丫鬟小鸥进屋发现尸体后，再闩上门闩蒙头大睡的呢？这完全不合情理，此其一也！房里拉着窗帘，屋内昏暗，并无人记得门边窗户是开着还是关着。不过，依我在池边的观察，在这个季节，为了通风，窗户多半是开着的吧。栽赃之人只需下到一楼，到画舫边用力拉动绳子，门闩便可从屋内闩上，绳子顺手丢入池中，了无痕迹。此其二也！"

韩绰不禁问："那依先生看，何人才是真凶？"

"韩大人稍安勿躁。"齐永定回道，"今日我在这里重演案发当日的情形，一半旨在为杜大人洗脱嫌疑，还他一个清白，另一半则是要揭破凶手的真面目！"

说着，他走向吴焕之，吴焕之从怀中拿出早已准备好的半壶酒交给他。齐永定举起酒瓶给众人演示，一边道："吴掌柜给我的乃是一瓶葡萄酒露，与那天送上画舫的一模一样，这瓶子里装了半瓶，只多不少。那天夜里，送上画舫的酒露有一整瓶，杜大人说他与旭云姑娘一共喝了不到半瓶就不胜酒力，龟公说他只偷喝了一杯，老鸨说她也喝了一杯，还余下小半瓶——"

只听"啪"的一声，酒瓶已被摔碎在地上。齐永定立即在桌上点上了一炷香，众人望着他，不明所以，只有杨仵作知道他在干什么。

齐永定向众人解释道："各位放心，我点的是素香，没有味道，不会盖过酒气。"

半炷香的时间过去，裴衡等得不耐烦了，霍然站起身，开口道："你到底搞什么鬼？"

齐永定赔礼道："裴大人只需再等片刻，这炷香烧完之前便可见分晓。"

裴衡勉勉强强地坐回自己的位子，没过多久，香便烧得只剩最后半寸，此时仵作忽然道："齐大人，我进屋时酒气大约就是这么淡。"

齐永定忙解释道："各位想必都知道，酒气在这水上的画舫上散得很快，这半瓶酒的酒气要散尽，不过一炷香的工夫。仵作进屋验尸时，仍能闻到酒气，可见距离酒瓶摔破在地上，不到一炷香的时间。好巧不巧，一炷香之前，便是丫鬟小鸥上楼来送点心，发现旭云姑娘死在床上的时候。"

裴衡插嘴问道："那便如何？她一时惊慌，打翻了点心，摔破了酒瓶，有什么奇怪。"

齐永定答道："奇就奇在，那晚喝过这壶酒的人，旭云姑娘死了，杜牧一直睡到第二天晌午，酒量一向出众的老鸨和龟公，只喝了一杯便睡死过去，整晚都人事不省。若是酒壶没打破，吴掌柜只要尝一下便知酒里有没有古怪，但酒瓶偏偏就在小鸥端点心上来时打破了！"

众人的目光齐刷刷地望向丫鬟小鸥，小鸥一脸惊恐，尖叫道："你，你别含血喷人，我，我那天是生平第一次见到死人，心中害怕……"说着便抽噎起来，话也说不下去了。

齐永定忽然吹灭了桌上的蜡烛，房间中为之一暗，众人又再度骚动起来。他在昏暗的光线中高声道："那日官差进二楼卧房带走杜牧时，窗帘便是这样拉着，房中昏暗，直到忤作来验尸，拉开帘子，透进光，才能确定旭云姑娘确实是死了。你一进房里，还没来得及放下手中的盘子，便能确定旭云姑娘已死，分明是早就知道，旭云姑娘在夜里就已经死了！"

说话间，齐永定拉开两面窗帘，明亮的光由窗棂透入画舫二楼的卧室中，酒气已经散尽，一切又重回清明。齐永定一个箭步冲到丫鬟小鸥的面前，厉声道："事到如今，你还有什么话说？！"

"我，我……"那小鸥抽抽嗒嗒，终于"哇"地一声哭了出来，一边哭一边道，"你，你冤枉我！姑娘待我最亲，我自然是一眼就能看出她是死是活，忤作看不出又怎能怪到我头上！"

众人见她哭得梨花带雨，楚楚可怜，不免又有几人生出恻隐之心。已有人在窃窃私语："十七八的姑娘，怎么会……"

齐永定冷笑一声，道："你倒会狡辩，那旭云姑娘双目泣血，分明就是被闷死的，死后几个时辰后脖子上才被刺了那一刀，画舫上上下下，就只有你一个人醒着，不是你杀人在前，栽赃在后，还能有谁？"

小鸥哭道："你欺负我一个弱女子……"

齐永定厉声打断她："只可惜你下手闷死江旭云时，下手不干净，留下了证据，那日旭云姑娘上床前，原是将鞋子脱在了蒲团上，你闷死她后，却不小心将一只鞋子压在了蒲团下面！"

小鸥反驳道："你胡说，那天蒲团上明明什么都没……"

话说到一半，她已经反应过来自己说错了话，脸上的表情由梨花带雨变作了惊恐万状。

小鸥忽然推开她身边的老鸨，县尉张丞的第一反应是封住她逃往房门处的路线，却一下扑了个空，只见她一头往桌角上碰去，再要阻止却已经来不及。齐永定却好像早有准备，一把抓起地上的蒲团，在小鸥的额头和桌角之间及时垫了一下，这一垫，抓到了一个凶手，也救回了一条命。

张丞一个箭步将小鸥按倒在地，第一个冲上来的是居鲁士，那两名大理司直连忙从裴衡身后闪身而出，双双拦在居鲁士身前。居鲁士悲愤地吼道："旭云待你情同姐妹，你为何要杀她？"

小鸥在地上尖声叫道："江旭云答应过与我一同赎身，我不走，她也不会走，她答应过的！是她先骗我！你们都向着她，谁来管我？你们为什么不让我死，一命换一命，让我死就好了！"

齐永定用怜悯的眼神望着被按在地上的年轻丫鬟，忽然道："旭云姑娘原是想将整条画舫都买下来给你，你却以为她不肯替你赎身而杀了她。"

地上的小鸥忽然安静了下来，片刻后，才爆发出一声真正的哭号！

杜牧瘫坐在地上，看着眼前的这一切，这一刻，他仿佛成了被遗忘的人。

| 四十 |

落葬

居鲁士本想给齐永定一笔额外的赏格,但被齐永定婉拒了,齐永定提醒他,他要的不是金银绢匹,请他不要忘了与他的约定,居鲁士应允了,但有些心神不宁的样子。原先他许下的赏格也没有收回去,那一大笔赏格除了在神策军中尉王守澄那里通融的费用,其余原本都是要给大理寺少卿裴衡与他带来的两名亲信的,但他们案子办得磕磕绊绊,险些把杜牧办进冤狱,也不好意思独享,便将钱与扬州遇到的两位"同僚",余安之和吴焕之分了。两人没想到卷入这么一场风波,不单没事,还因祸得福发了笔小财,心中自然是欢喜,之前因吴焕之隐瞒自己枢密院密使身份而生出的罅隙,也尽皆冰释了。

齐永定并不想置小鸥于死地,他只是想结案,还杜牧一个清白,却并不想见到有人为此再丢一条性命。一个现代人回到古代,对斩首这样的刑罚总是感觉不太文明。且在画舫上,毕竟是他救下了小鸥,以免她撞死当堂。尽管齐永定亲自帮小鸥向牛僧孺求情,小鸥仍是被判了个"斩监候"。牛僧孺令县尉张丞细细写了案卷,一点也不许遗漏。裴衡与手下两名司直拿了案卷,提了人回大理寺复命,等秋后刑部查核后再问斩。

旭云姑娘出殡的那天,刚下过场阵雨,太阳又很快从云层中探了出来。天气虽然闷热如常,但九曲池上却挂起一道彩虹。许是受到彩虹的感召,坊里的龟公、老鸨、姑娘们,乃至在坊间讨生活的小商小贩，纷纷停下手里的活计、生意，加入到送葬队伍中。队伍中没有做法事的道士和尚，也没有撒纸钱哭丧的孝子，只有松松散散、服色各异的各色人等，队伍排了足有七八丈长，也没人指挥，一路上还有人加入进来。众人出了城门，一路向西，守城的官兵也没有阻拦，大约也是没见过一个青楼画舫上的姑娘出殡有这样的阵仗。带路的是旭云舫的老鸨，居鲁士虽然往返波斯与中原多年，但对风水阴宅这些，却一窍不通，便给了老鸨何书仪一笔钱，托她找块好的墓地，何书仪本就疼惜江旭云，再加上居鲁士给的报酬丰厚，为江旭云买墓地的事她自然尽心。

她将众人带至瘦西湖边上的一处丘陵，在向阴的山坡上，有一大片坟地，看墓碑上的那些名字，"月轻""如婳"……就可知这里葬的多是些烟花柳巷中的姑娘，间或有一两个男人的名字，老鸨说，这些男人都是流连坊间，花光了钱，没地方去，或是染了急病客死扬州的，坊里的老鸨姑娘们，遇到曾经的恩客落难，便会凑钱买块墓地安葬了他，但会留一捧骨灰在外面，不埋进坟里，等着他的家人来找他。

跟在后面的居鲁士问："会有人来找他们吗？"

何书仪摇摇头，道："他们哪里有旭云姑娘那样的福气，一百个里能有一个，亲人把骨灰坛子领走便不错啦。"虽然是恭维话，但言语间却颇为萧索。

送葬的队伍并没有在这片妓女的坟地多加停留，而是绕过半个圈，来到山麓的向阳面。这里青草萋萋，却不显杂乱，显然是常有人打扫整理，墓地与墓地间错落有致，碑也立得体面，除了姓、名、字，也常有墓志铭、死者生平，以及立碑之人的落款，鲜有匿名的，看上去多是大户人家或是文人的墓碑。

何书仪指着一大块土已经被翻起，碑也已经立好的墓地道："居鲁士先生，旭云就葬在这里，您看如何？"又道："我请了两个风水先生，走了好几片墓地，才挑中了这里。坐北朝南，有水有山，且旭云生前最喜书画,爱结交文人公子,却又不愿意离姐妹们太远,免得寂寞。我看此处最合适了。"

居鲁士道:"此处甚好,有劳何妈妈了。"

说着,让抬棺的挑工将那具小巧的棺材放下,杨仵作带着徒弟上前,准备来钉棺材。在唐朝,殡葬也都还归仵作来管,杨仵作于江旭云被谋杀一案中破案有功,拿了居鲁士的一笔赏格,自然是自告奋勇要为旭云姑娘办这一桩丧事,聊表心意。为旭云姑娘找坟地的时候,他也是忙前忙后地张罗。其实何书仪带居鲁士沿着山麓绕那么半圈,给他讲讲那些客死扬州的异乡人的故事,也都是杨仵作的主意。据他多年做仵作的经验,遇到这种千里寻亲的人,多半是要带一捧骨灰回去的。

果然,没等杨仵作的两名徒弟动手,居鲁士摆手让他们先停手,先是抚着棺材哭了一场,口中用波斯语念了些什么,没人听得懂,但多半就是"做父亲的对不起你"之类的忏悔的话。接着,从随身的包袱中取出一个鎏了金色梅枝的银罐子,吩咐那两名徒弟将棺材打开。照规矩,病死和横死的尸体,都要先火化,大概是怕传染病和尸变,江旭云也不例外。何书仪挑了套她生前最喜欢的衣服,随尸身一起烧了,火化后的骨灰用锦缎裹了,装进一个坛子里,原是要封口的,但江旭云的骨灰坛却刻意没封,就是在等这一刻。

居鲁士打开骨灰坛,取了一捧骨灰,放进那只鎏金银罐子中,又用汉语道:"女儿,跟为父回家了。"说着又再度泣不成声。

那老鸨何书仪见状也哽咽起来,走近居鲁士,从怀中取出一根白玉簪子,以及一对翡翠耳环,塞到居鲁士的手里,道:"这是旭云常戴的,你拿走吧,也好留个念想。"

两个过了知天命之年的老人互相搀扶着哭了一场,虽不是夫妻,心里也各自有各自的委屈,但却依然让人动容,当场便有不少跟着送葬的人落下泪来。

哭罢,擦干眼泪,居鲁士收起鎏金银罐、簪子和耳环,这才让杨仵作带着他的徒弟封坛、封棺、落葬。下葬、填土、起坟头、描碑，整个过程持续了一个多时辰，有人耐不住性子中途便离开了，但一多半人都留了下来，一直到落葬完毕。江旭云也算是走得体体面面，在薄命的青楼女子中，大概也算是有了个好归宿。从头到尾，都没有人做法事念经，因为杨仵作事先打听过，居鲁士不讲究，也不喜欢这些。待得杨仵作的徒弟夯实了坟头上的最后一捧土，齐永定率先上前拜了拜，又折了一枝花，摆在向阳面的坟堆上。接着，那些给江旭云送葬的人也都学齐永定的样子，折一枝花摆在江旭云的坟头上，拜一拜，这才离开。等到人都走得七七八八时，江旭云的坟前已经变得花团锦簇。

齐永定随着散去的人流，踏上回扬州城的路。走到茶园桥上，湖上的风一吹，齐永定回望适才那片墓地，仍遥遥在望，想起石涛也曾在平山堂上望着东面的丘陵为自己找墓地，大概望的也是这一块地方吧。他双目搜寻着江旭云的墓，不费劲便找到了那方新冢，堆了一捧花，九泉下的旭云姑娘想必也会喜欢，想到此，齐永定不禁嘴角扬起——这桩案子一波三折，总算有了个还算不错的结局。此时，却见一个书生打扮的男人，走到江旭云的坟前，也折了一枝花，远远看，不像是路边草丛中随意采的，倒和旭云舫旗子上的桃花有点相似。齐永定对花不熟，但人他还是认识的。

那人正是杜牧。

只见他将那枝花放在坟包的顶端，在坟前盘腿坐下，从怀中摸出酒瓶酒杯，对着旭云姑娘的坟喝了一杯又一杯，时不时也敬入土为安的旭云姑娘一杯，将酒洒在坟头上。

过了几日，这桩全城轰动的画师侦破旭云舫红牌姑娘被杀一案，热度也渐渐淡了下去。齐永定隐身在天宁寺别院中，已有好几天不去西北面的坊里画画，免得招惹麻烦。每日和圆空和尚喝喝茶、抄抄经，带着坊间的子弟们打打拳，聊以度日。这一日，子城的官差登门拜访，说是节度使牛僧孺大人召见，齐永定连忙穿戴停当，跟着官差来到节度使府第。

入府时,却恰巧看见韩绰引着杜牧出来,三人擦肩而过,打了个照面,却都行色匆匆,来不及打招呼。

节度使牛僧孺坐在堂上的太师椅上,见齐永定长揖到地,假意愠怒道:"堂下之人有何功名,为何见本官不跪?"

齐永定这才想起来,在古代是要有功名在身才能见官不跪的,若是见节度使这种地方大员不下跪,怕不是得中进士才行。但他一个现代人,从来没有下跪的礼节,见官下跪实在是别扭,正犹豫间,牛僧孺又笑着摆手:"与先生开个玩笑,那日在画舫中见齐先生演那么一出戏,引出凶案的真凶,着实精彩,本官这几日日日回味,心中十分仰慕先生,不知先生是否有意来节度使府里做个入幕之宾。"

齐永定回道:"回大人,小人既没有功名在身,也没什么拳脚工夫,只是抄经画画为生,懂的那些微末的门道,对大人来说也是不值一哂,杜牧、余安之他们才是真正有本事的人,大人应当提拔他们才是。"

牛僧孺道:"谁有本事谁没本事,我心中自然有数,先生就别谦虚了。我听牧之说,你查案子时自称'侦探',说这是西域专为探案而设的职缺,那本官就在府里专为你设一个'侦探'之职,与县尉一内一外辅佐我,你看可好?"

齐永定心想,居鲁士那边也没陨石的消息,自己做了节度使的幕僚,寻访陨石也多了一层方便,便答道:"那就恭敬不如从命,大人,小人有一事相求。"

牛僧孺问:"何事?先生请说。"

齐永定道:"余安之那种'便宜处置'的令牌,能否也能给我一面?"

牛僧孺笑道:"呵呵,原来是这等小事,你不说也是要给你的。"

齐永定出得子城来,见旭云舫的老鸨何书仪正指挥艄公和船夫将画舫拖至岸边,便上去聊上几句。老鸨对他说,她已经遣散了画舫上的人,一人给了一笔银子,他们便都欢欢喜喜地走了。如今她已孑然一身，这半辈子两个最亲近的，她视同女儿的人，旭云姑娘和丫鬟小鸥，一死一问斩，她已心灰意冷，不想再过漂在水上的卖笑生活，居鲁士给的钱还余下不少，便想着上岸看能寻到什么样的生活。她叹口气，又道，这半辈子先是做姑娘，再是做老鸨，怕是也找不到别的活了，多半还是会开个小青楼吧，但不想再在扬州待了。

齐永定问她可有居鲁士的消息，不成想何书仪告诉他，居鲁士日前已经动身回波斯去了。齐永定心中一阵怅然，刚刚获得的一点希望，又随风飘走了。

他心中烦闷，恰好路过吴焕之的酒肆，便进去喝一杯。卖酒的时间还没到，酒肆里只卖些解暑的饮料。但看到来的是齐永定，吴焕之自然不会藏私，将新酿的葡萄酒拿出来招待。闲聊间，余安之说，再过几日他就要离开扬州了，镇江的县尉府有个职缺，节度使大人推荐他去上任，齐永定连声恭喜。接着，吴焕之也说，他会和余安之一同离开扬州，只不过一个南下，一个北上，他是要去长安向枢密院复命。

"我俩都会回来的，镇江离扬州那么近，我再去向枢密院讨个扬州的差事。我们他日再聚。"说话间，吴焕之望了一眼忙里往外的玖姑娘，玖姑娘也笑着回望他，"我不在的时候，这间酒肆便是玖姑娘当家了。"

齐永定这时才注意到，吴焕之和玖姑娘已经把他画的那幅肖像裱好，挂在了柜台后的墙上。

余安之与齐永定告别后，又有人来与齐永定打招呼，却是杜牧与韩绰。两人拜谢过齐永定为杜牧和江旭云费尽心力，查案周旋的恩情。齐永定见他俩已是一副私交甚笃的样子，便问杜牧日后有何打算。杜牧答道，经历过江旭云一案，只觉得自己过去这几年，过的全是些荒唐日子，幸亏得到这许多人搭救，这才免于牢狱之灾，日后自然是要听韩判官的劝，去牛大人身边做些正经事了。

齐永定见到杜牧与韩绰，便又想起"二十四桥"的典故，此刻也不管杜牧《寄扬州韩绰判官》那首诗是写了还是没写,脱口便问:"牧之兄,我有一事请教。你可有听过、看过扬州的'二十四桥'?"

杜牧皱了皱眉:"扬州有二十四座桥吗?我只知扬州桥多,可真没数过。既然齐先生说有二十四桥,那就是二十四桥了。"

齐永定道:"可是城内城外的桥,却都不是恰好二十四座。"

杜牧应道:"人也生生死死来来去去的,桥多一座少一座又有何要紧?"

齐永定愣了愣,却没想到,到头来这句诗竟是自己给杜牧的灵感。

| 四十一 |

催人老

这一晚,仍是在吴焕之与玖姑娘的酒肆中,杜牧与齐永定、韩绰喝过最后一顿酒,便要去长安上任了。自朝中郑注、李训日益坐大,吴焕之的顶头上司枢密使杨承和,及神策军左军中尉韦元素,大将军、知省事仇士良与李训、郑注背后的引荐者,神策军右军中尉王守澄斗得愈加厉害,吴焕之便开始向枢密院提请告老还乡之事,终于在半年多前回到了扬州。彼时,李宗闵刚拜相,众人都以为,接下去就会像太和四年那样,同为"牛党"领袖的淮南节度使牛僧孺,结束外放的日子,回京城重新成为朝官,接任兵部尚书,同平章事。但没想到,朝中的人来了两拨,牛僧孺却没有西迁长安,而是上了奏书,连淮南节度使都想辞去不做,只奏请朝廷,想回自己的封地任个闲职。

几乎所有人都不理解,牛大人为何不愿进京,唯有从长安回乡的吴焕之最理解他。

杜牧对席间的众人说,牛大人曾对他表露心迹,便是留守洛阳也好,实在不愿再去长安当什么劳什子宰相。

"牛大人许是累了。"吴焕之道。

齐永定望了吴焕之一眼,喝了口酒,接道:"累归累,但胸中又何尝没有报国之心呢?只是报国无门罢了。"

吴焕之苦笑一声,便不再言语。唯有杜牧心最直,口最快,只听他道:"如今在朝中当权的,不是像王守澄、仇士良这样的宦官,便是李训、郑注这样的弄臣，弄得朝中乌烟瘴气。牛大人与我说过，虽然他与李德裕不睦，但朝政糜烂至此，唉，还不如李德裕当宰相好些。"

坐在身旁的韩绰连忙去捂杜牧的嘴，一边四下张望，一边道："牧之兄，你喝多了，喝多了。"

杜牧拨开他的手掌，道："我哪里喝多了？牛大人说这话的时候，你明明也在。"但说话时的语气，却好似已经有了几分醉意。

齐永定趁势接过话头，问道："既然牛大人有此教诲，牧之兄又何故要舍了牛大人身边掌书记一职，进京去做那京官呢？"

杜牧摇了摇头，道："齐兄有所不知，我要进京履职的职缺，叫做监察御史，做的乃是激浊扬清之事。牛大人心灰意懒，但他早年间可是有过一番功业的。大丈夫有所为有所不为，时局虽是糜烂，但若仍是在扬州过这当一天和尚撞一天钟的日子，岂不是同流合污？反倒是让元白之辈得志！"又有些羞惭地道："那日牛大人在府中给我践行，提醒我去了长安，任监察御史一职，尤要洁身自好，不可再像在扬州这样风流不羁。我本想自辩几句，但牛大人给我看了这些年来安之兄所记录的实录，足有四大本，每本百十来页，让人无地自容。唉，'十年一觉扬州梦，赢得青楼薄幸名'，如今梦醒时分，对大人及拖我出泥潭的几位兄台，牧之无以为报，唯有去长安闯出些名堂来，才不枉几位的错爱！"

齐永定见他自我剖析得清晰率真，又知道他与白居易素来有罅隙，且厌恶元稹的为人，才拿这两人说事——拿"元白"来讽喻朝臣，一个是被贬出京暴病而亡的前尚书，一个是病休的前刺史，都是已过气的人物，随意臧否倒也不打紧——他便心知杜牧并没醉到大放厥词、给自己惹上麻烦的地步，心中一松，便不再接着话茬往下说，而是改口问道："牧之兄不日便要动身，在扬州可还有放不下的？我与韩大人都可尽些绵薄之力。"

杜牧思索了片刻，答道："清明时替我去拜拜旭云姑娘吧。"说着，他拿起酒壶，走到九曲池边，将余下的半壶酒都洒进了池中。

这一夜，齐永定没回子城中牛僧孺给他安排的"侦探"府邸，而是喝了半宿的酒，独自一人晃晃悠悠地走回了天宁寺的别院中。他腰中悬着节度使颁发的腰牌，即便是宵禁时分，也是通行无阻，没有人敢拦他。回到那间简陋的别院中，别院依旧保持着原样。他点起油灯，便望见铜镜中的自己，已经显出老态，早已经不是刚刚穿越至雍正年的那个年轻人。他心中盘算着，自己在扬州的历史中究竟已经流浪了多少年，却怎么也算不清楚，只记得距离江旭云被谋杀的案子，已经过去了快有两年，小鸥也已经在去年的秋天正法，给江旭云偿了命。

他想去找许久未见的圆空和尚喝茶聊天，但一出门，坊间一片黑漆漆的，唯有半盏月亮在天上薄薄的云层间穿梭。三更天显然不是找人喝茶的好时机。

齐永定犹豫了一下，还是折了回来，又坐回桌边。他叹了口气，接着"啪"地一声将铜镜倒扣在桌上。日子一天天过去，吴焕之回来了，杜牧要走了，他们也还不知道明年朝中会有大变故。"岁月如梭"四个字在他脑海间闪过——但是他要找的东西仍是杳无音讯。

他在书桌边上发了会儿呆，酒意上头，便挪到床边，想和衣而睡。刚躺下去，背就被一块硬物重重硌了一下，疼得他"哎呦"一声。他将那块差点硌断他肋骨的东西拿到眼前，却是一块用符纸包着的石头，他刚想骂人，却心念电转，连忙将符纸剥开——当看见那块黑漆漆的陨石时，他只觉胸口一热！

齐永定这一夜，是抱着这块陨石睡的。他以为他会失眠，却没想到睡得比以往这一年任何时候都踏实，一觉睡到了第二天中午。醒来时，只见桌上用石头压了张纸条："此火流星乃是受胡商居鲁士所托赠与你，拿符纸包了置于房中阴处也是依他的关照，你我相交一场，缘尽于此，不必挂念。"

看笔迹，是惟妙惟肖的颜真卿颜体，齐永定一眼便认出是圆空和尚的手笔。读了这纸条他不免失笑，圆空和尚虽然是个洞悉世情的高僧，以他的聪慧，大约也洞察了寻获火流星之时，多半也就是齐永定这位友人离开之日。但和尚却无论如何也想不到，这位身上充满着谜团的挚友，是从千年之后穿越而来，而火流星则是穿越时空的关键，要借助它的力量，才能摆脱唐代的束缚，重新洄游到历史长河之中，去寻找他的爱人。

齐永定将陨石包了，拿去子城的住处收藏妥当，暂时远离天宁寺藏经阁，以免节外生枝。清明已经近在眼前，台风季也不远了。

杜牧走后，他就极少去平康坊里的酒肆中喝酒了。吴焕之自从从长安告老还乡后，酿酒的技艺就愈加精进，如今那间酒肆中的葡萄酒露，只怕是当朝最好的，连西域诸国进贡给皇帝的也未必有他酿的那么好。但吴焕之心机深沉，总让齐永定感觉有些害怕，做过枢密院密探的人，谁知他是真告老还是假还乡呢？是以陨石与穿越的事，齐永定一个字都不敢在吴焕之面前提。他与韩绰等节度使的诸位幕僚本就不熟，与"判官""司马"等正式职衔相比，"侦探"听上去总有几分戏谑，也就更加深了他与子城诸官员的隔阂，大家平日里见面时客客气气，但相约喝酒就免了。

他就这样小心谨慎地度过了最后的这几十天，除了清明去城外西北郊拜了拜江旭云，既没去喝酒，也没去找圆空喝茶。狂风暴雨之夜来临，他才重回天宁寺。原本是为这一天而特意问牛僧孺讨要的宵禁通行令牌，也并没派上用场。巡街的戍卒都避雨去了，无论何种油纸伞和蓑衣都抵挡不住的风雨中，就只有他一个人踏入天宁寺的山门。他丢掉已经被狂风吹得残破不堪的油纸伞，朝藏经阁坚定地走去。雨中藏经阁的轮廓变得模糊，他怀中的陨石碎片则变得越来越热，那种久违的让人心悸的感觉又重新袭上心头。

他见到在藏经阁守夜的小沙弥，那沙弥看见他，揉了揉眼睛，急匆匆跑进去报信。他也隔着雨幕看见圆空和尚出现在门口，像是在对他喊些什么。他忽然想起些什么，从腰间扯下那根从未离身的腰带，腰带中还缝有六根从清代穿越至此便一直藏在身边的金条，金条原本是留着来买陨石的,如今想必圆空比自己更需要这些黄金吧。他将腰带丢向藏经阁门口的圆空,忽然感到一身轻松——他知道那些黄金后来并没有用来重修藏经阁被砸塌的屋檐,多半是用在了给栖灵塔重塑金顶上,但那已经不再重要——重要的是,圆空和尚予他的这个天大的人情,多少也算是还上了。

之后,他的身体变得越来越沉重,脚步越来越泥泞,就像打在他身上的不再是雨水,而是某种更黏稠的东西。

太和九年,第一个台风之夜,齐永定在圆空和尚错愕的目光中,消失在了天宁寺藏经阁前。是年,杜牧回京任监察御史,但数月后长安便暴发"甘露之变",文宗携宰相李训诛杀宦官不成,朝中众臣反遭屠戮,唐王朝社稷为之一空。事变之时,杜牧恰好在东都洛阳任职,得以逃过一劫,但也未能发挥胸中抱负,日后先是去史馆做了修撰,在膳部司、比部司做了两年六品员外郎,便外放刺史,暮年再入长安为官时,早已心灰意懒。这后半生,与对他有知遇之恩的牛僧孺何其相似。

但这一切,却只是历史长河中的一个小漩涡,将齐永定卷入片刻,便又吐了出去。

这一次的穿越,相比之前的两次,显得尤为清晰和漫长。齐永定仿佛在一个没有上下左右的甬道中行走,只有前和后,这里永远下着雨,潮湿泥泞,隔着一层雨幕,可以隐约感觉到在另一个时空中的扬州,显得那样虚幻。齐永定竭力想分辨他所"遇到"的扬州是哪一个朝代,却力有未逮。这里没有"时间"的概念,齐永定不知走了多久,直到精疲力竭,渐渐失去意识。

醒来时,齐永定依旧是躺在天宁寺藏经阁的门前。他一身不知是汗水还是雨水,单衣也都湿了,黏腻地贴在身上,却不像前几次那样像是淋过瓢泼大雨的样子——看来这次他的穿越之旅尤其漫长。他四下张望,时下不知是夜里几更天,残月高悬,天气微有些寒意,虫子鸣叫个不停,像是夏末秋初的样子。

但更要紧的是年代！

他走出天宁寺山门。扬州的样子还是一如往常，黑夜抹去了一切色彩，感觉和唐代、清代的扬州城也没什么太大的区别。但这是一个没有宵禁的时代，齐永定抱着双臂在路上走着，期待能寻到一间驿馆客栈，一路上时常能碰到匆匆赶路的人、喝醉的人、搂着妓女招摇过市的人……偶尔也有一架两架马车驴车驶过。

虽然皮肤愈加冰冷，但齐永定心中却越来越兴奋。没有宵禁，意味着他已经离开唐朝，看城里建筑的繁华程度，丝毫不逊太和年间，所以应当是唐代之后的朝代。在夜里女人亦可抛头露面，虽不是良家女子，但如此宽松的社会环境，多半不是宋明，看男人们的服饰又不像是清朝。余下的可能便只有一个！

齐永定越来越确定，他距离成聆泷前所未有地近！

他不顾身上的寒冷，在路上奔跑起来，想要进一步佐证他的想法。他跑上大路，一路朝西，他猜西城依然是繁华之地。终于在保障湖以北，靠近夹城的地方，找到一间门前悬着两只灯笼的"会同馆"。

他走进店里，守夜的伙计从长凳上爬起身，睡眼惺忪地看着这个一身湿，打着哆嗦的不速之客。

"客官住店吗？"伙计慵懒地问道。

"劳烦您。"齐永定从怀中摸出一块碎银子，开口问的第一句，不是"有房间吗？"而是："我刚下船，还不知道今年是哪一年，当今天子是哪一位，您能否给提点提点？"

那伙计笑着接过银子，答道："您这趟门出得可够长够远的，连皇上是谁都不知道啦？今年是至元皇帝在位二十七年，您上回来是哪年呀？"

齐永定跌坐在柜台前的板凳上，忽然就笑了起来，答道："太久了，我也记不清了。替我准备间房吧。"

"好嘞！"伙计在柜台中翻找起来，一边低声嘀咕道，"嘿，看这年纪也不像是在外面跑了几十年的样子嘛……"

| 四十二 |

医病

去年秋天，刚回到元朝时，齐永定便染了风寒。这是他第一次在古代染上比感冒更严重的疾病。在"会同馆"住到第四天，他的烧依然没有退，他便知道糟了，普通的感冒若是并发细菌感染，进展到支气管炎或是肺炎，在没有抗生素的朝代，只怕是凶多吉少。

自从穿越以来，他一直都很注意，冬春重保暖，夏秋不贪凉，酒从不多喝，时不时便打那套从盐帮的厨子高胜那里学来、早已练得滚瓜烂熟的三十二路"太祖长拳"，锻炼锻炼身体。若是出了一身汗，他也从不敢捂着，必是第一时间洗个澡，擦干身子，换一身衣服。这么多年来，一直都平安无事，直到来到元朝，眼见着如浮萍般漂泊的生活就要靠岸，在黑暗甬道中的跋涉已经见到了曙光，难不成却要倒在这最后一程上吗？

不该在秋天的夜里，裹着一身湿透的衣服，跑那五里地的。现在后悔，却已经来不及了。

到第五天，他烧没退，还咳嗽起来，于是不得不让伙计请了个郎中来。那郎中诊了诊脉，看了看舌苔，便开了个"三拗汤"的方子，麻黄、杏仁、甘草各一钱煎服，这方子流传甚广，只要读过一点儿古籍，只怕没有不知道的。为了发汗，齐永定还问掌柜要了几片姜一同下在汤里——这才是《太平惠民和剂局方》里改良过的"三拗汤"，一直流传至现代。方子虽然普通，那郎中要的诊金倒是不低，要二钱银子。齐永定拜托伙计帮忙去抓十帖药，又花掉一钱。

病情如此绵延了半月有余，麻黄杏仁姜片发汗降温效果虽然不错，但总是治标不治本。齐永定有时白天烧退得差不多了，晚上却又浑身发寒，烧得打战，有时退烧几天，却又复发。这几日还咳喘起来。齐永定自己清楚，这样的感染，已经不是一剂中药能够解决的问题，也不是单靠免疫力就能够挺得过去的了。但来到元朝时随身带的散碎银子，已经花得差不多了。

虽然在每一个朝代，齐永定都适应得很快，或是凭运气，或是凭本事，或是凭穿越时的积攒，安顿下来不久，通常就可以不用为银钱发愁，但初到一个新的朝代，难免要谨慎度日。他深知每朝每代，在扬州这样的重镇，对于铸银铸钱管制之严厉，是以从不敢将戳子年份不对的银钱随身携带，穿越去下一个朝代花用。在离开唐代之前，他将金子都留给了圆空和尚，但还是准备了八九两散碎银子的，以他这些年在古代生活的经验，若是省着点花，这些钱便是撑上半年一年也都够了。但这突如其来的一场病，却让一切都雪上加霜。

齐永定搜遍全身，除了余下的一两多碎银，便只剩下江稚柳送他的那块玉牌。齐永定将那块羊脂白玉的玉牌放在手中摩挲了半晌，脑海中挥之不去的，却是成聆泷。犹豫再三，这块玉牌，他最终还是决定当掉。

一日午后，齐永定喝了药，又吃了碗热腾腾的阳春面，发了一身汗，趁着不发烧，他结了账，拖着虚弱的脚步走出会同馆。掌柜的帮他指了路，又送了件薄棉的袄子给他挡风。中秋临近，外头的风已经有些冻人。掌柜和他说，玉牌这种东西，在东城是卖不出好价钱的，只有去城西，沿着运河，一家一家打听。

从这里去东城的运河边足有五六里地，若是没灾没病的时候，一路走走逛逛倒也没什么，但齐永定拖着病躯，一想到到了运河边还要一家家当铺地跑，心里便先虚了。自己当了玉牌本是要治病，若是先累着了，病反而更重，岂不是本末倒置？当下一咬牙，叫了辆驴车驮自己过去。

那赶车的把式是个多话之人,齐永定一上车,就和他聊开了。

"客官去河边上可是要给府上添个摆设吗?"车把式道。

齐永定问:"你怎么知道?"

车把式答:"嗐,河边上那一溜,也不卖吃的喝的,净卖些我们穷人家用不到的东西。客官你可小心,我听说那儿可有不少假货。"

齐永定笑笑,答:"其实我是去卖东西,不是去买,卖了东西再去抓几味药。"说到这儿忍不住又咳嗽了几声。

车把式见他一脸病容,便住了口,但没走几步,又开腔道:"您不是本地人吧,口音听着像北方来的。"

齐永定不免哑然失笑,自己官话说得久了,竟然被认为是北方来的,当下用扬州话回了句:"是扬州本地人,确是出门出得久了,让你误会了。"

车把式笑起来,道:"怪不得,我看客官你怎么有些人生地不熟呢。那些劳什子的摆件玩物什么的我不懂,但医馆药铺,您只要看准了和尚开的,准没错,价格公道,药到病除。"

齐永定奇道:"和尚开的?"

车把式答:"你还不知道?那一片有好多买卖,都是天宁寺的和尚开的。"

一个月之后,齐永定的病好利索了,这才庆幸,那天幸好叫了驴车,遇到了这样一位话多的车把式,这才没有将病情误在庸医的手里。

开春,便是他在天宁寺寄宿的第六个月了。那日,车把式没把他拉到当铺,而是拉到了一家医馆兼药铺。那家叫"安济坊"的药铺看上去与普通的药铺并没有什么区别,开在离运河边一街之隔的一条叫太平巷的街坊里,房子是普通的一层瓦房,一进门,供奉的既不是华佗也不是孙思邈,而是挂着观音像。

柜台里,记账的掌柜、抓药的伙计,都与普通药铺无异,但当齐永定说想找人瞧瞧他的咳喘病时,从屋子后堂间出来的,却不是郎中，而是一位中年和尚。

那和尚先是合十念了句"阿弥陀佛"，让齐永定在柜台边的案子旁坐下，自己坐在另一边为他诊脉。诊过脉，看过舌苔，和尚细细地问了他这半月来的病情，又伸手仔细摸了摸齐永定的两肋下，便进了里屋。半晌后，带了一包银针回来，先是帮他在后颈、双手和小腿上各扎了一针，齐永定顿时觉得胸口松快了些，正感叹这和尚医术了得，但看和尚一副眉头紧锁的样子，齐永定心知不妙，小心翼翼地问道："大师……"

话没说完，那和尚打断道："施主你这打摆子的病，拖得是有点久了。我这几针，只是暂时解一解你的咳喘之苦，若要根治，我看只有拿个奇方试一试……"

齐永定一听不禁打了个寒战，他知道，在古代所谓的"打摆子"，便是疟疾，这种在现代几乎已经绝迹的疾病，在古代十分凶险。在元代，能够治愈疟疾的含有"奎宁"的金鸡纳树树皮，还远在南美，不知这和尚有何办法。眼见眼前这和尚为难的样子，便试探着问道："大师可是担心诊金？"

和尚叹了口气，道："诊金我不收也无妨，但有些药材，却不是和尚说买就能买来的。"

齐永定当下心一横，取出那块玉牌，递给和尚，有些窘迫地道："我已身无长物，便只有这块玉牌，大师瞧瞧可能抵了药钱？"

和尚接过玉牌，来回翻看了一下，双眼发亮，道："施主，这等贵重物什，我可不懂，你且稍等我一下，我请我师兄过来看看。"

齐永定便在安济坊中等着，约莫一盏茶的工夫，那为他看病的和尚回转来，身后还跟着一个胖大和尚，看年纪也比他年长些，胡须已经斑白。那会看病的和尚一进门，就向齐永定介绍："施主，这位是我师兄至真，寺里文玩典当的活计，都是归他管，你那块玉牌，给他看看便好，我师兄在这运河边向来口碑不错，价格公道，从不坑人。"

那法号"至真"的胖大和尚也唱了句佛号，道："我们出家人本不应贪图这些名利之事，只是官家许给寺里这许多生意，也不好推辞。佛家说，无欲便无求，放下我执入尘世做这些俗家的生意，也算是修行吧。施主若是信得过我，便将玉牌拿给我看看。"

齐永定见这两个和尚，明明是正经的修佛之人，为人质朴，却陷在这些俗务里，心中半是惊讶，半是好笑，不知元朝的天宁寺究竟有了些什么变化，为何要去经营这些俗世的生意。但眼下显然不是打听的好时机，便只好先压下心中的疑问，回了个礼，将玉牌递给了至真和尚。

至真打了打眼，便立即道："施主，你这块玉牌，乃是上好的羊脂白玉，雕工也好，师弟与我说了，用来买治疗打摆子用的那几味药材，我看是绰绰有余！只是……"

齐永定连忙问："只是什么？"

至真和尚沉吟了片刻，接着道："这玉牌上雕的杨柳成双，若是小僧猜得不错，此乃定情之物。施主当真要将这玉牌拿来折抵药金么？"

齐永定叹了口气，道："我与送我这块玉牌之人缘分已尽，只怕此生都不会再相见了。再留它在我身旁，只是徒增烦恼而已。"说罢又咳嗽起来。

至真道："我看施主谈吐像是读过书的人，可会写几个字？"

齐永定答："书是读了不少，却没有考过什么功名。抄经记账，写写画画，这些事倒是都做过。"

至真又掂了掂那块玉牌，道："施主你看这样如何？寺里正缺一位往木雕版上抄经的人，施主便随我到天宁寺借宿，若是施主能帮我师叔抄完那几版经书，便算是折抵了药金。出家人不可夺人所爱，缘分是尽了还是没尽，只有佛祖晓得，这玉牌我先替你收着，若是哪一天施主想来赎回这玉牌，也不必担心找不着买家。"

如此，齐永定便跟着至真进了天宁寺养病，一边在藏经阁抄经。又是半月过去，他的疟疾已在法号至善的和尚的"奇方"下痊愈，咳喘也好了大半，不禁啧啧称奇。他曾试探着问那至善和尚，每日给他服的药，其中可是加了在古代十分金贵的"金鸡纳霜"（即奎宁），至善和尚被问得一头雾水，却也不藏私。他对齐永定坦白道："施主，不瞒你说，我乃是在一本冷门医书中查到的这个'鳖甲散'的方子，用柴胡、鳖甲、知母、秦艽、当归、青蒿、乌梅、地骨皮，我又往里面加了人参、乌鸡和鳄鱼肉。"

至善有些不好意思地说："我们出家人便是治病也不能碰这些荤腥，但施主就不打紧。"原来所谓"不是和尚说买就能买来的"，指的竟是这个。看了这方子，齐永定心下恍然，方子能起效，其实在于"青蒿"。八百年后，一位中国人将因为"青蒿素"治疗疟疾这个方子而荣获诺贝尔奖。

那至善和尚又说："其实还是施主身子骨壮健，我才敢下猛药，若是换个这儿亏那儿虚的病弱之人，这病拖个几年也不稀奇。"

进了九月，齐永定的病已经彻底痊愈，但至真至善也从未问过他何时搬走，他便在寺里住着。经书抄完三卷，他便开始试着接手雕刻木版的活。他在留学时修过版画，上手比普通僧人要快上许多，没几日便已经成为熟手，寺里的僧人便更是绝口不提他离开的事。

在天宁寺里住了这些时日，齐永定和寺里的僧人也都熟稔起来，也逐渐明白了为何天宁寺会在扬州城里经营这么多家生意。蒙古人信佛，从南宋手里攻下扬州后，佛教已在扬州兴盛了十几年。蒙古人信奉的原是密宗黄教，到了南方，禅宗盛行，蒙古人倒也不加区分，一律善待。西郊的大明寺一口气分了上百亩的田地。天宁寺位于城中繁华之地，没那么富裕的田地可以分，扬州总督便将医馆、客栈、药店、当铺等生意都划给寺院经营，这十几年来，天宁寺的和尚们倒也将这些生意经营得公平道地，有声有色，也算是造福一方百姓。

只是这么多年来，那藏经阁的屋檐仍是缺了一个角，寺里的僧人们似是早已经习惯这个缺角的木楼，即便生意已经遍布东城，也不愁香火钱，却也从未有人想过要去将这个角补一补。

| 四十三 |

色目人

　　开春的时候，齐永定已经刻完了十卷的《楞严经》。执掌藏经阁的净严大和尚，这几个月来当着他的面、当着带他入寺的至真和尚的面，也当着其他僧人的面，夸赞过他很多次，说从未见过像他这样，在佛经雕版上悟性这么高的，若是能潜下心来刻佛经，必可成就一代高僧大德。齐永定前前后后在天宁寺住了这许多年，打过交道的和尚也不在少数，又怎会听不出他的弦外之音？初到唐代，心灰意懒的那几年，他也不是没想过，若是在天宁寺出家，终日抄经礼佛，聊此残生，是否就能获得心灵上的平静。圆空和尚倒是早就看出他尘缘未了，便是留在佛门，也难以六根清净，便一直鼓励他多走走，多看看，多想想。

　　他最终还是挣扎着从钟摆那一边的唐朝，寻找到了一条路，通往钟摆这一边的元朝。错过了那么多人，经历了那么多事，才终于来到与成聆泷相同的时代，这一路走来，可算是苦心孤诣。在古代出家或是成家的念头早已被他抛到了九霄云外，一心只想着与成聆泷团聚。有时被净严大师劝得烦了，便停下手中的活计，去运河渡口边寺里经营的"抱慧斋"，找至真和尚聊聊天。或许是因为至真是个入世修行的和尚，又或许他见过叶稚柳送给齐永定的那块玉牌，便认定他和这红尘的缘分还没断，总之他和齐永定聊生意、聊瓷器、聊做饭烧菜，却从不聊劝他出家的事，似乎毫不在意会得罪净严这位师叔。齐永定和他最聊得来。

这一来二去，齐永定便爱上了逛这一路的古玩瓷器铺子。净严大师见他往外跑得越来越频繁，心思也不再放在雕刻经版上，心中虽然觉得可惜，但也知道是自己执着了，也就不再拿出家的事再来纠缠他。

白日里，吃过早点，齐永定会先从天宁寺一路逛到运河边上的渡口，再去东门城楼一带转转。这一路上集中了扬州城所有古玩瓷器店的十之七八。说是"古玩瓷器"，其实经历了十四年前那场宋元之间反复拉锯的战事后，"古玩"早已剩不下什么。也没有明清时那样多的"文玩"，便只有各式各样，各种材质的家具、餐具、饮具和摆件，铜的、玉的、陶的、漆的，当然最多的还是瓷器——这也正是齐永定总爱逛这一路的原因。

忽必烈当政时的元朝，扬州仍是东方第一大港，可以说是汇集天下名瓷。从景德镇浮梁瓷局、龙泉窑、德化窑北上进贡到大都的瓷器，从钧窑、长沙窑、白沙窑来的，要从扬州装船南下，出海至欧洲的瓷器，总之是琳琅满目、良莠不齐。元人崇尚青瓷、白瓷与青花瓷，且大多是大件器具。齐永定不知看了多少只青花梅瓶，每见一只，便想起成聆泷。他十分确定，成聆泷就在这个朝代——虽然过了这么多年，机关盒中的绢帛早已经破碎到难以辨认的地步，但在清朝时偶然遇到的那两只机关盒，他却一直带在身边，他也还记得在现代成聆泷买给他的那只机关盒内的绢帛上，记着"元十一"和"1276"这两组年份。

但多方寻访，无论是成聆泷这个名字、机关盒，还是霁蓝釉白龙纹梅瓶，都杳无音讯。

若是成聆泷活在这个时代，她在做什么呢？她还会制作机关盒吗？会把写着自己身处何时何地的绢帛塞进机关盒中，四处散发吗？她会像自己一样寻访白龙纹梅瓶，想要离开这个时代吗？

无论是"元十一年"还是"1276年"，扬州城都还在南宋李庭芝的手中，忽必烈尚在攻打南宋。于是更要紧的问题变作，成聆泷，她还在扬州吗？还是与宋人一起向南逃去了临安？

她还活着吗？

齐永定告诉自己，要沉住气，这只是他回到元朝的第一年而已，他还有的是时间。

这一日，他又画了二十张白龙纹梅瓶的图，一路上在每一家卖瓷器的店里散发，虽然至真和尚早就告诉他，这样做无济于事。这种官窑烧的龙纹瓷，除了官家，没有人敢碰——便是私下里得了这样的瓶子，也只会闷声发财，不会招摇到让运河边开瓷器店的店家都知道的地步。但齐永定执意要这么做，至真和尚也不拦着。

齐永定散了一路的画，又从东门的城门楼子散步回到了至真掌管的抱慧斋来。一进门，就看见至真和尚在柜台后面，摆弄他寄放在这里的机关盒。齐永定将机关盒留了一只在至真那里，请他帮忙留意，若是有人上门典当类似的机关盒，或是在进货时见到类似的东西，又或者有人对机关盒感兴趣，即便是随意问起，便通知他来看一看。如果能留住卖家，让齐永定能见上一见、问上一问是最好，若是不能，无论如何也要留下卖家的行踪或是联络方式，让齐永定能循着线索，追查到机关盒的来历。

他不会放弃可能连结到成聆泷的任何一条线索。

齐永定见他将机关盒拿出来把玩，连忙问："大师，是有人问起这只盒子吗？"

至真抬头见是齐永定，摇了摇头，答道："不是，是我自己觉得这盒子有趣，便拿出来把玩一下。唉，我还是手笨，你明明教过我如何打开，我试了一上午，却无论如何都打不开。"

齐永定见至真和尚如孩子般露出一脸挫败的神情，便笑着接过机关盒，重又对他细细地讲解了一遍"龙生九子"分别是哪九只神兽，又分别对应现世中哪九种动物，以及它们排列的顺序，一边讲解，一边翻动机关盒，最终翻到那个空白面，右手食指微一用力，"嗒"的一声，机关盒的盖子应声滑开。

但盒中穿越数百年的绢帛早已粉碎，散失殆尽，齐永定望着空空如也的机关盒，心中不免一阵怅然，笑容也在脸上渐渐消失。

至真望着他的表情变化，忽然道："你要找这梅瓶与机关盒，还有随身带的那块杨柳成双的玉牌，都是为了同一个人么？"

齐永定摇头道："找梅瓶与机关盒，是为了同一个人，她是我这一生中最重要的人，远比送我玉牌的那人重要得多。我只身回到扬州，便是为了来找她，若是找不到，我是不会离开的。"

但他已在扬州的历史中穿越了千年，经历的诸多离奇之事，他却缄口不提——想到在他离开唐朝时，圆空和尚那错愕的表情，以及净严法师"苦口婆心"的劝告，他就愈发觉得，这些不可思议、玄而又玄的事不该与这些和尚多说，免得引来不必要的期待与麻烦。

只有他自己心里最清楚，与他有着万千羁绊的，并不是天宁寺，而是成聆泷。

至真见他不声不响地拿着机关盒出神，半晌才道："唉，齐先生，你也知道净严师叔是希望你能留在藏经阁，帮他刻完所有经文的木刻本的。他也和我提过多次，让我多劝劝你留下。"

齐永定回道："至真大师，你与至善大师的救命之恩，齐某没齿难忘，日后若是有什么法子能报答二位的恩情，齐某必当尽心竭力。但……但眼下的扬州，还有个女人等着我去寻找，去搭救，去团聚。这个女人是我一生的羁绊，我已经走了很遥远的路途来找她，也发誓只要我还有一口气，就一定要找到她。所以净严大师劝我出家一事，恕难从命，还是请他打消这个念头吧。"

至真和尚笑了笑，道："我虽然从小出家，不懂你们这些男女情爱之事，但我也不是个瞎子，也看得出齐先生你心有所系，是以我也从来没帮净严师叔劝过你。"

和尚从桌上拿起机关盒，犹豫了片刻，才道："唉，不瞒你说，其实我是见过与这盒子颇为相似的东西的，只是那是多年以前了……"

齐永定一脸不知是惊喜还是错愕的表情，打断他道："至真大师，你见过这样的机关盒？在哪里？人还找得到吗？"

至真拍拍他的手臂，安抚道："先生你莫着急。我记得我多年以前，奉方丈之命，刚入这一行经营古玩瓷器铺子的时候，确是在一个回鹘商人那里见过一个这样的盒子，比这盒子大些，不是铜的，而是用木头做的，但打开的方式与这只盒子如出一辙。"

齐永定心中一阵疑惑，回鹘商人与木盒子，和成聆泷留下的线索都对不上啊，但他还是问："敢问至真大师，这是多久之前的事？"

至真答道："具体我也记不清了，应当是元蒙攻占扬州城之后的事，距今没有十年，也有八年了。"

一听说过去了这么久，齐永定的心便又开始往下沉——时隔十年八年，要再去找一个回鹘商人，只怕是希望渺茫。在唐朝时他已经是走了大运，才遇到了居鲁士这位命中贵人，帮他寻回了陨石碎片，这种运气会在元朝重新再来一次吗？他连想都不敢想。

虽然只是一条渺茫的线索，但到了眼前，他又不能不追。于是他还是问道："至真大师，这回鹘商人……如今可有下落？"

至真摇了摇头，道："人是找不到了，不过……"一副欲言又止的样子，显然是有一些话还藏着没说出来。

齐永定的语气中已经带了些哀求之意，道："大师，我知道我已经欠了你很多恩情，今生都未必能还得清。但我要找的这人，确实是生死未卜，大师就算不是为了成全我，就当是帮我救救她，关于这机关盒，还有什么消息，还望能一一告知。"

至真和尚点了点头，轻轻叹了口气，道："也不知你我究竟是有缘分，还是没缘分。也罢，你随我来吧。"说着站起身来，绕出柜台，吩咐店里的伙计道："我与齐先生有事外出，去去就回。"说着走出店门，齐永定连忙跟了出去，至真和尚又回头嘱咐道："照方丈大师立下的规矩，我们天宁寺的僧人是不该与那些蒙古人、色目人有什么瓜葛的，今日为了你，我便破个戒，你可千万不可对寺里的人说起,便是我那师弟至善也不行!"

听到"色目人"这一称呼,齐永定心中一动——他知道蒙古人一直信任波斯人、阿拉伯人与欧洲人这些"色目人"远胜过汉人,"色目人"在元朝做官或是经营官商的机会也远胜于汉人。想到成聆泷瞳孔带的那一抹绿色,齐永定心中不禁又生出万千期待来。他连忙点头道:"大师放心,我的嘴牢得很。"

至真和尚轻声念了一句:"阿弥陀佛,也不知是福是祸。"接着,便对齐永定说:"齐先生,你就随我来吧。"

两人朝西走了二里地,在远离运河边的漕运司衙门附近,至真带齐永定走进一条小巷,往里再走个几百米,忽然豁然开朗,面前一片宽敞的地界,用不高不矮的红砖墙围了起来,看上去足有一亩地那么大,但里面却不是通常住人的那种几进的房子。

至真叩响那扇看上去简陋但坚固的木门,不一会,便有穿着粗布衣衫,身上脏兮兮,工人模样的人来开门。那人上下打量一下至真和尚,脸上露出惊讶的神色。

至真道:"烦请小哥通报一声,就说来者是抱慧斋的至真和尚,求见这里掌柜的。"

那人笑了笑,道:"不必通报了,抱慧斋的至真长老,做这一行的又有谁没听过?"

说着领着二人往里走。齐永定四下打量院中的布置,穿过一间工坊,见到窑口,齐永定便认出,这里竟然起了一座小型的瓷窑——他虽然只在现代用电窑烧过瓷器,但各种瓷窑的布局模样却不止一次在成聆泷的笔记上见过,也曾在清代的扬州近郊见过烧仿名窑的赝品的民窑,他一眼便认出,这必是烧瓷的窑口没错,只是看布局和规模,窑温不会太高,自然也没法烧出什么名贵的东西来。

正当他奇怪至真为何要带他到这样一处半隐秘的瓷窑来时,只见一个满脸满身灰扑扑的人从内里那间最大的作坊里大步流星地走出来。来人高鼻深目,一对蓝色的眼睛在沾满灰尘的眼眶中闪烁着,完全是一副欧洲白人的模样——见到这样一张脸，齐永定心中不禁一阵失落，但又想起方才至真所说的"照方丈大师立下的规矩，我们天宁寺的僧人是不该与那些蒙古人、色目人有什么瓜葛的"——那"不该有瓜葛的"，指的想必就是眼前这个人了。

只听得那色目人用字正腔圆的官话道："真是稀客，稀客！今天是刮了什么风，竟然把至真长老刮到我们这小小的瓷窑中来了？"

| 四十四 |

补瓷人

色目人见至真还领着一个书生模样的中年人一起进来，眨了眨眼，瞬间便心领神会，向至真和齐永定道："我们有事后堂说？"

至真点了点头道："如此甚好。"

色目人领着二人，走过捏陶胚和上釉的作坊，又穿过一个小院子，来到一间清净的内堂房间。与灰扑扑的外堂不同，这间内堂房间打扫得干净整洁，除了朝东那边摆着一张茶几和两把椅子外，其余三面墙的博古架上都摆满了各式各样的瓷器。元人崇青尚白，博古架上的瓷器，多数都是青瓷和白瓷，以及十数件青花瓷，有大有小，器型各异，但可以看得出其中有不少像是名窑出品的上品。即便其中有一些是仿制，也仿得似模似样，不细看也很难分辨。

那色目人安排至真和尚和齐永定落座，着人给二人沏上茶，说要去整理洗漱，让二人稍等，便先行离开。

色目人一走出屋子，齐永定便站起身，四下里打量着这屋子中陈设的数十件瓷器，从做工看，无疑都是精挑细选。他一边看，一边心中疑惑——以这些瓷器的精美程度，明明不是这个小窑口能烧制得出来的，这色目人难道有什么秘方不成？目光转了半圈，齐永定的眼神便被西面架子上的一只梅瓶吸引了过去。他走过去，凑近身子，盯着那只青花梅瓶看了很久，几乎忍不住要上手把玩一下——那器型、那釉色，除了瓶身所绘制的并非龙纹，与霁蓝釉白龙纹梅瓶简直别无二致。

齐永定看得出神，连那色目人重新回到屋中，走到他身后，他都没有发觉。

那色目人见齐永定看那梅瓶看得忘我，忽然就用食指扣着瓶口，将瓶子从架子上取了下来，递到齐永定手中。齐永定吓了一跳，虽然动作有些踉跄，还是及时抬起双手接住瓶子，同时下意识地拿右手往瓶底与瓶身的接缝处一捋。

这是个满釉的瓶子，没有露陶。

那色目人见到齐永定捋瓶底的动作，双眉一挑，眼神闪烁了几下，半是试探地问道："这位小哥，也是内行人啊？"

齐永定连忙将梅瓶放了回去，道："哪里哪里，只是有位故人恰好好这一口而已。"

只见那色目人已经将满脸的灰尘尽皆洗去，露出长满色斑的皮肤，或许是因为在瓷窑里待得久了，肤色变得有些黝黑。他留着一头栗色带灰的长发，已经有些谢顶，余下的头发几乎扎不成一个发髻，但胡须倒还很浓密。大鼻头红彤彤的，显然是喝酒喝多了，但淡蓝色的虹膜还是十分清澈明亮。

他看上去完全就是个欧洲人的样子，但穿着对襟长袍，扎着发髻，却活脱脱是个元朝人，官话也说得没有丝毫口音，显然是在中原待了足够久的时间，或许已经久到把扬州当作自己的家乡，无法再适应欧洲的生活了。

齐永定原本是要问他机关盒的事，但见到这只梅瓶，却一时失了神，变得期期艾艾起来。那色目人像是看透了齐永定的心思，试探着问道："小哥可是从前见过这只瓶子？"

齐永定撒了个小谎，道："倒是与我那位故人烧制的一对瓷瓶十分相似。"

色目人微微蹙眉，道："这只梅瓶仿的是景德镇官窑的工，烧制者是位制瓷的名师，她烧出的青花瓷，'不是官窑，胜似官窑'。上至扬州总督，下至行走西域做瓷器生意的商人，都十分仰赖她。

只是以她的年纪……若是小哥的一位故人，未免太老了些。"

齐永定心中一动，还想再问，那色目人却已转向至真和尚，对着至真合十行礼，唱了个喏，但神态间，好奇的成分却还多过尊敬，就好像是多年不见的老友忽然来拜访，在欣喜之余总还要多长个心眼——尤其当他还带了一名从未见过的陌生面孔一同来到这个隐蔽的瓷窑时。

至真也合十还礼，道："阿弥陀佛，乔师傅，和尚打扰了。"

那色目人开口问道："长老这次意外造访，也不遣人先来打声招呼，只怕并不是要和我谈什么生意上的来往吧？"

至真和尚脸上的笑意带着些许尴尬，答道："乔师傅还是那么机敏聪慧，和尚的来意，哪有瞒得过你的时候？"

那被叫做"乔师傅"的色目人自嘲地笑笑，道："我想也是，我这处窑口烧出来的东西，哪里入得了大师的法眼？"

至真连忙摆手，道："哎，乔师傅何必如此自谦，您这一手修复瓷器的功夫，莫说是独步扬州，便是寻遍江南，只怕也找不出第二个来。"

"乔师傅"显然是被恭维得十分受用，笑得连脸上的色斑都变得明亮了起来，但口中还在自谦："我这点微末功夫，哪儿及得上烧这些瓷器的大师之万一，也只能在这样的小窑口混口饭吃而已。"

说着，对着屋中三面墙的瓷器一挥手，对着齐永定道："小哥方才想必是在疑惑，我这一屋子的瓷器，根本不是我这小小的窑口能够烧得出来的，没错吧？"

齐永定不禁点头附和，"乔师傅"脸有得色地道："你可知每日有多少瓷器从扬州运往大都、运往泉州、运往广州、运往西域……运往每一个出海口，再装船开赴我的家乡欧洲？"没等齐永定接话，"乔师傅"就接着自问自答道："每天少说也有十船的货物，且每一条船都有瓷器、丝绸、茶叶这些紧俏货物。景德镇、龙泉窑、长沙窑、定窑、钧窑、德化窑……天下名窑齐聚于此，凡是你能数得出来的窑口的瓷器，就没有在扬州府找不到的。这瓷器你也知道，都是些金贵货色，长途跋涉运至扬州，难免有些土耗破损，便有了我们这些专攻破损瓷器修补、补釉复烧的匠人的用武之地。我已在这里做了十年瓷器修补的生意，我这不起眼的窑口，虽然做不了这屋子里这样精美的器物，但用来做些修补陶坯、补釉复烧的活儿却刚刚好。"

齐永定忽然理解了，为何在离漕运司如此之近的要地，这位专事瓷器修补的"乔师傅"会拥有这么大的一片地，足以建立自己的瓷窑。听他方才提到扬州总督时的口气，想必与此处地方上的主官有着莫大的关系——相比汉人，蒙古人更喜欢任用色目人与回回帮他们管理经济、打理通商之事，这倒也不奇怪。但齐永定却难以想象，"乔师傅"口中，这位精于仿制各个名窑瓷器的所谓"制瓷大师"，竟然会是个外国人。

他心中忽然生出种强烈的直觉，就如同寻找白龙纹梅瓶与陨石碎片一般，促使他想要知道这位"制瓷大师"的名字。

"'乔师傅'，我有个不情之请。"齐永定问道，"烧制了这一屋子瓷器的大师，究竟姓甚名谁，能否给我引荐引荐？"这请求说出口，他也自知有些冒昧，是以口气也越来越虚。

"乔师傅"一听这要求，望了至真一眼，冷笑一声，道："阁下又姓甚名谁？你我今日第一次相见，你既已承认不想与我做生意，却又要从我口中套我们这一行最重要的制瓷师傅的名字来历，难道不觉得有些过分么？若不是看在至真长老的面子上，哼，此刻我只怕已将你轰出去了。"

齐永定仍是不屈不挠地道："我姓齐，名字上永下定。我不是没有自知之明之人，若不是看在至真大师的面子上，我只怕连这里的门朝哪儿开都不知道，更别说能与'乔师傅'见上一面了。只是这位制瓷大师与我寻找多年的故人有着莫大的关系……"

齐永定话说到一半，至真和尚忽然咳嗽了两声，打断他的话头，有些尴尬地提醒道:"齐施主,还是快些说正题的好。"

齐永定愕了半响,这才想起,自己最初的来意,乃是为了那机关盒——若是在制瓷人的身份上继续纠缠下去,怕是只会拂了好心带他来的至真和尚的面子,确是不太合适。于是他强压下心中那一团疑惑,从怀中摸出那只刻有"龙子神兽"及形似字母C的纹样的机关盒,递给"乔师傅",道:"不瞒您说,我原本是为了这个盒子而来。至真大师说曾在您这里见过与这个盒子类似的盒子,关于那盒子的来历,还望'乔师傅'能够指点一二。"

色目人"乔师傅"将机关盒拿在手里掂了掂分量,又翻来覆去地看了个仔细,这才问道:"做这盒子的手工,乃是西域传进来的,阁下的故人可曾去过西域?"

齐永定茫然地摇摇头,又问道:"乔师傅所说的'西域',是指大漠以西的波斯,还是?"

"乔师傅"皱起鼻头笑了笑,道:"还要更西,乃是我出生的地方,名字叫做欧罗巴,是那里寺庙中的僧人做出来用来藏匿机密口信的盒子,若是藏要紧的口信,便会如这只盒子一般用铜铁来做。若只是做来给家人孩子玩的盒子,便会用木头。"他顿了顿,接着道:"至真长老与我见过的那只,便是用木头做的,不过那盒子的主人,却是位大人物——长老不曾对你提起过那人的名字吗?"

齐永定疑惑地摇了摇头,至真又咳嗽了两声,辩解道:"过去那么久,我记忆早已模糊,怎可能还记得盒子主人的名字。"但语气中全然是一副只想撇清关系,不想惹麻烦上身的意味。

齐永定问:"您说的,难道是教堂中一位神父?"

那色目人大感诧异,问道:"你怎会知道教堂和神父?"

齐永定用自己记忆中仅剩的几个拉丁语单词,磕磕绊绊地道:"我去欧洲学过画。"

这回,变作"乔师傅"饶有兴趣地望着齐永定,用拉丁语问:"你是在哪儿学的画?"

齐永定答道："法兰西，巴黎。"

"乔师傅"有些不屑地撇撇嘴道："高卢人，全是些蛮子，他们懂什么画？"又接着用汉语官话道："那位盒子的主人，可不是什么神父。他便是堂堂扬州总督，从威尼斯来的马可·波罗——你既是扬州人，这个名字，你总听过吧？"

听到这名字，齐永定惊讶得瞪大了眼睛，问道："你是说，做这只机关盒的人，是从马可·波罗那里学来的制作方法？"

色目人答："是不是从马可·波罗大人那里学来的我不知道，但约莫十年前，我便见过波罗大人随身带着这样的机关盒了。"说着，他又用拉丁文小声嘟囔着："唉，太久没回去了，连家乡话都不怎么会说了。"

齐永定也不理会他的抱怨，急忙追问："如何才能见到马可·波罗大人，'乔师傅'能否赐教？"

"免谈！""乔师傅"兜头一盆冷水浇下去，"马可·波罗大人贵为扬州总督，总理扬州府的漕运、盐运、通商、制瓷……他乃是皇上在扬州最信任的人，又岂是我们这等小人物说见就能见到的？"

齐永定仍不死心，问道："您与波罗大人是同乡，能否念在同乡之谊……"

"乔师傅"打断他，道："我是从那不勒斯来的，他是威尼斯人，我们又哪里是同乡了？"

见齐永定一脸失落的神情，"乔师傅"忽然道："你在法兰西学了些什么画，且画来与我瞧瞧。"

说着从博古架的一格抽屉中寻出笔墨纸砚，在茶几上展开。齐永定也不推辞，开始在纸上画他最擅长的静物写生，在西方技法中又融合了从石涛和郑板桥那里学来的水墨丹青的风骨，只画了一半，"乔师傅"便已经看得双眼发亮，改口道："咳咳，阁下若是不嫌弃我这小窑口，愿意留下为瓷器画个胎、补个釉，想要和波罗大人见上一面，倒也不是没有机会。"

齐永定一听之下，立时应允，但"乔师傅"又道："只是在我这儿学徒，三年内只管吃住，可是没有工钱的。"

他见齐永定望向至真和尚，只当是他要反悔，连忙道："那制瓷大师，说不定也可以找机会帮你引荐引荐。"

再看齐永定的表情，似是刚刚下了什么决心，只听他对至真和尚道："天宁寺各位师傅对齐某的恩情，永定不敢稍忘。只是烦请大师向净严师叔解释一句，齐永定日后只怕是无暇帮他刻经了。"说话间，他摸出那块叶稚柳赠予的杨柳相依的玉牌，塞进至真和尚手里，口中说道："这块牌子，也请大师带走。"

至真便已明白，他心意已决，劝是劝不回来的了。

| 四十五 |

清明祭

  清明的时候，齐永定去了一次瘦西湖边上江旭云落葬的地方。那天天上飘着蒙蒙细雨，打在脸上虽然黏腻，但还没到能够浇灭人们踏青和上坟计划的地步。出西郊的人，有人打伞有人不打伞，齐永定就是没打伞的那些人之一，他原本就觉得随身带把伞是件麻烦事，不如披件冲锋衣，解放双手来得方便。今日去给江旭云上坟，齐永定拎了一只食盒，又打了瓶酒，自然就更腾不出手来打伞了。在元代自然是没有什么冲锋衣可以挡雨的，蓑衣斗笠太过笨重，这个季节，早已没有人出门穿，再过上十天半月，便要拿来铺在床上当席子垫了，至于用浸了油的纱线来织雨衣的技术，要到明朝后半叶才会出现。
  雨滴虽然小但却密，落在他的头上，钻进他的发髻里。齐永定的心情有些烦乱，他无法阻止这些关于雨衣的念头随着雨水钻进他的脑袋，占据他的脑海。他想去抓抓头，却也腾不出手。在这个男人也要留长发，绑发髻的年代，洗头是件很麻烦的事，要用皂角泡皂角水，还要打上至少两桶清水，洗完后还要花上接近一个时辰来将头发晾干。但如果出汗淋雨，没有及时洗头，除了让人难以忍受的异味之外，生了虱子便更麻烦。如果没有人帮忙，绑发髻也是件苦差事，在唐代的时候，他有一面好镜子，头发可以扎得马马虎虎，出门可以戴个幞头遮一遮，但到了元朝，齐永定对那些状如锅底、瓦楞、斗笠的"胡帽"实在喜欢不起来，不但压头，且还要花大价钱去弄个嵌珠玉的顶子，不然在这扬州城中便没人瞧得起你，连去饭馆吃饭喝酒，伙计都会怠慢。

是以来元朝这两年间，齐永定已经放弃用塞米糠麸皮或是决明子作填充物的软枕头，而改用瓷制的硬枕睡觉，以保护发型不至于散乱。在古代这些年，他总算是体会了，为何头发会被叫作"三千烦恼丝"。有时齐永定被头发的事搞得烦了，甚至想，干脆去净严大师那里出家算了。

出了城门，人们分作两路，一路去西郊踏青，一路是去北郊上坟。齐永定随着那一路踏青的人群，不一会儿便来到了保障湖西面的那一片丘陵。这片曾经在唐代兴盛过一阵的墓地，历经数百年的时光，早已经不复当年的模样。历经两个朝代的战火与动荡，以及流民盗墓的破坏，眼下不论是向阳面的大户人家的墓，或是背阴面的风尘女子的墓，都已经被历史抹掉，变得了无痕迹，只余下芳草萋萋，杨柳依依。所谓的"风水好"，过个几百年来看，也是那样不可靠，既不能保持墓地本身的样子，就更别说是庇佑子孙了。如今扬州府的人，都喜欢将已故之人葬在蜀岗脚下那一片依山傍水的所在，那一片墓地绵延十里，在平山堂上看，蔚为壮观，更有传说古代帝王的陵墓也藏在那一片"风水宝地"当中。现在看，仿佛扬州府的人将墓地选在那儿是一件顺理成章之事——谁又会将死去的家人葬在别处呢？但齐永定知道，时间拥有改天换地的力量，也必将抹去一切痕迹，四百年后，他随石涛从平山堂远眺时，这里便已完全是另外一副光景。

虽然地面上已经没有任何痕迹，但齐永定仍是凭借环境方位，辨认出了当年江旭云埋骨的所在。就如同四百年前一样，他从路边摘了几枝野花，放在那块早已消失的"坟地"前，又拿出酒杯，拧开酒壶塞子，倒了一杯酒洒在地上。随后，他便在草地上席地而坐，先是自己抿了一杯酒，这是三月里酿的松花酒，取松花投入烧酒中，在水井里浸渍三天三夜制成，既有烧酒的烈，又有松花的香，与在唐朝时喝到的吴焕之酿造的葡萄蒸馏酒相比,有着别样的风味。

旭云姑娘想必也会喜欢吧。

湿漉漉的草地沁湿了齐永定的袍子和裤子,他的双肩也被绵密的小雨打得透湿,但他不在乎。他打开食盒,取出菜肴,在小雨中吃了起来。是蒜泥白肉、鸭丝冷拌的面片——在元朝叫冷淘汤饼,以及烫鳝鱼尾——这一道菜眼下在元代还十分便宜,日后会变成淮扬菜中的名菜,便是"热呛虎尾",届时可就不是时时能吃到的了。

宋末元初,在扬州便有巨商富贾开始招徕名厨做家厨,到了忽必烈当政的时期,那些家厨的门人徒弟已经开始在扬州府中开食肆饭馆了,这大约便是淮扬菜的起源吧。

清明午后,齐永定半卧于扬州西郊,保障湖畔的青草岗上,小雨扑面,一口酒一口肉,原是十分惬意之事。但今天的齐永定,却有些心事重重的样子,那蒜泥白肉与热呛虎尾吃到嘴里,似乎也变得索然无味起来,唯有"松花烧"的刺激,才让他觉得自己置身的是真实世界,而非困在自己的臆想当中。

他祭的虽然是江旭云,但脑中所想的却全是成聆泷。

两年前的那个开春,他拜别了净严法师与至真、至善和尚,从天宁寺中搬了出来。那小瓷窑的主人,色目人乔森"乔师傅"为他在作坊里腾了件屋子,虽然总是灰扑扑的,夏天也总是被烧窑的热气热醒,但他没有怨言。只用了三个月,他便成了乔森手下上釉、补釉、画胎的一把好手,半年过去,他便连复烧的火候也能掌握得十分精准了。随着齐永定手艺的精进,越来越多上好的瓷器被分到他手上,由他来修补。半年后,乔森也不好意思白白地支使他干活,不给工钱。他先是给齐永定在窑口外,城西运河支流的边上租下了一间连院子的屋子,齐永定也终于可以在院子里打拳、锻炼,夜里也可以睡个好觉。之后不久,先是有其他的窑口悄悄地找上了齐永定,问他愿不愿意转个窑口工作,开出的条件还颇为诱人——不单给一间两进的房,按月结工钱,甚至还承诺给齐永定说一房媳妇。齐永定这才知道,在扬州城里做瓷器修复生意的窑口,可不止乔森这一家。扬州每天十几船的货物流通,单靠乔森一家也吃不下来这么大的生意。但齐永定当然是不会考虑跳槽的,他在乎的不是钱,也不是媳妇,而是乔森的货源。

虽然嘴上不承认,但乔森无疑与时任扬州总督的马可·波罗有着私底下的联络,各大名窑每每有进贡大都的官窑瓷器,或是皇帝有赏赐番邦的皇家物件,辗转运送至扬州,马可·波罗便会拿去给乔森口中的"制瓷大师"仿制一批,用来出口至欧洲。这些年来,仿制的官窑瓷便是传说中的这位"制瓷大师"仿得最好,几可乱真,沿着海上丝路运出去,一船的货物,瓷器可占三分之一,运一船便可赚上千两的银子。但马可·波罗与这位"制瓷大师"行事却一向小心谨慎,扬州本地和周边的仪征、镇江、泰州、淮安一直不乏有人出重金求购一件"大师仿制"的官窑瓷器,但马可·波罗却从来不让任何一件仿制的官窑瓷流到本地的市场上。是以马可·波罗虽然在扬州任职时聚敛了巨额的财富,却从来没人能够抓住他的把柄,动摇他在忽必烈驾前所受的宠幸。

但在清代曾与江宁织造曹家交好的齐永定心里却清楚得很,忽必烈又怎会不知道马可·波罗的所作所为,只是他需要这样一个心腹来暗中执掌江南的经济,同时搜集情报,不放些额外的好处,又怎能让人死心塌地呢?在齐永定看来,忽必烈主政时期的"扬州总督"马可·波罗,与康雍乾时期的"江宁织造"并无区别。

说起"制瓷大师",许多行内人都说此人并不存在,只是总督马可·波罗买通了各处窑口的窑工,将原本需要销毁的官窑器物偷偷运了出来。照规矩,皇帝所用的器物须是世间独有,便是帽子这样的东西,凡是给皇帝做过帽子的帽匠,也都严令不允许再做一样样式的,更何况瓷器。官窑一炉出来的瓷器,挑出进贡给皇家的那一件或是一对,其余尽皆需要当场销毁,碎片深埋地下——不知马可·波罗究竟许下了多少银两,或是用了什么法子,让窑工将这些"犯忌讳"的瓷器偷了出来,这要是被人抓住可是死罪。

唯有齐永定相信,"制瓷大师"确有其人。经他手修补的仿官窑的瓷器越多,他便越是确定这一点。且这位"制瓷大师",与成聆泷之间一定有着千丝万缕的联系——他经手修补的瓷器越多,记忆就越是清晰,这些瓷器,从器型,到釉色,到纹样,与成聆泷的那本研究笔记上出现过的瓷器重合度越来越高,尤其是元青花,这已经不是单单用巧合所能解释的,他也不相信会有这样的巧合。

这些仿制的器型,显然都是经过挑选的。

他不断地修补着这些瓷器,一直都在等待着那对"霁蓝釉白龙纹梅瓶",来证实自己的猜测。只要那只瓶子一过手,他便能分辨出是官窑烧的还是仿的,毕竟回到古代这十年间,他已经无数次地摸过那对瓶子,完整的、破损的、仿制的,对那对瓶子的每一个细节都烂熟于心。现在,他甚至能仅凭记忆便画出"霁蓝釉白龙纹梅瓶"的纹样。

每每一个人独处时,齐永定念及修补过的瓷器,便不由得联想到自己在欧洲留学时见过的那些在教堂中修补米开朗琪罗、拉斐尔壁画的画工,他们可能是世界上最熟悉那些大师作品的人,却永远无缘见到大师本人——自己又何尝不是呢?

在乔森的窑口做修复瓷器工作的这两年间,他曾见过马可·波罗一次。那是他唯一一次亲自送瓷器过来,一次拿来了十几件物件,其中倒有一半多是在成聆泷的研究笔记上出现过的器型。那次修复,齐永定试窑温便足足试了半个月有余。

自从得知有人来挖齐永定跳槽后,乔森便开始给他发工钱,按经手修复的件数算,小件一件给三十至五十文钱,大件便是一钱两钱银子修一件他也是舍得给的。齐永定打听过,在行内,这样的薪酬算不得大方,但也可算是中上水准,他也趁机和乔森谈了一次,讲定在窑里每工作六天便休息一天,逢年过节也要放假——如此一来,在元朝的日子总算过得舒坦了些。

但一说到何时能见到"制瓷大师"本人，乔森却总是顾左右而言他。

如此又过了一年，齐永定又见过马可·波罗两次，但"制瓷大师"，却仍是缘悭一面。休息的日子里，齐永定也没闲着，在扬州城中四处寻访，却丝毫没找到过"制瓷大师"或是成聆泷的下落，到了今年，他几乎将整条运河畔的瓷器店都跑了个遍，总算是死了心。

无论是"制瓷大师"还是成聆泷，只怕都不在扬州城中了。

小雨淅淅沥沥地下了一天，直至傍晚酉时才稍歇。齐永定虽然全身都湿了，显得有些狼狈，但他却并不在意。清明时的风已经带着些暖意，不必担心会感染风寒，更何况齐永定带了一大壶的"松花烧"，喝到现在，只剩下了一个底子，这一瓶酒下肚，暖意从胃里开始扩散，整个下午即便淫雨霏霏，齐永定整个人也都暖洋洋的。

看着日头西沉，他站起身，将壶中最后一点酒洒在了身下的泥土中。若是土里埋的不是江旭云，而是成聆泷呢？在元朝的扬州寻访了这许久，他不得不考虑，若是成聆泷已经死在这个朝代，他要怎么办呢？

那样就唯有找到那两只白龙纹梅瓶，继续他的穿越之旅吧。

到冬天，他回到古代的扬州，就已经十年了。

他将已经吃喝一空的壶碗盘盏收拾进食盒，开始往回走。还没进城门，便见到窑里的伙计急匆匆地迎上来，道："齐先生，可等到你回来了，乔师傅让我们找你，找了一下午了。"

| 四十六 |

归乡路

见窑里的伙计找他找得急,一见面开口便催他回去,齐永定心里不免有些恼火——怎么回到古代还有让人"加班"这种事,但恼火之余,心里又有些不安,难不成是窑里出了什么事吗?

他皱着眉向来迎他的伙计道:"我和乔师傅早就说好的,清明我休息,不进窑里干活,你们也都知道。"

那伙计先是附和,连连称是,但话锋一转,又道:"若不是窑里有大事,乔师傅也不会急吼吼地派我来找您了。"

齐永定心中一惊,问道:"是窑口出了什么事吗?烧坏了东西?"

他原以为是伤到了人,但转念一想,要找他回去的事,只怕是损毁了贵重物件的可能性更大。那伙计脚下紧赶慢赶,但口头上却安慰道:"您别担心,说起来倒也不能算是坏事。"

齐永定有些气急,追问道:"究竟什么事,你倒是说明白!"

那伙计忽然慢下脚步,凑到齐永定耳边,压低了声音道:"晌午的时候,波罗大人送了一大批瓷器来,让我们给修,说是要尽快,整个下午我们窑里都在清点造册,足有上百件,样样都是精品!"

"上百件?!"齐永定吃了一惊,又道,"这不是好事吗?大生意上门,明年过年的时候大家都可以多分几两银子了,为啥我看你一副愁眉苦脸的样子?"

那伙计依旧苦着个脸,答道:"唉,您回到窑里就知道了。说大生意上门是没错,但……总之也不算是什么好消息了。"

听他这么说，齐永定心念一动，算一算日子，似乎确实是差不多了，但具体时间已记得不真切，于是便开口问道："一次带走这么多，难不成……是波罗大人要告老还乡了？"

伙计惊讶地望着齐永定，半晌才道："您真是神机妙算，什么事都瞒不过您，这两年还有对齐师傅器重您感到不服气的，人前人后地嚼舌根，我看他们都应该闭嘴才对。"

齐永定打断他，问道："乔师傅有没有和你们说过他日后有什么打算？"

伙计摇摇头，道："事出突然，谁也没想过以后的打算。不过我和几个老资格的窑工伙计合计了一下，我们窑里这些年做的，七八成都是波罗大人的生意，若是这一单做完就没生意上门，只怕窑口就要散了。"又道："齐师傅，若是你想成立自己的窑口，可别忘了我们这几个老伙计。"说话间，他们已拐进漕运司衙门旁的小巷，窑口已经遥遥在望。齐永定没搭他的话，他的心里也如一团乱麻，只是他所担心的，却全然不是生计问题。

齐永定返回窑里时，天已经黑了。乔森在瓷窑的门口亲自迎他，接过他手中的食盒和酒壶，问他，晚饭时需不需要再来一壶烧酒。齐永定告诉他，他需要的不是一壶烧酒，而是一壶用来醒酒的上好的浓茶。

乔森为齐永定准备好晚饭和茶时，窑口已经烧得热了起来，齐永定有些吃惊地道："这是要连夜赶工？究竟一共有多少件，要得有多急？"

乔森面色有些凝重，道："先吃饭，吃完饭再说。我已经让账房造了名册，一会儿拿给你看你便明白了。波罗大人下的命令是'越快越好'，最多最多，只能给咱们五天时间，五天之后，阔阔真公主便会由大都到达扬州，大船便会南下，像以往一样，在泉州城运走这最后一批货物，然后波罗大人便会带着和亲的队伍远走伊尔汗国，再也不会回中原了。"

齐永定惊道:"五天?你派来找我的伙计和我说,足有百余件瓷器要修,只给五天时间,怎么可能做得完?"

乔森答道:"放心,你只需做完花名册上勾出的那六个大件,其他的我会分给其他的人来做,若是人手还是不够,便向其他窑口借。"见齐永定仍是一脸疑虑的神情,他伸手拍拍齐永定的肩膀,又道:"不瞒你说,这怕是波罗大人给的最后一单生意,要得急,自然也有要得急的价钱,这最后六件瓷器,我会付双倍的价钱。"

但从乔森的语气中,齐永定却听出一丝惆怅,就好像随着马可·波罗的告老还乡,这个那不勒斯人在扬州的生活也要结束了一样。

吃完这索然无味的一餐,灌了一壶浓茶下去,齐永定的酒已彻底醒了。他来到内堂,乔森早已为他预备好了烧窑时穿戴的耐火的手套和衣服。齐永定换下被雨水打湿的衣服,又简单梳洗了一番,没等头发干透,便将长发在脑后草草扎成一束,来到已经打扫干净,预备好画笔染料的上釉工坊中。从这里已经可以感受到烧到最旺的炉火所透出来的热力。乔森递给他一卷花名册,对他说:"一会儿那百余件瓷器便会全部运进这几间作坊里,你只需修复用朱砂打了圈的那六件即可。"

齐永定展开名册,为了便于分工,名册上用各种颜色的笔做了各种符号,其中最醒目的就属用朱砂笔圈出,又写了个"齐"字的六件器物。当他看到其中一件器物的名字时,双眼便在名册上定住,再也无法挪动分毫。直到乔森摇动他的胳膊,问道:"永定兄,这六件器物的名字,你可都记下了?我还要将名册给别人看。"

齐永定方才醒悟过来,对乔森故作镇定地点点头,但满脑子却全是那个名字。

"霁蓝釉白龙纹梅瓶,一只"。

是一只,而非一对。

到他手里修复的这一只,究竟是景德镇官窑出产的真品,来自忽必烈对告老还乡的扬州总督的赏赐,还是给阔阔真公主的嫁妆,马可·波罗找"制瓷大师"仿制了一只来替换真品的?流失至法国的那只瓶子,是否就是这一只?"制瓷大师"究竟是谁,在不在扬州?

齐永定望着由独轮车一车车被运进作坊里待修复的瓷器,与他做着同样工作的工匠们扯开保护瓷器的草垫,从瓷器中挑选出分配给自己的那几件。很快,齐永定就找到了那份名册上圈出的第一件器物,但不是他所期待的白龙纹梅瓶,而是一件釉里红孔雀缠枝玉壶春瓶。他几乎就想略过那件瓷器,但最终还是说服自己,先开始工作。

虽然他满脑子萦绕的都是那几个疑问,并且他已经下定决心,这次无论如何都要找个机会与马可·波罗当面对质,不然,只怕就再无揭开"制瓷大师"之谜的机会了。

那只釉里红春瓶的瓶腹上不知为何剥落了一大块釉质,修补工作不算太难,但要补到不细看看不出痕迹的地步,却也不是太简单。齐永定一边机械地工作着,一边说服自己要耐心,白龙纹梅瓶早晚都会到自己手上,马可·波罗也会等这批瓷器统统修复完毕装船,才会动身南下。

工作至第三天,他终于从成堆的稻草和瓷器中找到了那只白龙纹梅瓶。

梅瓶的状况很惨,碎成了三大片,将碎片拼起来时,齐永定发现还缺了一些小块,需要重新做胚画釉,细细地修补。他原本以为,自己一上手就能分辨梅瓶的真假,但当瓶子在手时,他又没那么确定了。在经历了那么多次穿越之后,他本以为他与真正的梅瓶,哪怕是梅瓶碎片间,都已经有了感应——但此时他意识到,他需要将瓶子带至天宁寺藏经阁,才能感应到带着他穿越时空的那股力量——但他不能冒险,穿越至忽必烈当政的元朝已经是他在十年的漂泊中最接近成聆泷的时候,在确定成聆泷的下落之前,他不能冒险再穿越至另一个时代,谁知道那会是秦朝还是明朝,他会不会死在那里呢?

于是，他开始着手修复这只梅瓶。

瓶子的釉色很正、很厚、很匀，呈钴蓝色，"苏麻离青"特有的铁锈斑也分毫不差，瓶身与瓶底的接缝处上了釉，没有露陶，釉面上的橘皮纹摸上去手感略微粗糙，与之前数次抚摸白龙纹梅瓶时的手感无异，纹样也对，龙是三爪——但齐永定心中总感觉有些异样。

马可·波罗会将真正的梅瓶拿来这处小作坊来修复吗？换言之，齐永定过去经手修复的器物中，究竟有几件官窑的真品，他心里实在没底。但这件瓶子，就如过去他经手的器物一样，第一眼看上去，是那样的天衣无缝。如果这些器物都是由同一个人仿制的，那这人无疑是行家中的行家——如果连此时的齐永定都无法分辨这些器物的真假，那到了欧洲，又有几个人能分辨这是真正的官窑瓷器还是仿制的呢？怕是一个都没有了吧。

没日没夜地工作至第四天，修补工作已接近尾声。齐永定向乔森告了个假，说是要回去睡上几个时辰，不然实在无法完成工作。乔森看着他微微发抖的双手，只道他是疲劳过度，不疑有他，稍微查看了下工作进度，便准了他的假，让他回去好好休息。

齐永定回他的小院子，换了身衣服，简单收拾了行李，便从后门偷偷溜出了屋子。在坊间七拐八弯，确定没人跟踪之后，这才走上大路。他原本想先去东关码头，顺道与至真、至善两位于他有恩的和尚道个别，但又想到，之前那些从瓷窑运出去的修补好的瓷器，马可·波罗生怕外流到扬州市面上，一次都没运到过东关码头，而是直接北上出城，齐永定便也改了主意，直奔扬州城东北面的运河码头而去。

一想到此行只怕是他找到成聆泷的最后机会，至真、至善二位和尚也只能等一等了。

一路上，齐永定在心中默默念着："天宁寺，我会回来的，找到成聆泷我就会回来的！"

出了北门，沿着漕河一路往东，见到大运河再往北走二里地，便是茱萸湾渡口。到了码头上，找船夫水手模样的人稍微打听上两句，就可以探听到齐永定想要知道的消息——果然不出他所料，在阔阔真公主登船的前一天，那艘南下的大船就已经停泊在扬州的码头上，便是最大最阔的那一艘。

齐永定向管渡口的小吏打听，那艘铁力木打造的乌槽大船，船票哪里买。但得到的回答是，那艘船乃是扬州总督护送公主和亲的，并不卖票给老百姓，让他还是换艘船坐的好。齐永定当然不是想买票上船，他只是要确定，马可·波罗一定会在这艘船上而已。

日常停泊时，这艘巨大的官船戒备森严，看上去并没有什么可以让齐永定混上船的漏洞。但夜里可就不一样了。

当晚，就如同那些行将远航的大船上的水手们一样，船上的船夫水手、官兵守卫，分两批下船，去度过他们在扬州的最后一夜——不外乎是招妓、喝酒、赌博，或许还会与当地人起个无伤大雅的小冲突。这两批人换班之时，就是大船守卫最薄弱的时刻——上船的那批人或是喝得懵懵懂懂，或是不得已从温柔乡里抽身出来，要回船上值勤，而下船的那一批，却正盼着这一班的勤务结束，能去快活快活。

齐永定套上一身水手的衣服，装出喝得七荤八素、跌跌撞撞的样子，趁着夜色，随着上船的那批人，混上了乌槽大船。那急着换班的守卫戍卒，早已被岸上的酒楼妓院勾了魂，丝毫没意识到上船的水手中多了一人，也根本懒得一一查验通行腰牌，就这样将齐永定放行，一点都没为难他——以至于他早已准备好的那些万一被拦下时为自己开脱的说辞，什么萍水相逢，喝得尽兴，便想送这些水手一程；什么在运河上跑了半辈子，还从未见过如此大的船，便想上来长长见识云云，全都没派上用场。

到了船上，他便又找个无人的角落，换上预先准备好的一身锦袍，一顶镶嵌着红宝石顶子的胡帽，自称是为公主打个先锋，大模大样地问船上戍卒讨了间房间住下，那些水手兵丁，竟没有一人对他的身份起疑。

五日期限一到,乔森纵然四处寻不见齐永定,但交货却耽搁不得——好在那简单的收尾工作,窑里谁做也都是一样。

| 四十七 |

马可·波罗

齐永定在甲板上,看着窑厂的工匠一车车地将裹满稻草的瓷器推上舷梯,运上乌槽大船,那些曾与他一同工作的窑工经过他身边,却没人注意到他,毕竟他的装扮已经大不相同。毕竟谁都不想给自己惹麻烦,那些运送瓷器的窑工,谁会盯着一个穿着锦袍,头戴红宝石顶子,看上去就像是当官的人细看呢?

在甲板下的船舱中度过了一个晚上后,齐永定一整个上午都待在甲板上。虽然这艘巨大的官船的船舱,比扬州画舫甲板下仅供丫鬟龟奴歇息的船舱宽敞得多,但腥味、霉味、桐油味、人类的体味以及各种货物所遗留的味道仍是无可避免地在船舱中滞留、盘旋,让人窒息。每次一闭上眼睛,阴暗、黏腻的感觉便包裹住他,让他想起穿越时如同在一条没有起始、没有尽头的甬道中跋涉的情形。他整夜都没有睡好,天色微茫的时候,便从船舱中爬上甲板,去吹一吹运河上的风,那历经千年却从未改变的风。

货物运输从卯时便开始,一直进行到临近晌午才结束。运送的不单是瓷器、丝绸、茶叶、药材这些与西方人贸易的商品,还有给公主预备的嫁妆,单是各式各样的凤冠便有十二顶,首饰二十箱,衣物鞋履四十箱,以及不计其数的绢帛布匹,甚至连家具摆设、古董字画都搬了上百件上船。齐永定抱起双手,缩在一个不起眼的角落,眼见着元朝嫁公主的排场,不禁咂舌——阔阔真虽然不是忽必烈的亲生女儿,但这陪嫁的阵仗,也真够体面的了,只差没将砖瓦木梁都搬上船,到波斯就地重新造一座郡王府起来。"

齐永定心想,怪不得要走水路,从大运河南下至杭州,然后选距离杭州最近的泉州港出海——这许多物什,只能倚仗艨艟巨舰经海上丝绸之路运去波斯,靠骡马牲畜驮运,即便能穿越沙漠,到达伊尔汗国,只怕也将折损大半。一想到那一对白龙纹梅瓶,齐永定心中又是一紧——难道这一对瓶子就此流落西域了么?那留在中原,带他穿越数个朝代的梅瓶又有着怎样的来历呢?

搬完公主的嫁妆后,就是大船航行所需的日常用品。腌制的肉干、易保存的饼和馕、风干的瓜果菜脯、盐、油脂……以及齐永定没想到的,一桶桶的清水——便是在内陆运河航行时,船上也是要备足饮用水,而非就着船边取水的。

午饭饭点都过了,货物终于运送完毕,一个高鼻深目、样貌精干的老人在一本花名册上将货物一一清点完毕,向一个穿着水手模样制服、却戴着一顶蓝宝石顶子帽子的人说了几句。那人跑上二楼掌舵的位置,指挥船上的水手们将帆都支了起来,看起来身份不是船长便是大副。

齐永定惊讶地问身边帮忙拉绳子的水手:"那人是谁,如此大胆,公主殿下还没上船,便起帆了?"

那水手见齐永定衣着华贵,只道他是公主的随扈,不疑有他,连忙解释道:"回大人,我们只支了半帆,锚也还没起,公主殿下和马可·波罗大人没上船,我们怎么敢开船呢?放心吧大人,那位马泰奥马大人是马可·波罗大人的叔父,既然他让我们准备起航,那想必公主殿下和波罗大人也不远了。大人不妨趁这准备停当,准备起航的当口休息休息,吃点东西。"

听了水手这话,齐永定心中一定,确定自己并没上错船,但口中仍是假模假式地道:"公主殿下和马可·波罗大人还没上船,我怎么能休息。"

说话间,却走到甲板边,倚着栏杆,从怀中摸出饼子,解下腰间的水袋，啃了几口，缓一缓饥肠辘辘的肚皮提出的抗议。

他一边嚼着干烙饼，一边向码头望去，只见一队兵士推着一道云梯向大船的船舷冲过来，只听"砰"的一声，云梯已经架上大船正中央的船舷。齐永定吃了一惊——若不是那道云梯被装点得花团锦簇，还铺了大红的毯子，他还以为有南宋的余党要来攻打大船呢。接着，只见穿着总督官服，戴着如同头盔般的大檐官帽，官帽上镶着一粒翡翠顶子的马可·波罗，搀着身着凤冠霞帔的阔阔真公主，登上那道云梯。阔阔真公主以红色的薄纱遮面，齐永定正想看个真切，却听见有人长长地呼喝了一声："公主殿下登船！"

整个码头的人，不论是岸上还是船上，除了搀着公主的马可·波罗，其余尽皆拜倒。齐永定也只好压抑自己对大元公主的好奇心，低头跪了下去。这一跪便跪了足有一刻钟，等到跟着其他人一起起身的时候，早已错过公主登船的场面，公主已经在马可·波罗等护卫随从的簇拥下进到船舱里去，只怕这一路上再要见一面可就难了。

齐永定吃完了饼，又在底层甲板上来回踱了三四圈，他还没决定是要潜入甲板下的货舱去找那只由他亲自修复的梅瓶，还是继续假扮公主的随从，去船舱中寻找马可·波罗的下落。这艘乌槽官船甲板上的船舱有三层，阔阔真公主必是下榻在最顶层，即便她并非忽必烈的亲生女儿，但以元朝公主的身份出嫁，是绝不可能允许有人在她的头顶上走动的，住在比她更高的舱室，便是僭越——如果是蒙古大汉登船，怕是要在船舱顶上再搭个金色大帐吧，齐永定心想。

至于马可·波罗住在第几层，齐永定并没有把握，他只知道以马可·波罗的身份，自然是不可能住到甲板下面去的。但他这一身冒牌随扈的装扮，只能唬唬船上的水手守卫，面对真正的皇室随从，是决计混不过去的。是以找机会和马可·波罗当面对质的事，还需要从长计议。

大船已经拔锚起航。这个季节的江南，微风和煦。江上的风稍大一些，也仅是让旗帜飘扬起来的程度。从船头到船尾的四张帆都已经张满,大船也只不过以五六节的速度缓缓前行。大船既已在湾头渡口载上了此行的所有人和货物,在东关渡口便不再停船,一路向南航行而去。

齐永定在甲板上眼见着大船缓缓驶过东关,驶出了扬州府水域,速度虽然慢却坚定。他的心中升起了一丝从未有过的惆怅之感,就好像要远离什么于他而言很重要的东西一般。在古代,远行是一件费时费力,又很危险的事情,但他以前也并非没离开过扬州远行,他曾去过镇江、去过苏州,最远到过日后成为上海的松江府。但这次感觉又有所不同——以往他非常笃定,远行是为了追踪梅瓶,追寻爱人,但这一次的感觉,却好像是成聆泷已近在咫尺,自己却总也抓不到,被迫远离一般。

驶离扬州水域,河面上宽阔了起来,供三五艘如此宽的大船并排航行,也绰绰有余。两岸的风光秀丽而陌生。齐永定回望了一眼扬州,这才想起自己做了那么多年扬州人,还是头一次从运河上离开这座城市呢。他又望了一眼供公主歇息的船舱,阔阔真公主理应比自己更惆怅才对。她被迫踏上远走他乡之路,这一离别再无归乡之日,她为什么不出舱来,像自己一样回望一眼即将远离的故土呢?一时间,齐永定又再度混淆了成聆泷与阔阔真公主的面目,他甚至开始有个荒谬的想法,在阔阔真公主那张红色的面纱之下,是否会是成聆泷的脸呢?他突然有种想闯进船舱,翻开公主面纱的冲动。

他闭上眼吹了会儿江风,收拾了一下有些烦乱的心情,登上一级甲板,走向船头。本想在船头欣赏一下京杭大运河这最后也是最美的一段河道的景色,却没想到与一队元军卫士打扮的人碰了个正着。为首的那人长得很高,高鼻深目,栗色的络腮胡子打着卷,看上去精心修剪过,戴着一顶有着翡翠顶子的帽盔,却正是马可·波罗。

不知哪一个恍神间,马可·波罗已经带着随从卫士出了船舱,登上上层的甲板。齐永定扫视一眼,并没看到任何女眷,更是不见公主的踪影,看来马可·波罗出舱上甲板只是为了透透风。

一名卫士拦住齐永定的去路,语气不善地问道:"你是谁,为何不在自己的岗位上,擅自到上层甲板上来做什么?"

齐永定自登船以来,还没被如此盘问过,一时间不知该如何作答,那卫士见他支支吾吾,已经将右手放在了刀柄上。齐永定急中生智,大声用法语说了句:"午安,大人。"

马可·波罗在船上忽然听见有人说法语,大感意外,转过头来。齐永定趁机对着他挥了挥手,吸引了他的注意。他心中暗喜,庆幸自己赌对了——马可·波罗虽然是意大利人,但远在元代,意大利的语言远未统一,罗马人、威尼斯人与佛罗伦萨人多半会因为对方方言的关系而彼此听不懂对方在说什么,他们可能都会拉丁文,因为拉丁文是教会使用的语言,但齐永定留学时凭兴趣学的那几句拉丁文,在这样的场合之下却远远不够用。情急之下,他忽然想到,第一版《马可·波罗游记》是以法语写成,会否法语正是那个时代欧洲的通用语言呢?他在法国留了四年学,说法语自然是不在话下。但接下去要和马可波罗说什么,他却一点准备都没有。

见马可·波罗向他走过来,他心一横,自己本就要找他问"制瓷大师"和机关盒的事,却苦于他贵为总督,且负有护送公主赴伊尔汗国联姻的重任,想必一路都是戒备森严,难有接近的机会,此番不期而遇,或许是冥冥中自有安排也说不定。

马可·波罗向那卫士摆摆手,示意他退到一旁。那卫士依旧警觉地站在马可·波罗身侧。马可·波罗又上下打量了一眼齐永定,见齐永定明明是一副汉人的面孔,还以为是自己听错了,又问了一遍:"刚才是你说法语吗?"

齐永定再度以法语道:"是的,大人。刚才是我向您问午安,大人。"又伸出手向那凶蛮的卫士一摊手,道:"但您的这位随从似乎是误会了我的来意,大人,他或许以为我擅离职守,上到甲板上来是有所图谋,但我上来只是和您一样透口气吹吹风,顺便和您请安,大人。"

那卫士听不懂齐永定在说什么,但也猜到齐永定在说的话和他有关，警惕地道："大人，他制服的样式不对，既不是船上的人，也不是护送公主殿下和亲队伍里的人，此人混上船必是别有用心，您务必小心！"

齐永定早知自己这一身装扮只能唬唬水手船夫，混进真正的和亲队伍早晚会被拆穿，却没想到穿帮来得如此之快，连打一个照面都混不过去，只好继续以法语苦笑道："大人，我并无恶意，也没有携带武器，不信您可以搜。"

说着张开双手，做出没有藏匿任何武器的手势。

马可·波罗脸上的表情也多了几分警惕，但仍是饶有兴趣地盯着齐永定，道："没想到在这里有人会说法语，但你的法语的口音有些奇怪，你到过欧洲？"

齐永定道："回大人，我曾经为了学画，在欧洲游历了四年多。"

马可·波罗道："怪不得了。但是你不是大汉和亲队伍里的人，又不是我叔叔的随从，你是怎么上船来的？哎，我总觉得你有些眼熟，你是扬州人吧？"

齐永定道："我乃是扬州的一介草民，大人又怎会见过我？波罗大人在扬州主政三年有余，我此番上船，除了作为扬州人，送大人一程之外，还有些话想向大人请教。"

马可·波罗忽然一脸恍然，随后警惕之意又盛了几分，只听他道："这些年来我游历亚欧，到过的地方成百上千，见过的人成千上万，但凡是见过的人，我一个都不会忘记！我确实见过你，在乔森的瓷窑里，没错吧？"

齐永定心中一惊，不知此番与马可·波罗意料之外的相见是福是祸。

| 四十八 |

深夜搜查

就在一个时辰以前,当马可·波罗当面戳穿他的身份的时候,齐永定几乎以为自己要性命不保。

当时马可·波罗说:"我认识你,你就是乔森窑口里那个补瓷的工匠。你穿这一身衣服混上公主殿下的座船,究竟意欲何为?"说这话时,他用的已不是法语,而是元朝的官话,齐永定就知道大事不妙。只见两个元军卫士已抽刀在手,一前一后将他夹在中间,他连忙从怀中掏出一只机关盒,大声喊道:"机关盒,我是为了找做这只机关盒的人。乔森师傅说曾在大人那里见过一模一样的机关盒。我听人说大人要送公主去西域和亲,这一走,不知何年何月才会回来,我心中着急,这才出此下策,想办法混上船面见大人!"

马可·波罗接过机关盒,把玩了片刻,有些惊讶地望向眼前这个中年汉人,又再度摆手让两名卫士退开一边,压低了声音道:"这只机关盒你从哪里得来的?"

齐永定道:"回大人,这只机关盒是我此生挚爱之人做来与我传递消息的信物。"

马可·波罗勃然大怒,道:"胡说八道!你再敢胡说一个字,我便将你丢下船去喂鱼!"

齐永定强自镇定地道:"大人,我所说的绝无虚言。我初来扬州时便带着这只机关盒,安济坊的至善和尚与抱慧斋的至真和尚都可为我作证。至善和尚治好了我的打摆子与咳喘病之后,我便一直跟着天宁寺的净严禅师刻经文木版,一直到至真和尚对我说,在乔森师傅那里见过与这只机关盒样式相仿的机关盒,我这才去窑口学徒,也从乔森师傅那里打听到这机关盒乃是由大人从西域带进中原的。"

见马可·波罗神色稍霁,齐永定壮起胆气,又问道:"敢问大人,这机关盒可是拿来传递书信之用?大人可曾将机关盒的制作方法传授给一位女子?"

马可·波罗的脸上露出阴晴不定的神色,犹如一只狡黠的狐狸。自从穿越以来,齐永定曾不止一次在别人脸上见到过相似的神情——高胜、曹寅、吴焕之……那些有着秘密身份,从不轻易信任别人的人,马可·波罗无疑也是他们中的一员。只听他半信半疑地道:"你说的倒是没错,这机关盒确是用来传递书信之用,我那只便是用来藏教皇大人写给元朝皇帝陛下的秘信的,我也确实将机关盒的制作方法传给了一位女子,只是……只是那位夫人已年近花甲,绝不可能是你的爱人!"

齐永定一听之下,心中巨震,又喜又悲,喜的是终于有了成聆泷的下落,悲的是自己终究不能穿越至恰好的年份,如果自己见到成聆泷时,她已如雍正年的叶稚柳一般风烛残年,自己又该如何面对呢?

他心中千头万绪同时涌上来,难以控制,一时间竟是涕泪横流。马可·波罗眼见一个大男人在自己面前哭将出来,饶是他阅历丰富,竟也有些不知所措,安慰又安慰不得,只能说:"唉你哭什么?我又没说一定不是。"

齐永定抹了把眼泪,问道:"那制作机关盒的女子可是姓成,名叫聆泷?"

马可·波罗愣了一下,答道:"她姓什么我不知道,我到扬州上任时,她已经是制瓷名家了,行内人确是都叫她'玲珑夫人',你去问问至真和尚,他想必也听过这个名字。"

齐永定咬了咬牙，似乎是下了很大的决心的样子，开口道："大人，你所认识的'玲珑夫人'，与我所认识的成聆泷，想必就是同一个人。只是你我口中同一个人怎会有如此大的年龄上的差距，这便说来话长。大人，接下去这些话，我从未对人说过，如今便说给你听吧——我与成聆泷，原是生活在千年之后的扬州的一对情侣，只是阴差阳错，才来到了这个时代……"

接着，他便将自己与成聆泷如何穿越，如何在时间的长河中错过，自己又如何循着线索在各个朝代中追寻成聆泷的下落的事，一五一十地都讲给了马可·波罗听，但仍是留了个心眼，隐去了梅瓶的部分。这一讲，便足足讲了一个多时辰。马可·波罗由最初的嗤之以鼻，逐渐听得津津有味，连连追问清朝、唐朝扬州的细节，甚至让随从送了壶酒来，与齐永定推杯换盏起来。

一口气说完自己十年的遭遇，齐永定只感觉松了口气。他不知眼前这个集冒险家、扬州总督、忽必烈的间谍、护送公主和亲的使者等多重身份于一身的威尼斯商人究竟为什么吸引着他讲述这一切——或许马可·波罗也没什么特别，只是个在他想要倾诉的时刻，恰好出现在他面前的人而已。

日头已经渐渐落下去，运河上的落日看上去足有在城市中的两倍大。随着那个巨大的红色圆盘落入地平线，马可·波罗也仰头喝下酒壶里的最后一口酒，抬手将那只上好的龙泉窑细颈青瓷酒壶丢进大运河中，齐永定想去阻止，已经来不及了。

齐永定语带惋惜地道："唉，可惜了好好一只瓶子。"

马可波罗带着几分醉意，对齐永定挥挥手，道："无妨，只是仿品而已。"

齐永定问："是她亲手仿的吗？"

马可·波罗摇摇头，也语带惋惜地道："她已经不做这些活了，最近这几批货，都是她徒弟做的。好些都是在你们窑口修复的，你没觉得手艺差了很多吗？"

齐永定摇头道:"没有,她教了个好徒弟。"又问道:"那只碎成三片的霁蓝釉白龙纹梅瓶,也是她徒弟仿的吗?"

马可·波罗笑起来,道:"那只瓶子是真货,公主陪嫁礼单上的那九百九十件瓷器,全都是真货,没有一件是仿的。为此我和她还差点儿红了脸。我说,我这次回威尼斯,只怕此生再也没机会踏足中国,难道就不能最后给我留几件当作送别礼物。我还记得她说,你没机会再回中国,公主也没机会再回娘家了呀。这么多年来,我给你的礼物已经够多的了,又何必再去打人家嫁妆的主意,公主一个姑娘家,嫁到那么远的地方,总得带些真东西才行。"

说到这里,他又笑了几声,道:"要是让她亲眼看到今天公主上船时的排场,她大概会改主意的吧。"

齐永定问:"既然如此,那只梅瓶,为何会碎成几片?"

马可·波罗道:"这一趟公主远嫁,她原本是不想碰任何一件嫁妆的,但不知为何,见到礼单上那对霁蓝釉的梅瓶就像丢了魂儿似的。那对瓶子烧得虽然精彩,却也不是什么特别稀罕的物件,不知她为何那么在意。最后,临到货要装车运往扬州了,她才把瓶子又要了去,说是要敲一片瓷片下来做个吊坠。只是她现今手已经没有年轻时那么稳,这一敲之下,就……"

齐永定心中又是一震,连忙从领口扯出那条成聆泷亲手为他做的项链,问:"大人仔细瞧瞧,可是与这只吊坠一样?"

如今金边银底的吊坠上,他也已经自己拿一片蓝釉瓷片镶嵌完整。马可·波罗接过吊坠反复观看,口中念叨着:"竟然一模一样,分毫不差!"他猛地抬眼望向齐永定,道:"你果然与'玲珑夫人'有着莫大的关系?"

在暮色中,齐永定望着这个走遍了欧亚大陆,记得他见过的每一张脸的威尼斯人,知道这就是他在这个时代找到成聆泷最后的机会,于是连忙顺水推舟地道:"波罗大人,我方才说的,句句属实,未曾说过一句假话!"

马可·波罗沉吟了片刻，忽然笑了出来，道："虽然这事实在太过离奇，简直是我遇到过最离奇的事，但是，这世界上总有不可思议的事情在发生，不是吗？随我来，我们再喝一杯，你和我说说你认识的玲珑夫人，我也和你说说我认识的那个。"

马可·波罗下榻的船舱在大船甲板上的第二层，比阔阔真公主居住的舱室低一层。船舱十分宽敞，布置则按照元代的风格，四周都挂了帐幕，地上铺着波斯地毯，房间中央放置着一张五尺见方的方桌，却比日常用的方桌要矮了一半多，也没有与之搭配的椅子，桌上铺着一张虎皮，在虎皮中央的银盘与银壶中，酒菜瓜果早已准备好了。马可·波罗让两名卫士在门口站岗，将齐永定请进船舱，自己在桌边的地毯上倚着蒲团半躺下。齐永定盘腿坐在桌边，见到桌上的酒菜，腹中早已饥肠辘辘。马可·波罗让齐永定不必拘谨，想吃想喝，自己动手便是。

齐永定为二人切了肉，倒了酒。从马可·波罗的口中，齐永定又多知道了一些成聆泷在元朝时的境遇。

马可·波罗十七年前与父亲、叔父一起来到中国，但受忽必烈大汗的信任，还是在元军攻打襄阳城的那一年。那一年他将制造"回回炮"的技术教给了元军，帮助元军战胜南宋军队，立下了一等一的功勋。之后，他在大都受到了忽必烈的召见，随忽必烈赴漠北亲征海都。从大漠归来后，他便以忽必烈特使的身份，四处游历，直到三年前，才从成都至扬州出任总督。

但事实上，早在他游历扬州、杭州之前，便已通过那不勒斯"同乡"乔森结识了制瓷大师"玲珑夫人"。那已是十年前的事，那时，"玲珑夫人"便已经营着江南除景德镇、龙泉等官窑外最好的瓷窑，在行内以几可乱真的仿官窑瓷而闻名。马可·波罗称她为"这辈子见过的最了不起的女人"。

成聆泷醉心于瓷器，又心灵手巧，再加上她"色目人"的血统，能够在元代取得这样的成就，齐永定丝毫不感意外。

但对于这位"玲珑夫人"所经营的窑口的所在,以及她本人的行踪与住处,马可·波罗却绝口不提。齐永定虽然心中焦急,却也识趣,在觥筹交错间并不多问。两人从酉时一直聊到亥时,壶中的酒添了两次,都已经被喝得干干净净。终于两人都已不胜酒力,在地毯上和衣而睡,所幸江南这时节气候温暖,船深夜行在运河上,风穿过船舱,只是吹动帐幔,却并不冻人。

丑时,船上一阵骚动。马可·波罗被卫士摇醒,只听见门外有人大声呼喝着,随后十几个盔甲整齐、禁卫军打扮的人冲了进来,为首的一人穿着金色铠甲,帽盔由随行的亲兵拿着,刮的光光的头皮上,唯有头顶和两鬓各梳了一绺辫子,看模样就是个蒙古贵族将领。

马可·波罗抗议道:"你们是谁?我们乃是护送阔阔真公主前去伊尔汗国和亲的队伍,耽误了和亲的大好日子,你们谁来担待?"

那身着金甲的蒙古将军却丝毫不讲情面,道:"我当然知道你们是谁,要去哪儿。我们'怯薛军'乃是大汗的亲卫,想必你也听过吧?"

马可·波罗的口气软了几分,但仍是梗着脖子道:"我在大元为官十三年,向来与你们'怯薛军'无涉,今天这场面究竟所为何事?"

那金甲将军道:"你不必知道所为何事,只需知道我们要奉命搜船即可。把所有随身的行李物件都打开,我们要检查!"

马可·波罗问道:"奉谁的命?比公主殿下还大吗?"

但语气间已经颇有些慌张。

金甲将军呛声道:"奉大汗之命,搜查冒大不韪之物!"

马可·波罗悻悻然地让卫士将船舱中堆放的行李一一打开,又将随身携带的物什一件件拿出来放在桌上,并让所有人都照做。那金甲将军似是对其他人的东西都不感兴趣,一眼就盯上了马可·波罗放在桌上的那只刻有阿拉伯数字的机关盒。他拿起来在手里掂了掂,又放到耳朵边摇了摇,最后狠狠往桌子上一拍,道:"打开!"

马可·波罗再次绝望地抗议道:"这里面存放的是皇上给教皇

的密函，你们不能打开！"

那金甲将军已经抽刀在手，刀刃泛出寒光，他恶狠狠地重复道："打开！"

马可·波罗已经没有选择，也没有退路，他环顾四周，船舱已经被忽必烈的亲卫军"怯薛"团团围住，那两名进来叫醒他的卫士脸上写满了不解与恐惧，他又看看身后低头跪在阴影中的齐永定——这船人的生死可能就在他一念之间。

他翻动机关盒，推开盒盖，金甲将军一把将机关盒抢了过去，口朝下翻转过来，又摇了好几下，里面空空如也。

金甲将军气急败坏地道："你不是说有密函？东西呢？"

"我烧了。"马可·波罗拿手指敲了敲脑袋，答道，"真正的密函我已经藏在这里。"又问道："你们当真是来搜密函的吗？"

金甲将军狠狠地望了他一眼，还刀入鞘，从亲兵手里接过帽盔扣在头上，高声向手下的"怯薛军"招呼道："下船！"

| 四十九 |

桑种蚕种

"怯薛军"离开后,马可·波罗很快从慌乱中恢复过来。虽然这些年他养尊处优,但作为探险家的本色仍在,不然这些年就不会利用职务之便,找来一位"制瓷大师"大量仿制官窑瓷器卖到欧洲,也不会借护送公主和亲的机会,试图将那"冒大不韪"的违禁之物带出中国。

在那一场短暂的骚动之后,最先进入这间房间的是马可·波罗的叔父马泰奥。马可·波罗对叔父说的第一句话是:"你们快去瞧瞧公主怎么样了,受惊了没有?"但他与马泰奥交换的那个眼神,却被齐永定看在眼里。齐永定立刻就猜到,他并不是真的担心公主的安危——大汗的近卫"怯薛"虽然骄横,却还不至于欺负到阔阔真公主的头上,再加上他方才在马可·波罗的机关盒中找到的东西,足以令他确信,"怯薛军"拦船搜查,完全就是冲着这位刚刚卸任的扬州总督来的。

"去瞧瞧公主怎么样"完全就是给叔父一个借口,帮他支开那两名护送和亲队伍的卫士而已。

待到马泰奥带领两名卫士离开,房间中就只有齐永定与马可·波罗二人时,马可·波罗便不再掩饰,从袖中抽出一把匕首,气势汹汹地朝躲在阴影中的齐永定走去。

齐永定并没有躲闪,但也没有与这位刚刚结交便翻脸的"朋友"起冲突的意思。他只是直起身,向前迈了一步,走出阴影。马可·波罗手中的匕首就顶在他的咽喉上,匕首反射的寒芒照亮了他的脸颊,但他却平静得有些不正常。

"我看错你了!"马可·波罗恶狠狠地道,"你趁我睡着,偷了我的机关盒。"

"抱歉,我以为那里面有关于'玲珑夫人'的线索。"齐永定回答的语气与其说是镇定,不如说是充满了失望,对他来说,那机关盒中所藏的"大不韪"远远及不上指向成聆泷下落的线索之万一。

"你怎么会知道打开机关盒的密码?"马可·波罗问。

齐永定本想笑他——机关盒上所刻的阿拉伯数字对于他那个时代的人来说,根本称不上是"密码",但无奈还有一把匕首架在他的脖子上,虽然他已经将自己的安危抛诸脑后,准备用手里仅有的那一点筹码来交换成聆泷的下落,但此刻却显然不是嘲讽马可·波罗的好时机。于是他将已经到嘴边的话又吞了回去,假装认真地回答道:"大人,您忘了我去欧洲学过画,我认得那机关盒上所雕刻的是从一到五的数字。"

马可·波罗将匕首推前了半分,齐永定只感觉颈中凉意大盛,但他却没有退缩——此刻退缩,那之前的强自镇定可就全白费了。他心中明白,只要马可·波罗还想要那机关盒中藏的秘密,就不会对他动手。

果然,马可·波罗的匕首并没有继续向前,刺穿他的喉咙,而是在几乎要割破他的喉头时停了下来,紧接着的是带着紧张与愤怒的逼问:"机关盒里的东西呢?你藏哪儿去了?"

齐永定的目光越过马可·波罗,望向他身后的矮桌,马可·波罗回头望向桌子,桌子上除了早已喝干吃净的酒壶和餐盘,就是"怯薛军"搜查过后的一片狼藉。马可·波罗连忙收起匕首,到矮桌的桌下查看,但桌下也空空如也,什么都没有。

在马可·波罗狐疑的目光中,齐永定走向矮桌,马可·波罗并没有阻止他,而是看着他拔开那银质酒壶的盖子,将壶倒转过来,轻轻一拍瓶底,他先前拿给马可·波罗看过的那只刻有"四瑞兽"的机关盒便掉落了出来。

"方才骚乱刚起时,我比你早醒了一刻钟。"齐永定道,"你搜集的桑种和蚕种,我已经都转移到了这只盒子中,用糯米糕粘在了酒壶的瓶底。"

见到机关盒竟然就藏在那么明显的地方,马可·波罗惊讶地瞪大了双眼,问道:"你怎么知道那些'怯薛'不会搜这只酒壶?"

齐永定笑了笑,道:"蜡烛是照不亮它自己的影子的,所谓'灯下黑'就是如此。"见马可·波罗一副将信将疑的样子,他又道:"你扪心自问,若不是我揭破,你能想到面前刚喝空的酒壶里就藏着最要紧的物什吗?"

听了这话,马可·波罗的双眼中重又燃起希望的光芒,但那光芒只闪动了一瞬,就又黯淡了下去,自从大汗准了他护送完公主后便回威尼斯,他便开始搜集优良的桑种和蚕种,想将丝绸的秘密带回欧洲,但在今晚几乎功亏一篑。眼前的形势,虽然还留有一线希望,但他也明白,不知道翻动的顺序,是永远打不开那只机关盒的,而眼前这人费尽心机将自己搜集的桑种蚕种转移到他自己那只机关盒中,不知打的什么主意。他已向上帝起誓,不向任何人透露"玲珑夫人"的下落,难道要为这桑种蚕种打破自己的誓言,乃至死后无法上天堂吗?

"你要怎样,才肯告诉我打开那只机关盒的方法?"马可·波罗问出这个问题,等待着齐永定可能让他陷入两难的回答。却没想到齐永定并没回答这个艰难的问题,而是翻动盒子,打开盒盖,将业已开启的机关盒放在桌上。

"大人,你始终不愿透露'玲珑夫人'的下落,想必是她所信任的人吧?"齐永定从颈中解下那条瓷片做的坠子,与打开的机关盒放在一起,交给马可·波罗,道,"我想托你一件事,你能不能在离开中原之前，替我将这两样东西交到'玲珑夫人'手里，就说有个叫齐永定的，在扬州天宁寺等她？"

马可·波罗一脸惊愕地从齐永定手中接过两样东西，仔细检查了盒子中的桑种蚕种，又深深地望了齐永定一眼，半晌才道："你放心，必然不负所托。"

齐永定拱手道："多谢大人！"

马可·波罗道："叫我马可吧，我已经不再是扬州总督了。"

齐永定又问："这么多年来，'玲珑夫人'行事一直都是那么神神秘秘的吗？"

马可·波罗答道："是，自我认识她以来就是如此。"

齐永定叹了口气，道："这些年，想来她的日子过得也很辛苦吧？"

一想到成聆泷不知受了多少苦，吃了多少亏，行事才变得如此谨慎，齐永定心中便一阵酸楚。

马可·波罗应道："是，在这个行当里，她一个女流，抛头露面有诸多不便，要撑起这样的局面，自然是不轻松的。"

齐永定忽然道："大人，我有个不情之请……"

马可·波罗连忙问："请说！"语气间又有些紧张。

齐永定道："那一对青花白龙纹梅瓶，大人能否留给我？那瓶子于我而言殊为特别，我不想它们随着公主远嫁到西域，再也回不来这中原之地。"

马可·波罗一听之下，便松了口气，笑着答道："呃……这公主的嫁妆，我也做不了主，但这一趟路途遥远，途中有一件两件丢失损毁，却也是难免的事。"

齐永定也笑了起来，用法语道："多谢大人……哦不，马可！"

马可·波罗将桑种蚕种收藏妥当，又将"四瑞兽"的机关盒与齐永定交给他的项链收进怀里。两人都再无睡意，马可·波罗遣人又送了一壶酒来，两人肩并肩地站在窗边，一边望着窗外静谧的运河，一边喝着酒。一轮明月悬在河上，倒影被粼粼的波光切成了碎片，洒在河面上，仿佛亘古以来从未变过。

马可·波罗忽然问道："你老实告诉我，桑种蚕种的事，真的不是你向朝廷告的密？你自称从千年以后回来，那我想要把桑种蚕种带回威尼斯的事，你想必很清楚吧？"

这回轮到齐永定有些吃惊地望向马可·波罗，见他丝毫没有玩笑之意，便也严肃认真地答道："不瞒你说，我也是今天夜里打开那只盒子才知道，是你将桑种蚕种带回了欧洲。在我来的那个时代，你在中土的事迹都只是传说而已。再说若是我告发了你，又何必多此一举帮你将桑种蚕种藏起来呢？"片刻后，他又道："其实若是你去过君士坦丁堡，就会发现从东方将丝绸的秘密带回欧洲的，并不只有你一个人。"

马可·波罗点点头，又问道："那依你看，是谁向朝廷告发我的？"他喝了一口酒，又道："与我一起走这一趟的，都是我精挑细选的、最忠诚的下属，而且知道我带了桑种蚕种的人中，理应不会有背叛我的才对——除了你之外，我实在想不出谁会对我做出这样的事。"

齐永定扶着窗棂，思索了半晌，才道："你漏了一个人。"

马可·波罗忙问："谁？"

齐永定道："一个不想嫁到西域，再也回不了故乡的人。"

马可·波罗不再搭话，只是慢慢地喝完壶里余下的酒，将那只壶抛入运河的波涛中。

天蒙蒙亮时，马可·波罗来到甲板上，放飞了一只信鸽，信鸽的左脚上，捆着一张他写给"玲珑夫人"的纸卷。

乌槽大船到达终点杭州码头，已是两天后的清晨。码头上，地方官迎接公主的队伍排出老长，再加上看热闹的百姓，简直可以称得上人声鼎沸。这只怕是杭州运河码头多年以来最热闹的一个清晨。和亲队伍的排场依旧如扬州湾头码头上船时那样声势浩大，一箱箱的嫁妆被搬下船，又运上去泉州港的马车，车队足可称得上是浩浩荡荡，但却没有人注意到嫁妆中已然少了一对青花霁蓝釉白龙纹梅瓶，一只完好，另一只却有着明显的修补过的痕迹。

最后下船的，依旧是阔阔真公主，但这次搀着公主下船的却不再是马可·波罗——从上船到下船，这一路上，公主就如同一具会行走的人偶般沉默，没有人听过她开口说一句话。

马可·波罗已早一步下船，登上一辆为他准备好的马车。和亲的队伍从码头开拔，走到第一个岔路口，车队中的一辆马车却忽然跑上了岔道，狂奔起来。在与和亲队伍南辕北辙的路上跑了一天一夜，马车终于跑到了约定的目的地。在一个隐蔽于密林中的废弃瓷窑门前，车夫拉停了马车，拉车的两匹马喷着白沫，打着响鼻，在这片静谧的林子里显得格外响亮。

片刻后，窑口的木门打开，车夫将马车赶进院子里，停在另一辆一模一样的马车旁边。马可·波罗下了驮他来的马车，上了并排停着的另一辆车。虽然外表看上去没什么不同，但另一辆马车的车厢内，帐幔挂得密不透风，地板上也垫了两层软垫蒲团，这样一来，无论车内人说什么，都不会传到车外去。

马可·波罗一上车，车内的那位头发已半白的老妇人便问道："大汗命你护送和亲队伍上船，也准你回威尼斯，你还来找我做什么？"又道："是路上出了什么事吗？你向上帝发过誓，绝不会将我的行踪透露给任何人的！你是在离开之前说了什么不该说的话吗？"言语间紧张之意尽显。

马可·波罗安抚道："你放心，我没有打破我的誓言，从没有将你的行踪透露给任何人听。但是我在扬州来这里的途中，确是碰到了一个向我打听你的人。"

那妇人显然丝毫没有被安抚到，依然紧张地问道："是什么人？"

"他托我将这个交给你。"说话间，马可·波罗从怀中掏出吊坠和机关盒，交到"玲珑夫人"的手中，"他还托我给你带句话，他说，'齐永定会在扬州天宁寺等你。'"

"玲珑夫人"长久地盯着手里这两样物什，摸了又摸，却说不出话来,直到双眼的视线模糊起来,她才发觉,整张脸和前襟,都已经被泪水打湿。她连忙抬起袖子,尽力擦去抑制不住涌出来的眼泪。不知何时,马可·波罗已不在车厢里,她掀起帐幔的一角,发现另一辆载着马可·波罗的马车已消失不见,就好像他从来没来过这里一样,但他带来的这两样东西却是如此的真切,但又如此不真实。这么多年来,她第一次有了大哭一场的冲动。

但她压抑住自己的心情,拉动车内的铃铛。随即车门打开,车夫探进头来,她小声在车夫耳边吩咐了些什么,车夫的脸上显露出惊讶和担忧的神色。

"夫人,您是说一刻都不歇息?马是可以换,可是您的身体……"车夫犹豫道。

那妇人斩钉截铁地道:"你只管跑,我撑得住!我有个重要的人要去见,再不见只怕就来不及了!"

马车开出那片废弃瓷窑的同时,那艘乌槽大船也从杭州码头启航,踏上了北上的归途。

| 五十 |

玲珑夫人

大船由杭州码头起航,回程的路比南下时要慢得多,因为沿途要经停平江(今苏州)、无锡、镇江等多个大码头,在每个码头都会停泊半天或是一夜,都会有大量的货物被运上船。这艘官船已经完成了运送公主和亲队伍的任务,降下了黄底镶红边的凤旗,换上了白色的都漕运使司的船旗,变回了一艘普通的漕运货船。

虽然仍是没在马可·波罗离开前从他口中打听到"玲珑夫人"确切的下落,但齐永定的心情已经不似几天前,尚未想好要如何接近马可·波罗,便乔装改扮混上送亲的官船时那般忐忑不安。虽然一对梅瓶都已经在他手上,他心中却波澜不惊,他甚至都没想好要不要用它们再穿越一次——但在那一刻,他仍决定向马可·波罗开口,将梅瓶留下来,除了不愿这对在五百年后成为"国宝"的瓶子流失海外之外,更要紧的依然是对爱人的羁绊。他与成聆泷之间,曾相隔百年,仿佛全是靠这瓶子才维系住了他们之间的联系,他又怎么舍得瓶子就这样随着元朝公主远嫁西域呢?

马可·波罗下船前,已经与前来接他的班,掌管这艘大船的转运使交代妥当。齐永定带着一对梅瓶,乘船原路返回扬州,一路上都有转运使衙门的人照顾。他已换回那一身平民打扮,即使不再戴着那顶镶着红宝石顶子的胡帽,也可以自由上下甲板,不再有人盘查他。

船驶入大运河扬州段。这一日,吃过午饭,太阳正好,齐永定站在船头的甲板上，眺望运河两岸。自十年前，元朝设立行泉府司，货物由南向北运至大都的主要水路便渐渐由内陆运河改为沿海岸线的海运，且因通惠河淤积尚未凿通，由杭州至大都的运河水路并不通畅，不然公主和亲的队伍也不会由陆路辗转至扬州再转水路了。是以，此刻扬州至杭州运河段的交通，远不如清代时那样繁忙，河岸边也不似他在康雍朝时见到的那样繁华，不过比之其他地方，运河两岸仍是要热闹上不少。

转运使遣人送了一壶酒上来，虽不如与马可·波罗一道喝的佳酿那般醇厚，但对于齐永定一介百姓而言，也算是格外礼遇了。齐永定一边喝一边心中思忖，自己这一程，该尽力的事都已尽力，该有的运气也都有了，接下去，便要看老天的安排。自己回到扬州之后，会一直等到明年的台风季，如果马可·波罗信守诺言，"玲珑夫人"也如他所料想的那样就是成聆泷，这一年的时间也足够让成聆泷来找他了。若是一年之后成聆泷还没出现，那便是哪里出了差错，他自然也免不了要带着那一对梅瓶，在暴雨之夜再跑一趟天宁寺藏经阁，再度踏上穿越的旅途——那两只梅瓶都有时空穿梭的神奇力量吗？还是只有其中一只烧制时混合了陨石碎片？两只梅瓶齐聚，会带他回到哪个朝代？他不知道，也没必要在现下多想。

既然已经打定主意，齐永定的心情不禁好了起来。站在船头，凭江临风，不知是阳光太好，还是喝了酒，齐永定的全身都升起一股暖意，风吹起他的鬓发，就好像将他托在阳光与和风中行进，不禁有些酒不醉人人自醉的意境。回到过去这么多年来，他还是第一次如此平静洒脱，陪伴他生活那么多年，似乎已毫不新奇的大运河，此刻看起来也仿佛不一样了。

这一夜，虽然是在河上航行，虽然船舱湿气依然很重，味道也不好闻，虽然船上的床板远不如岸上的客栈里那般宽敞和舒适，但齐永定睡得很踏实。

再有一天，便要回到扬州了。

乌槽大船在扬州靠岸的那天，是一个清晨，晨光从云层中透出来，世界一片清冷。但齐永定知道，春季的扬州便是这样，等一个时辰后云层散去，暖意便会重新笼罩这座城市，运河两岸的繁华也会变得鲜活起来。回想自己这几天的旅途，便如同做了一场梦一般，但包袱中的那一对梅瓶，却向他佐证着，这一切都是真实的。

大船落了锚，码头的脚夫工人们已将木板做成的舷梯推上下层甲板，在那些脚夫登船之后，卸货之前，齐永定已经先一步，抢在他们前头下了船，免得自己带着瓷器碍手碍脚，一个不小心伤着梅瓶。时间还早，码头上除了脚夫与船夫外，冷冷清清的，那些做生意摆摊的还没出摊，店门口的门板也还没开始卸。齐永定双脚踏上土地的那一刹那，疲惫便从脚底升上来，这几日舟车劳顿，他确实累了，也终于体会到在古代交通不发达时人们奔波的辛苦，怪不得古代连当官的都说，走马上任与告老还乡，是一生中最大的两次考验——一想到马可·波罗要将阔阔真公主一路送到波斯，再回故乡威尼斯，居鲁士每年都要从西域至中原来回往返几趟，他便觉得，自己其实还算是幸运。

他打起精神，向码头的西南边走去，一路上四下张望着，看能否雇到个骡马，那一对梅瓶背在背上，着实不轻。但骡马没见到，却只见主路旁停着一辆两匹马拉的四轮马车，由马车回字纹的窗格望进去，可以看见车中挂着厚厚的宝蓝色绸缎帐幕，再加上天青色流苏的顶子，一看便是富贵人家的座驾，连坐在车头的仆人都透着一股精神劲。如此惹眼的马车，齐永定难免多看了两眼，坐在车头的车夫与管家模样的仆人也回望他。齐永定心下奇怪，这马车虽然豪华，却透着一股脂粉气，显然是为家中女眷预备的，他在清朝时，如此排场的座驾，也只有那些盐商大贾最要紧的家眷才配得上，只是这大清早的，女眷跑来这城外的码头来做什么呢？

只见那管家模样的人下了马车，径直朝他走来，齐永定还道是自己盯着马车多瞧了几眼冒犯了他，连忙低下头，脚下紧赶两步。

那人却朝他一路小跑,口中还叫道:"先生请留步!"

齐永定惊讶地停下脚步,左右看看,四下并无旁人,这才应道:"你叫我?"

那人喘了口气,道:"正是,先生可是姓齐?"

齐永定茫然地点点头,答道:"姓齐倒是姓齐,只是……"

他心里想,除了马可·波罗,自己在扬州可不认识哪一个人物摆得起这样的排场,难道是康雍时的那些盐商也随自己一同穿越了?

那管家模样的人面露喜色,道:"我们已经在码头上等了您好几天了,我家主人想请齐先生上车一叙。"

齐永定问:"你家主人是哪位,为何知道我姓氏,还知道我何时何地回扬州?他要见我,为何自己不下车?"

管家模样的人笑容中略微有些尴尬,答道:"唉,我家主人不方便下车,她说一切等您上了车便明白了。"

齐永定将信将疑地跟着他走向马车,心想,莫不是要打那一对梅瓶的主意?想到这里,他只想调头便走,但转念一想,在这个年代,这一辆马车可比一对官窑的瓷瓶值钱多了。再说对方赶着马车,足有八条腿四只轮子,自己却只有两条腿,要跑是断然跑不过的。当下心中打定主意,若是对方对瓷瓶图谋不轨,自己大不了当场将瓶子摔了——碎了的瓶子依然能穿越,但对外人来说却毫无价值。

走到离马车够近时,齐永定才注意到,那窗格后的缎子,不单是宝蓝色,上面还绣着白色的龙纹,竟与那白龙纹梅瓶上的纹样一模一样。一股巨大的错愕感忽然袭击了他的胸腔,令他几乎无法呼吸。他停下脚步,在原地站了片刻,那管家模样的人似乎回转身来叫他,但他正陷入自己的情绪中,什么都听不见。接着,他三步并作两步冲向马车,一把拉开车门,掀开帐幕,钻进马车中。

虽然左右两面窗格都落下了帷幕,但朝向车头的窗格,帷幕却向两边挂起,只挂了一层窗纱,光线从车头透进来,并不太亮,朦朦胧胧地,却已足以让人分辨车厢中的情形。车厢中只坐着一个看上去上了年纪的女人，年过半百，一身华服，气色看上去却不怎么好。但这些对齐永定而言都不重要，重要的是，那张脸，正是他朝思暮想的面庞——虽然比他记忆中的样子要老了许多，但他还是一眼就认了出来。

成聆泷，我终于找到你了！

见到齐永定的第一眼，成聆泷错愕了一下，接着下意识地以袖遮面，却被齐永定一把抓住手。

一时间，她也无法自持，将齐永定拉到她身边坐下。两人相拥在一起，丝毫没注意到马车已经颠簸着上路。齐永定搂着爱人，不知该说什么好，只是反复念叨着"我找到你了，我找到你了！"成聆泷靠在齐永定的肩膀上，终于无法自已地哭了出来，道："真的是你吗？你真的来了？我没在做梦吧？"

齐永定将成聆泷扶到眼前，抚着她斑白的头发，她衰老的面庞，仔细打量着那双朝思暮想的眼睛，那双眼中的一抹绿色也因为衰老而几乎消失不见。他的泪水不禁模糊了双眼。他们互相用袖子擦去彼此脸上的泪水，只想把对方看得再清楚一点。

"真的是我，聆泷，我来了！"

成聆泷道："对不起，让你看到我这个样子。"

齐永定摇头道："不，是我不好，是我来得太晚了！"

成聆泷仿佛是想起了什么，从怀中摸出那串瓷片吊坠，给齐永定戴上，道："这是我拿敲下来的那片瓷片给你做的，没想到这辈子还有机会给你戴上。唉，想不到竟然是我自己亲手敲碎了另一只梅瓶。"说着又喜极而泣。

齐永定脸上的泪痕未干，也笑起来，问道："是马可·波罗给你的，对吗？没想到他在离开前还能够信守承诺。我就猜到他口中的'玲珑夫人'便是你！"

成聆泷点点头，道："没想到我俩的缘分竟然是被马可·波罗这样一个传说中的人物系在一起的。你知道你的名字从马可·波罗的口中说出来时，我有多震惊吗？我大脑一片空白，就只有你的名字，那感觉，简直比我亲手敲碎白龙纹梅瓶还更胜一筹！"

齐永定道："我还拿到了你做的机关盒，若不是那盒子，我也不会猜到你是穿越了。是那几只盒子引导我一路找过来，只是你在里面留的布，已经碎得不成样子了。"

成聆泷幽幽地道："是老天爷让盒子落到了你的手里，我早就不抱什么希望了，但上天还是眷顾我，让我还能再见你一次。说起来，从做第一只盒子到现在，已经过去了十七年了。"

说着，她也抚着齐永定的脸庞，问道："你回来几年了啊？"

齐永定握住她的手，答道："十年，四个朝代！"

成聆泷疼惜地道："辛苦你了，齐哥！"

齐永定道："不辛苦，都是值得的！"说着，齐永定将成聆泷搂在怀里，道："聆泷，你再也不要离开我了，好么？"

成聆泷将头靠在齐永定的胸前，答道："好，好！"但她眼中再度涌出的泪水已经打湿了齐永定的前襟。

半个时辰的工夫，车夫停下马车，齐永定掀起帷幕，窗外的环境既熟悉又陌生。他依稀可以认出，这里离东关街不远，是太平巷深处的一处大宅。车夫为他们开门，他先下了马车，只见大宅的木门已打开半扇，那管家模样的仆人开了门，又折回来，登上马车，从车上把成聆泷扶下来。阳光下，齐永定这才发现，成聆泷的气色比他在车上见到时更差。他连忙从那仆人手中接过成聆泷，将她的一条胳膊绕过自己的后脖颈，又搂住她的腰，就这么一路将她扶进大宅的正厅中，在主人座上坐下，自己则扯过一张椅子，坐在她身旁。

桌椅上都积了灰，看上去已经是多年没住人的样子。齐永定心想，看样子成聆泷这几年都没住在扬州，怪不得他遍寻不获。但他也顾不得擦，只是握着成聆泷的手，一脸关切地望着她。

成聆泷摆摆手，那管家模样的人便退出正厅，消失在走廊中。

齐永定忙道："你累了，我帮你准备床铺，你先好好歇息。"

但成聆泷却将他拉了回来，道："齐哥，我不是不想下车迎你，是我这个病，走不了几步路，也不能见阳光，太阳晒得久了，身上便起疹子，一大片一大片的。"

齐永定皱起眉头，道："看过大夫了么？大夫怎么说？我在扬州认识个很高明的大夫，你先歇着，我去请来帮你看看。"

成聆泷依旧紧紧地握着他的手，眼泪扑簌簌地掉下来，打到青石板地面上。半晌，她才稳住情绪，艰难地道："你听我说，我的病我自己最清楚……我的日子不多了。"

暖意已经包裹了这座古城，但齐永定心头却一片冰冷。

| 五十一 |
回家

成聆泷绕着摆放在展示柜中央、由防弹玻璃罩罩着、被四盏射灯照射得没有一处阴影的白龙纹梅瓶看了许久,只有在这样完美的光线下,她才能分辨出梅瓶上的那一点点微小的瑕疵。她听见身边的解说员向观众们讲解道:"这只元霁蓝釉白龙纹梅瓶,目前国内存世有两只,一只保存在故宫博物院,一只就是我们现在看到的这只,这只梅瓶保存得更完好,几乎没有瑕疵,是扬州博物馆的镇馆之宝……"

她微笑起来,心想,这只梅瓶并没有讲解员说得那样完美,那一点小小的瑕疵,是她在烧制时炉温控制没那么纯熟所导致,事后再由齐永定亲手修复,这才几乎不可见。如果不是她亲手烧制了瓶子,又亲手抚摸过这瓶子千百遍,单凭一个年轻的研究过几年瓷器的古玩文物从业者的资历,以及永远戴着手套的双手,那个瑕疵只怕也是分辨不出来的。

其实梅瓶梅瓶,瓶中要插一枝梅枝才更完美啊。她想起她与齐永定在景德镇创办浮梁瓷局的那三年,那三年中他们烧的最多的器物,便是梅瓶了吧,各种大小,各种颜色,各种纹样,怕不是有上百件,唯一相同的是,所有梅瓶在摆放时,成聆泷都会插一枝梅枝在里面。

齐永定的手艺太好了,他成了成聆泷制瓷上的导师。到了第二年,成聆泷的手艺便也不遑多让——她有知识、有天赋、有悟性,更关键的是,有爱!

成聆泷与他再重聚时,他为何拥有如此完美的烧瓷手艺,以及他怎么会变成那副样子,他却一个字都不肯透露。

一想到齐永定,成聆泷心中就涌起一阵酸楚,她连忙从白龙纹梅瓶的展位上走开,以免自己落下泪来。

她离开"国宝特别展"的大厅,向屋外走去,屋外太阳正好,晒得人暖洋洋的。台风已经过去,一切就像没有发生过一样,之前穿越至元朝的经历,就如同一场梦,如今台风过境,梦也醒了,一切又回归正常。成聆泷用手搭起凉棚,望了一眼太阳的位置,又看了一眼地上的树影,便大致估算出现在是下午未时。在估算出时间的那一瞬,她感觉如此自然,仿佛自己一向都是这样来看时间的——当她反应过来自己所处的年代时,不禁失笑。"我是在现代呀。"她对自己说,同时拿出手机,点亮屏幕,屏幕上显示的时间是下午两点过五分。

如果一切不是真的发生过,她又怎么会有这样估算时间的习惯呢?

她点开打车软件,叫了一辆出租车,目的地是医院。昨天她接到医生的电话,说她体检复查的结果出来了,让她尽快去一趟医院。她问是出了什么问题吗,"别紧张,你来了我具体和你说。"医生在电话中对她说。

于是她约了第二天去听结果,在那之前,她去了一趟博物馆,又看了一次梅瓶。每次看见那只梅瓶,她就有种安宁的感觉。但这天下午她从博物馆出来,上了开往医院的出租车,心情却有些忐忑。

"回去查查你的肝。"她仍记得齐永定在那个离别的台风之夜,对她说这句话时的严肃劲。

半小时后,她坐在诊室中,她的主治医生开始对她解释病情:"你真的非常幸运,我们确实在你的肝脏上发现了一个非常微小的病变,通常这么小的尺寸不做增强型 CT 是看不出来的。我看你的体检报告里验血和腹部 B 超都没显示异常,你自己也说没什么不舒服,你为什么会想到要做肝脏的复查呢?"

"遗传。"成聆泷撒了个小谎,不然她也无法向医生解释为何她执着地要进行肝脏的增强型 CT 复查。

医生道:"你回去准备一下,我们会尽快给你安排手术。现在还不知道这个病变是良性的还是恶性的,要开出来做病理切片。但是你别担心,即便是恶性的,也是非常早期的,以现在的医疗技术,手术加靶向药物,再加定期复查,是可以完全治愈的……"

听到这里,成聆泷走神了,她已经完全沉浸在了对"过去"的回忆中。

刚刚穿越到古代时,她是绝望的。她艰难地度过了第一个月,没有被拐卖,没有被迫去卖身,也没有被逼嫁人,寺庙是唯一能庇护她的地方。她靠在天宁寺帮人写信度过了在元朝最初的一个月,但天宁寺的僧人们嫌她是一介女流,留在寺庙里不方便,对她大户人家落难的小姐的说辞也越来越怀疑。若不是她恰好展现出了瓷器鉴定的才能,她可能已经被赶出去了。

在那之后,她便被方丈差遣至寺里的产业"抱慧斋",帮忙鉴定古玩瓷器。抱慧斋的至真和尚对她倒是礼遇有加,若是遇上什么骚扰麻烦,也都是由他来挡着。成聆泷便是这样度过了她在古代扬州的第一年。那是至元十三年,彼时,南宋恭帝降元,蒙古名将阿术率军攻破扬州,扬州守将李庭芝突围失败,以身殉宋。扬州人心思动。

那时,活下去便已经竭尽全力,要想办法穿越回现代,对于成聆泷而言,根本是奢望,她想都不敢想。

齐永定便是在那样一个动荡的年代里,找到了成聆泷。

但当齐永定带着马可·波罗一起出现在抱慧斋的店堂里时,成聆泷第一眼竟然没有认出他来——那时的齐永定,已经是一个年逾花甲的老人。

那之后的一切,仿佛都异常顺利。在马可·波罗的资助下,齐永定与成聆泷一起建起了自己的瓷窑，也与扬州的大都督府、漕运使司衙门里的人熟络起来。通过帮马可·波罗仿制宋朝官窑瓷器，他们在扬州的生活开始变得富裕，但齐永定却好像总是心事重重的样子，怎么也高兴不起来——他好像在等待着什么似的。

两年后，齐永定终于等来了那个时刻。忽必烈要筹办专为元朝皇室制瓷的官窑，齐永定与他的"门徒"成聆泷，通过马可·波罗的引荐，开始参与筹建"浮梁瓷局"。

成聆泷开始意识到，齐永定与她，不单是在见证历史——他们二人，竟然就是"浮梁瓷局"的创始人，成聆泷感觉，齐永定带着她，步入了一条属于他们的时间线，这一条时间线上的历史，将由他们亲手开创。

之后，便是在景德镇的三年。成聆泷不知道六十多岁的齐永定究竟经历了些什么，但他的制瓷手艺，已经不逊色于任何一位制瓷大师。两人除了相拥着怀念"过去"的日子，互诉衷肠，便是在一起研究制瓷的工艺，成聆泷学得很快，但齐永定的身体也一天天地差下去。

当他们开始试着烧制梅瓶时，成聆泷已经隐约猜到齐永定要做什么了。

三年后的春天，终于，成聆泷开始亲手烧制霁蓝釉白龙纹梅瓶。

那是成聆泷与齐永定一起烧制的最后一件瓷器。在烧制那一对梅瓶之前，齐永定从她淘来的那只铜制机关盒中郑重其事地取出一块黑不似黑，透着诡异光泽的石头，敲成细碎的碎片，用一种叫做"权衡"的古老天平仔细地量出恰好的分量，掺入到烧制梅瓶的陶坯中。

"你一定要亲手烧这只瓶子！"齐永定嘱咐道，"只有一次机会！"

"这就是梅瓶能够穿越时空的秘密吗？"成聆泷问。

齐永定握住她的手，在她手心捏了捏，道："是的，这就是梅瓶穿越时空的秘密，它能够带你回家！"

当梅瓶烧制成功时，齐永定露出了笑容，仿佛一下子年轻了十几岁。那是自从与他重逢，成聆泷第一次在他脸上看到真正开怀的笑容，她仿佛又看到了她所熟悉的那个爱人的身影。

　　台风过境，雷声隆隆，暴雨倾盆，他们再度回到了扬州府天宁寺的藏经阁前。区区两把油纸伞根本挡不住瓢泼大雨，他们已经被浇得浑身湿透，但内心却是振奋的。齐永定几乎是用尽力气，在成聆泷耳边大声嘱咐："等一会，你心中一定要想着你要回去的那个时代，想那个时代的扬州，场景越清晰越好，其他什么都别想！"

　　成聆泷从他的语气中感觉到一丝不祥，她连忙问道："那你呢？"

　　齐永定摇头道："陨石碎片只够送你一个人回去的分量，余下的分量不够再烧一只瓶子了，加的陨石分量不够，我就去不了我想要去的年代，不知会被抛到哪个朝代。我不回去了，我太累了！"

　　成聆泷只知道自己在哭，但却分不清楚脸上的是雨水还是泪水，她恨齐永定，直到这一刻才告诉她这个令人震惊的消息，她想当场把瓶子砸了，但齐永定显然看透了她的意图。他托住瓶子，道："把瓶子砸了也没用，梅瓶碎片也一样有穿越时空的力量，我就是靠你送我的那块瓷片完成的第一次穿越，记得吗？"说着，他将梅瓶重新塞到成聆泷的怀中，道："聆泷，答应我，集中精神去想你要回去的年代。我找你找了三十五年，别浪费了我的心血！"

　　成聆泷已经泣不成声，她一手握着梅瓶的瓶颈，另一只手紧紧抱着齐永定那苍老的、衰弱的、瘦骨嶙峋的身体。只听齐永定在她耳边喃喃地说："相信我，让我留下是最好的，这是属于我的命运。"

　　片刻后，爱人在她怀中消失了，梅瓶也消失了，她双手空空，跌入那无尽的时空隧道中。

　　醒来时，她躺在修葺一新的天宁寺藏经楼的门前，浑身湿透。天上却是艳阳高照，只听得有人在一旁叫道："这里有人晕倒了，快叫救护车！"

　　在被担架抬上救护车之前，她奋力抬起头，看了一眼藏经楼，看得到的那三个角，飞檐都完完整整，整座楼肃穆矗立。

齐永定送走了成聆泷，带着一身的雨水与疲惫，敲开了藏经阁的门。前来应门的守夜的沙弥他还记得，但那是在另一条时间线里，现在，沙弥自然是不认得他了。

接着，连净严法师都惊动了，看他一身虚弱狼狈的样子，忙安排寺里的僧人为他换衣服、擦身、熬姜汤，还让人把至善和尚请了回来。净严法师依然是他记忆中那个既严厉又爱才，又热心肠的大和尚。

他不知道成聆泷是否已经成功回到了他们来的那个年代。他已经尽他的所能，回到准确的年代，创造合适的历史，帮助尚年轻的成聆泷回去——余下的事，就只有交给老天了。

在他的时间线中，他已经经历过一次与爱人的生离死别。他与那个在元代身患绝症的"玲珑夫人"一同回到扬州家中，陪伴了她最后的岁月，他们互诉衷肠。他们也买下乔森的窑口，成聆泷将毕生的制瓷手艺一点点地都教给了齐永定。

在安葬了爱人之后，齐永定决定再次用梅瓶穿越，他要穿越回更早的年代去挽回这一切，他不能让成聆泷就这样永远地留在扬州的历史中。

在一次次的穿越中，他积攒起经验，他的准备越来越全面，他知晓了每一个朝代梅瓶或是陨石碎片的下落，他也渐渐开始揭开穿梭时空的秘密——穿越的时代，会受到穿越者意念的感召，最好集中精神，才能到达相对邻近的年代，但整只梅瓶或只是残破的瓷片含有的不同分量的陨石碎片，对穿越的影响更大。他试了一次又一次，终于发现，唯有在亲手烧制梅瓶时加入刚好分量的陨石碎片，才能真正随心所欲地穿越到想去的年代，误差不到一年。

但当他了解了这一切，终于成功穿越至成聆泷刚刚落难的年代时，他已经在扬州的历史中又这样漂泊了二十五年。虽然掌握了穿梭时空的秘密，但他的身体，却在不可逆转地老去。二十五年的穿越时光，已经将一个正值壮年的男子，变作一个华发老者。

如今，他躺在床上，喝下至善和尚配制的汤药，握着与自己年纪相仿的净严法师的手，喃喃地道："大师，若是你不嫌弃我这把老骨头，接下去的日子，我便留在这里帮你刻经书吧。"

成聆泷几乎是恍惚着离开了医院，回到家中。她在每一个房间寻找齐永定的身影，但是没有，她这才确定，她已经回家了，回到了一个没有齐永定的家。

一周后，她把住院的东西都已准备停当。在请病假之前的最后一个工作日，博物馆关门之前，她一个人站在元霁蓝釉白龙纹梅瓶的展柜前，伫立良久，她知道她仍有机会将齐永定带回来，一切秘密就藏在眼前的这只她亲手烧制的瓶子中。

但最终，她什么都没做。

她将瓶子留在了那完美的光线中，将念想留在了心底。

图书在版编目（CIP）数据

寻泷 / 傅亮著. -- 上海：上海文艺出版社，2023
ISBN 978-7-5321-8659-4
Ⅰ.①寻… Ⅱ.①傅… Ⅲ.①长篇小说－中国－当代
Ⅳ.①I247.5
中国版本图书馆CIP数据核字(2022)第257054号

寻　泷

著　　者：傅　亮　　创　　意：那　多
发 行 人：毕　胜　　责任编辑：解文佳　张怡宁

联合出品：扬州运河文化投资集团　听 喜马拉雅

封面设计：钱　祯
出　　版：上海世纪出版集团　上海文艺出版社
地　　址：上海市闵行区号景路159弄A座2楼　201101
发　　行：上海文艺出版社发行中心
　　　　　上海市闵行区号景路159弄A座2楼206室　201101　www.ewen.co
印　　刷：崇明裕安印刷厂
开　　本：890×1240　1/32
印　　张：11.25
插　　页：2
字　　数：292,000
印　　次：2023年3月第1版　2023年3月第1次印刷
Ｉ Ｓ Ｂ Ｎ：978-7-5321-8659-4/I · 6816
定　　价：59.00元
告 读 者：如发现本书有质量问题请与印刷厂质量科联系　T：021-59404766